İSKENDER PALA

1958, Uşak doğumlu. İstanbul Üniversitesi Edebiyat Fakültesi'ni bitirdi (1979). Dîvân edebiyatı dalında doktor (1983), doçent (1993) ve profesör (1998) oldu. Dîvân edebiyatının halk kitlelerince yeniden sevilip anlaşılabilmesi için klasik şiirden ilham alan makaleler, denemeler, hikâyeler ve gazete yazıları yazdı. Seminerleri ve konferansları geniş kitleler tarafından takip edildi ve "Dîvân Şiirini Sevdiren Adam" olarak anıldı. Bazı çalışmalarıyla Türkiye Yazarlar Birliği Dil Ödülü'nü (1989), AKDTYK Türk Dil Kurumu Ödülü'nü (1990), Türkiye Yazarlar Birliği İnceleme Ödülü'nü (1996) aldı. Hemşehrileri tarafından "Uşak Halk Kahramanı" seçildi. *Babil'de Ölüm İstanbul'da Aşk, Katre-i Matem, Şah&Sultan, OD, Efsane, Mihmandar, Karun ve Anarşist, Abum Rabum, İtiraf, Kalp ve Akşam Yıldızı* adlı romanlarının baskıları yüz binlere ulaştı, ödüller aldı ve yabancı dillere çevrildi. Nisan 2019'da *Kalp* isimli kitabı yayımlandı. Türk Patent Enstitüsü tarafından marka ödülüyle taltif edilip adı tescillendi. 2013 yılı Cumhurbaşkanlığı Büyük Ödülü'ne edebiyat dalında layık görüldü. *Bülbülün Kırk Şarkısı* adlı kitabını ömrünün en güzel çabası sayan İskender Pala evli ve üç çocuk babası olup İstanbul Kültür Üniversitesi öğretim üyesidir.

www.iskenderpala.com

www.iskenderpala.net

Kapı Yayınları 700
Bütün Eserleri 83

KERVAN
İskender Pala

1. Basım: Ocak 2021

ISBN: 978-625-7706-06-3
Sertifika No: 43949

Editör: Hamdi Akyol-Rabia Aydın
Kapak Resmi: Alperen Kahraman
Kapak: Lom Tasarım
Harita: İsmail Özen
Sayfa Tasarımı: Eyüp İşkuran

Kapı Yayınları
Ticarethane Sokak No: 15 Cağaloğlu/İstanbul
Tel: (212) 513 34 20-21 Faks: (212) 512 33 76
e-posta: bilgi@kapiyayinlari.com
www.kapiyayinlari.com

Baskı ve Cilt
Melisa Matbaacılık
Matbaa Sertifika No: 45099
Çiftehavuzlar Yolu Acar Sanayi Sitesi No: 8 Bayrampaşa/İstanbul
Tel: (212) 674 97 23 Faks: (212) 674 97 29

Genel Dağıtım
Alfa Basım Yayım Dağıtım San. ve Tic. Ltd. Şti.
Ticarethane Sokak No: 15 Cağaloğlu/İstanbul
Tel: (212) 511 53 03 Faks: (212) 519 33 00

Kapı Yayınları, Alfa Yayın Grubu'nun tescilli markasıdır.

KERVAN

İSKENDER PALA

kapı

TEŞEKKÜR

Bu kitap üzerinde çalışırken tarihî ve ilmî hatalarımızı gideren Prof. Dr. Zekeriya Kurşun ile Prof. Dr. Mehmet Ali Büyükkara'ya, öneri ve eleştirileriyle konu ve anlatıma değer katan Faruk Bayrak, Bilal Değerli, Hilye Banu, Elif Dilasa, Alperen Ahmed Pala ve İrem Ulutaş'a, son okumayı yapan Rabia Aydın ile kitabın mutfağını yöneten Hamdi Akyol'a, yine özenilmiş bir kitap üreten Kapı Yayınevi yetkili ve çalışanlarına, kitaplarımın her zamanki ilk okuyucusu sevgili eşime teşekkür ediyorum.

Topkapı Sarayı

18 Mayıs 1818

Selvilerin koyu gölgeleri altındaydık ve benim gibi herkes hüzünlü heyecanların kuşatmasındaydı. Ne bir acı ne bir sevinç; ne ayrılık ne kavuşma, lâkin kirpiklerde titreyen damlalar...

Kubbealtının yüksek eyvanı, Receb ayının on ikinci günü geldiğinde hep bu heyecanla dolar taşardı; ta kurulduğu yıldan bu yana... Ama bu defaki başkaydı. Hatta bu defaki bambaşkaydı. Mehter her yıl olanın aksine daha hazin ilâhiler ve marşlar vuruyor, avludakiler —sultandan seyise kadar— gözlerindeki nemi birbirinden saklıyor, kalplerdeki titreyişler cümlelere yansıyıp birbiriyle yarışıyordu. Son beş senenin merasimi yalın umutlarla tekrarlanmış, yolcu dualarla yola salınmış ama yol bir türlü geçit vermemişti. Büyük avludaki devletlüler ve görevliler tek yürek olup beş yılın hasreti, beş yılın hüznü, beş yılın birikimiyle bu sefer hedefe varılacağına, hac yolcusunun Kâbe'ye ulaşabileceğine inanıyor, inanmak istiyordu. Zannederim herkes benim gibi düşünüyordu "Kâbe hiç bu kadar yalnız bırakılmadı, Medine hiç bu kadar hüzne batmadı" ve yine zannederim Şeyhülislâm Mekkîzâde Mustafa Âsım Efendi'nin hisli ruhundan koparak asırlık çınarların yapraklarında yankılan duaların dalga dalga yükselişi ve gitgide içli hıçkırıklara karışması bu yüzdendi. Zihinler, Vehhâbî isyancıların Arap topraklarında son beş yıldır yaptıklarını hatırlıyordu durmadan. Yalnızca hac farizasının engellenmesi değildi cürümleri. Mübarek beldelerin fakir fukarasına, Hz. Peygamber'in beldesinde geçim darlığı çeken Müslümanlara gönderilen sürrelerin, hediyelerin, yardım ve sadakaların yağmalanması, Mekke ve Medine'de vazife yapanların maaş ve masraflarına el konulması, kutsal beldelerin düzensizliğe ve bakımsızlığa terk edilmesiydi. İslâm'ın halifesi Sultan Mahmud bu sefer öfkelenmişti, bedevî çapulcularının yeni bir saldırısına müsaade etmeyecekti. Osmanlı sultanı olarak sürre alayını Kâbe'ye ulaştırmayı kendi iktidar ve egemenliğinin göstergesi, tebaasına olan borcunun ifası sayıyordu. Zannederim mehter de az evvelki hüznü dağıtacak zafer marşlarını vurmaya bunun için başladı. Sultan, Topkapı Sarayı'nın orta avlusundaki teşrifatın, üç yüz kırk yıldır yapılagelen sıradan bir hac yolculuğunun uğurlama merasiminden ziyade bir hâkimiyet ve zafere erişmenin sembolü olarak görülmesini ve anlaşılmasını istiyordu. Mehterin her bir nağmesi avludaki coşkulu umut rüzgârını besliyor; hac ibadetinin yeniden yapılabilir olması ve kutsal beldelere yardımın eskisi gibi ulaştırılabilmesi umudunun rüzgârını. Aynı rüzgâr o yıl hacca gitmeye niyetlenerek saray dışında biriken İstanbulluların sevincini de ayyuka çıkarmış, kervan kervan dizilecek gönülleri birbirine eklemişti. Yolda adım adım onlara katılacak on binlerce mümini düşündüm; her şehirden, her beldeden... Ve anladım ki bu senenin sürre alayını teşkil edecek kervan yalnızca müminlerin ibadet hasretlerini değil, devletin itibar ve egemenliğini de yüklenip götürecekti. Kısacası Halîfe-i rûy-i zemîn ve Sultân-ı berr ü bahr, Abdülhamid oğlu Sultan Mahmud, Ruslarla süregiden bıçak sırtı muharebeler, İngilizler tarafından iktidarını zayıflatmak adına yürütülen ikiyüzlü ve sinsi politikalar, Mısır'da Kavalalı ile pamuk ipliğine bağlı ilişkiler, payitahtta yeniçerilerin taşkınlıkları, devlette maliyenin gitgide zayıflaması yetmiyormuş gibi bir de mübarek beldelerin Vehhâbî isyancıların elinde harabeye çevrilmesine artık isyan etmiş ve hepsine şanlı şöhretli bir cevap olmak üzere sürre alayının Kâbe'ye ulaşması için uykularını bölmüş, tedbirlerini buna göre aldırmıştı. Devr-i saltanatında Kâbe'den mahrum geçirilen beş yılı, cihan devleti Osmanlı'nın hâkimiyetine gölge, itibarına darbe, şerefine leke olarak algılamış, içindeki hasretle birlikte hıncı da büyütmüştü. Şimdi o hasret de o hınç da şeyhülislâmın her cümlesinden sonra kalbinin eşlik ettiği âminlerle birlikte sürre devesine yükleniyor, umutlarını Kâbe'ye götürmek için yüklendikçe yükleniyordu. Alayın haccedebilmesi demek, saltanatının yürümesi, iktidarının sürmesi demekti. Sultan Selîm-i Sâlis devrinde Hicaz topraklarında birtakım yabancı hafiyelerin kışkırtmalarıyla üç beş çapulcunun başlattığı ve büyüye büyüye nihayet Mekke ile Medine'nin işgaline kadar vardırılan bu isyanın sona erdirilmesi kendisi için bir tür beka meselesiydi. Bunu avluda duayı yapan şeyhülislâm kadar, âminler ve alkışlarla ona iştirak eden devletlüler de biliyor olmalıydı ki âminler sona erdiğinde, avluyu kaplayan melâl, yerini bir zafer coşkusuna bırakıverdi.

Son birkaç yıldaki gelişmeleri aklımdan geçirdim; Osmanlı'nın bazı düşmanları bütün Arap beldelerinde halifeliğin Hz. Peygamber'in vârisleri olarak Kureyş ailesine ait olması gerektiği fikrini açıkça dillendiriyor, Arap elebaşılarının zihinlerini Osmanlıların bu hakkı gasbettiğine dair iğvalarla dolduruyordu. Maksatları, Osmanlı Devleti'ni hilâfetin gücünden yoksun bırakarak dünyadaki bütün Müslümanları birbirinden koparmaktı. Kutsal beldelerde hilâfet eksenli bir iç kargaşa çıkararak devletin kalbini sökmek için her çareye başvuruyorlardı. Bunun için acımasız cellâtlar bulmaları zor olmamıştı; içeride ve dışarıda. Vaadlere kapılan birtakım Vehhâbîlerin bunu ülkü edinmeleriyse kısa birkaç yılın, çöle hükmedebilmek için çeteler oluşturmaya başlamaları ise uzun emeklerin mahsulüydü. Kefyelerinin altındaki saçlarını tümden kazıtarak bu çetelere sadakat yemini edenler de ettirenler de hızla artmaya başlamıştı. Beş yıldır sürre alayının Haremeyn'e girmesini engelleyen, yağmalar ve çapullar ile kervanları kıran, hacılara eziyetler edip öldüren, sonra da ölüsünü çölde akbabalara bırakıp giden dazlaklar işte bunlardı. Sultan Mahmud'un amcazâdesi Selim gibi yumuşak huylu olmadığını düşündüm. Ülkesinin herhangi bir bölgesindeki isyancılara müsaade edecek bir sultan değildi o. Bu sefer bütün önlemleri almış, bütün hesapları yapmış, fedakârlığın sınırını yüksek tutmuştu. Arzusu, kervanın sağ salim gidip şan ve şerefle dönmesiydi. Buna rağmen kervana katılan her müminin kalbinde, umutla gidilecek yollarda ziyan olmak veya gözyaşları içinde mahrum dönmek korkusu da vardı. Bu korkuyu gidermek adına sultanın geçen hafta sürre alayında görevli herkese bir nutuk irad ederek sayıları on binleri aşacak bunca insanın aylarca yol meşakkatine katlanıp haremin kokusunu duydukları kutsal beldelerden eli boş dönmesinin tesellisi olabilecek hiçbir mazereti kabul etmeyeceğini üstüne basa basa söylemiş, bunun için gerekirse can feda edilebileceğini de ilâve etmişti. Şu anda, avludaki görevlilerin her birinin kulağında sultanın o sözlerinin çınladığı ve yine o bilinçle çalıştıklarını görebiliyordum. Hepsi seçme yöneticiler ve askerler. Başlarında da ateş gibi bir kahraman, zeki ve ferasetli bir devlet adamı, Said Bey; "Ben tarihin hâkimi olmak için yola çıkıyorum, mahkûmu olmak için değil" diyordu sık sık. Sultana da "Madem millet en zor günlerinde bile Mekke ve Medine'deki din kardeşlerini unutmuyor, kutsal mekânlara emeği geçmiştir diye onlara her yıl hediyeler ve geçimlik ücretler gönderiyor, o hâlde yerine ulaştırılacaktır, müsterih olun hünkârım!" dediği konuşuluyordu. Bunu ilk duyduğumda devletimizin ne büyük, milletimizin de ne kadar âlicenap olduğunu düşünmüştüm. Osmanlı sultanı kendine "Hâdimü'l-Harameyn" sıfatını yakıştırıp oraya hademelik etmeyi şeref sayıyor, Harem'de yaşayanlar için devlet bütçesinden para keseleri hazırlatıp dualarla, ilâhilerle yola çıkarıyor, Said Bey de emanetin yerini bulması için yemin ediyor, söz veriyordu... Kararım karardı:

"Bu kervanla gidilir bre!.."

Saray avlusundaki umumi duadan sonra Sultan Mahmud Sürre Emini Said Bey'e hil'at giydirdi. Hafızlar aşr-ı şerif okumaya başladılar. Birkaç saray hizmetlisi, devletin maliyesine bakan defterdar, reîsülküttâb ve nişancı efendilerin nezaretinde hazineden sırayla çıkıyorlardı. Sırtlarında, kucaklarında, omuzlarında veya ellerinde para keseleri. Altın ve gümüş... Her biri hünkâr huzurunda ayrı ayrı mühürlenip sürre için süslenmiş üç devenin üzerine konuluyor. Bunlardan biri altınlarla birlikte mahmil-i şerifi taşıyacak ve en önde yürüyecek. Ardındaki, padişahımız Sultan Mahmud'un Mekke şerifine yazdığı mektup ile Peygamber Efendimizin ravzasını aydınlatması için İstanbul'un en usta kuyumcularına özel hazırlattığı her biri doksan dokuzar elmasla bezenmiş beş kollu billûr avizeleri taşıyacak, üçüncüsü ise akçe ve altın keselerini çekip götürecekti... Üsküdar'da bu keseler has ahırda beslenmiş katırlara yükleneceğini de biliyordum.

Develere baktım. Her birinin üzerinde usta terzilerce atlas kumaşlardan biçilmiş donlar, uzun boyunlarında kadın peçesini andıran boncuk şıngırtılı süsler, gerdanlarında ise dizi dizi akikler... Kulakları arasında altın hilâller takılı; Osmanlı Devleti'ni temsilen... Sonra mahmil-i şerif devesinin hörgücüne oturtulmuş ince gümüş çubukların oluşturduğu kafes; köşebentleri ışıl ışıl; kaidesi yaldız yaldız... İçinde sancak-ı şerif ve mektup.

Hafızların susup mevlidhanların ilâhi okumaya başlamalarıyla birlikte birkaç seyis uzaktan hassa katırlarını çekip getirdiler. Hüznün tamamen kaybolup sevincin ve gururun başladığı andı. Başta sadrazam olmak üzere bütün devletlüler rütbe sırasına göre katırlara heybeler, keseler, torbalar yüklemeye başladılar. Her biri için görevliler ayrı ayrı senetler imzalayıp teslim alıyor, her birini yine özenle süslenmiş katırlara yüklüyorlardı. En öndeki katırın başını kim yaptıysa tam bir tavus kuyruğuna benzetmişti, rengârenk ve titrek. Tahminim, Nişancı Hâlet Efendi'nin sürre ve hediyelerini taşıyordu. Arkasında sıralanan birkaç katırın yükleri de sandıkların içindeydi. Torba torba akçeler, ferâşet çantaları, altın keseleri...

Hediyeler yüklendikten sonra sürre emininin çavuşlarından biri deve ve katırları arka arkaya bağlayıp küçük bir katar oluşturdu. Her biri disiplin, emniyet ve gayret timsali bu şahbazlar, iki taraflı olarak katarın yanına dizildiler. Boylu boslu develer ve yanlarında merasim üniformalarıyla yine boylu boslu sekbanlar. Sancaklar, flamalar, şeritler... Mehter sesleri ve hafızların ilâhileri... Sarayın koyu gölgelikli orta bahçesinde devletin bütün ihtişamı... Mahzun gönüllerin şevk ve saadete evrildiği an...

Said Bey öndeki devenin yularını çekmeye başladı. Tekbirler ve salavatlar develerin ve malaklarının boyunlarındaki çıngırak ve çanların seslerine karışıyordu. Saray müezzini Ayasofya minaresinden selâlar okumaya başladı ve çavuşların gülbankları eşliğinde 1818 efrenci yılının sürre alayı hareket etmiş oldu. Bahçede ilk tur, hünkârın önünden merasimle geçiş ve kapıya adım adım... Asıl şenlik kapının dışında başlayacak, sarayın dış avlusundan itibaren caddelere biriken halk alaya katılacak, gitgide büyüyen alay Bâb-ı Hümâyun'dan sokağa taşarak Ayasofya'yı dolanacak, Divanyolu'ndan Gülhane önüne, Alayköşkü güzergâhından Sirkeci'de Kireç İskelesi'ne gelecek, kaptanpaşanın hazır ettiği çektirilerle de gün inmeden Üsküdar'a geçecekti.

Sürre alayının ihtişamını seyre dalınca az evvel duayı yapan Şeyhülislâm Mekkîzâde Mustafa Âsım Efendi'nin elini öpüp vedalaşmayı kaçırayazdım. O benim uzaktan akrabamdır. Çok mürüvvetment bir insan. Helâlleştik. Bahşiş kabilinden bir kese altın ile yumruğumdan büyükçe bir kavanoz verdi. Önce Medine fukarası için hediye zannettim, ne olduğunu öğrendiğimde de sevincimden bayılacak gibi oldum. Bir medrese mülazımı için şeyhülislâm hediyesi ancak bu kadar zarif ve değerli olabilirdi. Kavanozu bağrıma bastım, ince fikirli bir şeyhülislâmın uzaktan da olsa yeğeni bulunmaklığıma şükrettim ve yanından ayrılırken mırıldandım:

"Kıymetini bileceğim efendim, mutlaka bileceğim... En azından on yıl..."

Divit ve hokkayla ünsiyeti olan hangi kişi Süleymaniye kurumunun kıymetini bilmezdi ki? Bir kavanoz kurum demek, en az beş şişe mürekkep demekti. Hem de en âlâsından. Bir an bu kavanozun, diğer avcumda duran akçe kesesinden daha değerli olduğunu düşündüm. Çünkü Süleymaniye Camii'ndeki mum islerinin kim bilir kaç ayda biriken kurumuydu elimde tuttuğum. Şeyhülislâm Efendimizin hediyelerini kuşağıma iyice yerleştirip alayın ardından koştum. İlk fırsatta mürekkep için şişeler satın almam gerektiğini aklıma koyarak.

Deve ve katırların orta avludan çıkışları esnasında paşalar, kethüdâlar ve hizmetliler Bâb-ı Hümâyun ile Sirkeci arasında katır ve deve sayısının üç yüzü bulacağını, kaptanpaşanın hazırlığının ona göre yapıldığını fısıldaşıyorlardı. İstanbul'da hemen her aile sürre alayına verilmek üzere ortalama iki karışa iki karış ebatında bir ferâşet çantası hazırlar, çantanın bir yönüne kendisinin diğer yönüne Harameyn'deki alıcının adı ve adresini yazdırır, birkaç altın ve kıymetli eşya koyduğu çantadan sürre dönüşünde pul şişelerde zemzem, küçük paketlerde hurma, Hacer-i Esved'e sürülmüş kefenlik bez veya sarık tülbendi çıkacağı günü bekler, hatta iple çekerdi. İstanbul halkı arasında yarışırcasına bir ferâşet hazırlama âdeti gelişmişti ve İstanbul saraçları yılın altı ayında gön yahut deriden ferâşet çantaları dikmeye yetişemez olmuşlardı. Son beş yıldır yaşanamayan hac sevincinin merkezinde de artık bu çantalar durmaya başlamıştı. Sürre emininin görevlendirdiği adamlar bunları halktan tek tek kaydederek teslim alıyor, herkesin selâmıyla ve hasretiyle birlikte Medine sokaklarında dağılmak üzere katırların sırtında harman harman oluyordu. Boğazıma bir şey düğümlendi, keder gibi, ayrılık gibi bir şeydi... Şehirden, ailemden, sevdiklerimden uzak kalacağımı düşünmek değildi bunun sebebi; hayır, aylarca sürecek o bekleme heyecanının coşkusu ve umuduydu. Gamlı bir coşku ve eleme bulanmış bir umut... Bir hacılara, bir kendime baktım. Başkalarının yaşlanıp dünyadan el etek çektikleri zamanda, binbir masraf tedarikiyle erişebildikleri nimete ben gepegenç yaşta ve resmî olmayan bir vazife dolayısıyla kavuşuyordum. Allah'ın sevgili kulu olduğumu düşündüm. Kâbe'ye yüz sürebilsem de süremesem de yola çıkmıştım ya... İçimdeki gelgit belki de bundandı; kestiremedim. Kalbim sevinç ve minnetle atmaya başladı. Birisi dokunsa veya bir kelime söylese dolan gözlerim boşalıverecek gibi. Bâb-ı Hümâyun'un eşiğindeyken bunu Pîr Yunus yaptı. Hem de beş yüz sene evvelden bir haykırış ile ta kalbime dokundu. Ses sarayın dışında biriken insanlardan geliyordu ama anlamı bende, benden içeru, kalbimin duvarlarında ince bir sızı gibi yalabıklanıverdi. Gözümden yaşların boşandığı anda kendimi Yunus'a bıraktım:

"Kâbe'nin yolları bölük bölüktür
Benim yüreciğim delik deliktir"

Üsküdar

25 Mayıs

İbrahimağa Çayırı'ndaki altıncı gecemiz. Vaktiyle Gazanfer Ağa buraya bir çeşme bir de açık namazgâh yaptırmış. Şehirden ayrılan kervanlar kalanlarla burada vedalaştıkları için İstanbullular buraya Ayrılık Çeşmesi demişler. Bir kalabalık, bir kalabalık... Kervana katılan hacı adayları, onları uğurlamak için toplananlar, sürrelerini getirip teslim eden hayırseverler, ilâhiciler, goygoycular, dilenciler, seyyar satıcılar, muhallebiciler, köfteciler, simitçiler, avare çocuklar, piyasa yapan gençler, kediler, köpekler... Üsküdar baharının bütün coşkusu... Süslü sürre develeri, katırlar ve atlar... Beş gündür artarak süren bir telâş ve sık duyulan bir cümle:

"Bu kervanda hak arayan varsa, hakkı verilir; başkaldıran olursa, başı kesilir! Kervan Nuh'un gemisidir. Bize sarılan yol alır; bizden ayrılan geri kalır; yol mukaddes yoldur, hepimizi arıtır, pak eyler."

Eskilerin, "Üsküdar, Harem toprağı!" demelerindeki hikmeti düşündüm. Bu kervan bizi Kâbe'ye ulaştıracaktı. Yol adabını da çok kolay öğrendik; birinci kös vurulduğunda derhâl kalkıp denkler hazırlanacak, bağlanıp yüklenecek; ikinci kös vurulduğu anda adım atılmaya başlanacak. "Yoksa!" diyor görevliler, parmaklarını sallayarak, "Göçtü kervan kaldın dağlar başında!"

Sürre alayı bazısı resmî bazısı da gönüllü yolculardan oluşuyor. Resmî yolcu ve eşya alay mantığıyla, yani askerî disiplin ve kontrol altında; başıbozuk hac yolcuları da kervan düzeninde tertiplenmiş vaziyette. Sürre paraları —ki toplamda yüz yirmi bin altın olduğu konuşuluyor—, kutsal mekânlar için mücevherat, kakmalı şamdanlar, duvar süsleri ve levhalar ile Kâbe'nin yeni örtüsü, kuşağı, perdesi, anahtarı, altınoluk gibi değerli eşyaları taşıyan elli katır muhafızların sorumluluğunda olacak. Onun arkasından zâhire, tahıl, eşya, halı, kandil, giysi, kumaş ve sair eşya yüklü iki yüz deve gidecek. Sonraki beş devede nadide mushaflar, tespihler, askılar, kılıç veya hançerler var. Hepsinin kimlere veya nerelere gidecekleri, altınların hangi görevliye ne miktarda dağıtılacağı, defter defter kayıtlı.

Kervan yolcuları, sosyal durumları, hemşerilik bağları, meslekî ortaklıklar vs. pek çok açıdan değerlendirilip 8-12 kişilik hücreler oluşturuluyor, her on hücre bir boy oluyor, sonra da boyun kervandaki sırası belirleniyor, ona göre bayraklar, flamalar, şeritler dağıtılıp alayın düzeni ve ihtişamı ortaya çıkıyor. Yegâne istisna dervişler. Her bir tarikat kendi dervişânını dedeleri, halifeleri, babaları, canlarıyla ayrı ayrı kondurmak için tedbirler almış. Gerekçeleri de tarikat mensuplarının günlük, haftalık ve yıllık zikirleri için bir arada bulunmaları lüzumu.

Vakanüvislik alayda bir resmî görev sayılmıyor. Bu yüzden muhafız ve askerler, mevlidhanlar, kayyumlar, yasakçılar veya davetçiler arasında değilim. Kervanda gideceğim. Bunu kendim istedim. Şeyhülislâm Efendimizin "Yahya Efendi, bu yıl sürre alayıyla sen de git, vakanüvis olarak" dediğinde ilk aklıma gelen şey, resmî bir görev yapıp yapmayacağım olmuş, devlet kapısını da rütbe ve kademeler arasına sıkışmayı da oldum olası hiç benimseyemediğim için "Gayriresmî bir vazifeyle olursa sevinirim efendimiz!" deyivermiştim. Biraz biraz Arapça ve Farsça bildiğim, şiir ve edebiyatla ilgilendiğim, tarihî konuları öğrenmeye çok meraklı olduğum için beni seçmişti herhâlde. Âşıkpaşazâde'den Nâima'ya, Kemalpaşazâde'den Koca Nişancı'ya, Hoca Sadettin'den Gelibolulu merhuma kadar cümle Peçevîler, Müneccimbaşılar, Neşrîler, Evliyaların hep elimden geçtiğini biliyordu. Beni iki yıl evvel resmî vakanüvis Feraizcizâde Mehmet Sait Efendi'yle tanıştırması da bu tarih merakım yüzündendi zannederim. Sonuçta "Bugüne kadar hiçbir sürre alayının vekayinâmesi yazılmadı Yahya Efendi, seninki ilk olacak!" diyerek gülümsediğinde kervandaki yerimi de belli etmiş oldu. "Sürre alayının vakanüvise ihtiyacı olmadığı hâlde mi?" diye itiraza yeltendiğimdeyse "Bu sene başka! İnşallah Vehhâbî sergerdeleri tenkil edilmiş olursa elde kayıtları bulunsun!" cevabını vererek kararlılığını göstermesi hoşuma bile gitmişti.

Osmanlı payitahtının siyaset ve ayaklanma dolu ortamından uzaklaşmak, bir parça değişik hava solumak, müstakbel mesleğim açısından notlar alabilmek ve daha bağımsız satırlar yazabilmek için kervanda avare ve âzâde bulunmak bir nimet sayılırdı. Eyüp Sultan semtinde oyuncakçı bir babanın oğlu olarak büyümüş biri için büyük imkândı. Hem hacı olacak hem meslekî tecrübe edinecektim. O gün, civarında ömrümü geçirdiğim ve Hz. Peygamber'e mihmandarlık yapmasının hikâyesini rahmetli annemden binlerce kez dinlediğim, dinlemekten hiç bıkmadığım Eyüp Sultan'ın türbesine koştuğumu dün gibi hatırlıyorum. Sanki hacca gideceğimi ona da müjdelemek ister gibi. Sonra da düşündüm. Eğer ruhu benim ziyaretimden haberdar ise bana mutlaka "Efendime selâmımı arz eyle!" diyeceği ortadaydı.

"Ve aleyküm selâm, başım gözüm üzere!"

Ayrılık Çeşmesi'nden az sonra hareket edeceğiz. Boy sayısı 186'yı buldu. Her hücre ortalama on kişi hesabıyla, alaya katılan İstanbul hacılarının bu seneki adedi yaklaşık on sekiz bin altı yüz kişi civarında olacaktı. Develeri, katırları, atları ve köpekleriyle yürüyeceklerini düşündüm. Davulları, çıngıraklarıyla, cûsa gelip haykırışlarıyla... Ben kervanın yirmi yedinci boyunun dördüncü hücresine kayıtlıyım. Hücremiz sekiz bekâr erkekten oluşuyor. İkisi hariç birbiriyle ilk defa karşılaşan bu sekiz kişiden biri seyis, biri celep, biri kuşbaz, ikisi iş ortağı, biri müderris, biri berber. Daha yola çıkmadan, İbrahim Ağa Çayırı'nda hareket emri beklerken birbirimize alıştığımızı söyleyebilirim. Şimdilik yaşına hürmeten Müderris Merkez Efendi hücre beyimiz. Hepimiz adına konuşacak ve yirmi yedinci boyun dördüncü hücresi hakkında son kararı verecek kişi. Müderris olduğunu göz önünde bulundurarak yollarda onun öğreten, bizim de öğrenenler olacağımızı düşünüyorum, inşallah yanılmam. Seyis Selâmi Ali on sekizinci boyun yedinci hücresindeki Kethüdâ Arif Efendi'nin atlarıyla ilgileniyor ve yalnızca istirahat zamanlarında yanımıza geliyor. Celep Laleli Ağa kırk beşlerinde tam bir bezirgân. Beş çobanın ve bin kadar koyunun sahibi; kervanın arkasından çekip getiriyorlarmış. Yolculuk boyunca onları kervandakilere satıp para kazanma derdinde. Kuşbaz Yuşa, İstanbul'dan satın aldığı on altı posta güvercinini iki kafese koymuş, Medine'ye götürmekte. Muhtemelen o da sahip olduğu bu kuşları ileride akçeye dönüştürecek diye düşünüyorum. Diğer arkadaşımız Berber Zuhurat Çelebi. Berber dediğime bakmayın, on parmağında on marifet. Diş çekebiliyor, hacamat yapıyor, terzilik biliyor, kamçı örüyor falan. Otuz beşinde ve çok işbilir biri. Gerçek adı da Musa imiş, Hz. Musa'dan bahsetmeye bayılıyor. Hücremizin son iki üyesi Deveci Sümbül ile Telli. Bir develeri var ama devecilikleri, taşıdıkları acayip bir mertek yığınıyla kervandaki develerin yükünü indirip bindirmelerinden geliyormuş. Mâlûm, develerin üstünde vücutlarına uygun bir semer bulunmak zorundadır. Devenin semeri, sanki bir yastığın bükülüp devenin sırtında iki yana sarkıtılması gibidir. Yastığın içi dolgun keçe kaplıdır ve keçenin yan taraflarda iki kolu bulunur. Bu kollar yükün kolay sarılmasına, kımıldamamasına ve hayvana dokunmamasına yarar. Semerin kıl örgüsü iki kolanı, bir kuskunu ve bir göğüs bağı olur. Devenin karnına bağlanan kolan, yükün sırtta sağlam durmasını, kuyruk altını dolanan kuskun inişlerde semerin öne kaymamasını, bağrından dolanan göğüs bağı da yokuşlarda semerin arkaya devrilmemesini sağlar. Sümbül ile Telli'nin cayraskalı buna göre hazırlanmış bir düzenekmiş ve birkaç dakika içinde deve henüz ayaktayken bütün yükü sırtına koymaya ve hiç hatasız bağların atılmasına yarıyormuş. Eğer öyleyse büyük bir icat olduğundan şüphe yoktu. Yüzyıllardır insanlar develeri ıhtırıp yüklüyorlardı. Devenin iki yanında yükleri eşit ağırlığa bölüyor, iki yükün arasına eşya koymamaya özen gösteriyor, bütün bunları tamamladıktan sonra deveyi kaldırıp dengeyi sağlamaya çalışıyor, birkaç adım yürütüp yükü sallanmayacak şekilde sabitliyorlardı. Amcam bir bezirgân olduğu için biliyordum bunları. Ve onunla bir kerre Kırım'a bir kerre de Saraybosnası'na gidip gelmişliğim vardı. Bir deveci için anlattıklarımın herhangi birindeki aksama, bütün işlemi baştan almayı gerektirdiği, özellikle de yükün hayvana dokunduğu hâllerde en başa dönmek gerektiği için bizim Telli ile Sümbül'ün cayraskal sistemi fevkalâde bir kolaylık olmalıydı. Düşünsenize, deve ayaktayken yükleniyor, dengesizlik, dokunma veya sarkma durumlarında yük askıya alınıp arıza gideriliyor böylece 20-30 dakika süren bir iş, birkaç dakika içinde en iyi şekilde başarılıveriyormuş. Eğer öyleyse Merkez Efendi bize sık sık bulunduğu tembihinde haklı çıkacak: "Bir kervandaysanız konaklarken veya kalkarken yarım saat çok önemli bir zaman oluverir."

Namazgâhın minberinden beklenen münâdînin sesini nihayet duyduk: "İnsanlar! Ey Allah'ın kulları! Recebin on dokuzuncusuna rastlayan yarınki günün sabahında, yani efrenci takvimle Mayısın yirmi beşincisi olan Salıda gün doğarken Mekke-i Mükerreme'ye müteveccihen..." Sonrasında pek çok şatafatlı cümlelerle Sultan Mahmud Efendimizin sefer iznini verdiğini anlattı. Sözlerinin sonu geldiğinde koca çayırda umulmadık bir telâş ve hareketlilik başladı. Birbiriyle vedalaşanlar, son görüşme saatlerini değerlendirenler, denklerini kontrol edenler, yüklerini bağlayanlar... Akabinde ikindiden itibaren muhafızlarla görevliler yolcu ile sakinleri ayırmaya başladılar. Yaklaşık beş ay sürecek Kâbe yolunun yarın seher vaktinden itibaren menzil menzil tüketileceği, korkular ve umutlar arasında hacı olup olunamayacağı endişesi taşınarak adım adım ilerleneceği geldi aklıma. Çevreme bakındım. Herkes gurbet duygusunu aynı anda hissetmiş de birbenbire mahzunlaşıvermiş gibi göründü gözüme. Bereket versin bizim hücre bekârlar loncasıydı da vedalaşma gibi bir sahneye katlanmak zorunda kalmıyorduk. Ama katlanacağımız başka bir şey varmış ki sefer dualarının yapılıp hacca niyet edileceği akşam namazının segâh ezanı okunurken bizzat Sürre Emini Said Bey bir delikanlıyla tepemize dikiliverdi:

"Bu da dördüncü hücrede barınacak! Okumaz ama hâfız-ı Kur'an'dır."

Namaz boyunca hücredeki herkes benim gibi bu yeni yolcuyu düşünerek namazını fâsit etmiş olmalıydı. Bütün hazırlıklar tamamlanmışken son dakikada kervana yetişen dokuzuncu adam... Olsa olsa asilzâde gözdelerden veya özel muameleyle son anda talih kuşunu yakalayanlardan biri. Abdesti var mıydı, yok muydu, bizimle birlikte saf tuttu. Dayanamadım, ikinci rekâtta yan gözle inceledim. Sanki biraz ürkek, korkak ve çekingen duruyor. "Tepeden inmeliğin mahcubiyeti" diye geçirdim içimden. Kaidede ellerini dizine koyduğunda fark ettim; tırnakları belli belirsizdi. Sanki sökülmüş de yerine kıkırdak çıkmış yahut durmadan bir şeyi tırnaklamış da erimiş gibi. Kendisinin kemire kemire erittiğini hiç aklıma getirmek bile istemedim; hatta sorunlu tiplerden olmasın diye de kalbimden dualar ettim. Namazın sonuna doğru "Önemsiz!" dedim içimden; "Ne olursa, kim olursa, o da Allah'ın bir kulu değil mi?"

Dualar ve niyetler biter bitmez benim merak ettiğimi Celep Laleli Ağa sordu:

"Hoş geldin evlât! Kimsin?"

"Hüdâyî, efendim, kulunuz! Adım Hüdâyî'dir."

"Eee? Bu kadar mı?"

"Bir de köpeğim var, Barak. Hep beni takip eder."

"İyi! Daha?"

"Sordunuz, söyledim. Yine sorarsanız söylerim."

"Sormamızın mahzuru yoksa eğer, soralım; kimlerdensin?"

"Ömür boyu gayret edenlerdenim. Şey, acaba siz, gayret edenlere hayret edenlerden misiniz?"

Celep başını eğdi. Zannederim Merkez Efendi'ye hürmetinden böyle yapmıştı. Delikanlı muamma gibi konuşan küstah biriydi anlaşılan. Alaycı edası da kibrinden olmalı. Yol arkadaşlığında bulunması gereken, karşısındakini rahatlatıcı, insanı emniyette hissettirici, güvenilir, sırtını dayama hissi telkin edici ne bir emare ne bir tavır. İnsanı tedirgin eden bir durum. Merkez Efendi'ye baktım. Sükût ediyordu. Onun yerine ben sesimi yükselttim:

"Önce yoldaş, sonra yol, denilmiştir arkadaş, hele saçmalamayı bırak da kendini tanıt bize biraz."

"Doğduğumdan başlayayım mı?"

"Lâ havle..."

"Peki hülâsa edeyim; kulunuz bir konakta hizmetteyim. Siz uşak sayın... İkindiye yakın hanımım şu akçeleri verip 'Git tuz al, gel!' dediydi. Çarşı pazar derken ardı ardına çekilip giden üç deve gördüm. Çevresinde de insanlar. Bayraklar, defler, mızıka... Biraz seyredeyim dedim. Onlar gitti ben gittim, onlar gitti, ben gittim. Bir de baktım Said Bey'in huzurundayım. O da beni buraya getirdi işte."

Acayip!.. Küstah mı, deli mi? "Çözülmesi zor biri!" dedim içimden. Koca sürre emini elinden tutup bize teslim etmişti. Biraz ukalâ, biraz pervasız. Belki de saf ve bön. İyi ama hafızlığı? Nereden veya nasıl? Böyle biriyle beş ay yan yana yolculuk yapmanın meşakkatli bir sabır gerektireceği ortadaydı. Uzun uzun yüzüne baktım. Ben baktıkça o başını yere eğdi. Bakmaya devam ettim. Başını daha da eğdi. Başı artık bağrına yapışıktı, herkesle irtibatını kesmiş gibi. Fırsattan istifade onu incelemeye başladım. İkide bir gömleğinin yenlerini düzeltiyor, ardından da sağ elinin işaret ve orta parmağının tersiyle sol elinin üstünü siliyordu. Bilekten parmak uçlarına kadar; süpürür gibi... Belki de tırnakları bu yüzden erimişti. Farkında olarak yaptığı bir hareket olamazdı. Garâbet... Muamma... Mamafih Merkez Efendi ferasetli çıktı:

"Hüdâyî, evlâdım, böyle tığ u teber şah-ı merdan hacca mı gidilir? Yol azığın, sefer tedarikin falan? Hani derler ya, 'zenginlik gurbette yurttur; yoksulluk yurtta gurbet' senin böyle bir..."

Merkez Efendi sözünün gerisini getirmedi. Zaten herkesin dikkati delikanlının üzerindeydi; elini süpürmeye dalıp gitmiş, gömleğinin yenlerini oğuşturup durmada. Köpeği Barak da dizinin dibinde ön bacaklarını yere yapıştırmış sanki bizi dinliyor. Kendisinden birkaç kelâm beklediğimizi hissedince başını hiç kaldırmadan sanki üstada cevap mahiyetinde bir tekerleme sayıklamaya başladı:

"Üstür zehebeke ve zihâbeke ve mezhebik! Üstür zehebeke ve..."

Hüdâyî dokuzuncu arkadaşımız olarak aramıza böyle katıldı. Görünüşe göre deli, küstah, ahmak, tuhaf, garip. Ama hafız. Muhtemelen bir meczup. Son anda tuz parasıyla Kâbe ve hac şansını yakalaması da meczupluğun bereketi... Evet, evet, böyle olmalı!

O gece köpeğiyle gelen yeni arkadaşımızla alâkalı her şeyi tekrar tekrar düşünerek, bir meczup olup olmadığına, belki de meczupluğuyla tavırlarının örtüşüp örtüşmediğine karar veremeyerek saatlerce yerimde dönüp durdum. Bir de Said Bey'in, "Okumaz ama hâfız-ı Kur'an'dır" cümlesine takıldım gittim. O okuması yazması yokken, görme özürlüler misali Kur'an'ı kulaktan dolma ezberlediği için mi "okumaz"dı, yoksa ezberlediği kitabı hiç okumayan birisi miydi? Belki de "Hafızım, biraz okuyuver!" dediklerinde utanıp başkasına okumayanlardandı. "Okumaz ama hâfız-ı Kur'an'dır." Bu ne biçim cümleydi Allah aşkına? Türkçe böyle mi kullanılır? Sürre alayına emin olmuş koskoca Said Bey umarım bu muğlak ifadesiyle hem hafız olup hem de ezbere bildiği Kur'an'ı okumayan birisini kastetmemiştir. Peki ama Kur'an'ı ezberleyecek kadar keskin zekâsı var ise neden oturup önce okumayı yazmayı öğrenmemiş ki? "Meczupluk?" Mutlaka öyle olmalı...

Seherde hareket için kös vurulduğunda ancak birkaç saatlik uykuyla kalktım ve aklımda hâlâ o vardı. Artık hayırlısı!..

Gebze

27 Mayıs

Mahmil-i şerifin Topkapı Sarayı'ndan hareketinin onuncu günündeyiz. Ayrılık Çeşmesi'nden itibaren Sultan Dördüncü Murad Han'ın Bağdat Seferi'ne giderken izlediği yoldan — adı bu yüzden Bağdat Yolu kalmış— ilerleyerek ayyuka çıkan dualar, ilâhiler, davullar ve bendirler eşliğinde Kartal menzilini bir günde aşıp Gebze'ye vardık. Yolun başında Merkez Efendi bir teklifte bulunmuştu:

"Biriniz bizi taşısın veya ben sizi taşıyayım."

Birbirimize baktık. Ne demek istemişti? O sırada bu söze yorum getirecek en son kişinin meczup Hüdâyî olduğuna dair herkes iddiaya girebilirdi ama kulağıma fısıldayan da o oldu:

"Zannederim biriniz anlatsın da dinleyelim; yoksa ben anlatayım da sizler dinleyin, demek istiyor. Hani yol çabuk geçsin, yarenlik olsun diye..."

"Akıllı laflar eden bir meczup!" dedim içimden. Geçen akşamki hâllerinden sonra beni şaşırtmıştı. Üstelik açıktan söylememiş, kulağıma fısıldamıştı. Kendini kabul ettirmek için mi, beni yakın hissettiği için mi, yoksa öylesine mi?.. Bir şey diyemedim, bakıp kaldım. Zaten Merkez Efendi de mecazî teklifine kimseden cevap alamayınca düz anlatımla tekrarladı:

"Ya siz anlatın ben dinleyeyim ya ben anlatayım siz dinleyin!"

Hüdâyî'nin kulağına fısıldadığı cümleyi unuttum ve orada yokmuş gibi davrandım. Yüzüne bakıp onu haklı çıkarmak nefsime ağır gelmişti galiba. Birkaç adım öne geçerek yürümeyi denedim, zihnimi ondan kurtarmak için. Ve başardım da. İki adım önümde, anlatmak üzere kendini hazırlamış bir müderris vardı ve ben ona yöneltilebilecek yığınla sorunun sahibiydim. En önemlisi de Üsküdar'dan itibaren herkesin aklını meşgul eden şu mesele; kaç kez niyetlensek de konuşmaktan kaçındığımız ama yavaş yavaş uç vermeye başlayan ana konu; Vehhâbî çeteleri, yani Şam'dan sonra bizi bekleyen tehlikenin adı... Beş yıldır sürre alaylarına geçit vermeyen, İstanbul'dan Harameyn'e uzanan şefkat ve devlet elini kesmeye çalışan, işgal ettiği Mekke ve Medine'yi yardımsız, mecalsiz, umutsuz ve neşvesiz bırakan çapulcu çöl bedevîleri... Tam fırsatıydı, Merkez Efendi bizi taşımak isterken bu tehlikenin mimarını anlatarak taşıyabilirdi; Abdülvehhâb'ı. Önce içimden selis bir cümle kurdum, sonra cümlemin içeriğine uygun düşecek şekilde sesimi düzenledim ve nazikçe sordum. "Ölmüş adamların hikâyelerini mi dinlemek istiyorsunuz? Pekâlâ..." diye başladı sözlerine. Sonra da anlattı. Hikâye hikâyeyi, merak merakı izledi; söz söze kement attı, evvelinden âhirine anlattı da anlattı, sanki görüyormuş gibi:

"...Her şey yetmiş yıl kadar evvel Necid çöllerinde başladı. Küçük bir yerleşim olan Uyeyne'de bir bedevî bir mezar başında avuçlarını toprağa koymuş 'Devemi kaybettim, ey Hattab'ın oğlu Zeyd; onu bana buldur, ne olursun!' diye diye yalvarıyordu. O sırada âlim Muhammed bin Abdülvehhâb oradan geçiyordu ve bedevînin mezarda yatan sahabeden imdat istemesine öfkelenip bağırdı: 'İsteyeceğini Allah'tan iste herif! Zeyd de senin gibi bir fâni idi geldi geçti, artık ne sana faydası olur ne kendisine!' Bununla da yetinmedi yanındaki iki öğrencisine emir verip adamı tartaklattı, kabri yıktırdı. Uyeyneliler buna başkaldırıp Muhammed'e cephe aldılar. Uyeyne Emiri Osman b. Muammer de bir tatsızlık çıkmaması için onun kasabayı terk etmesini istedi. Hâlbuki o günlerde Uyeyne Emiri Osman'ın kız kardeşiyle evlenip burada tutunmak istiyordu. Kasabadan giderken öfkeyle bas bas bağırıyordu:

Sırât-ı müstakîme dönün! Sırât-ı müstakîme dönün!"

"Doğru demiş; bir mezardaki ölüden medet uman her kim olsa onu Allah'ın doğru yoluna, sırât-ı müstakîme çağırmak gerekir elbette."

"Elbette öyledir Yahya Can, dosdoğru yol budur. Muhammed de başlangıçta Osman'ın kız kardeşini unutup öfkesini yendi ve saf bir din gayretiyle hareket etti. İslâm'ın bidatlerden arındırılmaya ihtiyacı olduğu ortadaydı; o da tevhit inancına vurgu yaptı. Başta Dir'iye olmak üzere gittiği yerlerde fikirlerini anlattı durdu. O anlattıkça da kendisine inananlar çoğaldı. Taraftarlarına künyesindeki Abdülvehhâb adından dolayı Vehhâbî denilmeye başlandı. Çoğaldıkça çoğaldılar. Sonra günün birinde, 'Saçlarınızı kazıtın!' dedi 'Birbirinizi daha iyi tanımak, kimliğinizi belirlemek ve aidiyetinizi bilmek için!' Taraftarları kendilerini özel hissetmiş olmalılar."

"Abdülvehhâb kısa bir müddet içinde Necid'de kuvvetleniyor ve adı daha fazla duyulmaya başlıyor. Güce kavuştukça fikirleri gitgide keskinleşiyor ve hızla çevreye yayılıyor. O güne kadar Mekke ve Medine ulemasınca cevaz verilen pek çok uygulamaya "şirk" damgasını vurması da gecikmiyor. Nihayet fikirleri tepkiler çekip gittiği yerlerden tekme tokat kovulmasına yol açınca da kendisine bir hami arıyor. Bütün Necid arşınlanıyor ve bizimki, geze dolaşa Suud diye bir aşiretin hâkimiyetindeki Dir'iye köyüne varıyor. Çok etkili konuşan biri, herkesi ağzı açık kendine baktıranlardan. Bilgisi de var. Deveden başka ilgi alanları olmayan Suud kabilesi de tam aradığı muhataplar. Birkaç saatlik vaaz ve sohbetin sonunda Hureymilâ ve Uyeyne'de bulamadığı siyasî himaye Dir'iye Emîri Muhammed b. Suud tarafından kendisine sağlanıyor. Araplar arasında eğer bir kabileye ait değilsen, bir boyun üyesi değilsen, birilerince himaye edilmiyorsan hayat oldukça zordur, insanı parçalayıverirler. İki Muhammed, yani Abdülvehhâb'ın oğlu ile Suud'un oğlu ittifak ediyorlar; elbette başlarını kazıtarak."

"İkisinin de çıkarları kesişmiş olmalı?"

"Hem de ne kesişme! Birincisi dinî fikirlerini yayarak itibar ve nüfuz elde edecek, diğeri de onun üzerinden siyasî güç devşirip obasını büyütüp yayılacak."

"İkisinde de yönetme hırsı desenize?"

"Öyle! Birincisinde bilgi yönetimi, ikincisinde siyaset yönetimi! Siyasî yönetim üstün geliyor ve kısa sürede 'Suud' adı bütün Arabistan'da duyulmaya başlıyor. Koca bir çölün orta yerindeki ıssız Dir'iye, on yıl içinde, sanki saçlarını kazıtanlarla dolup taşan geniş bir bölgenin başkenti oluveriyor."

"Yine de Abdülvehhâb oğlunun manevî iktidarı Suud oğlunun siyasî iktidarının gölgesinde kalmışa benziyor."

"Hayır hayır!.. Suud kabilesi hızla silahlanarak siyasî güce kavuşurken Abdülvehhâb —artık Muhammed adı yerine bunu kullanmaya başlıyor— o siyasî gücün fikir ve iman ihtiyacını karşılamaktadır. Nitekim güç kemale erince Abdülvehhâb çevre kabilelere mektuplar gönderip kendi fikirlerine inanmaya davet edecek, boyun eğen eğecek, eğmeyenler de Suud'un silahlı birlikleri tarafından dize getirilecektir."

"Dinde zorlama yoktu hani?"

"Zorluyorlar, üstelik kendilerince Asr-ı saadet fetihlerini örnek aldıklarını söyleyerek... Düşünün bir, Hz. Peygamber ve dört halife devrinin fetihleri gibi fetihlerle İslâmiyet'i yaymak ve Allah'ın adını yükseltmek, hangi Müslüman'ın kalbinde coşkulu kıpırtılar oluşturmaz ki!.."

"Ama müşrikler yerine karşılarında Müslümanlar var?"

"Bu da işin siyasî tarafı. İslâm'ı yaymak için savaştığını söyleyenlerin hasımları yine Müslümanlar olunca bizim gibi hacılar da ilgi alanlarına giriveriyor."

"Peki Suud'a askerlik eden taraftarları, hiç sebepsiz Müslüman öldürmeye ve çapul yapmaya itiraz etmiyor mu?"

"İşte Abdülvehhâb'ın içtihatları tam da burada devreye giriyor. Çünkü o, yeryüzündeki Müslümanların Kur'an ve Sünnet'ten saparak artık küfre vardıklarını, bunlara karşı cihadın şart olduğunu söylüyor, askerleri inandırıyor. Değil mi ki mezarda yatan ölüden imdat isteniyor, bu küfür değil de ne olur?"

"Gerekçesi de haklıymış!"

"Haksız olduğu yer, mezardan imdat isteyen kişinin diğer amellerinde bir Müslüman veya mümin kimliği olup olmadığını gözardı etmesiydi."

"Yani işin siyasî yönü İslâmî yönünü aşmıştı, hı?"

"Öyle! Bunu Abdülvehhâb'ın ölümünden sonra Suud ahfadının daha şiddetli önlemler almasından anlıyoruz. O ve oğlu Abdülaziz'in yirmi yıl kadar süren iktidarları döneminde, Arabistan'ın her yanı kabile savaşlarıyla çalkalandı ve sonuçta Suud üstün gelerek Abdülvehhâb'ın fikirleriyle herkese boyun eğdirdi. Dazlakların mutlak hâkimiyeti, nereye gidersen git..."

"Peki tutundukları inanç ve fikirleri?"

"Sonradan sistemleşip Vehhâbîlik adını alacak olan bazı dinî görüşler işte... Hanbelî mezhebinden ilham alan katı anlayış! Selefî görüş..."

"?"

"Kur'an'ı keyfî yorumlamaktan başla, Hz. Peygamber'in manevî şahsiyetine saygısızlık göstermekten devam et ve İslâm'ın muteber âlimlerini küfürle itham ederek alıp başını yürü... Abdülvehhâb'a göre Kur'an'ın kaidelerinden en ufak bir sapma kâfirlik sayılıyor. Hz. Peygamber'in kabri başına varıp 'Onun yüzü suyuna...' diye başlayan yakarışlarda bulunmak suç meselâ. Bu dünyada ve bu dünya işlerinde şefaatini istemek de kâfirlik. Bütün Müslüman toplumlar

Muhammed'in öngördüğü saf İslâm'a dönesiye kadar kendileriyle savaşmak, mallarını yağmalamak her Vehhâbî için cihat hükmünde. Eğer Müslüman olduğunu zanneden sizin gibi bizim gibi haşa sözde kâfirler vergi vermeyi kabul ederlerse belki affedilebilirler ama bu durumda kendilerinin en aşağı seviyede olduklarını gösteren giysilerle dolaşmaları gerekir. Hz. Peygamber veya Hz. Ali gibi din büyüklerinin adını anarak and içenler cezalandırılmalıdır. Allah'tan başkası için şeref ve tazim gösteren sıfatlar kullanmak lânetlenmiştir. Belirli kişiler adına türbe veya mezar inşa etmek bir tür putperestliktir. Bu türbelere önem atfetmek ise putperestliğin ileri derecesi. Türbe ve mezarların tamamını yıkmak Allah yolunda yapılacak en hayırlı amellerden. Falan, filan..."

"İlginçmiş gerçekten; bazıları doğru gibi görünse de..."

"Bu noktada örf ve geleneği hesaba katmak, bidat ile hüsn-i muameleyi ayırdetmek gerekir. Herkesçe mâlûmdur ki İslâm fıkhı dört esasa dayanır; Kur'an, Sünnet, icmâ ve kıyas... Abdülvehhâb icmâı hem reddeder hem de Müslümanları günaha yönelttiğini savunur. Kıyasa gelince, onun da ashaba ait olanını kabul eder ama fukahaya ait olanını reddeder."

"Sonuç?"

"Sonuçta meselâ ölüler için yas tutmanın kötü olduğunu söyler. İşte sana Kerbelâ'yı harap etmek için bir sebep. Eğer ölen birisi hayatta Müslüman idiyse onun ölümüne ancak sevinmek gerekir. İşte sana ölüye sevindi diye halkın huzurunu kaçıracak bir başka sebep."

"Yasakçı bir din anlayışı sanki?"

"Salih ameller yerine günah fiilleri esas aldığı kesin. Bir Müslüman için neyin iyi neyin kötü, neyin doğru neyin yanlış olduğuna dair kesin listeler oluşturup ara katmanları yok sayan katı bir din dayatması. Öyle ki herhangi bir Müslüman, Vehhâbî inanışını kabul ettiğinde önceki gafletini(!) örtecek bir para cezası ödemeden gerçek mânada bir Müslüman —bir Vehhâbî— olamıyor."

"Bu durumda Vehhâbî inancına sahip olmayan bizler Müslüman'dan sayılmıyoruz."

"Çok doğru, yolumuzda pusu kurup bizi beklemeleri bu yüzden?"

"Abdülvehhâb'ın askeri değilsen senin hakiki Müslüman olmadığına, Müslümanlığın hakikatine ermediğine inanıyorlar."

"Bu sahte Müslümanları cezalandırmak için de savaşıyorlar, öyle mi?"

"Cezalandırmak değil de ceza ödetmek, diyelim. Geçim derdi."

"Geçimleri çapul ve ganimete mi bağlı?"

"Öyle! Ama onlar öyle olduğunu inkâr ediyor."

"Nasıl yani?"

"Bir Vehhâbî'ye göre hiç kimseye savaştığı için para ödenmez, savaş Allah adına ve onun içindir. Yani bir kişi askerliği üzerinden geçim temin edemez."

"Cihat ruhu! İslâm'ın başlangıcındaki saf gaza anlayışı."

"Ganimet ve çapulu cihat sayan bir gaza ruhu!"

"Eh bir yerden geçinecek elbette!"

"Öte dünyayı da kurtaran bir geçim üstelik; çünkü savaşırken ölen bir Vehhâbî'nin cennetin keyfini çıkarmaya hak kazandığına inanıyorlar!"

"Üstadım; buraya kadar çok iyi anladım lâkin bütün bunlar haccı yasaklamaya yol açacak fikirler gibi görünmüyor bana!"

"Haccı yasaklamıyorlar zaten; ama farklı mezheplere mensup olup İslâm'ın hakikatine erememiş Müslümanlara karşı savaşma emrini yerine getiriyorlar. Savaşılacak kadar sahte Müslümanların da hacı olmalarına ne gerek var ki?"

"Kurt pınarın başını tutmuş, kuzuya suyumu bulandırdın diyor yani?"

"Elbette! Üstelik kuzu gibi bekleyen lokmanın adı da cihat."

"Yağma ve çapul da cihadın ganimeti!"

"Şimdi anladınız. Şunu da anlayın, hatta hiç unutmayın, yolunuzda sizi bekleyen düşmanınıza göre cihat vazifedir, cihadın sonundaki yağma ve soygun da erdem."

Hüdâyî ilk kez sohbete katıldı:

"Ama onlar benim düşmanım değil ki!.."

Hepimiz sustuk. Söylediği cümle şartlandığımız fikirlere aykırı gelmişti. Haklıydı, bir Müslüman bir başka Müslüman'ın düşmanı olamaz, ancak kardeşi olabilirdi. Kardeşlerden biri diğerine düşmanlık etse bile diğerinin buna alet olmaması, aradaki ihtilafı giderip bir an evvel kardeşliğe dönüşü sağlaması, en azından bu uğurda çaba sarf etmesi gerekirdi.

"Onlar düşman görüyor işte!" dedim, Sultan Mahmud Efendimizin beş yıldır bu çaba içinde olduğunu da ilâve ederek. Hep birlikte Hüdâyî'nin bir karşılık vermesini bekledik. Hayır, tavrında hiç değişiklik olmadı, başını adımlarına kilitlemiş olarak öylece yürümeye ve parmaklarıyla da yenini oğuşturmaya devam etti. Berber Zuhurat sonucu özetledi:

"Yani diyorsunuz ki Şam'dan sonra soyulmamız kaçınılmaz kaderimiz olacak!"

"Eğer bizi soymazlarsa Vehhâbîlerin başında bulunan Şeyh Abdullah'ın develerine binmiş bunca dazlak çapulcusu yahut çölde bir yerlerde çadırlarında yaşayan eşleri ve çocukları nasıl doyacak? Biz yağlı lokmayız. Üstelik kaç aydır iştahla yolumuzu gözlüyorlar!.. Dua edin de biz varasıya dek İbrahim Paşa'nın askerleri bu meselenin hâl çaresine bakmış olsun. Yoksa karşılaştığımızda bize soracakları çok şey var."

"Ne meselâ üstat?"

"Şu dervişlerin müziği, şu hacıların tütünleri, şu sürrenin süsleri, şu alayın sancakları, Osmanlı'nın armasından itibaren görevlilerin şeref unvanları... Daha sayayım mı? Onlara göre hepsi birer günah zincirinin halkaları. İki yıl evvel Mekke'de zikir çeken dervişleri öldüresiye dövdüklerini hatırlayın."

"Samimi ve gönülden gelerek zikir çeken dervişlerden ne istemişler peki?"

"Dışa takılıp kalmaktan için güzelliğini keşfedemedikleri, kabukta oyalanıp özü tadamadıkları için dervişin derinliğini göremiyorlar zâhir. Onlara göre dervişin hâli ve tavrı, virdi ve zikri bir ibadet biçimi olamaz. Oysa Allah, kullar kendisine ulaşabilsin diye çeşit çeşit yollar icat etmiş değil midir?"

"Elbette!"

"Biz böyle inanırız ama Abdullah'ın dazlakları değil. Oysa insanlar kullukta bölük bölüktür. Bir bölük halk sevap için Allah'a kulluk eder; bunlar tacir kullardır. Bir bölük, Allah'tan korkusuna kulluk eder, köleler misali... Bir bölük de Allah'ı zikrederek kullukta bulunur, dervişler misali."

"Allah bizi şükrederek kullukta bulunanlardan eylesin!"

Hüdâyî? Evet, yine oydu. Kulluğun dördüncü bölüğüne işarette bulunurken Merkez Efendi'nin ayarlarını bozmak istediğini sanmıyordum; nitekim o da yalnızca gülümsedi:

"Anlaşılan o ki Hüdâyî Can, din, keskin çizgiler ve yasaklardan ziyade esnek umutlarla insan ruhuna giriyor. Zaten inancın güzelliği ve cezbesi de orada başlıyor. O güzelliği hissetmek, yaşamak ve yaşatmak için dinin sosyal hayatta gelişmesi, toplum vicdanında tecelli bulması, kısacası bir devlet eliyle medeniyete dönüşmesi gerekir. Kaba yasaklarla yol almak yerine dinin zarafetini, nezaketini, gülümsemesini, kucaklamasını hissetmek..."

"Vehhâbî elindeki Medine veya Mekke yerine diğerlerinin yaşadıkları Bağdat gibi, Şam gibi, Endülüs gibi, İstanbul gibi...

"Resûlullah'ın, Yesrib'i Medine yaparken inşa ettiği medeniyeti nereye koyuyor bunlar; ne ettiler o medeniyete?"

"Bedevî kılıcıyla yontup harabeye çevirdiler zâhir."

Hüdâyî belli belirsiz yeniden mırıldandı; sözlerinde birilerini suçlar gibi bir eda vardı:

"Bedevîler bunları yaparken medeniyet dediğiniz İstanbul uyuyor muydu?"

Düşündüm. Kışkırtıcı bir cümleydi. Meczupluk yakıştırdığım adamın akıllı bir hafiye olduğunu düşündürtecek kadar kışkırtıcı... Kaş altından Merkez Efendi'ye baktım. Hücremizde bu cümleden alınıp İstanbul'un siyasî karar ve icraatlarını savunmak ne bir berber ne bir celep ne bir kuşbaz ne seyis ne de deveci kardeşlere düşerdi çünkü. Merkez Efendi ısrarla susuyordu. Meczup dediğimiz Hüdâyî'nin kastettiği akıllıca soruda, Osmanlı'nın Necid Çölü'ndeki asayişi sağlamasının değil, bilakis orada muhalif fikirlerin zemin bulup yayılmasının gizli olduğunu çok iyi bildiği hâlde susuyordu. Kastedilen şey Osmanlı'nın askerî gücünden ziyade ilmî gücüydü. Çünkü ıssız bucaksız Arabistan çölleri askerî dayatmalarla değil ama fikir ve ülkü birliğiyle yönetilebilirdi. Hüdâyî'nin kuzu postuna bürünmüş kurt olduğunu düşünmeye başladım. Sorunun hakiki muhatabı olan müderris ise hiç oralı görünmüyordu. Eliyle "boşver" mânasına bir işaret bile yaptığını gördüm. Ne var ki sonradan dayanamadı ve Osmanlı'nın neden uyuduğuna dair bin dereden su getirdi. Anlattıklarına inanıyor muydu, yoksa bizi ikna etmek için mi söylüyordu, bilemedim. Ama Ruslarla uzun zamandır süren savaşı, yeniçeri isyanlarının bozduğu sosyal düzeni, sultanların ardı ardına gelen ihtilâller yüzünden icraat fırsatı bulamayışlarını, devleti ele geçirmek için birbiriyle şiddetli mücadelelere girişen devletlüleri, savaşlar ve vergiler dolayısıyla fakirleşen halkın anlayışındaki yozlaşmayı... Velhasıl hiçbirimizin düşünmediği bir yığın sebebi ardı ardına sayıp döktü. Maksadı Necid çöllerinde Vehhâbî dazlakları çoğalır ve güçlenirken Osmanlı'nın ve sultanın İstanbul'da nelerle uğraşıp durduğunu göstermek, mazeretlere sığınmak ve bizi ikna etmekti. Ama zannederim sorunun doğru cevabı olan "ihmal" kelimesi vicdanına kıymıklar batırıyordu ve onu bir türlü dillendirmek istemiyordu. Belki zülf-i yâre dokunur endişesi belki de kendini eleştireceğimiz korkusuyla ihmallerden hiç söz etmedi. Hüdâyî de ellerini oğuşturmayı bırakıp üzerine vardı:

"Büyük devlet veya büyük devlet adamı bu tür ayrılıkçı hususlarda ateş bacayı sarmadan önlemini almalıdır, değil mi üstat; ister siyaseten ister fikren?"

Merkez Efendi başını yere eğip sustu. Cevap verse sanki başını kütüğe koyması ve vurun demesi gerekiyordu. Bir kerecik olsun giyotini kütüğe indirme zevkinden kendimi mahrum etmemek için atıldım:

"Osmanlı medresede ilimle çözeceği meseleyi neden kılıçla çözmeye kalksın ki?"

Zavallı Merkez Efendi, müderris olduğuna şu andaki kadar pişman olduğu bir anı hatırlamıyor olmalıydı. Gözünde iki damla yaş belirdi ve ancak cılız bir savunma ile kellesini teslim etti:

"Nedeni yok. Üstelik de iş işten geçmek üzere..."

Aklıma "Beş yıldır sürre gönderilememesi ve hac yapılamaması sultanın hiç mi ağırına gitmedi? Bir avuç dazlak, koskoca halifeye meydan okurken devletlüler ne yapıyordu?" gibi sorular takılı kaldı. Merkez Efendi susunca ben de sustum. Yanağından süzülen damlayı da görmezden geldim. Düşündüm ki bu adam Osmanlı medreselerinin bilgi üretmekten kaldığı, âlimlerin de birer kuru fikre kapılıp kısır kavgalara tutulmayı üstatlık zannettikleri bir dönemin vicdan sahibi hakikatli âlimlerindendi ve gönül muhasebesinde ülkenin ücra coğrafyasını yakan ateşin tesirini duyuyordu. Onu kendi hâline bırakmak en iyisiydi. Zaten kuşluk vakti de gelmiş, yarım saatlik istirahat için davul çalınmıştı. Hüdâyî'ye düşündüklerimi fısıldayıp yanından ayrılmak istedim ama o bana düşündüklerini bir bir söyleyince yerimde çakılıp kaldım. Son cümlesi de "İyi ama âlimlik denilen şey, insanları bilgiden mahrum bıraktıktan sonra böyle hayıflanma makamı mıdır?" olmuştu. Zaten sıcak havanın altındaydım ve yetmedi, bütün bedenimi sıcak bastı... Düşündüm. Hüdâyî beni şaşırtıyordu. Meczup zannettiğim kalbindeki açılmamış kapıları, bakılmamış pencereleri keşfediyordum. Dünya ile alâkası bir konakta uşak olmanın çok ötesindeydi anlaşılan. Devlet işlerine, siyasî fikirlere, kamu vicdanına, millet bilincine uzanan bir alâka. Anlaşılan önümüzdeki günlerde demir leblebi çiğneyecektim. Şu anda bile her yanımı ateş kaplamasına sebep olan sorular da neydi öyle! Yok, Abdülvehhâb ortaya çıktığında medresenin onun fikirlerini tartışma zeminine alıp bir karara bağlaması gerekmez miymiş? Yok, adamın elli yıl boyunca her yerde fikirlerini pervasızca yayarken karşısına çıkıp onu susturacak bir müderris, bir âlim yok muymuş? Yok, çeyrek yüzyıl evvel adam vefat ettiğinde yerine yeni bir âlim gönderip ifsadını bertaraf etmek varken Necid bölgesinde hâkimiyet kurmasına neden müsaade edilmişmiş, falan da falan... Artık karşımdaki delikanlının tuz parasıyla birkaç devenin seyrine kapılıp hac yoluna dökülmüş bir meczup olduğundan şüpheliydim. Meczupluğu zekâ fazlalığından mı desem azlığından mı? Hâline, tavırlarına ve davranışlarına bakılırsa azlığından, sözlerine bakılırsa çokluğundan diye hüküm çıkarmak kolay. Zira hem zekâsı hem tavırları durmadan değişiyor, bir saati bir saatine uymuyor. Ve içimde hep aynı şüphe; belki de meczup gibi görünen bir Hacivat, bize oynuyor... Yoksa bunca ciddi meseleler hakkında bu derece tutarlı fikirler nasıl edinilebilir ki? Bir mülazim ve müverrih olarak kendimi eksikli hissettim. Bildiklerimi satmak isteyişim de bundandı sanırım:

"Haklısın Hüdâyî Can, her dediğinde haklısın. Diyelim başlangıçta Abdülvehhâb hayattayken tedbirde gecikilmiştir, öldüğünde Suud ailesiyle ittifakının kökünü kazımak gerekmez miydi? Haydi bunda ihmal gösterildi diyelim peki ya Abdülaziz zamanında Necid'in bedevî kabilelerine ilâveten kuzeyde Irak ve Suriye, güneyde Uman ve batıda Hicaz topraklarında Suud adıyla büyümesine siyaseten neden mâni olunmamıştı? Haydi o da başa geldi, peki ya on beş yıl evvel Kerbelâ'ya baskın yapıp her şeyi talan ettiklerinde neden dur denilmedi? Devlet neredeydi, sultan uyuyor muydu?"

Karşılık verirken neredeyse gömleğinin yenlerini yırtacak gibiydi:

"Kerbelâ bir eşiğin aşılmasıydı zannederim; ardından Tâif, Mekke ve Medine sırayla işgal edilip tek tek düşürülmeye başlayınca kim dur diyebildi? Hicaz'daki Osmanlı idarecileri, şerifler, emirler durumu rapor edip imdat çağrısında bulunmuşlarken üstelik..."

Konu uzadıkça fikirleriyle beni şaşırtmaya devam etti. Sonra birden sustu. Donmuş gibi duruyordu. Öylece bekledi, bekledi... Sanki artık orada değildi ve konuştuğu meseleleri çoktan unutmuştu. Bir ara kendi kendine gülümsedi:

"Sana bir hikâye anlatayım mı?"

Konuyla alâkalı bir hikâye veya nükte anlatacağını zannedip "Anlat!" dedim. Bana bütün ciddiyetiyle Meyyitzâde hikâyesini anlattı. Hani şu Özi Kalesi savunmasına giden sipahinin geride bıraktığı hamile eşinin mezarda doğum yapması hikâyesi. İstanbul'da bu hikâyeyi bilmeyen yoktu. Lohusa Kadın türbesine giden veya Müeyyedzâde isimli âlimin hayatını öğrenen herkes bu hikâyeyi bilirdi. Hatta halk dilinde Müeyyedzâde adı gitgide Meyyitzâde olmuş, "ölünün çocuğu"na dair hikâyeler tevatür gibi anlatılmaya başlanmıştı. Çocukların bile bildiği bir hikâyeyi kemâl-i ciddiyetle anlatmak da neyin nesiydi? Dinledim, hem de sonuna kadar. Ara ara yüzüne baktım. Hiçbir alay veya mahcubiyet ifadesi de yoktu. Kafasına esmiş, öyle yapmıştı ve bunu kendince önemsemişti. Onun hikâyesine uzaktan kulak misafiri olan Deveci Sümbül ile göz göze geldik. Aynı anda ikimiz de birbirimize sus işareti yapıp onu kendi hâline bıraktık. Düşündüm; bu adam bir meczup olamazdı. Ama az evvelki bilge adam da değildi. Bir dalgaya tutularak gidip geliyor, bazen hikmet söylüyor bazen saçmalıyordu. İçimde yine de beni dalgaya düşürüp seyran ettirdiğine dair bir şüphem var. Bu şüpheyi hep korumam gerektiğini artık biliyorum.

Şu kısa zaman aralığında onunla söyleştiğimiz pek çok şey zülf-i yâre dokunacak türdendi ve bunları bir meczup ile paylaştığıma şimdi hayret içindeydim. Neyse ki onun bakışlarında da aynı hayreti görmem uzun sürmedi. Birbirimize güvenip müzakere etmenin, sonra da birbirimize güvenmekle yol boyunca neler elde edebileceğimizi düşünmenin coşkusu yansıdı gönlüme. Belki de yalnızca ben öyle düşünüyordum... Sonuçta ona içimin iyiden iyiye ısındığını hissettim. Hem başka çarem de yoktu; iki avare yolcu, parasız pulsuz hacı olma hayalleriyle gidecek, gidecek, gidecektik... Zaman zaman kendi dünyasına çekilip benden ayrılsa da şimdiki gibi.

Merkez Efendi'nin yanına vardım. Niyetim bir ihtiyacı olup olmadığını sormaktı. Eliyle oturmamı işaret etti. Yol boyunca konuştuklarımızın içine dert olduğu belliydi. Bana İstanbul'da Sultan Selim Han'ın yeniçeriyle uğraşmasından, yukarı sınırlarımızda Rusya ile sürmekte olan savaştan, Akdeniz'de İngiliz donanmasının tehditleriyle uğraşan sadaret makamından, açlıktan, yoksulluktan, isyanlardan bahsetti. Dediğine göre bütün bunlardan dazlak eşkiyanın çaresine bakmaya bir türlü sıra gelmemişti işte. Anadolu'da hatta İstanbul'un burnunun dibinde bile zaman zaman eşkiya tenkili gerekirken ta Hicaz'dakine kim ne yapabilirdi? Nitekim Bağdat ve Şam eyaletleri ne beş yıldır kırılan kervanlara ne

de Suudi-Vehhabi kuvvetlerinin Hicaz'ı ele geçirm
gel olabilmişlerdi. Bereket versin bu sene Sultan
bu meseleyi ciddiyetle ele almıştı da Mısır'da Kaval
viz verme pahasına Vehhâbî tenkiline memur etmişt ...nce Kavalalı, Vehhâbîlerin Hicaz'dan çıkarılmasını kendi siyasî geleceği için bir nimet olarak görmeseydi bu tenkile zor razı olacaktı. Bunu söylediğimde "Neyse ki son iki yıldır ayak diretip dazlak çetelerini korkuttu, sen ona bak!" cevabını verip sözlerini sürdürdü, "Bu sene dananın kuyruğu kopacak ya çabalar sonuç verecek ve Mekke ile Medine tekrar Osmanlı yönetimine alınacak veya tamamen elden çıkacak."

Merkez Efendi sakin sakin dehşeti anlatıyor, sanki kıyameti söylüyordu. Bu cümlenin ağırlığı altında ikimiz de sustuk. Kervanımız bu iki ihtimalin tam orta yerinde duruyordu. Ya o tarafa ya bu tarafa! Gittiğimiz yolun, her adımda dazlaklar bölgesine yaklaşacağını ikimiz de biliyorduk. Konuşmaktan kaçınsalar bile kervandaki herkes de biliyordu. Olacak, bundan sonra olacaktı. Ya İbrahim Paşa'nın askerî başarısıyla Osmanlı'nın bölgedeki egemenliği veya hezimeti... Bir an iki tarafın hedefleri için kendimi ve kervandakileri birer piyon gibi hissettim. Merkez Efendi yüzümdeki karamsarlığı görmüş olmalı ki sesini alçaltarak tedirginliğimi gidermek istedi:

"Müsterih ol Yahya Efendi, İbrahim Paşa Mısır askerini ikiye ayırdı. Birinin başına bizzat kendisi geçip dazlaklara büyük kayıplar verdirerek Dir'iye'ye kadar geri çekilmelerini sağladı, şu anda orada Abdullah'ı kuşatıyor. Diğeri de sürre alayına tahsis edilmiş durumda, ki yakında onlarla buluşacağız. Abdullah'ın dazlakları şimdilik ordunun tamamının kendilerine karşı koyacağını düşünmekte. İbrahim Paşa'nın Dir'iye kuşatması henüz Arabistan'da duyulsun istenmiyor, bunu da bilesin!" Ona bunları nasıl bilebildiğini soran gözlerle bakmış olmalıyım ki "Meselenin özü işte tam da burası!" dedi bana. Meğer Merkez Efendi daha ilk günden itibaren Vehhâbî tehlikesiyle ilgileniyor ve gelişmeleri takip ediyormuş. Sırtımı sıvazlayıp anlattı:

"Hac yolları çeşit çeşittir, genç dostum Kâbe'ye her yandan insanlar akıp gelir. Bahsettiğimiz şu saçları tıraşlı Vehhâbîler, Yemen'den, Bağdat'tan, Basra'dan, Yemâme veya Semâve'den gelen kervanları değil de bilhassa Şam ve Mısır'dan gelen kafileleri vurmakta niye bu kadar kararlılar sence? Çünkü bazı düşmanlarımız bunu onlara bir istiklâl mücadelesi olarak gösteriyor ve arkadan arkaya destekliyorlar. Dazlaklar da kinlerini sürre alaylarındaki semboller, sancaklar, mahfeller ve kutsal yerlere konulmak üzere gönderilen süs eşyalarına muhalefetle teskin ediyor, onları yağmalayıp tüketerek başkaldırılarını adım adım ilerletiyorlar. İşin siyasî zemininde Osmanlı'ya karşı gittikçe yükselen bir başkaldırının iktidar emeli olduğu açık. Bunun için inançlarının cevaz verdiği yağma ve talandan elde edilecek hazine ve paralarla amaca yürünecek ve çölde bir Arap devleti kurulacak; hayalleri bu. Senin anlayacağın, düşmanlarımızın Vahhabilere destek ve yardımı Arapları çok sevdiklerinden değil, Arabistan'da ve diğer Arap yurtlarında kendi emellerine engel gördükleri Osmanlı'yı zayıflatma umudundan."

İzmit

29-30 Mayıs

İzmit menzilimiz denizden uzakta, Gebze'dekinden daha geniş bir meydandaydı. Söğüt ağaçlarının ve derenin kıyısında. Konarken deveci kardeşlerin çalışmalarını izledim. Önce kendi develerini ıhtırıp sırtındaki mertek yükünü çözdüler. Sümbül halatın ucunu balık oltası gibi çekmeye başlayınca mertekler birbiri ardına yere yığıldı. Telli de diğer halatın ucunu çekti ve aynı mertekler birbirine eklene takıla iki deve boyunda bir küçük kule meydana geldi; tekerlek üzerinde yürüyen, iki bacaklı çatal bir cayraskal... Yük indirmek için çatalın altına develerin yüküyle sürülüp birkaç dakika bekletilmesi yeterli oluyordu. Ne devenin ıhtırılması veya ırgalanması ne yükün dengesi veya zığınıp düşmesi... On develik kol başına yirmi para. Deve sahibine yaklaşık bir saat kazandıran böyle bir hizmet için müşteri kapış kapış... Gülyağı kazanları, top kumaş balyaları, tahıl çuvalları veya murassa gümüş takımları derken istif istif denkler, sandıklar, silahlar, kutsal emanetler... Deveci kardeşlerin buluşu fevkalâde kolaylık. Sürre emininin kendilerine cömert bir teklifte bulunacağını bile umuyorlar. Gelecek yıllarda aynı cayraskaldan kervanlar için yüz tane üretmek gibi de hayalleri var.

İzmit menzili kervanda kuralların geleneğe dönüştüğü yer oldu. Her hacı adayı nerede nasıl davranacağını, hangi vakitte ne yapacağını tamamen öğrendi artık. Konaklamaların hangi tarihlerde nerelerde olacağı, bunun için yapılması gereken hazırlıklar, alınacak tedbirler... Gerisi sultanımız efendimiz tarafından fermanlarla vali ve mutasarrıflara çoktan bildirilmiş talimatlarda. Buna göre alay hangi şehrin sınırına girerse orada görevlilerce karşılanıp emniyetle teslim alınıyor, rehberlik hizmetleri görülerek şehirde konuklanıyor, mülkî ve sosyal ihtiyaçları giderildikten sonra şehrin sınırına kadar eşlik edilip sıradaki yetkililere teslim ediliyordu. Bu arada konaklamalı şehirlerin halkı akın akın gelip hacı adaylarını grup grup evlerine götürüyor, aklanıp paklanmaları, doyup giyinmeleri için karınca kararınca hizmetlerini görüyor varsa Medine'ye ve Mekke'ye gidecek birkaç hediyeyi ellerine tutuşturuyorlardı.

"Tanrı misafiriiii! Beş caaaan..."

"Tanrı misafiriiii! Yedi caaaan..."

"Tanrı misa..."

İzmit'te beni en çok şaşırtan şey, alayın ve kervanın çevresinde çarık tamircileri, simitçiler, seyyar satıcılar yanında sebil dağıtılan şerbet, meyve, sebze ve ekmek bulunmasıydı. Hem de bol miktarda. Şaşkınlığımı Merkez Efendi'ye anlattığımda, Şam'a varasıya kadar bu tür sebillerin süreceğini söyledi. Osmanlı insanının mürüvvet ve âlicenaplığı imiş.

"Hüdâyî adına çok sevindim üstadım!"

"Onu dert edinmeyi bırak Yahya Efendi! Yoksulun kimsesi Allah'tır. Yerinde olsam hac edebilecek miyim diye düşünürdüm. Aç kalmak, alçalmaktan hayırlıdır. Allah bizi hür yaratmış, tamaha kul olmaktan sakınalım."

Merkez Efendi kalbimi okur gibi taşı gediğine koymuştu. "Kâbe yolunda ve kalp yolcusu" dedim kendime. Bilinçaltımın, Ayrılık Çeşmesi'nden bu yana Hüdâyî'nin geçimini dert edinmesine de hayret ettim. Koskoca sürre alayında açlıktan ölecek değildi elbette. Tıpkı katırlarının ve develerinin sırtında okkalarca yiyecek taşıyanların toklukla ihya olmayacakları gibi. Ha bir tuz parasıyla hacca giden ha bütün yolun azığını sırtına yükleyip yola çıkan; rızkı veren Allah'tı ve Allah'a güvendikten sonra gelmişmiş, gitmişmiş, kazançmış, dünyalıkmış, azmış, çokmuş deyip durmanın pek de önemi yoktu. Alayın çevresindeki sebilciler işte, ikram etmek için birbirleriyle yarışmıyorlar mıydı? Her bireri gönüllerinden gelen yüceliği avuçlarıyla dağıttıklarını düşünerek...

"Onların elleri Allah'ın hazineleridir evlât, hiç azalmaz, gitgide bereketlenir!"

Merkez Efendi bunu nasıl yapıyordu? Hep böyle kalbimi mi okuyacaktı? Biraz da alındım galiba ki ses tonumu yükselttim:

"Yer demir, gök bakır ise de mi?"

"Hatta ev tamtakır ise de!"

"Ne yapmalı?"

"Kalp rızıklarının veren eli olmaya bakmalı!"

"Nasıl?"

"Dilini muhafaza ederek!"

Dersimi almıştım, boynumu büktüm ve kendimi "Hac edebilecek miyiz ki?" sorusunun ihtimallerine kilitledim. Yol boyunca sohbetler, fısıltılar ve bağrışmaların dönüp dolaşıp düğümlendiği noktaya. Bazen korku, bazen endişe, bazen umutla söyleşilen ve her söylenişte bir kat daha gizem kazanan konuya. Bu konuda Merkez Efendi'nin her defasında sabırla yaptığı açıklamalar olmasa herhâlde yola bu kadar rahat devam edemeyebileceğimizi düşündüm. Gerçekten de o dördüncü hücre için bir nimetti. Reisi deyin, yol yordam öğreteni deyin, akıl hocası veya akıldânesi deyin... Hepimiz onun huzurunda boyun büküp oturmaya razıyız ve bununla ferahlanıyoruz. Sanki o ıtırlı bir bahçe de o bahçeden esen her rüzgâr nefesimizi, her nefes kalbimizi ve ruhumuzu doldurarak geçip gidiyor. Bizler birer sivri çivi, o mıknatıs. Her fırsatta hepimiz ona sığınıyoruz.

İzmit'te onun hiç yanından ayırmadığı bir testiye sahip olduğunu fark ettim. Tıpkı benim mürekkep şişelerim gibi üzerine titriyor. Hücrede hemen herkesin birbirine benzediğini o vakit fark ettim. Giysilerimizi kenara koyarsak sahip olduğumuz pek az şey var. Benim şişelerim, Hüdâyî'nin köpeği, berberin leğeni, kuşbazın kafesi ve şimdi de Merkez Efendi'nin testisi. Kuşbazın kafesi sermaye, berberin leğeni de ekmek teknesi ama Merkez Efendi'nin testiyle ne yaptığını ne taşıdığını bilmiyoruz. Dikkatle baktım, ağzı çamurla sıvanmış, sırlı bir testi. Gebze'den itibaren hep gözüme iliştiği hâlde dikkatimi çekmeyen sıradan bir eşya. Gözüme çarpmasının sebebi, Merkez Efendi testiyi nereye koyarsa bizim de eşyalarımızı oraya koymamızdandı zannederim. Birden fark ettim; kaç zamandır testi neredeyse Merkez Efendi oraya oturuyor ve biz o oturunca oturup kalkınca kalkıyorduk, bir alışkanlık veya tabii davranış gibi. "Peki testide ne var?" Diğer arkadaşlarımın bu meraka daha Gebze'deyken düştüklerini de hayretle gördüm. İki karış yüksekliğinde kırmızı kiremitten mâmul sırlı bir testide ne taşınır ki? Ağzı çamurla sıvandığına göre içindekinin dışarı sızması istenmiyor. Bir testiye, bir arkadaşlarıma baktım. İçlerinden herhangi birinin testide ne olduğuna bakmak için gizli bir teşebbüste bulunacağı ihtimali zihnimden sıfır not aldı. Bunu dillendirecek olduğumdaysa sıfır not bana düştü. Meğer hepsinin bir tahmini varmış: Bal, yağ, su, susam, çörekotu, akçe, altın... İddiaya girilse hemen herkesin altın veya akçe demeye de hazır olduğu belliydi. Hüdâyî kanaatini açıklayarak konuyu kapattı: "Bilmemiz gerektiği zaman Merkez Efendi testide ne olduğunu bize elbette açıklayacak veya gösterecektir."

Yine de merak işte. Ya kötü niyetli biri de merak ederse? Ya testinin başına bir şey gelirse? Ya testi yüzünden Merkez Efendi'ye bir ziyan erişirse? Ya... Ya... İhtimaller çoğaldıkça en yakınımdan başlayarak çevremizdeki insanları bir bir aklımdan geçirmeye başladım. Komşu kol ve hücrelerimiz, kervan ve alay yetkilileri, hacılar veya görevliler... En güvenilir insanlar bana yine kendi bekâr hücremizdeymiş gibi geldi. Seyis Selâmi Ali Efendi ile Celep Laleli Ağa kervan yoldayken daima görevlerinin başında oluyorlar. Birinin davarları diğerinin de atları yeterince kendilerini meşgul ediyor zannederim. Berber Zuhurat, kervan konar konmaz leğenini sabununu kapıp işe çıkıyor. Deveci kardeşlerin yükleme indirme ameliyeleri başlarından aşkın, üstelik her vakit yorgunlar. Geriye Kuşbaz Yuşa ile şu bizim gariban Hüdâyî kalıyor. Hüdâyî neredeyse gölgem gibi. Kuşbaza gelince, o, ikindi vakitlerinde güvercinleriyle oyalanmaktan keyif alıyor. Hepsini seviyor, okşuyor, kafeslerini temizliyor, yemliyor falan… Bir kere ben de izledim ama eski kuşbaz olmama rağmen artık fazla da heyecanlı gelmedi. İlk delikanlılık çağlarının hevesiymiş meğer. İnsanın güvercinleri olunca şöyle göklere salıp uçurmalı, taklalar attırmalı, dalgalandırmalı. Kuşbazda böyle huylar yok. Dediğine göre güvercinlerinin her biri çok değerliymiş, kaçmamalıymış, Medine'de satıp çok para kazanacakmış falan… Kuşlarını kafesten hemen hiç çıkarmayışına bakarak "Belki de bilmediğim marifetleri var" dedim içimden. O da zaten "Benim istikbalim bunlar!" diyerek kuşlarının üstüne titriyor, tek tek isimleriyle çağırıp seviyor. İsimleri neredeyse biz bile öğrendik: Mâşuk, Zeytun, Cambaz, Asil, Paşa, Haydut, Ömür, Tavus… Toplam on altı kınalı, paçalı, al gerdanlıklı kuş… Hüdâyî ile köpeğinin ilgisini çektikleri belli lâkin kuşbaz onlarla vakit geçirmelerine sıcak bakmıyor nedense. Yine de Hüdâyî hangi ismin hangi güvercine ait olduğunu biliyor. Dikkat işte!

Ve dördüncü hücrenin ilk tartışması da bu dikkat yüzünden çıktı. Hüdâyî salata hazırlıyor, ben çorba pişiriyordum. Kafeslerden bir kanat ve çırpınma sesi geldi. Baktık, Barak oynamak isterken kuşları ürkütmüştü. Kuşbaz telâşlandı. Hüdâyî seslendi:

"Barak, gel oğlum!"

Nafile. Köpek kafesten ayrılmadı. Kuşlar da kanatlanıp çırpınmaya başladı. Kuşbaz davrandı. "Tehlüke! Tehlüke!"

diye diye kafese giderken de eline bir sopa geçirdi. O sırada celep çelmeyi takıp kuşbazı yere düşürdü. Meğer davar sürüsü dolayısıyla köpeklere merhameti varmış. Bağırdı:

"Barak, gel oğlum! Baraaaaak..."

Kuşbaz yerden kalkıp celebin üzerine yürümek üzereydi. İş büyüyecekti. Hüdâyî gök gürültüsü gibi bağırdı:

"Duruuun!"

Herkes durdu. Barak dahil. Çevre hücrelerden başların dönüp bize baktıkları sırada yumuşacık bir tonda fısıldadı:

"Barak, gel oğlum!"

Barak vardı, Merkez Efendi'nin testisinin dibinde ön ayakları üzerine serildi. Hayret etmiştik, çağıran sahibiydi ama o Merkez Efendi'ye gitmişti. Merkez Efendi köpeğin başını okşayarak bir hikâye anlattı. Küçük şüphelerin büyük felâketler getireceğine dair bir hikâyeydi. Hücredeki herkesin ders alabileceği hikmetlerle dolu bir hikâye. Ve hikâye bittiğinde az evvelki tartışma da bitmiş, yükselen sesler dost sıcaklığına bürünmüş oluverdi. O anlattıkça buzların eridiğini, yüzlere gülümsemeler geldiğini anbean izleyebilmiştim. Yemeğin sonunda neşelenip gülmeye bile başladık.

Ertesi gün İzmit şehrine giderken Hüdâyî'ye yanımda gelmesini söyledim. İtiraz etmedi. Ama yol boyunca durmadan sayıkladı; meczupluk hâllerinde ve yenlerini oğuşturarak:

"Ölç, biç, sonra kes! Düşün, taşın, sonra söyle! Anla, bil, sonra yap!"

Yolun başında kendince anlamsız tekerlemeler söylediğini zannettim. Kulak verdim, hikmet söylüyordu. Acaba beni kasten mi şaşırtıyordu?

Hamam, çarşı, pazar derken bir hayli gezindik durduk. Merkez Efendi'nin hücre hesabından alınmasını söylediği birkaç sebze ve meyve için pazara girdiğimizde yenleriyle oynamaya başlayıp bana akçesini vermek istedi:

"O senin tuz paran!"

"İyi işte benim de tuzum bulunsun!"

"Ama Merkez Efendi senin payına düşeni verdi."

"Olsun!"

Israrcı oldu. İncinmesin diye parasını aldım. Döndüğümüzde hücre arkadaşlarımızı Celep Laleli'nin neşesine takılıp gitmiş bulduk. Her zaman birilerine şaka yapmak, gülerek veya güldürerek hayatın ağırlığını hafifletmeye çalışan bir mizacı vardı zaten. Bereketli bir gün geçirdiğini anlatıyordu. Bir düzine koyun kesip etini satmış, bunun şerefine de hücreye ziyafet olsun diye bir sofra donatmış. Kuzu yahni, ince doğranmış salata, bulgur pilavı ve turfanda meyveler. Kuşbaz ile bir akşam evvel yaşanan tatsızlığı da ortadan kaldıracak bir sofra. Tam kaşıklarımızı elimize aldık, on adım kadar sağımızda bir hareketlilik başladı. Telâşlı bir geliş. İki kağnı yükün indirilmesi, emirler, uşakların koşuşturması falan.

Hac kervanına katılacak İzmitli bir aile zannettik. Kural gereği kafileye katılımlar akşamdan evvel tamamlanıyor ve böylece alayın sabaha karşı yola çıkışı aksamıyordu. Ama sonra kağnılara ilâve at ve katırlar gelmeye başladı. Yüklerini indirmeye yardımcı olmak için hareketlendik ama Merkez Efendi eliyle işaret ederek hiç kimsenin sofradan kalkmamasını söyledi. Meğer gelen bizzat İzmit Mutasarrıfı ve hane halkıymış. Elbette arkasında köleler, hizmetliler, cariyeler... Dikkatimi çekti, dört hizmetçi bir tahtırevan taşıyorlardı ve tahtırevandaki mutasarrıf hazretleri değildi. Eşi? I-ıh!.. Peki kim o zaman? Cevabı Seyis Selâmi Ali anlattı. Yürek yakan bir hikâye. Mutasarrıf çok merhametli ve iyi bir insanmış. On yaşlarında Fatma adında bir kızı varmış ve bacakları tutmuyormuş. Yürümesi gerektiğinde dirsekleri üzerinde sürünerek ilerlermiş. Hekimlere baktırılmış, hocalara okutulmuş, kocakarı ilaçları, üzerlik tohumları, nazarlıklar, tılsımlar, derken çaresiz kalmışlar. Şimdi bunca âlây-ı vâlâ ile Kâbe yollarına düşmelerinin sebebi Fatma'ymış. Selâmi Ali bir de ayrıntı anlattı. Her gün Resûlullah'a bin salavat getiren anne babanın hac bahanesi de bir delinin sözüymüş. Mutasarrıf hazretlerini kızıyla birlikte görünce "Resûlullah'ı günde bin salavat okuyacak kadar seviyorsun madem, neden kızını ona götürmüyorsun?" diyesiymiş. Anne baba da ertesi günden itibaren hazırlıklara başlamışlar. Adak olarak da Ravza-i Nebî'ye kadar yaya yürüyüp adım başı bir akçe sadaka pey etmişler. Merkez Efendi ile göz göze geldik. O anda yüzünde, benimle aynı şeyleri düşündüğünü gösteren bir ifade yakaladım. Çünkü özürlü bir kızı şifa bulsun diye Ravza'ya götürmek tam da hac yolunda bizi bekleyen dazlakları çıldırtacak bir niyetti; arının gözüne duman üflemek...

Duyduklarıma çok şaşırmıştım. Kaş altından baktım, evet, kervanın İzmit'e gelişi esnasında sürre eminini karşılayan, izzet ü ikram ile bütün alayı konuklatan mutasarrıf, şimdi bizim gibi hac yolcusuydu. Bunları öğrenince başlarımızı önümüze eğip sofrayla ilgilenmeye başladık; Hüdâyî hariç. O, mutasarrıfın cariyeleriyle ilgileniyordu. Özellikle de bir tanesiyle. Melek simalı taze. Bizimki, kaşık elinde, ağzı açık öylece kalakalmıştı. Bunu başkaları görmesin diye şamata ederek dikkat çekmeye çalıştım.

Ay, son dördündeydi. Gündüz denizden esen meltem şimdi şehrin sırtlarından denize doğru yüzleri okşayıp geçiyordu. Dalların hışırtısı bütün ovayı tılsımlandırırken baktım, Hüdâyî'nin gözleri göklere çevrilmiş, yüzünde tebessüm, yanaklarında da söğüt yapraklarının titreyen gölgeleri... Yanağına vuran ay ışığının gözyaşında kırıldığını o anda fark ettim. Baktığı o taze...

Söğüt - Konya

5 Haziran – 20 Haziran

"Kalk! Gidiyoruz. Acele et!"

Bostancı Kolağası Oruç Baba'ydı fısıldayan. Gecenin yarısı. İki atlı muhafız ve iki at ile tepemde dikilmiş hem ayağıyla dürtüyor hem sessiz olmam için işaret ediyordu. "Nereye?" demeye kalmadan ikinci emir geldi:

"Sorularını yolda sorarsın!"

Yanımda uzanan Hüdâyî gözlerini açtı. Başparmağımı dudağıma götürüp gözümle mürekkep şişelerimi işaret ettim. Benim yerime onları emniyete alıp taşıması için. Başını hafifçe salladı.

Söğüt vadisindeki yüksek dağların gece karanlığını koyulaştırdığı, kararttığı, katrana çevirdiği bir sırada, herkes derin uykulardayken kervandan ayrıldık. Dört süvari. Sabah Vezirhanı, kuşlukta Ertuğrul sancağını sulayan Sakarya boyundaki sıradağlar, zevalde nehirdi, geçitti, keçiyoluydu derken bütün piyadeler gibi ben de hayli yorulmuştum. "Dinlenmeye fırsat bulamadan şimdi nereye gidiyoruz?" sorusuna muhatabım bile yoktu. Önümdeki üç atlı ben yokmuşum gibi atlarını tırıs sürüyorlardı. Yetişmem için mi yoksa gidilen görevin aciliyeti için mi, kestiremedim. Neyse ki ardımızdan on bir hekim ve sıhhiye yetişti. Hiç beklemeden atlarını kamçılayıp önümüze düştüler. Ancak o zaman delilbaşı Ruşen Ağa merakımı giderdi:

"Karahumma! Bütün kasaba!"

"?"

"Köyleriyle birlikte..."

"!"

"Vakanüvis değil misin Yahya Efendi; devr-i Mahmud'da olup biteni yazasın diye..."

Aklımdan geçeni dilime aldım:

"Ya yazmamı isteyeceğiniz bir şey değilse?"

"Bence de yazmaya değecek bir vaka değil ama Said Ağa öyle düşünmemiş."

Zor işti. Salgın hastalıklarda tedavi insanı uğraştırır, hekimler veya mülkî amirler kolay suçlanırdı. Ne yazsam, ileride birilerinin hedefi olacağım belliydi. Taş da yumurtaya düşşe yumurta da taşa düşse olan yumurtaya olurdu. Hakikat ekseriya zülf-i yâre dokunur, eksik veya hatalı yazmak da dürüst bir müverrihe yakışmazdı. Müverrih veya vakanüvisler elbette hakikati yazmalıydı. Böyle bir salgın vakasında belki de hakikat daha Bostancı Kolağası Oruç Baba'dan başlayarak, kethüdâ efendinin, sürre emininin, bazı vezirlerin, sadrazamın, hatta bizzat sultanımız efendimizin huzurunu kaçıracaktı. Osmanlı ülkesinde salgın hastalıklar her zaman saltanatın başına dert açmıştı. Karahumma ise en kötüsü sayılırdı. İçme sularına ve yiyeceklere dikkat etmek gerekiyordu. İlk aklıma gelen şey yaz sıcaklarının henüz başlamamış olmasıydı; karahummanın sıcağı sevdiğini biliyordum. Daha ilk vazifemde yazacaklarım için hem bir fırsat hem bir ihtimam vesilesi. Şükrettiğim husus ise kervanın belâsız kazasız bu bölgeden geçip gitmiş olmasıydı.

Arazi sarp ve taşlık, etraf ıssız ve tenha, bizse erzaksız ve hazırlıksız idik. Herkes öğleye kadar canla başla at koşturdu. Göynüklü Akşemsettin istikametinde karşılaştığımız manzara aklımızı başımızdan almaya yetmişti. Oraya buraya serilmiş mecalsiz, kımıltısız yığınla insan, alınlarda pembe lekeler, yanaklarda kızarıklıklar, yüksek ateş ve ishal... Keza gömülmemiş cesetler... İtburnu istikametine doğru bütün köylerin böyle olduğunu söylüyorlardı.

"O hâlde şöyle yapıyoruz: Siz dördünüz, iki muhafızla birlikte Mudurnu istikametine, siz de benimle birlikte İtburnu'na! Her köyde imam efendiyi çağırıp önce ölüleri gömmenin yolunu arayın. Hastaları sağlıklılardan ayırıp tedavi için yapmaları gerekenleri sıkı sıkıya tembih edin. Helâların ve köy çeşmelerinin başına nöbetçiler konulsun; temizliği sağlamak için. Korucu ağa, köyden çıkışları yasaklasın. Her söylediğimin yapıldığından emin olasıya kadar köyden ayrılmayın. İşinizi bitirin, üç, yok yok dört gün sonra Eskişehir menzilinde, Rüstempaşa Kervansarayı'nda buluşalım. Sana gelince Yahya Efendi, atını yanımca sür!"

Bostancı Kolağası Oruç Baba işbecerir birisiydi. Yoldaşlığı ve ahbaplığı da insanı tedirgin etmiyordu. Sultanönü'ne gelesiye kadar sefaletin içinden birlikte ilerledik; birbirimizi tanıyarak. Hasta olmamak için binbir tedbir yanında birbirimizi devamlı kollayarak. Yüzlerimiz sarılı, suyumuz ve ekmeğimiz terkimizde... Sultanönü'nde kadı efendiye gerekli talimatları verip karantinayı sağlamak için iki gün kalmamız gerekti. Gerisi kervana yetişmek için göstereceğimiz gayrete kalmıştı.

Rüstempaşa Kervansarayı'nda buluştuğumuzda herkesi dinledim ve vazifenin tamamlanış şeklini, yapılan uygulamaları, ölüm sayısını, köylerin durumunu, köy imamlarının ve görevli hekimlerin tutumlarını, bu konuda verilen emirleri ve alınan önlemleri, velhasıl gelecek nesiller tarafından bilinmesi gereken her şeyi bir bir öğrendim. Yetinmedim, salgın dolayısıyla alınacak dersleri de sordum, bir müfettiş edasıyla ve kendimle gurur duyarak. Böylece müstakbel mesleğim hakkındaki ilk kanaatim oluştu: "Kimsenin ayağına basmadan hakikati anlatabilmek mümkün değildir!"

Eskişehir'den Battalgazi ve Bayat yoluyla Bolvadin'e varmak, Akşehir ve Ilgın'dan geçerek Konya'ya erişmek üç gün sürdü, at sırtında. Yol boyunca aklım yalnızca yazacaklarımla meşguldü. Cümleleri ve paragrafları planlıyor, yaşananları giriş, gelişme ve sonuca ayırıyor, selis bir Türkçeyle zihnimde yazıyor, beğenmeyip yeniden yazıyordum. Konya'ya girerken hemen bütün yazacaklarım cümlesi cümlesine zihnimde hazırdı; bozkırda ayaz bir gecenin seherinde. Menzile sürre alayından dört saat evvel gelmiştik. Konya mutasarrıfı konak alanında incelemelerde bulunuyordu. Varıp Mevlânâ Hüdâvendigâr'ı ziyaret etmekti niyetim ama Oruç Baba hâlime bakıp acımış olmalı ki "Git, dinlen!" dedi. Sözüne uydum ve menzil ovasında bir söğüt gölgesi bulup azıcık uzanmak istedim. Ne var ki gözlerimi kırpamadım. Zihnimde cümleler uçuşuyor, gözümde hummalı insanların hâlleri beliriyordu. Vekayinâmemde tasvir etmem gereken ama içimin kaldırmadığı görüntülerdi bunlar. Yazacaklarım konusunda içimde yeni bir tereddüt belirdi. Hummalı insanların cahillikleri, masumiyetleri, ihmalkârlıkları, mağduriyetleri, imkânsızlıkları veya sefaletleri... Elbette yazacaklarımın hiçbirisi yalan olmamalı, hakikati saptırmamalıydı. Lâkin her doğruyu yazmak gerekir miydi? Doğru denince mesele yalnızca tasvirleri değil, yapılan uygulamaları da kapsayacaktı şüphesiz. İcraatların doğru olup olmadığı zamanla kendini gösterirdi. Meselâ Oruç Baba'yı nasıl anlatmalıydım? Onunla kaderdaşlık etmiştik ve Kâbe'ye kadar beraber gideceğimiz daha uzun yollar vardı, yüz yüze bakacaktık. Onu bazı kararlarında eleştirmem gerekebilirdi. Al işte, yukarı tükürsen bıyık, aşağı tükürsen sakal! Tarih diye yazacağım en küçük cümlenin bile doğru olması şarttı. Yalan veya yanlış olması vebaldi ve muhtemel bir yanlışlık yalnızca arkadaşlarımı, dostlarımı değil, yüzyıllar boyunca yaşayacak nesilleri de aldatmak olurdu. Asla buna razı olamazdım. Bu düşüncelerle yerimden doğruldum, divitimi ve kâğıdımı çıkardım, vekayinâmemin ilk risalesi olmak üzere başlık attım *"Efrenci 1818 sürresinden karahumma ile mücadele sadedinde Söğüt vilayeti içlerine gittiğimizdir!"* Altına da olan biten her şeyi dosdoğru yazmaya başladım; hiçbir yorum katmadan. Kervan gelesiye dek aklımdan, tarihe kalacak eserler veya bizzat tarih yazacak insanların hakikat ile nasıl sınandıklarını tartışıp durdum. İster önceden yaşanmış tarihî olaylar olsun ister günümüzde yaşananlar, eğer kalemin kâğıda serptiği bir satır, ileride tarih gibi anlaşılabilecek, tarihe mal olacak veya tarih olacak ise onu yazan kalemin hakikatten asla sapmaması gerekiyordu. Aksi takdirde yalnızca bir nesli değil gelecek bütün nesilleri bilerek yanıltmanın vebali büyük olurdu. Bir olayı veya mekânı olduğundan ayrı göstermek elbette büyük yalan sayılırdı ama bir kişiyi olduğundan farklı göstermek yalnızca yalan değil iftira da olurdu. Yazacağım her satırın hesabını vereceğimi düşündüm ve kendimle bir kerre daha gurur duydum; hesabını veremeyeceğim cümle yazmama yeminim için. Elbette iyi bir vakanüvis ahlâkî hayal gücünü de çalıştırabilmeliydi. Olup biteni bir an için başka bir yerdeki insanların o anda gördükleri gibi görmeye çalışmak ve gelecek neslin buna göre kendine çekidüzen vermesini sağlamak önemliydi. Hadiselere sevecen yaklaşan bir vakanüvis olabilirsem belki de zamanımın insanını daha kolay anlayabilecek, hakikatlerini gelecek nesillere daha kolay aktarabilecektim. Rûz-ı mahşerde hesabını veremeyeceğim veya zararlı çıkacağım hiçbir satırı Allah'ın bana yazdırmaması için yeniden yakardım ve yazdım, yazdım... Sonra da azıcık dinlenebildim.

Kös ve mehter sesiyle uyandım. Sürre alayını hep içeriden görmüştüm. Konya'ya girişte ona dışarıdan bakma imkânım oldu. Alay seyredilmeye değerdi doğrusu. Sancak ve flamalar açılmış, mahmil-i şerifin iki yanında resmî urbalı askerler, biriken halkın arasında ağır ağır ilerliyordu. Karaman vilayetinin bütün ihtişamı da köylüsüyle şehirlisiyle alayı kuşatmış durumdaydı. Tekbirler alınıyor, salavatlar getiriliyor, kudümler vuruyor, nazar âyetleri okunuyordu. Derken yolun iki yanında beyaz tennureleri ve sikke külahlarıyla Mevlevî müridanı belirdi. Şeyh efendi sefer gülbangı okuyor, dervişler uzun uzun "Hu!" çekiyordu. Bir ara dervişin biri meydana atılıp semaa başladı. Mevlânâ hazretlerinin altıncılar çarşısında çekiç seslerinden şevke gelip sema etmesi gibi bir zuhurat. Derviş sürre alayının ulvi heyecanını duymuş ve Kâbe'yi tavaf eder gibi kalbini merkeze alıp dönmeye başlamıştı. Âsitâne şeyhi önce bu cûşa gelen semaı durdurmak istese de sonra bundan vazgeçerek dedeleri kendi hâllerine bırakıverdi. Meydan birden savrulan, yelpazelenen, dönen Mevlevî tennureleriyle dolmuştu. Herkes çıt çıkarmadan bu dervişlerin vecdine katılıyor, içinden zikirler okuyup ayine eşlik ediyordu. Derken mahmil-i şerifi taşıyan sürre devesi yerinde çakılıp kaldı. O durunca arkasındaki bütün kafile durdu. Artık sema eden dervişlerin açık kollarından başka hareket eden hemen hiçbir şey kalmamıştı. Kudüm haricinde bütün sesler kesilmiş, dervişlerin ayakları kudümün ritmine uymuş, salavat ve tekbirler bile fısıltılara bölünmüştü. Birden kendimi kaybeder gibi oldum. Gördüğümü başkaları da görmüyorsa diye telâşa düştüm. Ama evet, herkes görüyordu. Sürre devesi dervişlerin ritmine uymuş, kendi etrafında dönüyordu. Hacıların gözyaşları işte tam o anda çağlamaya başladı. Bütün kervan... Baktım devenin de gözlerinde iki damla...

"Destuuuuurr!.."

Rüya gibiydi. Ve uyandığımda Konya'yı daima bir devenin semaı ile hatırlayacağımı düşündüm; pek çok kişi gibi.

Alay konmaya başlar başlamaz hücre arkadaşlarıma koştum. Meğer herkesi nasıl özlemişim!.. Hepsine sarılmak geldi içimden. Yaşadıklarım ve gördüklerim beni daha duygusal yapmış olmalıydı. Çünkü Hüdâyî ve biraz da Merkez Efendi hariç kimsede beni özlediklerine dair işaret görmedim. Herkes hayatın akışına kapılmış gidiyor gibiydi. Yokluğumda Hüdâyî garibanını ihmal ettikleri gibi bir hisse kapıldım; onu sahiplenmeye mecburmuşum gibi... Boynuma sarılışındaki sevinç ve coşkuya bakarak da buna mecbur olduğumu anladım. Barak bile gelişimden neşelenmiş; ayaklarıma dolanıyordu. Merkez Efendi'yle göz göze geldik, gülümsedi.

Hücrede her şeyi eski tas eski hamam buldum. Deveci kardeşler yorgun, berber meşgul, kuşbaz aylak, seyis uzak, Merkez Efendi derin, celep ise yine dalga peşinde, yine Hüdâyî'ye muhatap. Ama bu sefer sesinde bir meczuba karşı şefkatten çok bir deliye karşı lâkaydî var. Ben yokken onu hırpaladıklarını anladım. Yoksa celep alaycı bir üslup takınmazdı:

"Paçanı mı dikiyorsun Hüdâverdi? Benim de kırık bir çinim var, hah-ha, onu da diker misin?"

Ben müdahale edip etmeme kararını veresiye kadar Hüdâyî, adıyla alay edilmesine gücenmişliğin etkisinde cevabını da alay ederek verdi:

"Rüzgârdan bir ipliğin varsa hemen getir, dikeyim. Eğer ipliğin yoksa havanın dallarını, suyun tozunu al, mantar yapraklarıyla bir fındık kabuğunda bulamaç edip yapıştır, çelik gibi olur."

Zekiceydi. Celep, sesindeki sitem ve nükteleri anlayamamıştı ama benim yüreğime sular serpilmişti. Hüdâyî'nin hiç de himayeye ihtiyacı olmadığını, gerektiği vakit hepimizden daha zekice davranabildiğini görmekten mutlu oldum. Yine asıl hâlinin bu olduğunu ve aptalı oynadığını düşündüm ve yine şüpheye düştüm. Olamaz mıydı? Merkez Efendi'yle tekrar göz göze geldik. Celebi mat edişine kaş altından muzipçe güldü. Sonra da beni yanına çağırıp kervan hakkında bambaşka şeyler anlattı. Bilmem gereken şeyler. Komşumuz üçüncü hücreden bir cenaze çıkmış meselâ, başsağlığı dilemeliymişim. Yolda hemen yanımızdaki sekizinci hücrenin iki devesi kayıpmış, erzak heybeleriyle birlikte; geçmiş olsun demek gerekirmiş. Hüdâyî mürekkep şişelerimi itinayla gözetmiş, minnet borçluymuşum. Akşehir'de Hoca Nasrettin Türbesi'nde herkesin fıkralar anlatıp güldüğü eğlenceyi kaçırmışım. Üsküdar'dan itibaren gitgide sayıları artarak ilerleyen Mevlevî dervişleri Âsitâne'ye gelesiye kadar coşmuş da coşmuşlar, Bolvadin'den itibaren de hemen her akşam mukabeleler çıkarıp alayı şad etmişler. Yalnızca dördüncü hücrenin değil, komşu hücrelerin de yegâne merak ve dedikodu konusuysa şu testide ne olup ne olmadığıymış. Celep ile kuşbaz altınla dolu olduğundan neredeyse emin olmuşlar; gitgide sinsileşiyorlarmış. Ve daha bir yığın havadis... En sonunda asıl merak ettiğim Hüdâyî'ye sıra geldiğindeyse tek cümle söyledi:

"Hüdâyî divane, sevdaya tutuldu, yanıyor, yanıyor, yanıyor..."

Kimin sevdası diye sormadım. İzmit mutasarrıfının cariyesine bakışını unutmam mümkün değildi. Böyle olacağı ta o akşamdan belliydi. Adı Nadide'ymiş. Şimdi bizimki bir sırdaşa ihtiyaç duyacaktı ve ben buna gönüllü olabilirdim. Akşam yanına vardım, serdiğimiz kilimin üzerinde sırt üstü uzanıp dolunaya bakarak onu konuşturdum; üzerime yük aldığımın farkında olarak. Hem de ağır bir yük. Çünkü bir yanda koca mutasarrıfın cariyesi, öte yanda tuz parasıyla hacca giden fukara bir meczup. Üstelik de umutları var. İşim zordu. Konuştuk, konuştuk. Gece ilerlemiş, hava ayaza çalmıştı ve bu gecelik kâfi olduğunu söyledim:

"Hele hayırlısı Hüdâyî Can, Allah bir sühûlet verir; artık uyuyalım mı?"

"Verecek, inşallah... Uyuyalım."

Gözümüzü yumarken kervandaki köpekler havlamaya, katırlar ve atlar kişnemeye, develer esrimeye başladılar. Barak yerinde duramıyor, Hüdâyî'nin paçalarına yapışmış çekiştiriyordu. Bozkırın ortasındaydık; çevrede ne bir ağaç ne bir yapı vardı ama uzaktan uzağa sanki ağaç dallarından çıkan bir hışırtı geliyordu kulaklarımıza. Gittikçe de yaklaşan ve çoğalan bir hışırtı. İnsanlar bağrışmaya, birbirlerini uyandırmaya çalışıyorlardı. Herkesin baktığı tarafa biz de baktık. Dehşetli bir manzaraydı. Dolunaylı gecede kara bir bulut yere inmiş de döne döne üzerimize geliyordu sanki. Bir hortumu ilk kez görüyordum. Anlatılacak gibi değil. Bir görüntüden mi ibaretti, yoksa yer mi yukarıya bağlanıp gidiyordu, kestiremedik. Ne yapılabilirdi, kimsenin bir tecrübesi yoktu. Geldi, geldi, geldi ve her şey savrulmaya başladı. Öteye beriye, yukarıya aşağıya... İnsanlar şaşkın ve korkmuş; bazısı birbirine sarılıyor, bazısı develeri veya yükleri siper alıyor, kimisi öteye beriye kaçışıyordu. Her şeyin birbirine girdiği an, göz açılamıyor... En yakındakine tutunmaktan gayrı yapılabilecek bir şey yok. Ne hücre ne boy hesabı kalmış, herc ü merc bütün alayı birbirine katmıştı. O sırada Hüdâyî'yi görür gibi oldum savrulan eşyaların ve hortumun arasında. İzmit mutasarrıfının hizmetkârı olan kız, gözlerini yumup korkudan sımsıkı ona sarılmış vaziyetteydi üstelik. Hüdâyî mi yanına gitmişti, onu korumak için; yoksa rüzgâr mı onu buraya atmıştı, kestiremedim; lâkin bizimki gayet sakin, onu teselli ediyordu:

"Hiç korkma sultanım, burası Mevlevî yurdudur, taşı toprağı böyle döner."

Neden sonra kız kime sarıldığını fark edip birden çekildi. Dehşet ve korku anı işte... "Meczubun istediği sühâlet de böyle olur!" dedim içimden.

Adana - Antakya

26 Haziran – 3 Temmuz

"Bir güvercin ziyan olmuş; Zeytun!"

Hüdâyî çırpınarak anlatıyor, herkesin kuş kafeslerine bakmasını istiyordum. Başına toplandık. Tekrarlayıp durduğu cümle:

"Bakın, bir güvercin ziyan olmuş; Zeytun yok, Zeytun!"

Cuma sabahı Konya'dan Mevlevî gülbankları, sema ayinleri ve salavatlar eşliğinde yola çıkmış yürüyorduk. Her zamanki gibi Merkez Efendi'nin sağında kuşbaz ve berber, solunda meczup ve ben. Arkamızda da cayraskal yüklü develeriyle Sümbül ile Telli. Çumra, İsmil yoluyla Ulukışla'da Konya hududunu terk edip Yanıkhan, Gülekboğazı üzerinden Adana ve Misis, oradan da Kurtkulağı, Payas istikametinden Antakya'ya uzanan güzergâh.

Antakya, hac kervanına Anadolu'dan son katılan hacılar için şenlik yeri, çünkü sonrası sıcak topraklar; ayaklarımız yanarak yürüyeceğimiz arazi. Ramazana üç gün var. Bir yandan mevsim sıcakları bir yandan ramazan olunca sefer programımız da gündüzden geceye dönecek. Herkesin bu heyecanı çektiği bir sırada Hüdâyî'nin sesi çevreye bir karamsarlık yaymıştı:

"Bir güvercin ziyan olmuş; Zeytun yok, Zeytun!"

Şaşırmayan tek kişi her zaman arkamızdan yürüyen kuşbazdı. Anlaşılan haberi vardı. Merkez Efendi geriye dönüp sordu:

"Öyle mi Yuşa, Zeytun kayıp mı?"

"Belî üstat."

"Barak mı yaptı?"

"Yok Barak, gögercin kaçtı, gelezek inşallah!"

Titreyen bir ses tonuyla cevap vermişti Yuşa, sanki bir şeyi örtmeye çalışır gibi. Hüdâyî ile birbirimize baktık.

13-14 yaşlarımda güvercinlerimle oynarken kuşbazları sanki sarayın doğancıbaşısı, şahincibaşısı, çakırcıbaşısına özenen insanlar zannederdim. İstanbul'un namlı kuşbazlarından olan dedemden duymuştum, Sultan Süleyman devrinde beş yüze yakın insan yalnızca kuşlardan sorumlu imiş; alıcı kuşlar, posta kuşlar, ötücü kuşlar... Güvercinini kaybeden Yuşa'ya baktım, dedemden dinlediğim kuşbazlara hiç benzemiyordu. En azından kuşlara kendini adamış biri gibi görünmüyordu. Evet, ıslıklarıyla güvercinleri yönetebiliyor, onlarla oynuyordu ama meselâ havalandırdıktan sonra hemen kafesliyor, takla attırmak, münhani çizdirmek, karşılıklı oynatmak gibi heyecanlara hiç kapı aralamıyordu. Ucunda bayrak asılı uzun bir sırığı bile yoktu; onları gökyüzünde halka halka uçurmak için. Çift takla, üç takla, beş takla attığını seyretmedikten sonra güvercin beslemenin ne anlamı olabilirdi ki? Hüdâyî'nin ziyan olmuş güvercin haberi üzerine de arkamızda yürüyüp gelen adamın bir kuşbazdan ziyade bir bezirgân olduğuna inanasım geldi. Zaten soğuk ve itici tavırlarıyla da tam bezirgânları andırıyordu. Menfaate dayalı bir dünyası olduğunu görebiliyordum. Tahminim, güvercinler yanında alıp sattığı başka şeyler de vardı. Heybesinde tesadüfen gördüğüm murassa yazı takımı, meselâ... Satılsa yirmi altın edecek değerde bir tertip. Akik hokka, gümüş kabza, fildişi makta ve zümrüt kakmalı ince kalemler... Ucunda at kuyruğundan bir kılın bağlı olduğu hurde yazı için küçük bir de divit. İstanbul'da avuç içi kadar kâğıda koca bir Kur'an sûresini yazan bir hattatta benzerlerini görmüştüm.

Kuşbazın titrek cevabından sonra küçük bir sessizlik oldu. Kervan ilerliyor, çıngırak sesleri yeknesak devam ediyor, benimse Kuşbaz Yuşa'nın bir bezirgân olması fikri aklımı kurcalıyordu. Eğer kuşbaz ise hokka takımını kendime izah edemiyor eğer bezirgân ise kendini kuşbaz olarak tanıtmasına takılıyordum. "Bir bezirgân ise başka güzel parçalar da taşıyor olmalı!" dedim içimden ve heybesine dikkat etmeyi aklıma koydum. Sonra da düşündüklerimden pişman olup kendimden utandım. Daha evvel Hüdâyî için de olumsuz veya şüpheli şeyler düşündüğüm hâlde yanılmıştım. Hac yolunda kalbimden geçirdiğim düşünceler iyi niyet olması gerekirken üstelik. "Tövbe et, Yahya Efendi!" dedim kendi kendime. Ve aynı anda Hüdâyî gözleriyle arkadaki kuşbazı işaret edip Merkez Efendi'ye öylesine mırıldandı; ellerinin üstünü süpürerek:

"Bu kuşbazda insanı rahatsız eden bir taraf yok mu sizce?"

Merkez Efendi hiç duymamış gibi yaptı.

Hüdâyî aklımdan geçeni sormuştu. Yanına varıp "Ben görmeyeli Merkez Efendi'den huy kapmışsın anlaşılan!" diyecektim ki cümlesinin devamını kekeledi:

"Posta güvercini, pusula götürür... Haberci kuş, haber getirir!"

Bunu söylerken kendince mırıldanıyor muydu yoksa önceki gibi tekerleme mi söylüyordu kestiremedim. Aynı cümleyi üçüncü defa ve üzerine basa basa tekrarladığında bunun bir ihbar cümlesi olduğunu düşündüm; "Posta güverciniyse pusula götürüyordur!" anlamında. Acaba Hüdâyî'nin bir bildiği mi vardı? Merkez Efendi'ye baktım. Alâkasızdı. Berber de konuyu değiştirdi:

"Üstat biraz bizi taşısanıza!"

Merkez Efendi'nin anlatmaya bu kadar istekli oluşu belki de benim vesveselerimden kaçmak içindi, bilemedim.

"Hımm!.. Pekâlâ Zuhurat Musa Efendi, adaşının hikâyesinden başlayalım..."

Hac yolundaki en büyük nimetin hücre reisimiz olarak Merkez Efendi gibi bilge birisiyle zaman geçirmek olduğuna yeniden şükrettim. İnsana hem huzur hem bilgi veriyordu. Şimdi de Ta-Ha sûresinden birkaç âyet okuyup tefsirini yapmaya başlamıştı. Berber Musa'nın hatırına Peygamber Mûsâ'nın kıssasını hikmetleriyle, nükteleriyle, nasihatleriyle harmanlayarak anlatıyor, anlatıyor, anlatıyordu. Hz. Mûsâ'nın sepete konduğu bebeklik günlerinden itibaren bütün hayatını kim bilir kaç kez dinlemiş, okumuş veya sohbetini yapmışımdır ama hikâye bana hiç bu seferki kadar lezzetli gelmemişti. Merkez Efendi bir müderris olmanın tecrübesiyle çok güzel ve etkili konuşmakta, bize dersler vermekteydi:

"Mûsâ yenilip yanılıp bir hata işlemiş, bir tokatla bir adamı öldürmüş, katil olup elini kirletmişti. Eli kirlenen Mûsâ artık elim işe yaramaz karamsarlığına düşmedi. Eğer düşseydi elini kaldırıp atması gerekirdi. Oysa Mûsâ elini temizlemenin çarelerini aradı. Tövbeye yöneldi, ettiği zulmü Allah'a arz etti, af diledi. Allah da onun kirlenen elini rahmetiyle Yed-i Beyza'ya dönüştürüp pırıl pırıl bir el yaptı. İmdi, insana düşen, kirleneni atmak değildir, kiri atmaktır! Kirleneni dışlamak değildir, kiri dışlamaktır. Herkes kirlenebilir ama temizlenme imkânı daima vardır. İnsandır, nefis sahibidir, günaha girebilir, küfre sapabilir, çamura düşebilir. Peki ama çamura düştü diye onu feda etme hakkımız var mıdır? Allah yaratmıştır madem, öylece bırakamayız, onu alıp yıkamak, Mûsâ'nın eli gibi pırıl pırıl etmek gerekir."

Merkez Efendi bizi taşırken zâhirde kervana uyduruyor ama hakikatte içimize doğru yürütüyordu. Onu dinlerken hepimiz kalbimize yürüyor, kalbimize yol buluyorduk. O konuşurken duyulan yalnızca deve yavrularının kuyruklarında titreyen çıngırakların sesi olmuyor, ruhlarımızın nefislerimize galip gelen haykırışları da oluyordu. Hâlden de anlıyordu ki sözleri bitince Hüdâyî'ye "Evlâdım istersen sen biraz geriden gel!" demişti şakayla karışık. Yüz arşın geride İzmit

Mutasarrıfı'nın kafilesi vardı çünkü. Hüdâyî "Ah keşke!" diyerek gerilerken celep yine takıldı:

"Nadide Sultan! Ha?"

Merkez Efendi mırıldandı:

"İnşallah hac bitmeden kızı mutasarrıf hazretlerinden isteriz."

Kuşbaz arkadan bağırdı, kulağı bizdeymiş anlaşılan:

"Nadide razıdır?"

"Şimdilik değil ama olacaktır. Hüdâyî gibi bir yiğidi nerede bulacak?"

"Yiğit de yiğit olup kalpler kazanmalı, amma..."

"İnsanların kalpleri ürkektir; kim onları elde ederse ona alışırlar, biz de kızın kalbini elde edeceğiz inşallah!"

Geriye dönüp Hüdâyî'ye bağırdım:

"Duydun değil mi Hüdâyî?"

Hüdâyî utanıp başını yere eğdiği sırada kuşbaz yeniden laf atmasın mı!

"Peki ya deveci?"

"Deveci aradan çekilir elbet!"

Konya'da ilk duyduğumda da Deveci Telli'nin Nadide'ye abayı yaktığı söylentisine inanmamıştım ama şimdi şakası bile yapılıyorsa iş ciddi sayılırdı. Eğer Telli Hüdâyî'ye rakip olduysa bizimkinin hiç şansı kalmazdı. Aslında ikisinin de umutsuz vaka olduğu ortadaydı. Kızcağız mutasarrıfın hanesinde, özürlü çocuğuna, Fatmacığa bakıyordu. Mutasarrıf onu satar mıydı hiç? Farzedelim sattı, pahasına ne deveci ne meczup güç yetirebilirdi. Hele ki Hüdâyî tuz parasıyla mı kıza sahip olacaktı?

Sonra birden korktum. Nadide bizimkinin meczup olduğunu keşfettiği an yüzünü çevirecekti. Belki çoktan keşfetmişti bile. Bu durumda Telli bahtlı sayılırdı. Yıldızı yükselişteydi, iş yapıyor, para kazanıyordu. Peki ama Merkez Efendi'nin bir bildiği mi vardı, benim bilmediğim; mutasarrıftan kız istemeyi kafasına koyduğuna göre? "Peki ya mutasarrıf işin farkındaysa?" diye geçirdim aklımdan ve cümlenin gerisini nasıl getireceğime karar veremedim; "Ne de olsa devletlü adamdır, böyle hafiflikleri kaldıramaz" mı demeliydim, yoksa "Ne de olsa devletlü adamdır, elbette mürüvvet gösterir" mi? Bütün bunların cevabı Merkez Efendi'deydi. Ona yaklaştım:

"Üstat!.. Acaba..."

Kös sesi sözümü bölüverdi.

"Güm, güme gümmm!"

Durduk. Kafile durdu. Herkes durdu; her şey durdu.

Güpegündüz mü? Alışılmadık bir uygulama! Kulaklarımızı açıp beklemekten başka yapacak şey yoktu. Münâdîler neden durduğumuzu açıklayacak ve muhtemelen yeni emirler tebliğ edeceklerdi. Öğlen sıcağında, güneşin altında, hayvanlar yükleriyle, insanlar merakta... Bereket versin sürre emini elini çabuk tutan cinstendi. Kervanın büyüklüğüne oranla yüze yakın insanı münâdî olarak belirlemiş, emir verilmeye başlandığında hepsi birbirlerinin seslerini duyabilecek mesafelerde yüksekçe birer yere, bazen bir devenin sırtına bazen bir yükün üzerine bazen de bir tepenin yamacına çıkıp sağ yanlarından duyduklarını sol yanlarına doğru ilân ediyorlardı. Böylece emir her ne ise yüksek sesle bir münâdîden diğerine tekrarlana tekrarlana kervanın bir ucundan diğerine on dakika içinde ulaştırılıyordu. Ve işte ilk emir:

"Cuma vaktidir. Namaz kılınacaktır!"

Her kafadan bir ses çıkmaya başladı:

"Seferînin cuması mı olurmuş?"

"Cuma mı? Külahıma anlatsınlar!.."

"İnşallah kötü bir şey olmamıştır."

"Cuma namazı kılınacağına göre sefer sona erdi. Geri dönüyoruz besbelli!"

"Sus ağzından yel alsın!"

Hepimiz şaşırdık. Deveci kardeşler derhâl develerini koşturdular. Ne de olsa onlara çok iş çıkmıştı. Münâdî sözünün devamında mahmil-i şerifin bir sahra namazgâhını menzil edindiğini erkeklerin namazgâha doğru ilerlemelerini bildirdi. Kuşbaz hepimizden daha önde ilerledi. Beklediği bir haber varmış gibi.

Belirlenen namazgâha vardığımızda uğul uğul öten bir meydan bulduk. Herkes ayrı bir yorum yapıyor, ekseriyetle de hac kafilesinin ilerlemeyi durduracağına dair önceki fısıltılar artık yüksek sesle telaffuz ediliyordu. Sürre emini bizzat mimbere çıkıp eliyle herkese susun işareti yapıp açıkladı. Durmanın iki sebebi vardı. Aşırı sıcak yüzünden beliren dinlenme ihtiyacı ve bundan istifadeyle İstanbul'dan gelen haberlerin alaya tebliği. Haber de iki taneydi; birincisi Şeyhülislâm Mekkîzâde Mustafa Âsım Efendi'nin Sultan Mahmud ile bazı konularda ters düştüğü ve bunun bir hükümet buhranına dönüştüğü –fısıltılara bakılırsa padişah kendisini azledip yerine Çerkes Halil Efendi'yi şeyhülislâm yapmak istiyormuş- diğeri de Sultan Mahmud Efendimizin haccın edasıyla alâkalı önlemlerini bir kat daha arttırdığı ve Mısır hidivine bu yolda yeni emirler verdiğiydi. Hem şeyhülislâmın hem de sultanın yazılı tebliğleri okunduğunda hacılar arasında bir tedirginlik oluştu. Başlangıçta her iki hususun da kervan yolcuları tarafından bilinmesine ihtiyaç olup olmadığı konuşuldu. Sultan tebligatında hacıların kendilerini emniyette hissetmeleri gerektiğini söylüyordu. Peki ama hacıların bilmediği emniyetsiz bir durum mu vardı? Haremeyn'e musallat olan isyancıların tenkili için ek tedbirler alındığı bildiriliyordu. Peki ama ek tedbir gerektirecek hususlar neden söylenmiyordu? Bu haber üzerine herkesin huzuru kaçtı. Hatta derviş taifesi toplu zikir yaparak kervanın emniyeti için toplu dualar etmeye başladılar; bağırış çığırış... O andan itibaren münâdîlerin sesine kulak veren kalmadı; Merkez Efendi hariç. Mecburen biz de onunla bir dinledik. Sürre emini ilâve olarak Rusya ile sulh görüşmelerinin başlatıldığını müjdeliyordu. "Bu iyiye işaret" dedi meczup. Sürre emini Napolyon'un Osmanlı Devleti'yle yakınlaşma yolları aradığını söyledi. "Aliyyülâlâ!" dedim. Kavalalı'nın Mısır'da gücünü arttırdığını anlattı. Merkez Efendi "Sevinmeli mi, üzülmeli mi?" diye yorum yaptı. O sırada Hüdâyî kolumu dürtüp iki adım önümüzde duran kuşbazı gösterdi. Hayretle baktım, tebligatı hepimizden daha dikkatli dinliyordu. Duyduklarını anlamak için gösterdiği gayrete gıpta ediyordum ki birden yüzünde bir gülümseme ve mutluluk işareti gördüm. O sırada telaffuz edilen cümleye kulak verdim, düşmanımız olan bazı devletlere ait gemilerin İskenderiyye'den Beyrut'a doğru Akdeniz'de ilerlediğini anlatıyordu. Meczup ile yeniden birbirimize baktık. Evet, bu adam bir soru işareti sayılabilirdi. Bütün siyaset ve saltanat çevrelerinde bazı kâfir düşmanların Arapları Osmanlı aleyhine kışkırtmaya başladığına dair ardı arkası kesilmeyen haberler konuşuluyordu; boşa olmayabilirdi. Kuşbaz Yuşa neticede bir Arap'tı.

Sürre emininin tebligatı bitince namazgâhtan menzilimize ayrılmak üzereyken Oruç Baba'nın adamlarından biri gelip sürre emininin beni istediğini söyledi. Haberciyle birlikte yürüdük. Merkez Efendi de beni yalnız bırakmadı. İstanbul'dan gelen elçi benimle görüşmek istemiş. O anda içime bir korku düştü. Kötü haber, diye yorumladım. Nitekim öyle çıktı. Haberci açık sözlüydü:

"Şeyhülislâm hazretleri Sultan Mahmud Efendimiz ile bazı konularda anlaşamıyorlar. Sultan hazretleri Mekkîzâde Efendimizin her icraatını teftişten geçirmeye başlamıştır. Bu vesileyle şeyhülislâm hazretlerinin mahsus selâmını getirdim. Maalesef yazacağınız vekayinâmenin rafa kaldırıldığını, ödeneğinizin kesildiğini bildirmemi istedi. Ezcümle, istiyorsanız buradan itibaren sürre alayından ayrılabilir, İstanbul'a dönebilirsiniz."

Adamın sözlerinin gerisini dinleyemedim bile. Başımdan kaynar sular dökülüyordu. Bir iyi niyet göstergesi olarak eğer istersem Dersaadet'e dönerken kafilesine beni de alabileceği teklifini ise belli belirsiz işittim. Habere sürre emini de üzülmüş görünüyordu. O anda aklıma ilk gelen şey daha İstanbul'dayken Eyüp Sultan huzuruna varıp Medine'ye gitmeye niyet ettiğimde selâmını Resûlullah Efendimize götürmeye niyet etmekliğimdi. Daha sonraki zamanlarda bu niyet üzerimde bir emanete dönmüş, Eyüp Sultan hazretleri bizzat benimle selâm göndermiş kadar önemli olmuştu. Emaneti yerine ulaştırmak artık bir vazifeydi ve şimdi buradan geri dönmek en son isteyeceğim şey olurdu. Üstelik daha mürekkeplerim bile hazır değildi:

"Efendim, müsaade ederseniz Kâbe yolundan beni döndürmeyiniz."

Sürre emini babalık gösterdi ve korkularımı bertaraf etti. Haberciye bir göz işareti yapması benim kafilede kalmam için yeterli oldu. Hücreye dönerken vakanüvislik görevimin bitmiş, ortada kalakalmış olduğum gerçeğini idrak ettim. Hüdâyî aklıma geldi nedense. O bir tuz parasıyla Kâbe yollarına dökülmüştü, bu durumda ben hiçbir şeysiz o yoldaydım.

Yerimize vardığımızda Hüdâyî diğerlerini karşısına almış tembih üstüne tembihte bulunuyordu. Söylediklerine kimisi kulak veriyor, kimisi alay ediyordu. Oysa bütün ciddiyetiyle anlatıyordu; vaiz gibi:

"Varlığın yegâne sahibi Allah'tır. Âdemin ne vakit yoksul olacağı belli olmaz. Yokluğa yerinme, varlığa sevinme. Ser verecek sözün var ise sakın deme. Kötüye yoldaş olma. İleri yürü, geri kalma. Komadığın yere el uzatma. Tuz ekmek hakkını gözet. Namahreme bakıp mahreme ihanet etme. Sır saklar ol. Söz gezdirme. Herkesle güzel geçin. Ulular önünden gitme. Ululardan bir şey isteme. Rıza lokmasına kanaat eyle. Yolda kalma, kendine yoldaş bul!"

Son cümleyi gözümün içine bakarak söylemişti. Bu adamı çözmek gerçekten zordu. Yine de yoldaşımı bulduğumu düşündüm. Kâh deli kâh velî... Üstelik parasız, çulsuz ve gamsız...

Yanına vardığımda kulağıma fısıldadı, sanki vazifeden azedildiğim haberini kuşlardan duymuş gibi:

"Ya sen beni taşı, ya ben seni taşıyayım!"

Şam

15 Temmuz – 6 Ağustos

Şam'daki son gecemiz. Yirmi ikinci gece. Efrenci Ağustos'un altısı. Akşam vakti, tek başıma, Kasyun tepesinden Şam'a bakıyorum. Burada geçen günlerimin mutlu tebessümüyle... Kervan Kadem-i Şerif mevkiinde konaklamış vaziyette. Yarın orada bir merasim yapılacak; geldiğimiz günkünden daha ihtişamlı bir merasim olacağı söyleniyor. Sonra uçsuz bucaksız çöller ve ver elini Medine.

Şam, yirmi iki günde içimde neredeyse yirmi iki önemli hatıra bırakan bir şehir. Hac yolunun tam yarısında; korkunun da sınırında beklediğimiz zamanların hatıraları. Gideceğimiz yolun geldiğimizden daha emniyetli olması için dua edişimizden başlayıp Kâbe'yi görebilme hasretiyle geçirdiğimiz gecelerin uzayıp gidişine kadar. Şehrin tavanı sayılan Kasyun'da bütün günlerimiz gözümün önünden geçiyor. Sürre emininin, şehre girdiğimiz gün, burada geçecek zamanın manevî bir bereket getireceğini tekrarlayışı hâlâ kulaklarımda. Gerçekten de öyle olmuştu. Oruçlu ağızlar ve duyarlı kalpler Şam'ı pek sevmişti. Şehre girişimiz sıcaklar ve açlığın kısalttığı konakların sonunda olmuştu. Yaşlıların tahammül sınırı kadar yürüyor, orucu eziyete dönüştürmeyecek şekilde istirahate daha çok zaman ayırıyorduk. Gerçi kıssahanlar, şeyhler ve vaizler daha çok yoruluyor ama hacı adayları etraflıca bilgileniyordu. Kervanda bir ramazan bereketi vardı. Diller tutulmuş, malayani terk edilmiş, zikirler ve tesbihler çoğalmıştı. Konya'da Mevlevîlerin göz alıcı ayinlerinden sonra Safder'de Nakşîler, Hama'da Kadirîler, Humus'ta yeniden Mevlevîler ve Benik'te Cerrâhîler âdeta birbirleriyle yarışırcasına zengin zikirler icra ettiler; tarikatı inkâr eden Vehhâbîlere rastlamadan evvelki fırsatı değerlendirir gibi. Ayyuka çıkan zikir sesleri ıssız gecelerin şenliği...

Şam yolunda Hüdâyî ile beni Merkez Efendi taşımıştı. Kuşbaz insan içine karışmadığı, diğerleri de işlerinin başında olduğu için üçümüz sık sık yalnız kalıyor, uzun mesafeleri birlikte sohbet ederek tüketiyorduk. Yaklaştığımız dazlak tehlikesinden Mekke ve Medine hakkındaki bilgilere, Osmanlı Devleti'nin ve Sultan Mahmud'un siyasetinden geçtiğimiz yerlerdeki halkın sosyal durumuna kadar konuşmadığımız şey kalmamıştı. Bazen neşeli bazen hüzünlü, kâh ilmî kâh avamî... Gündüz yolculuk yapmanın çekilmez olduğu, oruç susuzluğunun damakları kuruttuğu günlerdi. Hüdâyî ile Telli arasındaki rekabet büyümüş, dördüncü hücrede Nadide adı bin tedbirle anılır olmuştu. Aslında kız ikisini de görmezden geliyordu. Sıcak mı sıcak bir günün iftarına yaklaşırken Hüdâyî'nin kulağına eğilip "Yakını yitiren, uzağı da bulamaz!" dedim, çünkü kızdan uzak duramıyordu. O günün akşamında Zuhurat güya bana bir sır verdi. Dediğine göre Telli sırf Hüdâyî meczubuna takılmak için Nadide'yle ilgilenir görünüyormuş. Eğer böyle ise Hüdâyî adına sevinecek kendi adıma da rahatlayacaktım. Merkez Efendi'ye koştum. O aksini söylüyordu; durumu kardeşi Sümbül ile konuşmuş ve Telli'nin kıza ilgisinden emin olmuştu. Hac yolunda düzenbazlık mı olurdu; araştırdık. Ve anladık, kuşbaz Hüdâyi'den yana görünüp arayı kızıştırıyordu. Sümbül de gafletteydi.

Kuteyfe menzilinde, Şam'dan bir önceki gece, Süleymaniye isinin olduğu kavanozu kontrol edip cırcır böceklerinin yükselen koroları arasında uyumaya çalışırken gözlerim yıldızlara dalıp gitmişti. Hüdâyî'nin yine sırra kadem bastığı gecelerden biriydi. "Nadide'yi görme umuduyla daha ne kadar avare dolanıp duracaksın be hey âşık!" dedim kendi kendime ve gözlerimi yumdum. Aaa!.. Birden fısıltısı erişti kulağıma, artık nereden çıkıp geldiyse, yine parmaklarıyla elini süpürüyor, hızlı hızlı yenlerini oğuşturuyordu. Tırnaklarının böyle böyle eriyip gittiği geldi aklıma, tuhaf. Belki de bu yüzden sesini eskisinden daha gizemli hissettim:

"Zeytun döndü ama bu sefer de Mâşuk kayıp!"

"Aşk işinde mâşuk her zaman kayıp sayılır, uyu artık!"

"Kuşbaz yaramaz, kuşbaz yaramaz, kuşb..."

"Sus da uyu artık! Taktın bu kuşbaza! Yahut biraz Şam-ı Şerif'i seyret!"

Uykum açılmıştı. Ona Şam'dan bahsetmeye başladım nedense:

"Şam, tarihte bilinen ilk yerleşim alanı. Dımışk adının 'dem-i şek'ten geldiği sanılıyor; 'kanın ayrıştığı yer; yani Âdem'in oğulları Kabil'in yeryüzünde ilk kanı döküp Habil'i öldürdüğü yer'. Şu anda bulunduğumuz Kasyun menzilinden görünüşü ise rüya gibi, baksana!"

"Aklında Şam'dan ne kalacak!" diye sordu. Ben Osmanlı şehri Şam hakkında her güne bir anı biriktirmişken muhatap olduğum böyle bir soruya nasıl şaşırmayayım. Ona "Buraya dair her şeyi unutsam bile şehre girdiğimiz günkü şenliği asla unutamam" dedim. Bakışları bunun nedenini de soruyordu. Cıvıl cıvıl mektep çocukları, gür sadâlı derviş grupları, sessiz sadâsız lonca meslek erbabı, disiplinli askerler, ahenk dolu mızıka ve mehter sesleri diye uzun bir liste saydım. Gerçekten de benim için her biri Şam'ı özlemek için ayrı ayrı sebeplerdi... Sürre alayındaki herkes için, yol hatıralarımız arasındaki en önemli menzilin Şam olacağı kesindi. On binlerce insanı evlerinde konuk edinip günlerce ağırlayan Şam ahalisinin tatlı dili, mürüvvet ve insaniyeti bile unutulmaz dostlukların başlangıcı olmuştu. Hanlara ve kervansaraylara yerleştirilenlerden hiç ücret alınmamış, bizim gibi bekâr yolcularla askerlerin ağırlıkta olduğu yirmi altıncı ve yirmi yedinci boylardaki başıbozuk hücreleri de Kadem-i Şerif mevkiinde meccânen konuklatılmıştı. Bu düzen en çok Hüdâyî'nin işine yaradı elbette. Çünkü İzmit Mutasarrıfı paşa bir kervansarayın iki odasına yerleşince, özürlü kız Fatma, annesiyle babasının yanında kalmış, Nadide de diğer bazı ailelerle birlikte Kadem-i Şerif'i mekân edinmişti. "Kızcağız kendine zaman ayırabilecek" diyordu Hüdâyî. "Belki sana da bir zaman ayırır" demeyi fazla görmüştüm. Bu durumda nimeti ganimete çevirmek isteyecek Sümbül'ü de hesaba katmak gerektiğini kestirememiştim. Neyse ki Nadide ikisini de tanımazdan gelmeye devam ederek benim de işimi kolaylaştırdı. Zannederim kızcağızın bir planı vardı ve böyle görünmeyi tercih ediyordu. Ne de olsa iki sevdalı âşık genç bir kız için gurur vesilesidir.

Tam bu rekabet ortamında bir akşam Hüdâyî yine yenlerini oğuştura oğuştura karşıma dikilip ısrarla şikâyete başlamıştı:

"Konya'da kaybolan güvercin Şam'da sahibine geri dönmez."

"Çatlaksın sen Hüdâyî, güvercinlerle ne bu derdin?"

Daha hızlı tekrarlamaya başladı:

"Konya'da kaybolan güvercin Şam'da sahibine geri dönmez."

"Yani?"

"Yani kuşbazın güvercinlerinden biri gidip yerine başkası geliyor. Zeytun Konya'da uçup Şam'da sahibini bulabiliyorsa belki de başka bir Zeytun'dur?"

"Nesin sen, Sultan Mahmud'un asesbaşısı mı?"

"Dün de Mâşuk kayboldu."

"Diyelim öyle; ne yapmalıyız?"

"İstediğin her ne ise!"

"Ben bir şey istemiyorum ama sen isteteceksin besbelli. Bence sen kuşbazı bırak da Nadide'yi takibe al."

"Kafesteki dört güvercin artık yok, yerine dört güvercin geldi. Benden demesi?"

Aklını güvercinlere takmış, kuruyor da kuruyordu. Bir meczubun hayalî varsayımlarını dinlemekle vakit geçiremezdim. Başımdan savmak istedim, kıyamadım. O sırada beni yine şaşırttı:

"Kuruntu olduğunu düşünüyorsun, vazgeç!"

Vazgeçtim! Kendimi şartlandırdığımın, her cümlesine bir cevap bulduğumun farkına o anda varıp artık itiraz etmekten, mazeret üretmekten, itimatsızlıktan vazgeçtim. Ona güvenim tam olduğuna göre, fikrini fikrim gibi kabul etsem ne değişirdi ki? Bunu anlamak için ilk iddiasını içselleştirip kendim düşünmüş gibi baktım ve iddianın izini sürdüm. Eldeki ilk varsayım, kuşbazın on altı güvercininden dördünün artık kafeste olmadığı, başka güvercinlerle yer değiştirdiğiydi. Bu da Yuşa'nın dört haber götürmüş olabileceğini gösteriyordu; aynı yere veya değişik yerlere. Haberci güvercinlerin eşlerine gittiklerini biliyordum. Yavruyken bir dişi bir erkek güvercin birbirine alıştırılır, sonra dişisi günü gelince geri dönmesi için erkeğinden ayırtılır ve gidecek haber için beklemeye alınırdı. Kaç yıl geçerse geçsin ve nerede olursa olsun günün birinde erkeğinin kokusunu taşıyan bir tüy kendisine koklatıldığında gider erkeğine kavuşurdu. Bu yüzden posta güvercinlerinin genellikle dişilerden seçildiğini ve güneşin yönünü izleyip havayı koklayarak yönlerini bulduklarını biliyordum. Tarih, iyi bir kuşbazın, güvercinlerin eşlerine karşı olan sadakat ve sevgilerini gizli haberleri için kullanabileceğinin örnekleriyle doluydu. Bizim Yuşa eğer böyle birisiyse güvercinlerinin sekizi erkek sekizi dişi olmalıydı. Bu da sekiz haberleşme demekti. Hüdâyî'nin dediğine bakılırsa dördünü tüketmişti. Birini de acil durumlar için saklayacaktı, demek önümüzdeki günlerde üç haber daha gönderme ihtimali vardı.

Hüdâyî'ye inancımı değiştirince her şeyi baştan alıp tekrar düşündüm. Gerçi İstanbul'dan itibaren kervanda yaşananların herhangi bir istihbarata konu olacak haber değeri yoktu ama önümüzde bir dazlak tehlikesi vardı. Yuşa her birine servet gözüyle baktığına ve bunları satıp zengin olmayı kurduğuna göre güvercinlerin kaybolma ihtimalleri düşüktü. Bu durumda haber için gidişler ve gelişler olması mümkündü. Kalbime sordum, şimdilik gözümle görmediğim bir konuda, Hüdâyî'nin sözlerine inanarak iş yapmanın yakışık almayacağını söylüyordu. Ama eğer haklıysa sıradaki üçüncü haberde görevini tamamlayacak bir hafiyeden bahsediyor olurduk ki yolun yarısını zaten tamamladığımıza göre tehlikenin de eli kulağında sayılırdı. Güvercinleriyle birlikte değerli yazı takımı, kırık yazı kalemi ve mürekkep taşıyan bir kuşbaz işte o anda bana da karanlık gelmeye başladı. Şehre indiği bir günde güvercinlerini yoklamayı kafama koydum. Hiç kimseye, özellikle de Merkez Efendi'ye hissettirmeden.

Fırsat bayram arifesinde kuşluk vakti elime girmişti. Güvercinleriyle uzun uzun ilgilenip kafeslerini temizleyip yemledikten sonra bazı bayramlık ihtiyaçlarını görmek üzere Şam Çarşısı'na gideceğini söyledi. Kafeslerin üzerini örttü, yaygılarını toplayıp dürdü, heybesinin gözlerinden birkaç parçayı kuşağına nakledip heybeyi yaygılarının arasına istifledi. Meğer her konuda ne kadar titiz ve tertipli biriymiş, izlerken gördüm. Her şeyi mükemmel yapmaya şartlanmış olmalıydı ki dönüp eşyalarını tekrar kontrol etti. O sırada ben de Hüdâyî'ye bakındım. A-aa!.. O da şehre gitmek üzere hazırlanıyordu. Fısıldadım:

"Yuşa'yı takibe mi gideceksin?"

"Hıh!.. Umurumda değil, Nadide şehre gidiyor, onunla yürüyeceğim."

"Ardınca takip edeceksin yani?"

"Olsun, sevgilinin adımlarına basmak da saadetin bir çeşidi değil midir?"

O gitti. Hücrede Berber Zuhurat ile benden başka kimse kalmamıştı. Oturup biraz sohbet ettik. Kazancından, çoluk çocuğundan, çektiği hasretten... Kazandığı paraları Şam'da bir yeddiemine bıraktığını söyledi. Medine yolunda dazlaklar saldırır da elinden alır diye korkuyordu. Dertli bir adamcıktı, onu teselli ederken sürre imamı öğle ezanını okumaya başladı. "Arkandan yetişiyorum!" deyip onu namazgâha gönderdim. Elimi çabuk tutmalıydım. Önce kafesin örtüsünü açtım. Kuşların dalgalanıp gürültü yapacaklarını hiç hesaba katmamıştım. Diğer boy ve hücrelerden namaz için geçenler dönüp bana bakıyorlardı. Utanç verici!.. Çarem yoktu, kuşların sahibi gibi davranmaya başladım. Bereket versin bazılarının isimlerini, daha doğrusu bazı isimleri biliyordum, yüksek sesle sayıklamaya başladım:

"Paşa'm, güzel güvercinim!.. Gel hele şöyle. Hayduuut! Yine haydutluk ediyorsun. Ömür, şöyle açıl bakayım!"

Bu arada kafeslerin her yanını yoklamış oldum. Güvercinleri tanımadığım için bana göre dikkat çeken hiçbir şey yoktu. Yalnızca kafes ve güvercinler... Tekrar tekrar baktım, yokladım. Nafile. Geri çekildim, güvercinler sustu. Riske girip eli boş çıkmak omuzlarımı düşürmüştü. O ana kadar hiç aklımda yokken, gözüm birden Yuşa'nın dürüp katladığı dengine takıldı.

"Hayır, bunu yapmamalısın!"

Kalbim böyle söylese de hırsım ve aklım o dengin içinde bulacağım bir şey olacağını söylüyordu. En azından murassa yazı takımının yanında neler olduğunu öğrenmek istiyordum. Çevreyi tekrar kolaçan edip elimi uzatmaktı niyetim. İçimdeki ses tekrarladı:

"Hayır, bunu yapmamalısın!"

Kendime karşı geldiğim nadir anlardan biriydi. Yükün bağını çözmeye başladığımda bile zihnimde aynı cümle tekrar edip duruyordu. Ben ne yapıyordum böyle.

"Haaayıııırr!"

Derhâl geri çekildim. Daha doğrusu kendimi cezalandırır gibi geri çekip yere attım. Kafeslerin önünde kıçüstü oturup kalmıştım. Kararım kesindi, heybesine veya dengine bakmayacak, güvercinlerin üzerini kapatıp derhâl oradan uzaklaşacaktım. Örtüyü elime alıp iki kafesin üzerinde ortalayarak havalandırdım. Ellerim titriyordu. Alnımı ateş basmış olmalıydı. Bir an evvel oradan kurtulmam, kaçmam gerektiğini düşünüyordum. Örtünün aşağıya sarkan uçlarını bağladığım an her şey bitecek ve ileride kendimden utanacağım bir hatıra sona erecekti. Bütün işler de o anda ters yüz oldu zaten. Örtünün uçlarını geçireceğim küçük halkaları ararken kafeslerden birinin taban kısmının diğerinden daha kalın olduğunu fark ediverdim. "Kalın tahtadan kesmişler!" Hayır, kalın tahta değil, iki tahtanın üst üste çakılmasıydı. Yine hayır, birbirine çakılı da değildi. Dikkatimi verdim. Evet, kafesin alt kısmında çok ince bir çekme katman vardı. Elimi altına götürüp kendime doğru hareket ettirdiğimde küçük kâğıtlarla karşılaştım. Serçe parmağı eninde ve uzunluğunda kâğıtlar. Güvercinlerin ayaklarında taşıyacağı pusulalar olduğu açıktı. Bazılarının üzerinde yazılar vardı. Frenk yazıları!.. Tahtayı biraz çektim... Evet, işte iki tane daha! Ne yapacağımı şaşırdım. Bunları alıp ne olduklarını araştırmam gerektiğini biliyordum. İyi ama bu durumda kuşbaz kâğıtlarının kurcalandığını anlamayacak mıydı? En iyisi pusuladaki yazıları ezberlemekti. Frenk harflerini ve birbirine tutturularak telaffuzunu becerebiliyordum. Ama anlamını bilmediğin bir şeyi ezberlemek de çok zordu. Bu yüzden olsa gerek Arapça bilmeden hafız olanlara hep gıpta etmiştim. Kendi kendime "Bunu yapabilirsin!" diye tekrarlayarak pusulayı defalarca okudum. Gözlerimi yumup ezberden tekrar ettim. Sonra da kendimi namazgâha doğru ilerlerken buldum. Bedenim hâlâ alev alev yanıyordu. Bu yaptığım şeylerin hiçbiri bana göre değildi. Ben bu değildim! "Alacağın olsun Hüdâyî!.. Beni nelere bulaştırdın?"

Saatler geçti. Durmadan planlar kurup yine bozuyordum. Bir yandan vicdan azabı çekiyor diğer yandan kuşbazla ilgili hesaplar yapıyor, yaşadıklarıma uygun varsayımlar üretiyordum. "Bir yerlerde güvercin tüyleri saklıyor olmalı!" diye inandırdım kendimi. Öyle ya, eğer bu güvercinleri eşlerine gönderiyorsa onların kokusunu taşıyan tüyler de yanında olmalıydı.

Kuşbaz Şam'dan dönesiye kadar çeşit çeşit ihtimalleri değerlendirdim. Merkez Efendi'ye haber vermek, muhafızlara haber vermek, sürre eminine haber vermek, Hüdâyî ile bir olup sorguya çekmek veya hiçbir şey yapmayıp izlemeye devam etmek. Belki en iyisi buydu, cürm-i meşhut eylemek, yani suçüstü yapabilmek üzere izlemek... Hüdâyî ile birlikte bunu başarabilirdik. Yeter ki kuşbaz, kafesindeki pusulaların keşfedildiğini hissetmesindi.

Şehre gidenlerin geri dönmeye başladıkları saatlerdi. Hüdâyî gelince onunla paylaşmak için pusulada okuduğum cümleyi kendi kendime tekrarlamaya başladım. Evet, tamamen ezberlemiştim: *"I will inform you whom to give the letter to*!" Rahat bir nefes aldım. Acaba ne diyordu? Bunu düşündüğüm sırada avucumda bir kâğıt parçasına baktığımı fark ettim. Hoppala! Pusulayı alıp getirmiştim. Eh "Acemi hacıyı deve üstünde yılan sokar!" dedikleri bu olsa gerekti. Elimdeki kağıdı birden yırtıp atmak veya kafese yeniden koymak, yani suç unsurundan kurtulmak geçti içimden. Pusulayı yerine koymak için artık geç kalmıştım. Yırtıp atmak tek çareydi.

"Dur, acele etme!"

İmhadan vazgeçtim. Delil olarak birilerine göstermek gerekebilirdi. "Allah vere de kuşbaz pusulanın kaybolduğunu fark etmeye!"

Akşamı iple çektim. Hüdâyî'ye haklı çıktığını söyleyip sevindirmekti niyetim; sonra da yapacağımız işbirliğinin kurallarını belirlemek. Ama o Nadide'nin sevdasıyla sarhoştu, beni dinlemiyor, yalnızca sayıklıyordu, en mutlu hâliyle:

"Nadide... Sultanımmmm!.. Al canımı!.."

Hüdâyî ile konuşmak için ne yatma vaktine kadar onunla yalnız kalabildim ne de onun sayıklamalarının sonu geldi. Telli kendisine sataştığı zaman bile tavrını hiç bozmadı. Dediğine göre Nadide şehirde bizimkini kovmuş, Şam bedesteninde Telli'nin yanınca yürümüş ve ona umut bile vermiş. İnanasım gelmedi. Bir kıza tutkun iki kişiden ikisi de mutlu ise birininki sahte olmak zorundaydı. Hangisi olduğunu anlamak da mümkün olmadı, maalesef. El ayak çekilip herkes uykuya vardığında yoldaşımı dürtükledim:

"Neden bu kadar mutlusun?"

"Nadide... Sultanım... "

"Nadide nasıl sultanın oluyor?"

"Nadide... Sultanım... Al canımı.."

"Meczup seniii!"

Belki başka konudan bahsedersem hayal âleminden kurtulur, yanımda olduğunu hissederdi:

"Haklıymışsın, güvercin eksik."

"Nadide... Sultanım... Al canımı.. Feda olsun..."

"Kes sayıklamayı! Güvercinler diyorum, haber götürüp getiriyorlar!"

"Gitsinler, götürsünler... İsterse getirsinler... Gelsinler..."

Beni dinlemesi için canını yakmam gerekti; etini burdum. Oralı olmadı. Yalnızca anlatmaya başladı:

"Yahya Can... Biliyor musun benimle konuştu; konuştuk..."

"Bak sen... Ne dedi?"

"A zavallı deli, nedir meramın, benden ne istersin?"

"Sen?"

"Sen ne istersen, dedim."

"Anlat, anlat..."

"Yoluna git isterim," dedi. Ben de "yolum yolun olsun," dedim. "Olmaz, sen deliye dönmüşsün," dedi. "Senin yüzünden," dedim. "Ben bir esir," dedi. "İki esir oluruz," dedim. "Esirden bana ne menfaat," dedi. "Bilmem ki!" dedim, dediğini yapar, pervanen olurum. "Şu hâlinle bana ne verebilirsin ki," dedi. "Bir canımdan başka nesnem yok ki vereyim ama istersen canımı veririm," dedim. "A zavallı," dedi, "ben onu bir gamzeli bakışımla ne zaman istersem zaten alırım, başka neyin varsa onu söyle," dedi. Arandım tarandım ona verebilecek hiçbir şeyim olmadığını görüp hayıflanmaya başlamıştım ki yakamdaki iğne aklıma geldi. "Bir iğnem var, sana onu vereyim," dedim. "İğne senin yakanda ne yarar," dedi. "Hac yoluna döküldüğümde evimizin merhametli hanımı vermişti, ayaklarına diken batarsa çıkarırsın," diye. "İğneni hatıra diye alacağım, ey divane," dedi; "ta ki çöllerde ayağına diken battıkça onu çıkaramayıp beni hatırlayasın." "Seni hatırlamam için iğneye ihtiyacım hiç olmuyor, çünkü aklımdan çıkmıyorsun," dedim. "Aklından çıkar," dedi. "Sonra?"

"Sonra yanımdan yürüdü gitti."

"O hâlde neden bu kadar mutlusun?"

"Beni muhatap alıp konuştuğu için... Ya tamamen görmezden gelse, beni yok saysaydı?"

Artık onu teselli etmem gerektiğini anladım. Şimdilik kuşbazın marifetlerini unutmam, ecnebi dilindeki mesajını da sarığımın tülbenti arasında gizlemeye devam etmem gerekiyordu. Çünkü konu aşk olunca sözün uzayacağı belliydi.

Bu gece Şam'daki son gecemiz demiştim ya... Kasyun tepesinden Şam'a bakıyorum, demiştim ya. Galiba bunun hüzün seline kapılıp gittim. Çünkü geçen günlerimin az evvelki mutlu tebessümü benimle değil artık, alnımda kalıcı bir keder var. Umarım yarın Kadem-i Şerif'te yapılacak merasimi Üsküdar'da Ayrılık Çeşmesi'ndeki merasim gibi şetaret ve neşeyle hissedebilirim. Ama yine de yarın bu şehirden ayrılırken mutlaka ağlayacağım.

Yerimden kalktım. Son geceyi Merkez Efendi'nin çevresinde hücre arkadaşlarımla birlikte geçirmek üzere. Öyle de oldu. Gecenin geç vakti, herkesin istirahat saatinde münâdîler son bir duyuru yapıp önümüzdeki zorlu yol hakkında bilgiler vermeye, yarın ikindiden sonra sefer kösünün vurulacağını duyurmaya, sabahleyin son hazırlıkların tamamlanması gerektiğini tembihlemeye başladılar. Gece rahat uyuduk ama ertesi sabah son hazırlıklar yerine bir cinayet haberiyle uyandık.

"Boğazı kesilmiş bir ceset!.. Dan... Dan... Helâların arkasında... Dan... Dan... Tanıyan bilen varsa haber versin! Dan... Dan... Da... Dan... Dan..."

Kasyun eteklerindeki Kadem-i Şerif, Barada nehrinin kıyısında bir mera idi. Yol boyunca artık öğrenmiştik, eğer kervanımız ırmak kıyısında konakladıysa alayın istihkâm bölüğü ırmağın aşağılarında su üzerine bir düzine seyyar helâ çakıyordu. Dört kazık üzerine dört çubuğa gerilen örtüsü, altta bir kuburu ve ırmağın suyundan tahareti sağlayacak basit düzeneğiyle fevkalâde kullanışlı helâlardı bunlar.

Uyanan hücremizdeki herkes, bütün hacı adayları gibi münâdînin sesine uyup seyyar helâlara doğru ilerledik. Hüdâyî adım başında yine sayıklıyordu; akşamdan kalmalar gibi:

"Nadide! Nadide!.. Sultanım..."

Bunu o kadar sık söyledi ki ölenin Nadide olmasından bile korktum. Bereket versin ölenin kıyafetinden erkek olduğu anlaşılıyordu. Yakınına varınca o sabah bir eksikle uyandığımızı dehşetle fark ettik. Boğazı kesilip Barada'ya atılan ceset Telli'ye aitti. Başta Sümbül olmak üzere hepimiz şaşkınlıkla feryada başladık. Sonra muhafızların sorgusunda geçen iki saat.

Ne olmuştu, nasıl olmuştu, hiç kimse bilmiyordu. Bilen varsa da ortaya çıkmıyordu. Katil önce ensesine bir bıçak saplamış, sonra da aynı bıçakla gırtlağını deşmişti. Caniceydi. Kimdi, neden yapmıştı, nasıl yapmıştı, ne zaman yapmıştı, birer muamma idi. Bostancı Kolağası Oruç Baba, cinayeti aydınlatmak için elinden geleni yapıyordu. Soruşturma neticesinde Telli'nin hayatı incelendi, düşmanlık yapabilecek kimse olup olmadığı araştırıldı, bu arada Hüdâyî'nin ve Nadide'nin sık sık isimleri geçti ve kardeşi Sümbül'ün, icat ettikleri cayraskalın yüklüce kazancına tamah ederek kardeşine kastedecek birisi olup olmadığı bile araştırıldı. Kolağası Oruç Baba, cinayet konusunda da işinin ehliydi ama zaman kısıtlıydı. Katili bulup Şam'daki adlî makamlara teslim etmek için çırpınsa da nafile, katil henüz meçhuldü. Yollarda bir zanlıyı taşıyıp götürmenin güçlüğü elbette hesaba katılacak bir sebepti. Sonuçta meselenin teferruatlı araştırması yapılmak üzere öğle namazını takip edecek uğurlama merasimi için herkesi geri yolladılar; Hüdâyî hariç.

"Katili bulasıya kadar baş şüpheli olarak seni nezarette tutmak zorundayım efendi!"

Sebep, maktul ile zanlının aynı kızı seviyor olmasıydı. Bir aşk cinayeti.

Kuşbazın gizli pusulasını sarığımda, Telli'nin acısını kalbimde, Hüdâyî'nin uğradığı haksızlığı vicdanımda ve cinayetin nasıl işlendiğine dair soruları zihnimde taşıyarak sürre alayının Şam'dan uğurlanış merasimine gittim. Gizli gizli ağlayarak. Yanımda müderris Merkez Efendi, berber ve celep.

Öğle namazı Emeviye Camii'nde kılındı; iğne atsan yere düşmez kabilinden. Şam iç kalesinde muhafaza edilen sancak-ı şerif salavatlar eşliğinde getirilip Şam valisi tarafından önce sürre eminine, ondan muhafızlar reisine, nihayet onun eliyle alemdar zabite teslim edildi. Bu sırada her yanda yine tatlılar ve şerbetler dağıtılıyor, mahmil-i şerif önünde mızıka çalıyor, süslü develer malakları yanlarına bağlanmış olarak çıngıraklarıyla yürüyorlardı. Kervandaki cinayet kimsenin umurunda değildi. Bütün erkân ve zabitler bayramlık üniformaları, madalyaları, kordonları ve kılıçlarıyla tam bir bayram merasimi icra ediyorlardı. Son vedalaşmalar ve arada sırada boşanan gözyaşları... Yirmi bir gecedir kendilerini misafir eden Şam yerlilerinin helâlleşme hüznü.

Emeviye Camii'nden Kadem-i Şerif mevkiine kadar zikirler, dualar eşliğinde gelindi. Şam âdetiymiş, tepemizde güvercinler uçuruldu, güzergâhta kuzular meleştirildi, kucaklarda bebeler ağlaştırıldı. Tüyleri diken diken eden bu veda sahnesi herkese çok dokunaklı gelmişti. Sanki ölüme gider gibi. Ve tekbirlerle yolculuğumuzun ikinci kısmı başladı; beyazlar içinde tehlikeye adım adım.

Dördüncü hücre mi? Geride bırakılmış bir mevta, onun yasını tutan bir kardeş, tutuklu bir meczup, şüpheli bir kuşbaz, sürüsünün peşinde bir celep, efendisine hizmette bir seyis ve gamsız bir berber... Merkez Efendi testiyi nereye koyarsa orada birikerek ilerleyeceğiz... Hepimizi bir arada tutuğu için minnetimizi göstererek ve zaman zaman bizi yine taşıması umuduyla...

Muzayrib - Havran

7 Ağustos – 8 Ağustos

Şam ile Medine arasında sürecek yolculuğumuz yirmi dört menzilde tamamlanacaktı. Sürre emininin adamları deve adımıyla üç yüz elli saatlik yolumuz olduğunu söylüyordu. At ve katır adımıyla bu mesafe yüz saatte alınabilirmiş ama develerin taşıdığı yükler dolayısıyla adımlarımızı onlara uydurmak zorundaymışız. Gerçi develer götürdükleri erzakın yarısını yiyorlardı ama yine de çöl için fevkalâde önemli vasıtalardı. Şam'dan hareket etmeden evvel hepsi sağlık kontrolünden geçirilmiş, sineklerden rahatsız olup yüklerini atmasınlar diye kuyruk altlarına ve kasık bölgelerine, bir de yaralanmasınlar diye kolanların geldiği yerlere, katran, zeytinyağı ve az miktarda kükürt karışımından oluşan püse macunlar sürülmüştü. Şam'dan çıkarken saymıştım; altı-on deve bir katar hesabıyla dört yüz elli katar deve ve yüz yirmi katar katır ile ilerliyorduk. Üç yüz katar deve ile seksen katar katır sürre-i hümâyun malzemelerini taşıyor, diğerleri hacı adaylarının eşyalarını götürüyordu.

Çölde ilk ve sürekli sıkıntımızın su olacağını daha ilk menzilde öğrendik. Gece ayazı çökesiye kadar durmadan terleyen ve su tüketen insanlar, develer, katırlar... Kumun hükmü altındaki arazilerde su bulmak da kolay değil. İstihkâm taburu ve kuyucular uzun araştırmalardan sonra kazmaya başlıyor, ancak altı yedi arşın derinliğe inince su bulabiliyorlardı. Bu da ilerlemekte olan bir kervan için ayak bağı demekti. Eskiden hac yolundaki eski kuyuların işlemesi için önden lağımcılar gönderilir kuyular tamir ettirilirmiş ama maalesef son birkaç yıldır bazı kuyuların bedevîler kontrolünde olduğu sır değil. Hatta sürre alaylarını bu kuyuların yakınlarına kurdukları tuzaklarla kırıp yağmaladıkları da tevatürler arasındaydı ve rehberlerimiz bu konuda dikkatli olmamızı söyleyip duruyorlardı.

Çöldeki ikinci derdimiz bizzat çölün kendisiydi ve onu ancak su ile yenecektik; elbette dazlak çetelerden kurtulabilirsek. Çöl, gölgeler, karanlıklar, kum tepecikleri, uzaklaşan veya yakınlaşan sesler, fırtınalar, ayazlar, sıcaklar, sürüngenler veya çöl hayvanları demekti. Nadiren de mehtap veya yıldız seyri...

Alayın önünde iki top arabası ilerliyor. Ardında da Şam muhafız alayının sancakları, mehter bölüğü, bin muhafız asker ve sakası, sıhhiyesi, hamalı, satıcısı, katırı, köpeği... Toplam otuz bin civarında insanın ayrı ayrı derdi, sıkıntısı... Ve şimdilerde ona yavaş yavaş korkular da ekleniyor, dazlaklar; yağmacılar, çapulcular yahut eşkiya. Sürre Emini Said Bey'in işi çok zor. Kahire'den aynı günde hareket eden Mısır sürresiyle Medâin-i Sâlih'te birbirimize katışasıya kadar bütün sorumluluk onun omuzlarında olacak. Gelen haberlere göre Mısır sürresi yirmi bin kişi taşıyordu ve bunun yarısı askerdi; hidivin oğlu Kavalalı İbrahim Paşa'nın askerleri. Dazlak tehlikesine karşı tedbir değil bir hücum kuvveti. Yanında da bin develik yük katarı; Mısır askerine ait erzak, silah, cephane, kap-kacak, su ve diğer malzemeler için.

Gündüz uyuyup gece yol almaya alışmak zor oldu. Bu yetmiyormuş gibi vücut alışkanlıklarının değişmesi de yaşlı hacıları zorlamıştı. En kötüsü de kumlarla nefes alıp vermeye alışmaktı. Kervanda kumdan şikâyet etmeyen tek kişi herhâlde benim. Şam'a kadar deve sırtında tek istikamet üzere çalkanan mürekkep şişelerim artık kumda binbir şekilde taklalar atarak kurumları inceden inceye eritiyor, eziyorlar. Yol tamamlandığında mürekkebimin zerre miktarı olsun kıvama gelmeyen kısmı kalmayacak. Altın değerinde.

Çölde ilerledikçe bütün kervan gibi yirmi yedinci boyun dördüncü hücresinde de düzen ve tertip değişmeye başladı. Dahası, hücrenin iç yapısındaki olaylar da huzurumuzu tehdit ediyordu. Kolağası Oruç Baba Telli cinayetinden dolayı hepimizi sırayla sorguya çekti; kimimizi yol boyunca kimimizi menzilgâhta. Elbette birbirimiz hakkında da sorular soruyor, dolayısıyla biri diğerini gammazlasın umuyordu. Yıpratıcı bir süreç. Hüdâyî baş şüpheli olmak dolayısıyla Şam'dan bu yana ayağına zincirlenmiş on okkalık gülle taşıyor; kâh sürükleyerek kâh kucağına yahut sırtına alarak. Masum olduğunu ben biliyorum ama Oruç Baba'ya meram anlatamıyorum. Zavallının gömlek yenleri ovuşturulmaktan neredeyse dökülmek üzere. Mahkûm olursa güllenin ağırlığı dört kat artacakmış. Çöle vurmuş hac yolunda bunun ne demek olduğunu düşünmek bile istemiyorum. Merkez Efendi ile dertleşmekten ve dertleştikçe üzülmekten öte de bir şey gelmiyor elimden. Kendisine kalsa bu durum bir nimet imiş ve bu ceza sayesinde Nadide'nin sevdasını içselleştirecekmiş. Taşıdığı gülle değil, sevda imiş. Böyle düşünmek ona güç veriyormuş falan... "Meczupluk işte!" dedim bir defasında. Merkez Efendi itiraz etti;

"Hayır, aşk! Böyle böyle sevgiliyi hak edecek!"

"Üstat!" dedim, "birbirini sevenlerin diğeri uğruna cevr ü cefaya katlanmasına itirazım yok. Lâkin Hüdâyî, Nadide'nin umurunda bile değil ki!"

"Umurunda olsaydı herkesin yaptığı bir şey olurdu ve ona aşk değil alışveriş denirdi Yahya Can. Aşk, sevgili kendisine değer vermediği hâlde bile onun uğruna cevr ü cefa çekmeyi kabullenmektir. Lütfunu gördüğün sevgilinin kıymetiyle cevrini gördüğün sevgilinin kıymeti aynı olmaz. Sen zannedersin ki lütuf gösteren diğerinden üstündür; bilakis aşk işinde cevredene daha değer verilir. Aşk, hak etmektir.

Hüdâyî bu zincirin ucundaki gülle ile Nadide'yi hak edecek ve yolculuğunun hakikatini tamamlayacak!"

Merkez Efendi'nin yorumu Hüdâyî için beslediğim üzüntünün birazını alıp götürdü. Haklı olabilirdi. Hepimiz kendi hayatımızı yine kendi kalbimizin çevresinde şekillendirip yaşıyorduk. Kalbimde Hüdâyî'ninki gibi bir aşk olmasını o anda çok istedim. Hayatımı gözümün önünden geçirdim. Çocukluğumdan itibaren bana hep bilgi verilmişti. Aşk adı anıldığı zaman da hep sûfîlerin ilâhî cezbelerinden veya Efendimiz Hz. Muhammed'in adı anılır anılmaz titreyen kalplerden söz edilmişti. Nitekim bunca hacı, işte o aşk ile yollara dökülmüştü. Umarım hepsi şu kumlarla önce gönüllerinin sırça şişelerini doldururlar, sonra onları cam gibi eritip göz çanaklarına yığarlar ve tıpkı kum saatleri gibi birinden diğerine damla damla, sicim sicim akıtırlar. Ama bu yolda aşkı zedelemek, aşkın berraklığını gidermek için ardı ardına süfli sebepler zuhur ediyordu. Benim için en dayanılmazı da Hüdâyî'nin iki adımda bir ayağını sürümesiydi. Ayağına zincirli güllenin kumda çıkardığı cızırtı da artık asabımı bozuyordu. Zavallı yoldaşım, yorulduğunu hissetmemeye çalışsa da çok zorlanıyordu. Gücünün tükendiği zamanda yardım edebilmek adına hiç yanından ayrılmıyordum. Masum olduğunu bile bile onu bu hâlde görmek de zihnimde ayrı bir işkenceydi. Galiba kurtuluş Merkez Efendi gibi düşünebilmekteydi; meczup, aşkıyla başbaşa ve mutlu...

Ama olmadı, yapamadım. Merkez Efendi'yi defalarca tazyik ederek Oruç Baba'nın şefaatini isteyip durdum. Ama o suçlu olma ihtimalinde ısrar ediyordu. O ısrarcı oldukça da Hüdâyî yenlerini yırtmayı sürdürecekti. Herkes öğle uykusundayken Oruç Baba'nın yanına varıp Hüdâyî ile ilgilenmesini bir kez daha rica ettim. Yetinmedine, Sakarya boyunda karahummalı köylerden geçerken oluşan hukukumuz adına yemin verip gariban meczubun hâline bir çare bulmasında da ısrarcı oldum. İşini seven biriydi ve sorumluluklarını iyi biliyordu. Bana bir çare önerdi. Belki de kurduğu planı uygulayacaktı da onu benim hatırıma uygulamış gibi gösteriyordu. Hüdâyî'nin lehine olacaksa ihtimallerin önemi yoktu, kabul ettim. Hüdâyî, katil zanlısı olduğu Telli'nin işini yapacak, böylece kardeşi Sümbül'ün zararı telâfi olunacak, Telli'ye düşen ücret Hüdâyî'ye değil Sümbül'e ödenecekti. Bunun karşılığında Hüdâyî'nin yemesi içmesi Sümbül'ün boynuna olacak, muhafazasından ve hayatından sorumlu tutulacaktı. Kendisine bulduğu çözüm için teşekkür etmekle birlikte neden davalı ile davacıyı birlikte tutma yolunu tercih ettiğini sordum. "Arkadaşının gerçekten katil olup olmadığını böyle anlayabilirim!" dedi. Çalışması, davranışı, samimiyeti, sorumluluğu, hakbilirliği vs. hep birer gösterge olacakmış. Sümbül'ün ona karşı tutumu da ayrıca belirleyici vasıfmış. Çünkü insan kardeşinin katiliyle ülfet edemezmiş, bunca yıllık bostancı zabitliği tecrübesi ona böyle söylüyormuş.

Kararını Sümbül'e tebliğ ederken benim de şahitliğimi istedi. Zincirin anahtarı elindeydi:

"Al bu anahtarı Sümbül Efendi, ağabeyinin katil zanlısını sana teslim ediyorum. Aklanasıya yahut mahkûm olasıya kadar senin işlerin aksamasın, sana hizmet etsin! Hizmette kusur ederse haberim olsun. Lâkin şiddet gösterir, zarar verir yahut kasten veya gaflet hâlinde kaçmasına müsaade edersen hesabını senden sorarım, bilesin!"

Sümbül ne diyeceğini kestiremedi. Sevinse mi, üzülse miydi? Cayraskalın çalışacak olması iyiydi de kardeşinin katil zanlısıyla, yani... Ona hayatın öyle ya da böyle devam edeceğini, işine gücüne bakmasının menfaatine olacağını falan anlattım. Böyle böyle belki hücrede de her şey normale dönecekti. O da kardeşine kasteden biriyle bütün gününü birlikte geçirmenin, üstelik ondan sorumlu olmanın vicdanına ağır geldiğini anlattı. Zor bir durumdu. Bir çeyrek kadar konuştuk. Sonunda kanaatini "Olanların hiçbiri benim isteğimle gerçekleşmediğine göre, varsın dediğiniz gibi olsun. Başa gelen çekilecek. Meczup diyorsunuz, kalsın yanımda bakalım!" noktasına evriltebildim. Oruç Baba da iyi hâl şartı olarak Hüdâyî'nin ayağındaki güllesini beş okkalık bir topuzla değiştireceği sözünü verdi. Elbette elindeki kamçıyı ikisine birlikte sallayıp şaklatarak.

"İyi geçinin, yoksa!.."

Ayrılırken kulağıma fısıldadı:

"Sümbül seninkinin katil olduğuna inanmıyor!"

"Neden? Nasıl anladınız?"

"İnansaydı bu teklife asla evet demeyecekti. Bırakalım cayraskalı yürütsünler. Hem hacıların işi görülsün hem de bu ikisi cinayet karamsarlığından kurtulsunlar!"

"İyi iş ettiniz efendim!"

"İyi ettim! İş kaldı katili bulmaya!"

Şam'da çıkınıma attığım bir parça tatlı vardı, Oruç Baba gidince onu çıkarıp adak eyledim. Hüdâyî'nin yenlerini yırtarcasına oğuşturması yavaşlayacaktı madem. Sonra da mürekkep şişelerimin sicimlerini yeniledim. Havran'a giderken çölün daha engebeli olduğu söyleniyordu çünkü. Hüdâyî yaptıklarıma teşekkür eder gibi minnetle yüzüme baktı ve kulağıma eğilip neşeyle fısıldadı:

"Yoldaş, şu varacağımız Havran'ın kadınları melek gibi güzelmiş."

"?"

Hüdâyî Nadide'ye sırılsıklam vurgun iken kadınların güzelliğinden neden bahsetsindi ve buradaki kadınların güzelliğini nereden biliyordu? Yine meczupluğu tuttu diye ağzından laf almak için öylesine mırıldandım:

"Hayrola yoldaş, bana gelin mi alacaksın?"

"Sen beğen, ben alayım. Çünkü nice hacılar buradaki kızları görüp hacdan vazgeçmiş ve Kâbe yerine bu güzelleri kıble edinip hac masrafıyla onlara sahip olmuşlardır. Bilir misin sebep ne?"

İçimden güldüm. Galiba konuşmak ona iyi gelecekti. "Bilmek istemem!" demekten vazgeçtim:

"Bilmiyorum! Anlat bakalım."

"Hz. Âdem cennetten kovulup da yeryüzüne inince buralarda ekincilik yaparmış. Neslinin çoğalması için çocukları ikiz ikiz doğduğu için Şit'e de çapraz kardeşinin ikizi olan kızı vermek istemiş. Şit bunun yerine ondan bir hûri istemiş. Âdem de Allah'a yalvarmış, cennetten bir hûri gelmiş. Şit aleyhisselâmın o hûriden yüzleri bulan çocuğu olmuş. İşte bu Havran kızları Şit nebî neslinden olup bu güne kadar öyle hûri güzelliklerini hiç kaybetmemişler. Zaten Havran adı da 'hûran'dan gelir, 'hûriler' yani."

Gülsem alınacaktı. "Hı, hı!" demekle yetindim. Ama Havran'a gelince dediği güzellikte hûriler gördüğümü de itiraf etmeliyim. Bana göz kırpıp "Ne haber?" der gibi baktığında da, "Hac dönüşünde!" diye şakaya vurmak zorunda kaldım. Hüdâyî'nin yenlerini oğuşturması azaldıktan sonra nedense çölün sıcak esen rüzgârında hep bir serinlik hissettim. Garibim Nadide'nin aşkında öyle mutluydu; çektiklerini unutup bana hikâyeler anlatacak kadar.

Havran - Ayn-ı Zerka

8 Ağustos - 9 Ağustos

Havran kumu, kadınları gibiydi; safi ipek. Geri dönüşte buradan bir çıkın kum götürmeyi aklıma koydum, yazacağım sayfalardaki mürekkebin kuruması için üzerine serpmeye. Şişelerimi develerin sırtlarından alıp iplerini sağlamlaştırarak kumun üzerine salıverdim. Yuvarlansınlar diye. Başkası için uçsuz bucaksız karamsarlık benim için umut ve neşeye böyle dönüştü. Kumlarla oyalanıyor, kum ile oynuyor, kum ile yakınlaşıyordum. Rahmetli Mimar Sinan'a Fatiha okudum. Şişelerimdeki kurumu her düşündüğümde onun hârikulâde bir deha oluşunu yeniden düşünüyordum. Süleymaniye'yi yaparken mimarinin bütün incelikleri yanında aydınlatma imkânlarının da en gelişmişini tatbik etmiş ve cami içinde yanacak yüzlerce mumun çıkaracağı isi bile hesap etmişti. İs deyip geçmemeli; yıllar içerisinde duvarları, tavanı, her yeri simsiyah edebilir. İşte bu yüzden Sinan Usta, yapının içinde gezinecek havanın yönünü bir hendeseye bağlayarak caminin beyaz küfeki taşlardan oluşan duvarlarını ve mermer sütunlarını simsiyah olmaktan ebediyyen kurtarmıştı. Yetinmemiş, isten hâsıl olacak kurumu da işe yarasın diye bir yerde toplamış; görünmez çizgiler hâlinde gelip kuzey cephedeki ana giriş kapısının üstündeki baca deliğinde biriktirmişti; yüzyıllar sonra ben mürekkep yapabileyim diye... Deha!

Sinan'ı düşünmek çölün ortasında İstanbul'u hissetmek gibiydi. Süleymaniye kurumundan mürekkep edinmek için yarışan hattatlar geçti gözümün önünden. Bir an, içlerinden birinin şeyhülislâm efendi hazretlerinin bana bahşettiği kadar kuruma sahip olduğunu düşündüm ve sonra da şişelerde belli kıvama gelecek şekilde su ilâvesiyle karıştırma, ezme, eritme ve nihayet kıvama getirme maksadıyla şişeleri çalkayıp durması geçti gözümün önünden. Mürekkepteki güzelliğin, ezme ve karıştırma ameliyesine çekilen emekle doğru orantılı olduğunu bilmeyen yoktur. Yorucu bir işlem! Oysa benim şişelerim Havran kumlarında bu yorucu işlemi şimdiden geride bırakmış durumdaydı ve bir sonraki menzilde nohut büyüklüğündeki bilyeleri, mercimek ebatındakilerle değiştirmek üzere her şişeyi tek tek açıp kontrol etmem gerekecekti. Belki ağızlarına sıvadığım balmumunu da yenilerdim. Şimdilik kervan yol aldıkça şişelerim kumda sürüklenmeye, yuvarlanmaya, takla atmaya ve kurum ile suyu karıştırmaya devam ediyor ve bu mutluluk beni kervandakilerin Vehhâbîlere ilişkin kötümser düşünce ve ruh hâllerinden uzak tutuyor. İstanbul'un marifet dolu medreselerinde beş şişe hacı mürekkebe sahip olmak eli kalem tutan herkesi heyecanlandırır. Velhasıl beş şişemi şu kuşbazın çok değerli saydığı beş güvercinine değişmem.

Havran'dan bol yıldızlı bir gecede ayrıldık. Kervandakiler arazinin ve yolculuğun şartlarına iyiden iyiye alışmışlardı ve kervan aheste aheste yürüyor, yürüyor, yürüyordu. Teheccüt vaktinde, develerin nefes sesleriyle malakların boyunlarındaki çıngırak sesleri çölün sonsuzluğuna yayılırken üzerime bir rehavet çöktü, gözlerim neredeyse kapandı, kapanacak. Herkesin hevdecinde, mahfesinde, katırının veya devesinin üstünde ya uyuduğu ya da kendi dünyasına daldığı kervanın en asude ve sessiz zamanıydı. Bir sesle belinledim. Kafeslerden güvercin kuburtuları ve kanat sesleri geliyordu. Yaklaştım. Kuşbaz onları genellikle katır yüklerinin üstünde taşırdı. Oysa şimdi biri elindeydi ve hem yürüyor hem içindeki güvercinlerden bazılarını besliyordu. Güvercinlerin geceleri uykuya bırakıldıklarını biliyordum. Belki de birini göndermek için hazırlıyordu. Suret-i haktan görünüp yanına yaklaşarak selâm verdim:

"Kuşbaz Yuşa, seninkiler memlekete yaklaştıkça daha fazla acıkıyorlar galiba?"

"Acıkıyor Yahya Can. Hep acıkıyor."

"Kaybolan kuşlar da geri geliyor?"

"Hayret amma gelmek var. Bakasın ki Yahya, bu hamame erkek. Dişi olan hanımı. Hasret... Anladın?"

Ona güvercinlerin tek eşli yaşadıklarını bildiğimi, ilk gençliğimde güvercin beslediğimi falan anlattım. Sonra da takıldım:

"Senin güvercin büyük âşıkmış anlaşılan, uzun ayrılıktan sonra eşini bulmak için geldiğine göre!"

"Mutlaka bulur. Koku."

Ona posta güvercinlerinin eşlerine uçtuklarından başka, gidenin bir daha gelmediğini ama yerine başka birinin geldiğini bildiğimi söylemedim. Onun yerine "Hüdâyî Zeytun'un geri geldiğini söylerken yanılmış olmalı!" dedim. Pişkin pişkin "Yanılmış!" dedi. Belki de yanılmadı ve Zeytun'un yerine benzer bir kuş geldi. Dikkat ettim; Zeytun diye çağırdığı bir güvercini eliyle yemliyordu. Muhtemelen bir dişi, bir de erkek Zeytun vardı. Yine kafam karıştı. Acaba kuşbaza kötü niyetle mi yaklaşıyordum? Eşyalarını yokladığımdan, kafesindeki kâğıtları bulduğumdan olsa gerek ona karşı bütün düşüncelerim nedense kötümserdi. Kafesteki güvercinlere yeniden baktım. Sonra da sahibine. Dikkati, özenci ve sevinci kafeste olan bir kuşbazdı o. Gel gelelim bize kafesin içindekileri anlatırken bazı şeyleri gözümüzden gizleyen, hepsini aynı kuş olarak görmemizi sağlayan bir kuşbaz. Kafestekilerin öncekiler mi, değil mi olduğunu benim bilmem mümkün değildi. Lâkin iyi bir gözlemci birkaç zaman içinde kuşları izleyip bunu anlayabilirdi; Hüdâyî'nin iddia ettiği gibi. Damarına basmak için kinayeli konuştum:

"Gizli bir el güvercinleri değiştiriyor; belki de kaderin eli; kim bilir!"

Kafesin kapağını alelacele kapatmasından cümledeki imayı anladığını çıkardım ve bir şeyler çevirdiğine tamamen inandım. Kafesten her uçan kuşun bir yerlere haberler götürdüğünü düşünmek ve bunun farkına varamamış olmak ağır bir yük gibi omzuma çöktü.

Yanından ayrılırken "Oh, bu sefer eli ayağına dolaştı, haberi gönderemedi!" dedim içimden. Olup biteni yoldaşım Hüdâyî'ye anlatmak için yanına vardım. Hem biraz konuşacak hem de Sümbül ile geçimlerini soracaktım. Mesajda ezberlediğim cümle zihnime takılmıştı. Bir ara heceleri dudağımda tekrarladım. Meğer tekrar ede ede yanlarına varmışım. Sümbül, "Mektubu kime mi vereceksin?" diye soruverdi.

"Ne mektubu?"

"Verilecek mektubu?"

"Kim verecek?"

"Sen diyorsun ya!"

"Ne... Ne diyorum?

Birden sayıkladığım kelimeleri Sümbül'ün anladığını fark ettim. Bozuntuya vermemek için mırıldanarak sordum:

"Sen ecnebi lisan mı biliyorsun?"

"Ben çocukken babam bir İngiliz şehbenderin hizmetinde çalışırdı, öğrendim."

O hâlde söyle bana; "İnform yu hum to give leter tu!"

"Eksik!.. Fail yok, yani kim bunu söylüyor?"

Pusulayı sarığımdan çıkarıp göstermek zorunda kaldım. Okudu:

"I will inform you whom to give the letter to!"

Sonra da tercüme etti:

"Mektubu kime vereceğini sana bildireceğim!"

Mesele aydınlandı. Okuduğumuz, kuşbaza gelen mesajlardan biriydi. Anlaşılan kuşbaz bir mektup taşıyordu ve onu kime vereceği konusunda birilerinden talimat bekliyordu.

Sabah kervanımız Ayn-ı Zerka'da konakladığında durumu önce Bostancı Kolağası Oruç Baba'ya sonra da Sürre Emini Said Bey'e anlattım. Hüdâyî'den de bahsettim; durumu ilk onun fark ettiğini söyledim. Belki ödül olarak onu serbest bırakırlar diye umuyordum. Sürre emini konuyu önemli buldu ve kuşbazın taşıdığı mektubu ele geçirmek gerektiğinden bahsetti. Bunun için müderris Merkez Efendi'yi çağırıp ondan kuşbazı göz hapsinde tutmasını rica etti; şüpheli durumları kendisine bildirmek üzere. Merkez Efendi Arapçayı çok iyi bildiği için Yuşa ile sohbetleri sıklaştıracak, ağzını arayacaktı. Gelgelelim Yuşa da çevresinde bir şeylerin döndüğünü hissetmişti. Ayn-ı Zerka'nın sivri bir tepe üzerinde bulunan kalesinde, araziyi çepeçevre kuşatan sazlıklara bakarak sabah çorbasını içtiğimiz esnada Kuşbaz Yuşa'nın huzuru tamamen kaçtı ve insan içine karışmadı. Merkez Efendi ile konuştum. Hüdâyî ile Sümbül'ün cayraskal işinde birbirlerine alıştıklarını bildirmekti niyetim; meğer Merkez Efendi zaten biliyormuş, hatta çalışırken Hüdâyî'ye eziyet olmasın diye topuzunun zincirini açması için Sümbül'e ricada bulunmuş. Yine de iş bitiminde Hüdâyî kendini zincire bağlıyormuş. İkimiz de güldük. Varıp Hüdâyî'ye merhaba demek istedim. Durumundan memnun olup olmadığını sordum; donup kaldı. Gözleri, başımın üstünden güneşe bakar gibi dalgın, söylediğimi dinliyor, öylece duruyor, ne kımıldıyor ne de bir cevap veriyordu. Meğer benim arkamda Nadide duruyormuş. Ayağında zincir ve topuzu görünce merak etmiş, önce olup biteni öğrenmiş, sonra da merhametine yenilip geçmiş olsuna gelmiş. Aradan çekildim. Hüdâyî'ye gülümseyerek bir şeyler sordu ama hiçbirisine kekelemeden öte bir cevap alamadı. Sanki Hüdâyî yalnızca o konuşsun, başka her şey sussun istiyor gibiydi. Belki de içinden, "Bülbülün şakıdığı yerde başka sese ne hacet!" diye geçiriyordu.

"İhtiyacın olan bir şey varsa..."

Nadide cümlesinin gerisini tamamlayamadı, Hüdâyî düşüp bayıldı. Kız Sümbül ile bana döndü ve ağlar gibi fısıldadı:

"Canını kaybeden biri kendine canan istiyor. Cananı bulunca da canını kaybediyor. Sizce bu pazarın ziyanı canana değil de nedir?"

Hiç olmazsa ayılasıya dek başında kalmasını, alnını gül suyuyla ovmasını istedim. Hayır dedi, hanımının bu kadara izin verdiğini söyledi. Uzaklaşırken son bir an dönüp kararını bildirdi:

"Garibin canı şeker istemiş, söyleyin perhiz etsin!"

Zavallı yoldaşım, yalnızca cismi değil, gönlü de tutsaktı. Tuz parasıyla Kâbe yollarına düşüp buralarda yitip gidecek diye korkuyordum. Hiç olmazsa ayağındaki prangayı çıkarması için Oruç Baba'ya yeniden gittim. O da ne, bizim celep Murtaza Ağa'yı karşısına almış azarlaya azarlaya sorguya çekmiyor mu? Beni veya berberi sorgularken böyle davranmamıştı. Acaba bildiği bir şey mi vardı? Yanına yaklaşmadan dinlemeyi yeğlerdim ama beni görünce "Gel Yahya Efendi, sen de duy!" diye yanına çağırdı. Meğer öldürüldüğü gün Telli ile Murtaza Ağa büyük bir tartışma yaşamışlar. Bağırış çağırışlarını duyanlara göre celep ağa ona küfürler ederek "Gebertirim seni!" diye tehdit bile etmiş. Celep hiçbirine itiraz etmiyor, dahası, onunla ilk günden itibaren hiç geçinemediklerini, kendisinden hiç hazzetmediğini açıkça söylüyordu. Dediğine göre Telli'nin karanlık yönleri varmış ve asla göründüğü gibi biri değilmiş. Kardeşi dahil herkese karşı riyakâr davranıyormuş falan. Celep pervasızca anlatıyor, küfürler ederek esip gürlüyor, ölümü çoktan haketmiş birisi için soruşturmayı bile saçma bulduğunu söylüyordu. "Peki onu öldürdün mü?" sorusuna ise "İstedim ama öldürmedim!" diyordu. Oruç Baba onu tutukladı lâkin tutuklanmasından daha büyük öfkesi hac kervanında küfredilmesineydi. Ona göre hac niyetine yola çıkıp da yollarda ona buna sataşarak, ötekine berikine küfrederek, şunun bunun hukukunu çiğneyerek menzile varılmaz, makama erilmezdi.

Kolağasının öfkesini bir davul sesi kesti. Herkes mahmil-i şerifin olduğu yöne baktı. Sürre emini de oradaydı. Oruç Baba celebi ve beni unutup derhâl koştu. Ben de ardından gittim. Birden uğultular çoğaldı. Baktık, gideceğimiz istikamette bir toz bulutu. Beklenen tehlike: Dazlaklar...

Korku denilen şeyin irade ve mantıkla hiç alâkası olmadığını o an anladım. Küçük bir tehdit hissinin insanların içini nasıl daralttığını görebiliyordum. Bu kervana tek başına katılan az sayıdaki insandan biriydim ve benim bile içim titredi. Aileleri, çocukları ve hatta mallarıyla kervana yazılanların korkusunu anlayabilmem çok zordu. Ufukta görünen tehlike karşısında bedenen, hissi olarak ve akıl derekesinde hemen herkes teyakkuza geçmişti. Şafak söküyordu ve şimdi istirahate geçmesi gereken yorgun insanlar bekledikleri tehlikeyi ufukta gözleriyle görebiliyor olmanın perişanlığını yaşıyorlardı. Düşünceler, sesler ve fikirler darmadağın olmak üzereydi. Üstelik buna hazırlıklıydılar, hazırlıklıydık. Üsküdar'dan ayrıldığımızdan bu yana hemen herkes adımlarının bir yerinde dazlaklarla karşılaşacağını biliyordu. En son gelen haber, geçen yıl Dir'iye'ye tıkılan Vehhâbîlerin bu yıl yine bedevî toplayarak hac kervanını vurmaya niyetli olduklarıydı. Sultanımız Efendimiz nasıl bu adamlardan kurtularak ülkesindeki istiklâli pekiştirme emelindeyse onlar da Osmanlı husumeti olan ülkeler himayesinde istiklâllerini gerçekleştirme arzusu güdüyorlardı.

Kervanda korku mu şaşkınlığı, şaşkınlık mı korkuyu getirmişti, kestiremedim. Ama şaşkınlık ağır basıyordu. Çünkü herkes bu develi süvarileri Mısır sürresiyle buluşacağımız

Medâin-i Sâlih'ten sonra görmeyi bekliyordu. Ayn-ı Zerka tam altı menzil öndeydi. İbrahim Paşa'dan veya Mısır askerinden yardım alamayacağımız kadar önde. Belki de bunlar ayrı bir gruptu, kimse bilmiyordu.

Mahmil-i şerifin yanına vardığımda Merkez Efendi'yi orada buldum, sürre emininin yanında. Şu anda herkese lazım olan şeyin sağlıklı düşünmeden ibaret olduğunu, Sürre Emini Said Bey dahil herkesin sağlıklı düşünmek için uyarılması gerektiğini söyledim kendisine. Karamsar bir ruh hâliyle korkunun eşiğini daraltır ve korkuyu çoğaltabilirdik. Evet, tehlike ufuktaydı ve çok kalabalık görünüyorlardı. Kolağası Oruç Baba yanından ayrılmamamı söyledi. Benim gibi birkaç kişiye ihtiyacı olabilecekmiş.

Toz bulutu dağılıp gittiğinde beş bin civarında silahlı süvariyle karşı karşıya olduğumuzu gördük. Sarayburnu ile Üsküdar arası kadar mesafede şerit gibi dizilip kıble yanımızı sardılar. Biz duruyorduk, onlar duruyordu. Bir müddet karşılıklı birbirimizi incelemek, yorumlar yapmak ve ne olacağını merak etmekle geçti. Nihayet şeridin ortalarında bir yerden yine toz bulutları yükselmeye başladı. Kadınlar ve çocukların çığlık attıkları, diğerlerinin salavat ve tekbirlerle savunmaya hazırlandıkları bir andı. Neyse ki gelenler yaklaştıkça sayılarının elli kadar oldukları, böyle bir bölüğün de ancak elçilik maksadıyla yaklaşabileceği anlaşıldı. Gerçekten de öyleydi, önlerinde beyaz bayrakla geliyorlardı. Sürre Emini Said Bey, alayda ne kadar tahsil görmüş adam varsa toplanmasını emretti. Çünkü medreseli herkes Arapça bilirdi ve bazıları Harameyn'de görev yapmış bile olabilirdi. Gelecek adamların hem tekliflerini iyi anlamak hem de nasıl mukabele edileceğine yardımcı olmak adına lisan iyi bilen insan daima ihtiyaçtı. Yuşa hariç.

Atlılar, dostane misafirler gibi karşılandı. Said Bey altlarına şilteler yaydırıp itibar etti. Bazıları oturdu, bazıları ayakta bekledi. İçlerinde cerbezeli bir adam ateşli bir üslupla ve hızlı hızlı konuştu. Dediğine göre bu hâliyle sürre alayına geçit vermeyeceklermiş. Mahmil-i şerif, sancaklar, alemler, hediyeler, mehterhane, toplar, askerler burada bırakılıp da hacılar sade birer tüccar veya köylü gibi yola devam ederlerse, kişi başına elli akçe mürur haracı karşılığında haccedebileceklermiş. Elbette yolda dervişlik yapmaya da kalkışmamak şartıyla. Bir de hutbelerde Osmanlı sultanının adının okunmasına şu andan itibaren müsaade edilmeyeceği gibi Suud adına okumayan da cezalandırılacakmış. Dediğine göre her geçen gün kendilerine yeni bedevî kabileleri katılıyormuş ve Osmanlı'nın üzerlerine gönderdiği İbrahim Paşa'dan da Mısır askerlerinden de hiç mi hiç korkmuyorlarmış, falan... Son cümlesi hepsinden vurgulu ve hepsinden daha öfkeliydi:

"Eğer bunlara uyulmazsa yakında gelecek bir felâketi bekleyin!"

Söylenilenlere uymak, teslim olmakla aynı şeydi. Bu teklifler koca Osmanlı Devleti'nin iktidarını, hilâfetini ve hatta varlığını hiçe sayıyordu. Said Bey rikabdar ağalığından yetişmiş, siyasetin inceliklerini bilen, sözü usulünce söyleyen dirayetli bir devlet adamıydı. Önce elçiyi dinleyen bizlere baktı. Hiç kimsenin gözünde bu teklife rıza gösterir bir işaret göremeyince akıcı bir Arapçayla, heyetin sözcüsüne bir nutuk çekti:

"Benim oğlum! Ben ki enbiyanın hatimesi, resullerin baş tacı, server-i kâinat Muhammed Mustafa'nın sancak-ı şerifini ve kudretlü, mehabetlü, saadetlü sultanımız, sultan oğlu sultan Mahmud Han hazretlerinin alemini taşıyarak buralara kadar geldim; yolum hak yol, niyetim ibadet-i Rabbani olup Allah'ın inayeti ve keremiyle hacca niyet etmiş otuz bin mümin ve müminatın, müslim ve müslimatın ibadetlerinin ifası sadedinde emir ve ferman aldım. Düşman-ı padişahi ve taife-i şakî vü bağî birtakım hâin-i hanedân-ı Peygamber

Suûd-i nâ-mes'ûdun öteden beri yapageldikleri eşkiyalık ve yağmacılığa boyun eğip nâmımı melametle yad ettirecek, sizinle dediğiniz anlaşmayı yapıp silinmez bir lekeyle yüzümü ve elimi lekeleyecek kişi değilim. Bize söylediklerinizi duymamış olacağım. Eğer senin canın sıkıldıysa cenk bana eğlence, barut kokusu da gül koklamak sayılır. Şanımız ve şöhretimiz bize düşmanlık edene kılıcımızın çeşni ve lezzetini tattırmaktır. Otuz bin hacının salavat ve tekbirleri şahit olsun ki saye-i padişahide Cenâb-ı Hüdâ bize bunca kuvvet ve kudret inayet etmişken, hanedân-ı peygambere ve devlet-i ebed. Müddete başkaldıran bir avuç Suûd-i na-mes'ûd eşkiyası ve avanesi kılıcımızın ve kurşunumuzun lezzetini tatmadan değil sulh, size emân bile vermeyeceğimi bilesiniz. Var git, böylece bil ve böylece bildir!"

Öğle namazından sonra birkaç saatçik kestirebilmek için başımı koyduğumda kulaklarımda hâlâ sürre emininin heybetli konuşmasındaki cümleler vardı. O konuşurken yüreğimize sular serpiliyordu ama ufkumuzu bir şerit gibi çepeçevre kaplayan develi süvarilere baktıkça serpilen suların yağ olup eriyeceği zamanların yakın olduğu anlaşılıyordu.

Balka

10 Ağustos - Katrâne, 11 Ağustos

Sıcak mı sıcak günlerdi. Yeşilliğiyle kumlusu birbirine denk olan Balka'dan itibaren üç gecede üç menzil geçtik. Zifiri karanlık üç gece. Durmaksızın ilerledik ve dazlak süvariler sol yanımızda durmaksızın ilerlediler. Korkmamızı, ürkmemizi, sinmemizi istiyor gibi meşaleleri sallıyor, bazen öne bazen arkaya yığılmalar yaparak kervan yolcularını tedirgin etmeye, korkutmaya çalışıyorlardı. Nitekim beni etkilemişlerdi; mürekkep şişelerimin kumda yuvarlanıp gitmesinden artık endişe ediyordum. Ani bir harekette hepsini emniyete alamayabilirdim. Kuşbaz Yuşa'yı da etkilediğini düşünüp yanına vardım. Çünkü elinde bir igsi, yüz adımda bir kafeslerin üzerine getirip getirip önüne arkasına indirip kaldırıyordu. Nedenini sordum. Bana zifiri karanlık bir gece olduğunu, kervanı karamsar bir bulutun kapladığını, güvercinlerin bunu hissedebildiklerini ve kafesler de devamlı sallandığı için sersemlediklerini, onları yüz adımda bir uyandırarak sağlıklı tuttuğunu falan anlattı. Berberi de etkilemiş olmalıydı, işlerinin bozukluğundan dem vuruyor, kimsenin tıraşı düşünmediğini anlatıyordu.

Üçüncü gecenin sonunda sinirler tamamen gerilmiş, dizlerde derman tükenmişti. Hedefimiz güvenli kale Katrâne'ydi ve oraya erişemeden başımıza bir hâl gelmesinden korkarak yol alıyorduk. Çok şükür pazartesi sabahının şafağında kaleye ulaştık; dazlakları konuşmaktan bıkmış vaziyette. Katrâne Kalesi avuç içi kadar yerdi. Said Bey ancak sürre hazinelerini ve bazı yaşlılar ile hastaları içeri alabildi. İzmit

Mutasarrıfı'nın özürlü kızı Fatma ile ona bakmak üzere Nadide de kalenin içinde kalacaklardandı. Hüdâyî bunu fırsat bilerek yanıma geldi ve Kadirî şeyhi Cemaleddin Efendi'ye gitmemizi söyledi. Sebebini sordum,"Varınca öğreneceğiz!" dedi. Yine bir delilik mi yoksa velîlik mi göreceğimi bilemediğim için ihtiyatlı yaklaştım. "Sen gelmesen de gidiyorum!" deyince ister istemez peşine takıldım.

Cemaleddin Efendi sevimli çehresi ve güler yüzüyle herkesin içini ferahlatan bir pîr-i fâni idi. Hüdâyî'yi sonuna kadar dinledi ve ardından "Evet bunu yapmalıyız!" deyip dervişlerine hırka ve tac giydirme merasimi tertibi için hazırlık emri verdi. Hüdâyî'ye göre üç gündür peşimizi bırakmayan dazlak sürülerine bir misilleme gösterilmesi gerekiyordu ve bunu askerlerin değil, dervişlerin yapması, düşmanın dervişlerden de korkmasının önünü açacaktı. Ben de korktum; arının gözüne duman üfleyecek oluşumuzdan... Bunun için Said Bey'den izin alınması gerektiğini söylediysem de söylediklerime kulak asmadılar. Vehhâbîler tarikata külliyen karşı idiler ve bütün sözlü yahut fiili tehditlerine karşılık kendilerine bir ayin izleterek damarlarına basmak ters tepecekti. Hüdâyî'nin meselâ Mevlevî dedesi yerine Kadirî şeyhini tercih etmesi de anlamlıydı. Sürre ve kervan halkından Abdülkadir Geylânî hazretlerine intisaplı üç bin kadar insan vardı ve Üsküdar'dan bu yana tövbekâr olup zühd yolunu seçen yüze yakın da derviş adayı bulunuyordu. Sürre alayına katılanlar arasında dervişleri izleyip kendisine uygun bir meşrep arayan ve intisap gösteren pek çok insan olurdu ama bu yıl Kadirîler neredeyse yüz muhip devşirmişlerdi. Çoğu da delikanlılar, genç kızlar. Hüdâyî'nin kurduğuna göre yüz kişinin hırka ve tac giyme merasimi epey uzun sürecekti ve şüphesiz çok görkemli olacaktı. Bütün alay ve kervanın bu merasimi ilgiyle izleyeceklerini kestirmek de zor değildi. Kervanda coşku ve vecd yükselecekti. Belki biraz da moral ve güven; ihtiyacımız olan şeyler. Said Bey'e haber vermedim. Bir zikir ayinini izlemenin Vehhâbî cephesinde nasıl algılanacağını ve neler yaşanacağını ise hiç aklıma getirmemeye çalıştım.

Sabah namazından sonra müritler kale önündeki meydanda toplanıp şeyhin çevresinde halka oldular. Kervan ahalisi önce ilgi göstermeyip istirahat yerlerine yöneldilerse de kısa sürede bendir sesi ve hafızların ilâhileri herkesin dikkatini meydana yöneltiverdi:

"Muallâ gavs-ı Sübhânî
Mukaddes kutb-ı Rahmânî
Emîn-i sırr-ı Yezdânî
Abdülkâdir-i Geylânî"

Öğle sıcağında ayyuka çıkarcasına haykırılan bu mısraların ötedeki Vehhâbî saflarında tercüme edilip herkesi çıldırttığını tahmin etmek zor değildi. Onlara göre bu sözler küfürdü ve şu anda Kadirî dervişlerin yaptıkları tamamen şirkten ibaretti. Bu cephede ise halk coşmuş, üzerindeki korkuyu atıyordu. Bilhassa kaledeki hastalar, özürlü ve yaşlılar için bir tür şenlik gibiydi. Özellikle de zikir başlayıp yeknesak adımlar meydan alınca herkes ahenge katılmaya başladı. Bir ara Cemaleddin Efendi kenara çekilip halkaların keskin ritimler hâlinde tekrarladıkları "Allah! Allah!" nidalarınını yavaştan hızlıya doğru ellerini şaklatarak kademe kademe yükseltti ve hızlandırdı: "Al-lah! Al-lah!" Dazlaklardan yana baktım. Hareket kesilmiş, sanki zaman durmuştu. Bütün dürbünleri bize çevirmiş ne olduğunu anlamaya çalışıyor olmalıydılar. Gerçi Medine ve Mekke'de Kadirî zikri görmek zor değildir ama bu kadar görkemlisine rastlamamışlardır muhakkak; benim gibi... Bir ara dervişler "Allah!" lafzını o kadar hızlı tekrara başlamışlardı ki artık heceler kayboluyordu. "Aah! Aah!" Bazıları boğulacak zannettim. İşte tam o sırada şeyh efendi uzun bir "Huuuu!..." ile müritlerini sakinleştirdi. Sıradaki ahenk "Lâ-ilâhe-illa-llah!" ile başladı. Dervişlerin sesleri hızlanırken artık yükselmiyor, onun yerine kalından inceye doğru tizleşiyordu. Ortaya bir meydancı geldi. Mevlidhanlardan biri olduğunu tahmin ettim. Güzel bir naat okumaya başladı ki Peygamber aşkıyla yanan hacılar saatlerce onu dinleyebilirlerdi. "İşte Vehhâbîleri çıldırtacak başka bir sebep!" dedim içimden. Zikrin sonlarına doğru kervandaki hemen herkes, —Mevlevî ve Nakşî dervişleri dahil— zikirde bütünleşmiş, yekvücut olmuştu. Tam da Hüdâyî'nin şeyh efendiye teklif ettiği gibi. Gözüm hep dazlak saflarındaydı. Dayanamayıp üzerimize ne vakit yürüyecekler diye düşünüyordum. Şaşkın olmalıydılar. Böyle bir hareketi asla bekliyor olamazlardı. Beri yanda Cemaleddin Efendi müritlerini coşturdukça coşturuyor, Said Bey de kendisinden izin alınmadan girişilen böyle bir teşebbüse rıza göstermese de yarıda kestirip dervişleri kendine düşman etmek istemiyordu. Murakabeler yapılıp da on iki terkli tacları dualar eşliğinde dervişlere sunulduğunda öğle ezanı vakti girmişti ve ben hâlâ, dazlaklar geldi gelecek korkusu çekiyordum. Aynı tedirginlik Said Bey ve Oruç Baba'yı da sarmış olmalı ki Şam muhafız alayını ötede tabur vaziyetinde hazırolda bekletiyorlardı. Bendirin son titreşimi kesilip de helvalar, pilavlar ve tatlılar faslına geçildiğinde Merkez Efendi'ye sokulup herhangi bir çatışma olmadan bu badireyi de atlattığımız için şükrettiğimi söyleyecektim ki o bana "Çok şükür herhangi bir çatışma olmadan bu badireyi de atlattık!" deyiverdi. Birbirimize bakıp gülümsedik. Ama hacılar bizim gibi değildi. Zannedersem o sırada biri çıkıp "Haydi yürüyün!" deyiverseydi bize saldırmasından korktuğumuz dazlakların üzerine koşa koşa saldıracaklardı.

Gecelerdir kıpır kıpır bizi tedirgin eden meşale ve gölgeleri ürküten zikir herkese iyi gelmişti. Vehhâbî saflarında dürbünlerine yapışmış köpürdükçe köpüren adamları hayal etmek de ayrıca hoşuma gitti. Hüdâyî'nin kolunu tutup dostça sıktım.

O akşam Hasa yolunda Kadirî dervişleri hem sağımızı hem solumuzu kuşatmış olarak yürümeye başladılar. Gündüzki cesaretin icraata dönüşmesi gibi bir şey. Üstelik sayıları da ciddi biçimde artmıştı. Zikrin ardından Cemaleddin Efendi'nin ziyaretçileri de çoğalmış olmalıydı. Bir tarikat için mürit devşirilecek en güzel yer elbette bir hac kervanıdır.

Gece boyunca gözüm dazlaklardan yana kayıp kayıp gitti. Meşalelerin anbean ufuklarımızı bir alev çizgisiyle kuşatmaya başladıklarını görebiliyordum. Çemberi daralttıklarını da hissettiriyorlardı. Said Bey bir yağma ve çapul tehlikesine karşı tellallar çığırtıp herkesi uyardı. Dediğine göre dazlakların yanına durmadan bedevî sürüleri yığılıyormuş. Sürre alayının zenginliği hepsinin iştahını kabartmış.

Hareketli ve tedirgin gecenin sabahında Hasa Kalesi'ne varmak üzereydik. Said Bey Mısır askerinden gelecek haberciyi burada bekleyeceğimizi duyurdu. Biriken çapulculara karşı çaresiz kalacağımızı biliyor olmalıydı. Bunu kervandakilere hissettirmemek için elden gelen yapılacaktı. Ama her şey ortadaydı. Yorgunluk ve belirsizlik arasında asabileşen hacılar kaleye girerken hayli tedirgin idiler.

Doğu ufkunda sabahın ilk kızıllığı belli belirsizdi. Karanlık ile aydınlığın, gece ile gündüzün iplik iplik ayrışmaya başladığı bir zaman. Yan tarafımızda birden feryatlar yükselmeye başladı. Zengin aileleri taşıyan deve ve katırların olduğu tarafa baktık. Orada bir şeyler oluyor, gölgeler karanlıklarla savaşıyordu. Koştuk. Ne çare biz varasıya kadar olan olmuş, feryat figan ortalık birbirine girmişti. Şafak sökerken durum ancak anlaşıldı. Nasıl geldikleri, nereden geldikleri belli olmayan yüz kişilik bir dazlak grubu kervanı vurmuş ve yirmi kadar yolcuyu kaçırmıştı. Çoğunluğu da kadın ve genç kızlar. Ağlaşıp sızlanan anneler, dövünen babalar. Gözlerim kuşbazı aradı. Şaşırmış gibi çevresine bakınıyordu. Balka'dan çıktığımız akşam elindeki igsi ile güvercinleri saat başı uyandırdığını hatırladım. Birden igsi çubuğun ucundaki kor ile havada çizdiği şekiller geldi aklıma. Belli bir düzen var mıydı, yoksa dediği gibi güvercinleri sakinleştirmeye veya eğlencesine mi sallayıp duruyordu, kestiremedim. Birilerine işaret gönderip göndermediğini, bu baskında parmağı olup olmadığını düşünüp durdum. Dazlakların işbirlikçisi olması ihtimalini yeniden gündemime aldım. Ve Hüdâyî beni bir kez daha şaşırttı; yine aklımı okuyarak:

"Kuşbazın marifeti!"

Bildiği bir şey var mı diye sorduğumda ayağındaki zincir ve tapuyu gösterdi. Bunlar ayağımdayken nerede neyi öğrenebilirim ki demeye çalıştığını anladım O gece ucu ateşli çubukla oynamasından başka kuşbazın bir davranışı dikkatimi çekmemişti. Hele şimdi, kendi hâlinde yürüyen bağrı yanık bir Kâbe aşığı pozlarında, Arapça zafer şarkıları mırıldanıyordu. Belki de mırıltıları şu olup bitenle hiç alâkası olmayan bir Kâbe ilâhisiydi de biz anlamıyorduk.

Kargaşanın şahitleri yüz kadar atlıdan bahsediyorlardı. Bedevîlerin tamamını deve süvarisi zannetmekle hata etmiştik. Vurkaç yapabilecek kadar atlı adamları da olması başımıza iş açmıştı. Yüzlerinde peçelerle sessizce gelmişler ve özellikle kadınlardan tutabildiklerini hızlıca kaçırıp götürmüşlerdi. Silahlı muhafızların kervandan ziyade sürre alayında bulunması, hacı adayı erkeklerin de bir çatışma için yeterince tecrübeli olmayışı verdiğimiz zayiatı çoğaltmıştı. Kaldı ki yalnızca kadınların olduğu bölüme saldırılmıştı. Hasa Kalesi'nde gün aydınlandığında işin vehameti anlaşıldı. Dazlaklar kaleye girişimizden hemen evvel kervanın neresine saldıracaklarını bilerek gelmişler ve yalnızca eşraf takımından insanların kadınlarını ve kızlarını kaçırmışlardı. İzmit mutasarrıfı ile ailesi de buna dahildi. Maalesef Fatma ile Nadide de. Fatma'yı yanlışlıkla götürdüklerini düşündüm. Bir tahtırevanda yatan özürlü bir kız çocuğuydu nihayetinde... Belki de özürlü olduğunu anlamamışlardı. İyi de farkına vardıklarında neden bırakmamışlardı? Ta karargâhlarına varınca farkına varmış olmalılar, iş işten geçtikten sonra. Hüdâyî Fatma ile Nadide'nin de kaçırıldığını öğrenince çılgına döndü. Öfkesini kuşbazdan çıkarmak istiyordu. Güvercinleri kontrol edeceğini ve eğer dişilerden eksilen var ise mutlaka ondan hesap soracağını söylemeye başladı. Bir zamanlar yine ondan duyduğum tekerlemeyi hatırlatarak onu tuttum: "Ölç, biç, sonra kes! Düşün, taşın, sonra söyle! Anla, bil, sonra yap!" Onu tuttum. Öfkeyle değil, önünü ardını hesap ederek girişimde bulunmanın daha iyi olacağına ikna ederek. Durumu Bostancı kolağasına haber verdik. Oruç Baba öğleye kadar kendisini beklememizi, öğle namazında kale mescidinde buluşup birlikte sorguya çekmeyi buyurdu. Sürre emini de Mısır askerinin ordugâhına bir haberci yolladı.

Kuşbazı kafeslerine yaslanmış öğle uykusunda bulduk. Oruç Baba, Merkez Efendi, ben, topuzlu zincirini sürüyen Hüdâyî ve Barak.

"Görülen lüzum üzerine eşyalarını yoklayacağım Yuşa Efendi. Bu üç kişi de şahidim olacak!"

Bir zabitten böyle bir cümleyi duymak kuşbazın yüzünün rengini değiştiriverdi. Kekeledi:

"Be-beli... Beli. Lâkin ne sebep?"

"Sebep güvercinler efendi, hamame, anladın?!"

"Hamame, sermayem, satılacak!"

"Ya, ya!.. Belki satın alırız!"

Hüdâyî kafeslerin örtüsünü açıp incelemeye başladı.

"Güvercinler uçmuş! Bunlar yeni! Mâşuk, Zeytun, Asil, Haydut... Hiçbirisi yok. Üstelik bir kuş eksik."

"Doğru mu kuşbaz, güvercinler gitti mi?"

"Gitmek yok, haza bu Zeytun, bu Ömür, bu Tavus, Bu Asil..."

Hüdâyî Tavus ile Ömür'ü tanıdı ama Asil ve Zeytun diye yutturmaya çalıştığı güvercinlerin başka olduğundan emindi. Buna ben de yemin edebilirdim ama gizlice kuşbazın eşyalarını yokladığımın bilinmesi hoşuma gitmezdi; sustum. Oruç Baba kuşbaza sabahki baskından bahis açtı.. Elbette inkâr etti.

"Güvercinlerini uçurarak ile haber gönderip aldığına dair şüphelerimiz var, ne diyorsun?"

"Lâ, lâ... Yok haber... Taklacı hamame... satılacak..."

Araya girdim:

"Yani güvercinler için pusula falan kullanmıyorsun, ha?"

"Haşa!.. Pusula olmaz... Ben, kuş bezirgânı..."

Daha fazla sabredemedim ve sarığımdaki pusulayı çıkarıp gösterdim. Hüdâyî başta olmak üzere hepsi hayret içinde kaldı. Nasıl elde ettiğimi soracaklar korkusuyla kalbim küt küt atıyordu. Sorarlarsa hac yolunda yalan söylemek zorunda kalacaktım, Allah affetsin!.. Yuşa önce yüzünü buruşturdu. İnkâr etti. Bilmezden geldi. Omuzlarını silkti, "lâ... lâ..." deyip durdu. Herkesin gözü üzerime çevrildi. Haklıydılar, bir açıklama yapmam gerekiyordu. Fevriliğim yüzünden kendime yazıklar okudum. Bütün gözler üzerimdeydi. Elimde böyle bir kâğıt parçası ne arıyordu ve neden böyle bir iddiada bulunuyordum? Sırtımdan ter boşandı, bedenimi ateşler kapladı. Ne diyeceğimi bilemedim. Pusulayı gösterince kuşbazın her şeyi itiraf edivereceğini mi sanmıştım yani; aptallık!.. O telâş içinde ikinci hatamı yaptım ve elimi kafesin zemin tahtasına uzattım. O da ne? Çekmece tertemizdi. Daha önce gördüğüm pusulaların hiçbiri yerinde yoktu. Belki de bir pusulanın kaybolduğunu anlayıp boşaltmıştı. Oruç Baba ile Merkez Efendi'nin soru dolu gözleri yüzüme dikilmişti.

Kafesin zemin çekmecesini neden çekmiştim? Belki ondan daha da önemlisi böyle bir gizli çekmeceden nasıl haberdardım? Elim ayağım iyiden iyiye titremeye başladı. O sırada Hüdâyî yetişti imdadıma ve elimdeki pusulayı alıp kuşbaza uzattı:

"Burada ne yazıyor bilirsin değil mi kuşbaz!"

Kuşbaz kâğıda uzaktan baktı.

"Frenk yazısı? Bilmem... Lâ..."

Adamın az evvel alı al, morum mor olan suratı şimdi üzerimize saldıracak bir kaplanın çehresi gibi göründü gözüme. Bir sebep gösterip pusulayı izah etmeliydim. Pusulada yazılı cümle geldi aklıma. Sonra da Oruç Baba'nın kulağına fısıldadım:

"Pusulada yazdığına göre bir mektup taşıyor."

"Ne mektubu?"

"Birisine teslim etmesi gereken bir mektup. Önemli olmalı. Sorun isterseniz!"

Sorma yerine eşyalarını arayacağını söyledi. Bir heybesi vardı. Onu önümüze attı; meydan okurcasına. Delilleri yok etmiş olduğunu düşündüm. Pusulayı kazârâ almanın ne büyük hata olduğunu anladım. Okuyup ezberlemekle yetinmeliydim. Ama olan olmuştu bir kez. Sürdürmek zorundaydım. Ah Hüdâyî!.. Bütün bunlar senin yüzündendi; kuşbazın casus olduğu fikrini içime sen soktun...

Heybe arandı. Ardından üzeri yoklandı ve sarığı açılıp bakıldı. Sonuç sıfırdı. Dahası kuşbaz artık benden şikâyetçiydi. Her şeyi mahvetmiştim. İddiada bulunmuş ve yüzü kara çıkmıştım. Yaptıklarımın utancıyla oradan ayrılmak üzereydim. Birden elindeki igsiyi güvercin kafeslerinin önünde ve ardında aşağı yukarı sallayışı belirdi gözümün önünde. Yüzüne karşı bağırdım:

"Kervanın neresine saldıracaklarını sen işaret ettin değil mi?"

"Latife?!"

"Latife değil, hakikat!.. Bir kafesin önünü ve ardını işaret ederek kafes işareti verdin ve kadınların nerede olduklarını söylemiş oldun."

"İftira!"

"Yüz adımda bir tekrarlayarak da yüz kişilik bir saldırı ekibinin yeteceğini söylüyordun."

"Ente Mecnun?"

"Ateşi sağa sola sallayarak da hangi yönden saldırmaları gerektiğini anlattın!"

"Galat, hep galat!"

Ne desem inkâr edeceği belliydi. Aklıma yazı takımı geldi. Kıl kalem bulunursa yanında pusula için küçük ve ince kâğıtlar da ortaya çıkacaktı elbette. Dönüp sert şekilde sordum:

"Yazı takımınız nerde? Murassa olan?"

"Yazmak? Ben bilmez! Hokka mafiş!"

Bu sefer ısrarcı oldum. Heybesinde gördüğüm yazı takımını, üzerindeki kakma mücevherlerine varasıya kadar herkese anlattım. Üzerini tepeden tırnağa aradığımız veya kuşağını yokladığımız takdirde bir karış boyunda bir murassa yazı kuburu bulacağımızı da iddia ettim. Kolağası önce inanmadı ama nedense üzerini yeniden aradı. Beni memnun etmek için arıyor gibiydi. Israrcı oldum:

"Avret mahallini de!"

Oruç Baba güldü:

"Gel kendin ara!"

Çarem yoktu. Şalvarını çıkarmasını söyledim. İtiraz etti. Israrcı oldum. Sesimiz yükselince çevreden uyanıp bize bakanlar çoğalmaya başladı. Zorla şalvarını çıkarttım. Epey kirlenmiş diz altı bir çakşırı vardı; patiskadan. Bu sıcakta! Varıp çakşırın paçalarını bacağına gerdire gerdine dizinden yukarıya doğru yoklamaya başladım. Ve işte, apış arasında bir sertlik. Yoklayıp sevinçle bağırdım:

"İşte yazı takımı; hokka ve kalem!"

Başta Oruç Baba olmak üzere birkaç kişi yüksek sesle güldü. Hüdâyî de açıklama getirdi:

"O dediğinden her erkekte vardır yoldaş!"

Kimsenin bana inanmadığını görünce kuşbazın çakşırını çekip yırtasım geldi. Bereket versin bunu yapmadım. Gümüş yazı takımı boşlukta kendiliğinden durmayacağına göre bağlı olduğu bir ip ucu gerekiyordu. Uçkurunu yokladım. Evet, işte uçkura bağlanmış fazladan bir şerit. Ucunu çekince kuşbaz ani bir hareketle kaçmaya başladı. Şalvarı ayaklarında olduğu için daha birkaç adımda sendeleyip kapaklandı. Kolağası varıp ensesine yapıştı.

Bir karış uzunluğundaki murassa yazı takımı öğlen güneşinde mücevherleriyle göz kamaştırıyordu. Uç kısmında yer alan telkâri hokkası, tam da dediğim gibi akiktendi. Kalemler için hazırlanan gümüş gövdenin kapağını açtığımızda içinden aradığımız her şey çıktı. Küçük pusulalar, pusula için birkaç boş kâğıt. Kıl kalem ve işte mektup. Arapça... Oruç Baba mektubu sesli okuyup tercüme etti:

"Sen ki Harameyn'in efendisi ve İslâm peygamberinin vârisi...

Dostluğumuz karşılıklıdır ve Mahmud'un saltanatına karşı sana yardımım her daim sürecektir. Mekke ve Medine ahalisinin Osmanoğlu'na itaatte ilânihâye gitmesi zulümdür. Necid çöllerinin kahramanlarını çevresine toplamış olan sen, Mısır hidivinin oğlu İbrahim'e karşı elbette peygamberin vârisi olarak büyük güce sahipsin. İki sene evvel hükümetimiz Anadolu'nun parçası sayılan Akdeniz adalarını himayesine alıp Osmanlı'nın burnunun dibine sokulmuş, eski Yunan denizi Egesos'u kontrole almıştır. Bu sefer, Beyrut önlerindeki kaptanımız Sadlieri, Doğu Arabistan kıyılarında donanmamızı seyre çıkarmış olup Osmanlı'ya karşı sürdürdüğün kıyamda sana yardım edecektir. Bu mektubumu sana getiren hizmetlim senin ve benim li-

sanımla birlikte Osmanlı ve Rus lisanı bilir yarar adamdır. Katında sana yardımcı olması için iltifatına mazhardır, koruyup kollayasın. Kaptan Sadlier ile haberleşmeni senin için sağlayacak kişi odur. İki ay evvel, efrenci Haziran ayı ortalarında İngiltere'nin Hindistan valisinin subayı William Heude, Bombay donanmasından birkaç gemiyle Basra Körfezi'ne gelmiş olup sana yardım için emir almıştır. Sultan Selim-i Sâlis zamanında Mısır'a giden İngiliz donanması, hain ve bedbaht Napolyon'un Hidiv Mehmet Ali'yle işbirliği yapması dolayısıyla İskenderiye önlerinden çekilmişse de gerektiğinde hizmetine koşacaktır. Bunun için tıpkı bu mektubu sana ulaştıran sadık kölem Yuşa Efendi gibi Mısır Sürre Alayı'ndan da bir kulum Tebük menzilinde seni bulacaktır. O vakit Mehmet Ali'nin oğlu İbrahim'in ordularını geri çekmesi ve senin hâkimiyetini sağlaması yolunda gayretle çalışacağımdan emin ol. Gerekirse Mehmet Ali'yi, oğlunun canını almakla tehdit edip senin üzerine yürümekten döndüreceğim. Sen yeter ki hacıların kutsal Kâbe'ye girmelerine mâni olmaya bak. Hâlen Rusya ile savaşmakta olan Sultan Mahmud'un Müslümanlar üzerindeki halifelik gücünü kırmak ve dünyaya aczini göstermek için beş senedir olduğu gibi bu defa da hac ziyaretinin yapılmaması şarttır. Bunun için her türlü tedarik görülecektir. Elbette ki sultana karşı gerekirse kan dökülmek vatanseverliktir.

İmdi, sen ki Harameyn'in efendisi olacaksın, sana karşı bütün bu yakınlaşmam senin ve benim ülkelerimizin gelecekteki menfaatlerini gözetmek adınadır. Var selâmette ol ve sakın tetiğinden şaşma; ta ki zalim sultana karşı zafer kazanasın, büyük deden yüce Abdülvehhâb'ın rüyasını gerçekleştirip sultan olasın. Sen kendi başına sultan olduğunda bizi hep yanında bulacağından emin ol! Gerisi sana kalmıştır..."

Üstat mektubun sonuna gelince hepimiz şaşkınlıktan dilimizi yutayazdık. Ta İstanbul'dan itibaren karavanaya birlikte kaşık çaldığımız kuşbaz meğer çok dil bilen bir ecnebi casusu imiş. Bostancı Oruç Baba ellerini arkadan kelepçelerken benim gülesim geldi. Ayrılık Çeşmesi'nden yola çıktığımız yirmi yedinci boyun dördüncü hücresindeki her iki kişiden biri kelepçeliydi, ayağından, elinden... Aklanma sevincini Hüdâyî ile paylaşmaya niyet edip yanına sokulduğum sırada pır pır pır ederek bir güvercin geldi; güya kayıp olanlardan. Kafesteki eşiyle karşılıklı kanat çırpmaya başladılar. Yılların hasretiyle buluşmuş gibi. Hepimiz gelen güvercinin hemen ayağına baktık. Evet, işte hokka takımından çıkan pusulalardan bir tane daha. Ecnebi yazısı. Kuşbaza baktım. Başını yere eğdi. Pusulayı en ziyade onun merak ettiğini hepimiz biliyorduk. Hayır, ona bu zevki yaşatmamak lazımdı.

"Deveci Sümbüüüüüll!"

Sümbül olup biteni zaten dikkatle takip ediyordu, hemen koşup geldi.

"Oku şunu! Tercüme et"

Pusulaya bir göz atıp kuşbazın duymayacağı şekilde bize fısıldadı:

"Mektubu Tebük menzilinden evvel Abdülahad'a götür."

"Abdülahad mı? O da kim? Vehhâbî reisinin adı Abdullah değil miydi?"

"Abdullah'tı elbette!"

"O hâlde Abdülahad da kim?"

"Ben biliyorum!"

Said Bey'in cevabına kolağası şaşırmış gibi baktı. Onun bilmesi gerekeni sürre emini biliyordu. Hepimiz biliyorduk ki bedevî deve sürülerinin başındaki Vehhâbî reisinin adı Abdullah idi; Abdullah b. Suud. Merkez Efendi'ye doğrulatmak istedim:

"Üstadım, Dazlakların başındaki adamın adı neydi?"

"Abdullah! Öyle değil miydi?"

Said Bey atıldı:

"Geçen hafta öyleydi. İbrahim Paşa'nın Mısır ordusu çöle ayak basınca o ordusunun yarısını alıp Dir'iye'yi savunmaya gitti. Bizi takip eden şu adamlar da hâlen büyük oğlu Abdülahad'ın kumandasında.

Bunu bilmek içimi rahatlattı. Öncelikle bizi takip eden ordu yarı yarıya azalmıştı. İkincisi, başında toy bir delikanlı vardı.

Hüdâyî kulağıma, "Sevinme, Abdullah burada değilse İbrahim Paşa da olmayacaktır!" dedi. Yine yenleriyle oynadığını gördüm. Söylediğinde de yüzde yüz haklıydı. Başımı iki yana salladım; içinden çıkamadığım durumlarda yaptığım gibi. Ah Hüdâyî!.. Bazen hikmette Eflatun bazen hödüklükte Bâkılsın sen!.. Hikâye anlatırken tuhaf, hüküm verirken zeki. "Behlül Dânâ veya Kadı Karakuş'un meczup kılığında yeniden dünyaya gelmiş hâli misin nesin birader!" Said Bey, Abdülahad'ın ordusuyla başbaşa kaldığımız için bu bilgiyi bizden saklamış olmalıydı, korkuları azaltma kastıyla. Merkez Efendi de benim gibi düşünmüş olmalıydı ki bu bilgiyi ne vakit aldığını nazikçe sordu. Verdiği cevap leb demeden leblebiyi anladığını, oyunda üçüncü hamleyi görebildiğini gösterir cinstendi:

"Endişeye mahal yoktur Merkez Efendi, İbrahim Paşa ile anlaştık, o da ordusunun yarısıyla Abdullah'ı Dir'iye'de kuşatırken diğer yarısını bize yardıma gönderecek."

Bostancı Oruç Baba kuşbaza yerinden kalkmasını söyledi. Kuşbaz kendisinden gizlenen konuşmayı merak eder ve olup bitene anlam veremez bir suratla doğruldu. Oruç Baba Sümbül'den Hüdâyî'nin anahtarını istedi. Ayağındaki zincir ile gülleyi çıkarıp kuşbazın ayağına taktı. Hüdâyî'nin zincirden kurtulduğunu görünce hepimiz sevindik ama sevincimiz kursağımızda kaldı. Çünkü kolağası Sümbül'e bu sefer de cayraskalın en kalın kütüğüyle halatını getirmesini söyledi. Kütüğe bir düğüm, ipe de halka yapıp Hüdâyî'nin ayağına geçiriverdi.

"Kilitsiz, anahtarsız!.. Tuvalet haricinde ayağından çıkardığını görür veya duyarsam..."

Cümlesinin sonunu getirmek yerine devamında kuşbaza sordu:

"Söyleyeceğin bir şey var mı?"

"Canınız cehenneme!"

"Yürü bakalım, bu kalenin ıssız zindanında sana cehennemi gösterelim..."

Kuşbaz konusunda Hüdâyî haklı çıkmıştı. Kendisini tebrik etmek istesem de ellerini oğuşturmaya dalıp gitmişti. Sebebi Nadide'nin tutsak edilmesi olmalıydı. Kolağası Oruç Baba'nın kulağına eğildim:

"Hüdâyî'yi yeniden bağlamasaydınız efendim!"

Cevabı beni kendisine hayran bıraktı:

"Gizlice zindana varıp kuşbazın boğazını sıksın diye mi?"

Dönüp Hüdâyî'yi teselli etmekti niyetim ama o beni teselli etti:

"Korkma yoldaş, gidip kuşbazı öldürecek değilim!"

Yine kalakaldım. Galiba bu kervanın meczubu benim!

Hasa Kalesi

12 -16 Ağustos

Altı burçlu küçük bir kale burası. Sığınmak için çok küçük ama sırtımızı yaslamak için fevkalâde emniyetli. Kadın ve çocuklar kalenin içinde, askerler ve erkekler dışındayız. Sanki bir kervan konaklamış gibi değil de bir ordu mevzi almış gibi. Tedirginlik yüzlerden okunuyor. Kâbe yollarında pusulası hacca ayarlanmış kalplerin savaş, şiddet ve korkuyla çalkanıp durmasından doğan bir kargaşa hâli. Burada bekleyeceğiz. Gerekirse birkaç gün. Ya herru, ya merru...

İlk geceyi herkes uykusuz geçirdi. Uzaklarda meşaleleri hareket edip duran dazlak çapulcuların yeniden saldırmasının an meselesi olduğu konuşuluyor. Aldıkları rehinelerin aileleri perişan. Oysa herkes Abdülahad ve dazlaklarının her ne yapacaklarsa ancak Tebük menzilinden sonra, Ayn-ı Salih'te yapacaklarını düşünmekle yanılmıştı. Daha önümüzde Maan, Akabe ve Zâtülhicce duruyordu. Sürre Emini Said Bey İbrahim Paşa'nın hem kendisine hem de bâdiyedeki Mısır askerinin kumandanına yeni haberciler gönderdi. Dazlakların aldığı rehinelerden "esir düşen kadınlarımız" diye bahsederek üstelik. Durum o kadar vahimdi. Paşa ve askerleri gelmeden burayı terk edemeyecek gibi görünüyorduk. Hesap ettim, hac günlerine yetişebilmemiz için burada ancak sekiz gün konaklayabiliyoruz. Zor şartlarda Medine'de geçirilecek günlerin sayısını azaltarak belki dört gün daha kazanılabilirdi. Kimisi esirleri kurtarmak için bu kadar oyalanmanın imkânsızlığını dillendiriyor; kimisi esirler geri alınmadan gidilemeyeceğini. Çeşit çeşit fikir... Hacılar arasında tartışmalar, tatsızlıklar...

Merkez Efendi Said Bey ile gizlice konuştu. İbrahim Paşa'ya giden habercinin gelişini beklemek yerine kendi başımıza bir şeyler yapıp yapamayacağımızı müzakere etti. Said Bey ani bir baskın yapmayı aklından geçirdiğini ama Şam muhafız alayının yetersizliği sebebiyle buna cesaret edilemeyeceğini, sonuçta bütün kervanı kaybetme tehlikesini vs. anlattı. Merkez Efendi'nin teklifi ise "Bu akşamdan tezi yok delilbaşı, Şam alay kumandanı, Oruç Baba, bendeniz ve birkaç itibarlı hacı adayı ile yanlarına varıp görüşelim!" oldu. Uzun müddet tartıştılar ve nihayet yarın sabah namazından sonra dört kişilik bir elçi kafilesinin dazlak saflarına gidip kadınları geri istemesine karar verildi.

Sürre emini elçi olarak gidecek dört kişi için başkan olarak Oruç Baba'yı, tercüman olarak Merkez Efendi'yi, şahit olarak delilbaşını, hacı temsilcisi olarak da Konya eşrafından bir pîr-i fâniyi seçti. İzmit mutasarrıfı ısrarla gitmek istese de müsaade etmedi. Eşi, kötürüm kızı ve maiyyetinin esirler arasında olması dolayısıyla fevri bir hareket yahut öfke gösterebilir, görüşmeleri zora sokabilirdi. Esirlere karşı yapılacak pazarlıkta kullanılmak üzere bir heybenin gözlerine iki altın torbası konuldu. Toplam iki bin Osmanlı altını. Dazlakların istediği şey. "İyi pazarlık olacak!" dedim içimden.

Güneş kumların sırtından yüzünü gösterdiği sırada kafile ellerinde beyaz bayraklarla at sırtında yola çıktılar. Said Bey her ne kadar yanlarına bir kıta muhafız vermekte ısrarcı olsa da elçiler kabul etmedi. Askersiz bir sulh ortamı daha iyiydi. Kaldı ki muhafız gerektirecek bir durum vuku bulursa, binlerce silahlı adama karşı bir manga muhafızın, elinden ne gelirdi ki; canlarını vermekten başka. Hacılar dört kişiyi dualar ve gözyaşlarıyla uğurladılar. Bilhassa yakınları esir alınan ailelerin feryatları göklere ağıyordu.

"İnşallah muştulu haberle dönerler!"

Hüdâyî esir ailelerinden daha kötü durumdaydı. Ellerini süpürmekten neredeyse derileri yolunacaktı; kıpkırmızı. Dilindeki dua ile intizarlar birbiriyle yarışıyordu. Aklından ne geçiriyorsa artık, durmadan sayıklıyordu:

"Allah'ım, Nadide'yi... Allah'ım, Nadide'ye... Allah'ım, Nadide'yle... Allah'ım, Nadide'siz... Allah'ım, Na..."

Hüdâyî'nin Nadide'ye dair içinden geçirdiklerini ben Fatmacık için mırıldanıp duruyordum. Özürlü bir kızı hangi akla hizmet kaçırmış olabilirlerdi ki? Birden Fatma'nın hacca gidiş gayesini hatırladım. Eğer dazlaklar bunu öğrenirlerse şirk gerekçesiyle Fatma'yı da Nadide'yi de öldürürlerdi. İçimden "Allah'ım, Fatma'nın Kâbe'ye şifa bulma umuduyla gittiğini dazlaklar öğrenmeden onları Sen azad eyle!.." diye yakarmaya başladım. Annesi veya bir başkası kazara "Onu Resûlullah'a götürüyoruz!" gibi bir cümle telaffuz ederse vay hâllerine. Karşı taraf Resûlullah'ın huzurunda Allah'tan şifa dileyeceklerine asla inanmayacak, hatta inansalar bile bunu kendi İslâm anlayışlarıyla örtüştürmeyecekleri için "İşte biz tam da bu yüzden sizin gibi fasıkların, fâcirlerin, kâfirlerin ve müşriklerin Kâbe'ye gitmesine müsaade etmiyoruz! Peygamberden şifa mı istenir?" diye bas bas bağıracaklardı. Dualarıma kattım:

"Allah'ım, Fatmacık'ı..."

Saçları tıraşlanmış adamlar, rahvan adımlarla yarım saatlik mesafede, kum tepeciklerinin arasındaydı. Tek tük görünen hurma ağaçlarından vahada konakladıkları ve su kaynaklarına sahip bulundukları anlaşılıyordu. Güneş arkamızdan doğduğu için görüş alanımız berraktı. Hemen herkes elçilerimizin nasıl karşılanacağını merak ederek ellerini alınlarına siper etmiş izliyorlardı. Keza sürre emini, Şam paşası ve muhafız alayındaki birkaç zabit de dürbünleri alınlarına yapıştırmış her şeyi dikkatle takip ediyorlardı. Bizimkiler yolu yarıladıkları sırada kafilemizden ayrılan bir atlı, heyetin arkasından tozu dumana katarak koşturmaya başladı. Ardından da bir köpek. Kimdi bu atlı, dost veya düşman mıydı, derdi veya amacı neydi, niye gidiyordu, ne yapacaktı?!. Her ağızda sorular gitgide uğultuya dönüştü. Kolumdan birinin çekiştirdiğini hissettim; Sümbül. Korkmuş olmalı, suratı bembeyazdı:

"Hüdâyî kaçtı!"

Başıyla da heyete doğru koşan süvariyi işaret ediyordu.

"Eyvah!" dedim içimden, "İşte şimdi başı büyük belâda!"

"Neden böyle bir şey yaptı ki?"

"Nadide'yi kurtaracakmış!"

"Desene bir çuval inciri berbat edecek; inşallah Oruç Baba vaziyet edip geri döndürür."

"Korkma, o kaçtı diye kolağası seni cezalandırmaz!" diyerek önce Sümbül'ü teselli ettim, sonra da koşup Said Bey'e durumu özetledim. Şam paşası arkasından bir atlı koşturup geri getirilmesi için emir beklediğini söylüyordu lâkin sürre emini bunun dazlak saflarında farklı yorumlanması hâlinde işlerin daha da karışacağını söyleyerek atlıya müsaade etmedi. Anladım ki o da benim gibi Kolağası Oruç Baba'dan umutluydu.

Otuz bin çift gözün neredeyse tamamı Hüdâyî'nin atını takipteydi. Nefesler tutulmuş gibiydi. Oruç Baba'nın piştovunu çekip tam da alnının ortasına sıkarak onu yere sermesini bekleyen ile elini kolunu bağlayıp ata ters bindirerek geri göndermesini dileyen; işleri bozacağı için hakkında ilençte bulunan ile sevdasının izini süren bir âşık olduğu için ona hak verip dua eden yan yanaydı. Dürbünler ne görüyordu bilemiyordum ama bizimki kafileye yetiştiği anda bir toz bulutudur yükseldi. Tartışmalar, ikna veya inat, itişme kakışma olmalı. Beyaz bayraklı bir kafiledeki bu kargaşanın hasımlarımızca izlendiğinden de şüphemiz yoktu. Kim bilir ne sanacaklar, neleri merak edeceklerdi? On dakika kadar hareketlilik devam etti ama bütün umudumuza rağmen geri dönen bir atlı göremedik. Bilakis beşi birden tekrar ilerlemeye başladılar. Endişem arttı. Gidenler gelmeden de artmaya devam edecekti. Elim ayağım titremeye başladı. Yerime çömelip ufukta gittikçe uzaklaşan kıpırtıları takipten başka yapacak işim yoktu. Sıcak henüz bastırmamıştı ama güneş ışığı kumları buharlandırıyor, dalga dalga yükselen sıcak hava gözleri alıyordu. Elimde bir böcek hissettim. Baktım bir çekirge. Başparmağım kadar da büyük. Diğer elimle süpürüp kovdum. Çölde çeşit çeşit haşarat ve sürüngen olurdu; yılan, çiyan, akrep, kertenkele, keler ve diğerleri. Çekirge de bunlardan biri olduğu için önemsemedim. Ama birkaç dakika sonra bir başka çekirge başıma kondu. Aynı çekirge zannedip başımdan da attım. Derken yanıma gelen Sümbül'ün de çekirge kovaladığını gördüm. On dakika kadar bir yandan ufuktaki heyetimize baktık, bir tane daha çekirge kovaladık. Hayret, giden kafilenin görüntüsü gittikçe bulanıyordu. Gözlerimi oğuşturdum. Suratıma bir çekirge çarptı. Birkaç dakika öylece bekledim. Gözlerimi açtığımda görüşümün benden değil ufku kaplayan çekirge sürülerinden bulandığını anladım. Çevremdeki herkes gidenlere bakmayı bırakmış, eşyalarının üstünü örtmeye, yüzünü gözünü kapatmaya, çekirgelerin üzerine basmamak için ordan oraya sıçramaya başlamıştı. Meğer bu daha başlangıç imiş. Kumlara düşen koyu gölgeyi görünce asıl tehlikenin farkına vardık. Kalenin arkasında simsiyah bir bulut üzerimize geliyordu. Sürre emini derhâl herkesin bir örtü altına girmesi ve çekirge gidesiye kadar başını çıkarmaması gerektiği haberini çığırttı. Şam askerlerinin dediğine göre yağışın aşırı olup sellerin görüldüğü yıllarda sıcaklarla birlikte bu bölgelere çekirge sürüleri gelirmiş. Sellerle geçen bir baharın neticesi.

Çekirge sürüleri genelde ekili-dikili alanlarda ve bahar mevsiminde olur zannederdim. İstanbul ve çevresinde sebze ve bitkileri delik deşik eder, rençbere, çiftçiye felâket olurdu. Çölde hangi sebeple çekirge sürüleri olduğunu, nasıl bir felâket getireceklerini bilemiyordum. Kimse de bilmiyordu. Herkesin başının çaresine bakmak için gece üstüne uzandıkları ne varsa şimdi üstlerine uzatıp altına girmeye çalıştıklarını görüyordum. Başıma örtecek bir şey aradım ama yoktu. Birden aklıma geldi. Merkez Efendi ve Hüdâyî gitmişti, celep ile kuşbaz zindandaydı, seyis ile berber de görevlerinin başında olmalıydı. Bağırdım:

"Koş Sümbül, eşyalarımız açıkta kaldı!"

Hücremizde ne kadar yiyecek varsa sarıp sarmalayıp üzerini kumla örttük. Kendimiz de sofra sergisinin altına sırt sırta oturup beklemeye başladık. Güpegündüz ortalığı karanlık sarmıştı. Güneş aydınlanmadıkça çekirgelerin gelmeye devam ettiğini anlayabiliyorduk. Bereket versin kaledekiler daha korunaklı idiler. Bir çatı altında olanlar da en bahtlılarımız.

Sümbül ile uzun uzun sohbet ettik. Çekirgelerden, getirecekleri kıtlıktan, yolculuğumuzun devamından, hayallerimizden ve beklentilerimizden. Zavallı genç adam, kardeşinin vefatıyla yıkılmış gitmişti âdeta. Ona celebin iddialarını sordum. Kardeşinin asla kötü bir insan olmadığını gözyaşlarıyla anlattı. Ben de teselli etmeye çalıştım.

Öğleye doğru örtümüzün altından başımızı çıkarabildiğimizde çekirge sürüsü bedevîlerin üzerine yeni varmıştı. Kervandaki herkes hayretle izliyordu. Kimsenin bu büyüklükte bir çekirge bulutu görmediği belliydi. Şiddetli rüzgârların önünde bulutlar nasıl çalkanırsa öyle dalgalanıyor, kimisi yere inerken kimisi yerden yükseliyor, bulut hiç eksilmiyordu. Sümbül "İnşallah hepsini yer bitirirler!" diye mırıldandı.

"Sus, arkadaş, esirlerle yoldaşlarımız da orada!"

Herkes başının derdine düşünce, esirleri veya kafileyi unutuvermişti sanki. Said Bey askerleri seferber etmiş hasar tespiti yaptırıyordu. İşimiz bir kat daha zora girmişti. Pek çok insanın yiyecekleri çekirgelerce tüketilmiş, giysiler ve koşum takımları bile lime lime olmuştu. Bazı katır ve merkepler ile sıpa ve malakların gözlerinde kısmî körlükler oluşmuş, bazıları çıldırmıştı. En hasarsız sınıf, develer ve atlardı. Sümbül'ün duasının boşa gideceği ortadaydı. Bedevîler bize nazaran çölün ve develerin dilinden daha iyi anlıyorlardı. Çekirge felâketini de daha az ziyanla atlacaklardı. Kervana baktım. Eşyalar kadar insanlar da darmadağındı. Bereket versin çekirgeler gece sefer hâlindeyken gelmemişlerdi. Felâket anında kalede bulunmak da şükrü gerektiren bir nimetti.

Öğlen olduğunda çekirgeler arınıp gittiler. Said Bey'in münâdîleri tehlikenin geçtiğini, herkesin sakin olmasını, lâkin bundan böyle yiyeceklerini ihtiyatlı kullanmaları gerektiğini, Mısır sürresiyle buluşasıya kadar tedbirleri kademeli olarak arttıracaklarını falan duyurdular. Hac denilen ibadetin baştan sona meşakkat ve sabır olduğunu söyleyenlere hak verdim.

Kervan durulduğunda başlar yine batı ufuklarına çevrilmeye başlandı. Acaba elçiler ne yapmıştı? Esirlerin durumu neydi? Geçip giden çekirge sürüsü orada nasıl etki bırakmıştı. Pek çok kişi çekirge sürüsünü ilâhî bir belâ olarak yorumluyor, dazlakların da bundan ibret alarak çekilip gitmelerini umuyordu. Benimse aklımda yalnızca Hüdâyî vardı. Birisi o anda bana çarıklarını ver, yoldaşın hakkında olup biteni anlatayım deseydi herhâlde tabanlarımın pişmesine aldırmadan çölü yalınayak geçmeye razı olurdum. Ama öyle olmadı. Meraklı saatlerin ardından ta ikindi sularında ufukta bir karaltı belirdi. Gitgide yaklaştı. Dört atlı gitmişti ve altı atlı ile yanında piyadeler geliyordu. Dürbünlerimiz müjdeyi görüyorlardı. Kafilemizde sevinç çığlıkları atılıyor, herkes birbirini kucaklıyor, tebrik ediyordu. Gerçekten de gelenler yaklaştıkça yüzler seçilmeye, kim kimdir belli olmaya başladı. Geride kalan yok gibiydi. Herkes kurtulmuştu. Kadınların bazıları at üstünde, diğerleri erkeklerin önünde. Derken Fatma'yı gördüm; bir atın çektiği sedyede, annesinin eşliğinde. Çok şükür. Ve asıl merakım Hüdâyî! İşte orada. Derin bir nefes aldım. Ama sevincim kursağımda kaldı; Nadide görünmüyordu. Evet, bir tek Nadide yoktu. Hüdâyî'ye yeniden baktım; yürüyüşünde neşe ve sevinçten ziyade bitkin adımlar ve karamsarlık vardı. Savaşta çıkmış gibi bitkin.

Önce esirlerle buluşmanın, kucaklaşmanın sevincini izledik. Koca İzmit mutasarrıfının şükür sadedinde çocuklar gibi ağlayışına şahit olduk. Fatma'ya öyle bir sarılışı vardı ki! Gerçekten bir baba kızını böyle de sevebilir miydi? Yürekler parçalandı. Ve bir kız, özürlü iken babasına böyle sarılır mıydı? Gelen heyetle görüşen Sürre Emini Said Bey ne olup bittiğini anlatmak üzere herkesi sessizliğe davet etti. Kolağası Oruç Baba bir yanında, Şam paşası diğer yanındaydı:

"Muhterem hacılarımız,

Fâsit itikatlı eşkiya başı Abdülahad b. Abdullah b. Vahap b. Suûd-i nâ-mes'ûd ile üç kardeşi, yanlarındaki on bini aşkın silahlı adamla hemen şuracıkta canımıza, malımıza, ırzımıza ve itibarımıza tuzak kurmaya hazırdır, bilesiniz. Topyekün Osmanlı milletini tekfir ile bizlerin tâbi olduğumuz yüce İslâm'ı bir şirk gibi göstermekte ve kendince 'Hakiki İslâm' diye andığı Muhammed b. Abdülvehhâb'ın fikirlerini tasvip etmediğimiz için bizimle savaşmayı cihat saymaktadır. Biz ki tevhit inancını Allah ve resulünün dini olarak bilir öylece iman ederiz. Bizim için şehâdet kelimesi manevî bir zırhtır, hiçbir silah ona tesir edemez. Ve o zırhı kuşandıktan sonra da tevhit inancını yalnızca kendilerinin düşündüğü şekilde yorumlayan ve bizi de kendileri gibi düşünmediğimiz için tekfir edip hayatımıza kastedenlere boyun eğmedik, eğmeyeceğiz. Ne var ki daha evvel söyledikleri saldırı tehditlerini bu sefer de heyetimiz üyelerine yenilemişler, eğer geri dönmezsek yağma ve çapulun herhangi bir anda, herhangi bir yerde karşımıza tekrar tekrar çıkıvereceğine dair tehditlerde bulunmuşlar. Hiçbirinizin geri dönmek için buralara geldiğinizi düşünmüyorum.

— *Dönmeyeceğiiiz!*

Bilin ve işitin ki ömrü ebed-müddet olan yüce Osmanlı Devleti'nin bu tür kuru tehditlere tahammülü yoktur. Abdülahad bunları söyledi diye hac farizasını ifadan da geri kalacak değiliz.

— *Değiliiiz!*

Mısır sürresiyle birlikte Mısır askerinin buralara yetmesi yakındır. Müsterih olunuz; illa ki dikkatli davranınız. Bundan böyle hepimiz yegan yegan nöbetçi, hepimiz asker, hepimiz muhafız, hepimiz kumandan, hepimiz sürre eminiyiz. Rabbimin izniyle bu yıl haccetmemize ne Vehhâbî isyancılar ne yorgunluk ne açlık mâni olabilecektir. İnşallah yolumuz Kâbe'ye çıkacak, tedbir dahilinde yürüyerek Hacer-i Esved'e yüz süreceğiz."

"İnşallaaaaaaah!.."

Bedevî saflarından da duyulduğundan emin olduğum bu sevinç temennisinden sonra Kolağası Oruç Baba Sümbül'e bakıp parmağıyla yanına çağırdı; gel gel yapan bir parmağın ucunda bu derece büyük tehdit birikebileceğini orada gördüm:

"Bir daha kaçırırsan tomruğa onun yerine seni bağlarım, anlaşıldı mı?"

Çölde Bir Yer

15 Ağustos

Hücremize çekildiğimizde ikindi serinliği başlamıştı. Hüdâyî çömeldiği yerde öylece uğunuyor, gözlerini önündeki kum tanelerinden ayırmadan ırgalanıp duruyordu. Ellerini süpürmesinden ve yenleriyle oynamasından anladığım kadarıyla şu anda meczup hâllerinin doruğundaydı; ne bir şey söylemeye ne bir söz dinlemeye meyli vardı. Onun için başımı Merkez Efendi'ye çevirdim.

En başından beri Vehhâbîleri fikirleriyle alt edip gittikleri yolun yanlışlığını ispatlamadan esirleri elinden kurtarmanın mümkün olamayacağını düşünüyordum. Sürre emininin Merkez Efendi'yi görüşme heyetine katmasının altında da bunun yattığını biliyordum. Fıkhî meselelerde Vehhâbî lideri Abdullah'ın toy oğlu Abdülahad ile münazara ve mübahase edebilecek biri varsa o da Merkez Efendi olabilirdi. En azından sürre alayıyla haccetmeye gelen bunca insanın kâfir olmadığına dazlak reisini inandırması gereken kişi oydu. Benimle beraber herkesin ona döndüğünü ve ağzından çıkacak sözleri beklediğini gördüm. Testisini yana devirip kulpunda bağlı duran bir mendili açtı. Kuru üzüm vardı içinde. Tutam tutam avuçlarımıza koyup kendisi de bir üzüm tanesini ağzına atıp çiğnemeye başladı. Biz merakımızı bastırsın istiyorduk ama o açlığımızı bastırmaya niyet etmiş gibiydi. Dayanamadım, "Üstadım?" dedim. "Hiç işte, kum fırtınasından ziyade fikir fırtınası esti ve fırtınada ayakta kalanlar esirleri alıp geldi!" dedi. Kestirip attığına göre anlatmaya niyetli değildi. Belki de yorgundu. Ama biz de meraktan çatlıyorduk.

Tekrar söz atarak "Teferruatı merak etmeyelim mi?" dedim. "Önemi var mı?" dedi. Sırtıma yaslanmış mızıldanmakta olan yoldaşımı başımla işaret edip "Ya Hüdâyî Can?" dedim; eliyle "mükemmel" işareti yaptı.

Merak ettiğim, benimle birlikte herkesin merak ettiği pek çok şey vardı. Hüdâyî'yi neden döndürmemişlerdi? Nadide'ye ne olmuştu? Çekirge istilâsını nasıl atlatmışlardı? Hüdâyî nasıl davranmıştı? En önemlisi de Abdülahad ve adamları nasıl ikna olmuşlardı. Dördüncü hücreden geriye kalan birkaç kişi gözlerimizi Merkez Efendi'nin ağzına dikmiştik. Hepimize tek tek baktı, ağzına bir üzüm tanesi daha attı, sonra bize acımış olmalı ki yalnızca kendi cümlelerini değil, Abdülahad'ın cümlelerini de onun ağzından taklit ederek bizi taşımaya başladı; bütün ciddiyetiyle:

"Karşılıklı oturduk. Toy bir adam bekliyordum, medreseler tekmil etmiş bir allame çıktı karşıma. Babası Abdullah'ın bile bu kadar ateşli fikirleri olacağını sanmıyorum. Başlangıçta babasının tehditlerini yineledi elbette. Hacca gideceksek evvelce bildirdikleri şartlara uymamız gerektiğini sert bir dille anlattı. Kaçırdıkları kadınlarımızdan ganimet olarak söz ediyordu. Sonra konuyu tevhit ve iman bahsine getirip bizleri Müslümanlığın dışında, hatta küfür ve şirkte tanımladı. Hepsini dinledik, sabırla ve sükûnetle. Sözleri bitince tersinden başlayarak dedim ki, 'Reis Abdülahad! Seninle anlaşalım; biz inanırız ki Allah'ın tevhidi iki şekilde açığa çıkar; rubûbiyyet ve ulûhiyyet! Tek yaratıcı olarak Allah'ı kabul etmek rubûbiyyet, tek Allah'a ibadet ve her şeyi ondan istemek de ulûhiyyettir. Allah, her çağda peygamberleri vasıtasıyla kullarına tevhit inancını anlatmıştır. Ta ki kullar yalnızca Allah'ın yaratıcılığına inansın, yalnızca ona ibadet etsinler. Bunun içindir ki bir mümin için kelime-i şehâdet namazdan, zekâttan, oruçtan ve hacdan önemlidir. İnanan kişi dil ile ikrar ve kalp ile tasdik ederek tevhidi yani rubûbiyyet ve ulûhiyyet yönüyle Allah'ın birliğini kalbine yerleştirmiş olur.'

Sözümün burasında Abdülahad'ın ilk itirazı geldi ve dedi ki;

'Ya şeyh, tevhidin şartı senin dediğin gibi iki değil, üçtür. Rubûbiyyet, ulûhiyyet ve amel. Yani ikrar ve tasdiki takip için kula bir de amel lazımdır ve amelin yalnızca Allah'a yapılması da şarttır. Bir amelin ibadet olabilmesi için tevhitle birlikte olması lazımdır. Nasıl namaza namaz diyebilmek için temizlik ve abdest aranıyorsa ibadete de ibadet denilebilmesi için önce tevhit aranır. Böylece tevhit, amel sayesinde gerçekleşmiş, bilinmiş, görünmüş olacaktır. Amelsiz tevhit Müslümanlık için yeterli değildir. İnandım deyip de inancının hiçbir gereğini yapmayan kişi nasıl olur da inanmış sayılabilir? Amelsiz iman dileyen, yaysız ok atmaya kalkan kişiye benzemez mi?'

Dedim;

'Reis Abdülahad, iman sevgi ve tutkudan kaynaklanır, bilgi ve delille ispatlanamadığı gibi, şimdi senin söylediğin biçimde dışarıdan bilmenin ve bildirmenin konusu hâline de gelemez. İman kalplerde gizlidir ve kişi kalbinde olanı Allah'tan başkasına bildirmeye mecbur değildir. Aksi takdirde mümin ile Allah arasındaki içtenlik, samimiyet, dostluk kaybolur, gider.'

Dedi;

'İmanın akıl ve zihinde değil kalpte olduğuna hiç itirazım yok, bilme ve bildirmeyi önemseyişim, Allah'ı bilerek iman etmekle severek iman etmenin arasında akıl ile kalbin çatışmaması içindir. Akıl, elbette kalpten evveldir.'

İtiraz ettim;

'Hayır, kalp evveldir ve dinimizin ilâhî vasfı kalpte tecelli eder.'

'Zaten itikadını amel ile pekiştiren bir insan da kalbinden geçeni yapmış demektir lâkin bunun için önce aklının ona imanı önermesi gerekecektir. Bu da amel sayesinde olmaz mı?'

'Bak, dedim, Reis Abdülahad, önce amelden ne anladığımızda hemfikir olalım. Ya sen tanımla, ya ben; amel nedir?'

'Buyur sen tanımla!'

'Amel, emirlere, tavsiyelere ve yasaklara konu edilen ve sonunda ceza yahut mükâfat bulunan tutum ve davranışlardır.'

'Tam da öyledir.'

'Bu durumda amel niyet ve iradeye dayalı bilinçli bir eylemdir, doğru mu?'

'Beli!'

'Kur'ân-ı Kerim'de sık sık *iman edenler ve salih amel işleyenler* denilmesi bu ikisinin ayrı düşünülmesi gerektiğini, yani iman etmekle amel işlemenin birbirinin gerekliliği olmadığını göstermiyor mu sence? Keza *Ey iman edenler!* diye başlayan pek çok âyette de amelî kusurları bulunan müminler uyarılmakta, bazı dinî vecibeleri terk eden veya birtakım günah fiilleri işleyenlere de *Ey müminler!* diye hitap edilmekte. Buradan yola çıkarak ameli eksik olan veya hiç olmayanı Allah yine de *iman eden, mümin* kabul ediyor. Ayrıca her amel herkese farz olmayabilir. Yolculukta namazın kısaltılması veya orucun kazaya bırakılabilmesi gibi. Dahası, Müslüman olup şehâdet getiren herhangi biri hiçbir amel işlemeden de mümin olabilir.'

'Ya şeyh, bâtıl düşünüyorsun, iman ettim dediği ve şehâdet getirdiği hâlde her türlü kötü ameli işleyen birini düşünelim, Müslüman bir topluluk içinde, dinî kimlik ve aidiyetle yaşaması onu Müslüman yapar mı? Sırf Müslüman bir ana babanın evlâdı oldu veya anasından babasından duyduğu şekliyle şehâdet getirdi diye dinin amellerini yerine getirmeyen biri için mümin denilebilir mi? Kendisi amel etmediği gibi amel edenleri hakir gören, mümin dediği kardeşine karşı ululanıp onu küçümseyen, hatta bir güler yüzü bile esirgeyip İslâm'ı aşağılayan biri mümin olabilir mi?'

'Haklısınız, size göre bu hâllerin tamamında o kişi mümin sayılmayabilir lâkin Müslüman olmaktan da çıkmaz, öyle değil mi? Yani, kişinin imanı var ise, şehâdet kelimesini dil ile söylüyor ve kalbiyle de tasdik ediyorsa amelleri yerine getirmiyor diye tekfir edilip kâfir veya müşrik olarak nitelenemez.'

'İşte dediğime geliyorsun ya şeyh, çünkü senin düşündüğün gibi bir ikrar ve tasdik, kişiyi tek başına Müslüman yapsa bile ahlâkî ve toplumsal gayeleri göz ardı ettiği için ameli de imana dahil etmeyi mecburi kılar. Çünkü hiçbir amel yapmayan, durmadan günah fiiller işleyen biri, din ve dinin hükümlerini hiç mesabesine indirmiş olacaktır. Böyle birisi inandığı gibi yaşamak yerine yaşadığı gibi inanmayı tercih etmekle dini hiçe saymış olmaz mı? Dini hiçe sayan kişi de elbette tekfir olunmak gerektir, değil mi?!'

'Reis Abdülahad, iman ancak salih amellerle kendini gösterir. Bu hüküm ne kadar doğruysa; bunun karşısına amelde kusuru küfür olarak niteleyerek çıkmak da o derece yanlıştır. Madem Kur'an, *iman edenler* ile *salih amel işleyenler*'i birbirinden ayırmıştır, o hâlde Allah'ın birliğini dil ile ikrar ve kalp ile tasdik eden bir kişi kâfirlikle suçlanamaz. Allah nazarında o bir Müslüman'dır ve amel ederse iman derecesi artar, etmezse sorumluluğunu yüklenir ve hükmü Allah verir, bize hüküm vermek düşmez. Biz yeter ki amelde kusur gösterdiğimiz veya günah işlediğimiz vakit tövbe edelim; gerisi Allah'ın bileceği iş.'

'Ama unutma ya şeyh, Allah'ın bizi müminlerden sayması için yapılması gerekenleri yapmak da bizim bileceğimiz bir iş!' dedi Abdülahad..."

Merkez Efendi biraz nefeslendi. Sümbül'ün matarasından iki yudum su içti. Yelpaze niyetine eline bir hurma dalı sundum. Yeniden anlatmaya başladı:

"Bedevî reisi yapılması gerekenlerden bahis açınca önce çevreme baktım. Dazlakların arasında bir avuç esir ve elçiyiz. Pek çoğu alıcı kuşlar gibi göz dikmiş burunlarından soluyorlar. O sırada izzeti hakkı için söylemem gerekeni dilime kolaylaştırması için Allah'a sığındım ve açtım ağzımı, yumdum gözümü. Sesim yükseldi:

'Reis Abdülahad! Yapılması gerekeni yapmaktan söz ettiniz madem, şu anda yapmamız gerekenlerden birkaçında mutabık kalalım isterseniz. Az evvel dediniz ki Müslüman kardeşlerine karşı ululanmaya, onlara güler yüz göstermemeye başlayan kişi imandan ayrılır, yanlış mı anladım?'

O da sesini yükseltti:

'Dosdoğru anlamışsınız, ben bunu derim!'

Artık yüklendim:

'Bu durumda Allah'a karşı hac ibadeti yapmak isteyen insanlara da güler yüz gösterilmesi gerekmez miydi? Bunca bedevî toplanıp Allah yolunda ibadete yürüyen kervana karşı ululandığınız, hor görüp yoldan çevirmeye çalıştığınız, hatta küfürle itham ettiğiniz şu günler ne günlerdir? Resûlullah Efendimiz böyle mi davranırdı? Mümin, sevgisi Allah için, nefreti Allah için, alması Allah için, bırakması Allah için olan kişi değil midir? Adamlarınızın mübarek beldeleri bunca zamandır harap edip yağmalamaları Allah için miydi, bir düşünün! Mümin, insanların ezâsına tahammül eden, fakat hiç kimsenin ondan incinmediği kişidir, Reis Abdülahad! Bence şu andan tezi yok, başını ellerinin arasına al, dirseklerini dizlerine koy ve tefekkür et Reis Abdülahad, bakalım incinen mi, inciten misin; eza çeken mi, eza çektiren misin?'

Gürledi:

'Eza çektiriyorsam, ezayı hak ettiklerinden, cefa ediyorsam cefaya müstehak olduklarındandır ya şeyh! De bana, hangi kişidir o ki kendi aklınca velî veya salih kabul ettiği birilerini Allah'a yaklaşmak için aracı tayin eder? Ve hangi kişidir o ki Allah'a yalvarmak dururken velî veya salih kabul ettiği kişinin ölüsünden bile medet umup onu yardıma çağırır? Yine hangi kişidir o ki haddini aşıp bir de peygamberlerin kabirlerini ziyaret ederek onları kendi emellerine alet eder?'

'Mâide sûresinde Allah Teâlâ, *'O'na vesile arayınız!'* buyuruyor, Reis Abdülahad. Bunun anlamı *'Resulüne itaat ederek Allah'a yakınlık için yol arayınız'*dır. Keza Nisâ sûresinde de *'Resule itaat eden şüphesiz Allah'a itaat etmiştir!'* buyurulur. Şu uzakta gördüğün hacı adaylarının hiçbiri Hz. Peygamber'in Kabr-i Şerifini ziyaret ederken ondan bir şey istemek için buraya gelmemiştir. Bilakis hepsi Hz. Peygamber'i o kadar sever ve sayar ki sırf onun şanı ve Allah katındaki yüce makamını vesile ederek isteyeceğini yine Allah'tan isteyecektir. Bu iş, senin Der'iyye'deki cahil bedevînin mezardaki ölüden istemesine benzemez, karıştırma!'

'Ya şeyh, anlatamıyorum galiba; düşün ki ashab da aynı şekilde Hz. Peygamber'den ister onu vesile ederlerdi ama o vakit Hz. Peygamber sağ idi ve yüz yüzeyken istiyorlardı. Mahşer yerinde yeniden yüz yüze geldiğinde sen ve hacıların da isteyin isteyeceğinizi lâkin o ölü iken mezarı başına varıp istemeyin! Artık Peygamber dünyada değil, bunu unutma.'

'Bunu unuttuğumuzu mu sanıyorsun?'

'Ama insanlarınız onun adına andlar içiyorlar, Medine'ye varıp kabrinde ona yakarıyor, duada bulunuyorlar. Bilhassa şu sizin İstanbul'un adamları, sürre alayının hacıları, kaç kerre kulaklarımla duymuşumdur ki Peygamber'in kabrine gelip ancak Allah'ın muktedir olduğu bir şeyi mezardaki peygamberden istiyorlar; sence de bu şirk değil midir? Bunu yapan kişinin defalarca tövbe etmesi gerekmez mi? Tövbe etmezse kılıcımla cezalandırmak bana vazife olmaz mı?.'

Anladım ki Abdülahad b. Abdullah b. Suud ile aramızda küçük bir anlayış farkı var. Benim Allah'tan istediğimi o Hz.

Peygamber'den istediğime inanıyor ve bu yüzden beni şirk ile itham ediyor. Ona kalbimdeki ince çizgiyi nasıl anlatabileceğimi, Hz. Peygamber'e olan sevgimle Allah'ın kudretine ait yetki alanını ayrı kabul ettiğimi nasıl açıklayabileceğimi düşündüm. Çölün vahşeti ve kabalığı mı, medeniyetin zarafetinden uzak düşmenin eksikliği mi bilemedim ama Reis Abdülahad odun gibi düşünüyordu. Yalnızca siyah veya beyaza inanmıştı ve diğer renklerin güzelliğini göremiyordu. Bu yüzden zarafet ve nezaket yerine kaba kuvvet kullanarak astığı astık kestiği kestik bir iktidar yürütüyordu. Onun dilinden konuşmak en doğrusu olacaktı; sesimi bir kat daha yükselttim:

'Tövbeden mi söz ediyorsunuz Reis Abdülahad, ne tövbesi? Hacılar sonu tövbeye çıkacak bir şey yapmıyor ki! Allah'tan isteyeceklerini Hz. Peygamber'den istemiyor onlar, haşa! Sizin geçen yıl ve daha önceki yıllarda da küfürle itham ettiğiniz ve öldürdüğünüz insanlar, tekrar ediyorum, bütün o insanlar tövbe edecek bir günah içinde değillerdi. Ne salih zatların mezarlarından ne de ruhlarından bir şey istiyorlardı onlar, asla! Örfümüz odur ki onlar isteyeceklerini o salih kulların veya peygamberlerin Allah katındaki mertebeleri ve amelleri hürmetine isterler. Bu apayrı bir şeydir. Yani şu kervandaki müminler yaşayanların isimlerini veya varlıklarını değil amellerini vesile kılıp Allah'a yaklaşma veya O'ndan isteme yoluna gidiyorlar. Hiçbir yaratığın, Yaratıcı'ya ortak edilemeyeceğini hükümdarımız Sultan Mahmud'dan devletimizin en uç noktasında nöbet tutan neferine yahut en ulu vezirimizden en kıyıdaki rençberine kadar herkes, özellikle de tehdit edip durduğunuz şu otuz bin müminin hepsi çok iyi bilir. Yaratıcı'dan istenildiği şekilde yaratıktan istenilemeyeceğini de... Siz bizi cahil mi zannedersiniz? İslâm dinini siz bilirsiniz de biz bilmez miyiz zannedersiniz? Şüpheniz olmasın şu kale ve çevresine sıkıştırıp taciz ettiğiniz sürre alayındaki herkes bilir ve inanır ki tevekkül ve tevessül talebi yaratığa değil Yaratıcı'ya yöneliktir. Siz onların kalplerini mi okuyorsunuz ki onları şirk veya küfürle itham edip bir de sorgu sual etmeden öldürmeye kalkıyorsunuz? Beş senedir yeterince kan dökmediniz mi? Bu kanların vebali boynunuza olmayacak mı?'

'Bana bak şeyh, haddi aşıyorsun! Hz. Peygamber, kızına, *Ya Fatıma, benden dilediğin malı iste fakat seni Allah Teâlâ'nın azabından kurtaramam,* dedi mi? Dedi! Bu hadis bize, bir insandan ancak dünyada yapabileceği şeyi istemenin caiz olduğunu anlatıyor mu? Anlatıyor! Dünyada olmayan bir insandan istemenin imkânsızlığını anlatmıyor mu? Onu da anlatıyor! Şu sizin hacı dediklerinizin peygamber türbesinden istediklerine bir kulak ver, istersen; günahların affedilmesi, cennete gidilmesi, azaptan kurtulunması... Daha sayayım mı? Sence şeyh, bunlar yalnızca Allah'ın yapabileceği şeyler değil midir? O hâlde ölülere yalvarıp sıkıntıdan kurtulma talebinde bulunmak şirk olmazsa ne olur? Sonuçta ölüler ne duyabilir ne cevap verebilir ne de bir iktidar gösterebilirler. İşte siz Türkler, sahabeden hiç kimsenin yapmadığı böyle bir işi âdet edinip inanca dönüştürüyorsunuz, sonra da buna küfür ve şirk değil diyorsunuz. *Yaradana isyan söz konusuysa yaratılmışa itaat olamaz,* kuralından nasıl vazgeçelim?'

Sesler yükseldikçe ellerin de silahları yoklamaya başladığını hissedebiliyordum. Adam mezar veya türbe başında yapılan bir duanın Allah'a yapılabileceğine inanmıyor, inanmak işine gelmiyordu. Buna inansa riyaset veya ganimet yolunun kapanacağını biliyordu. Birbirimizi ikna edemeyeceğimizi o anda hissettim. Belki tartışmanın eksenini başka bir alana kaydırmakta yarar olabilirdi; daha duygusal bir zemine... Sesimin perdesini bir derece düşürüp anlattım:

"Reis Abdülahad; sırf kendine yahut peygamberine bir türbe yaptırdı yahut falanca velînin ruhunu vesile kılıp Allah'a yalvardı diye Osmanlı sultanlarına itaati kaldırmak, onları Allah'a isyanla suçlamak, İslâm düşmanı birilerinin oyununa gelmek değil midir sence? Bunu siz ve şu tıraşlı askerleriniz bir düşünmeli! O sultanlar ki yaptıkları herhangi bir icraatta, Allah'ın bizzat resulüne hitaben *Sen hem kendi günahın için hem de inanan erkeklerle inanan kadınlar için bağışlanma talebinde bulun!* buyurduğu Muhammed sûresine uygun davrandılar diye itham edilebilirler mi? Resûlullah'ın peygamberlik vasfı hayatta iken devam ediyordu da vefatından sonra bitmiş mi oldu? Haşa! O şimdi de bizim peygamberimiz ve kıyamet kopasıya kadar da peygamberimiz olarak kalacak, kıyamette de peygamberimiz olarak inşallah bize şefaat edecek. Bu sebepledir ki yüzyıllar boyunca İslâm uleması tarafından bir müminin, sultan olsun olmasın, Resûlullah'ın kabri başına varıp bu âyeti okuyarak istiğfarda bulunması müstehap bulunmuş ve müminlere tavsiye edilmiştir. Hatta bunu haccın şartları arasında sayanlar da çoğunluktadır. Kaldı ki Resûlullah Efendimiz hâl-i hayatında Bâki kabristanını ve Uhud şehitlerini ziyaret eder, ölülere selâm verir, onlar için duada bulunurdu. O böyle yaparken bizzat onun sünnetini uyguladı, kabir ziyareti yaptı diye bir sultanı nasıl müşrikten sayarsınız? *Kim hacceder de beni ziyaret etmezse bana cefa etmiştir!* hadisini bilip de onun kabri başında bulunmamak cefadan geçtim tam bir vefasızlık olmaz mı? Benim milletim Hz. Peygamber'i öyle sever ki onun adı anıldığında kalbi titrer, salavat okurken tere batar. Biliyor musun Sultan Ahmed Han, Resûlullah'ın adının her anılışında ayağa kalkar salavatı hazır olda okurmuş. Şu kervanda kırmayı beklediğiniz insanlar öyle bir sevginin çocuklarıdır, reis Abdülahad. Keza Resûlullah, *Kim beni ziyaret etmek için bana gelir de ziyaretimden başka hiçbir maksadı bulunmazsa, kıyamet gününde ona şefaatçi olmam benim üzerime bir haktır* buyururken onun kabrini ziyaret ederek şefaatine lâyık olmaya çalıştı diye hangi mümin ayıplanabilir, kınanabilir, suçlanabilir, öldürülebilir? Ve son olarak bizzat Resûlullah dualardan evvel, *Allah'ım, senden isteyenler hakkı için sana yalvarıyorum!* demişken biz onun adını anarak Allah'tan istersek, nasıl olup da küfürle itham edilebiliriz? Hiç şüpheniz olmasın Reis Abdülahad, Ehl-i sünnet müminleri olarak bizler, Allah'tan başka hiçbir varlığın hiçbir şeye tesir edemeyeceğine, bir şey yaratamayacağına, yok edemeyeceğine, fayda ve zarar veremeyeceğine mutlak surette inanırız. Üstelik ölü ve diri ayırmadan. Kaldı ki siz yalnızca dirilerle tevessül eder, dirilerin duası istenebilir, onlardan talepte bulunulabilir derken, ölülerden istenmeyen şeyleri dirilerden istemiş olmuyor musunuz? Yoksa siz Allah yanında bazı dirilerin de etkin olduğuna mı inanıyorsunuz? Eğer öyle ise asıl şirk bu değil midir?'

Adam öfkelendi:

'Diyelim söylediklerinde haklısın, peki ya ölülerin üzerine görkemli kubbeler dikerek onları tağutlaştırmaya ne diyeceksin? Cahiliye devrinde Mekke müşrikleri Lat ve Uzza'ya tapıyorlardı, şimdi sizinkiler bunların sayısını çoğaltıp her köşeye bir tane Lat, bir tane Uzza kondurmuş olmuyorlar mı? Yine söylüyorum, taştan, ağaçtan, mezardan dilekte bulunmak şirk değil de nedir?'

İnadına inat ettim. İçimden, artık ne olursa olsun diyordum. Açtım ağzımı, yumdum gözümü:

'Yine aynı itham, Reis Abdülahad! Senin aklın, yakarmak için Allah dururken bir türbenin taşından, sandukasından veya içindeki ölüden bir şey dileneceğine ihtimal veriyor da ondan korkuyorsun galiba. Türbe başında Allah'a dua etti diye milyonlarca Müslüman'a küfür ve şirk damgası vurmak acaba Osmanlı'nın rakipleri tarafından size dayatılan sinsi bir nifak tohumu olmasın? Arap yarımadasında istikbal vaatleriyle sizi kullandıklarının ve Müslümanlar arasında bölücülük soktuklarının farkında değil misiniz? Halifenin mutlaka ve mutlaka Kureyş soyundan olması gerektiğini size telkin ederek çocuklarınızı Osmanlılara karşı kışkırtanların İslâm düşmanı olduklarını bilmez misiniz ve onların ekmeğine yağ sürdüğünüzü fark etmez misiniz? Mekke ve Medine'de İslâm'ın yüzyıllardır biriktiregeldiği eserleri, sanatıyla, medeniyetiyle, zarafeti ve inceliğiyle yaşatmak yerine yıkıp harap etmek, İslâm'ın sanat ve medeniyet zenginliğini çöpe atmak kimin işine yaramaktadır, hiç düşünmez misiniz? O güzelim eserleri küfürdür, şirktir diye harap ediyorsunuz; peki ama bütün bu yapılanların ileride Müslümanları sığ, kaba, ilkel ve anlayışsız göstereceğinden hiç mi endişe duymuyorsunuz? Mekke'de, Medine'de Kerbelâ'da veya sâir kutsal beldelerdeki türbeler ve mekânları yok etmekle aslında İslâm medeniyetinin mirasını yok ettiğinizin farkında değil misiniz? İslâm sanatının renklerini, desenlerini, eserlerini, şahikalarını ve zirvelerini bir bir size yıktırıyorlar, farkında değil misiniz? Ah Reis Abdülahad, ah!.. Ah bu sizin İslâm düşmanı dostlarınız!..'

Söylediklerim yanındaki bazı adamların mırıldanmalarına sebep olmuştu. Kimisi haklı olduğumu, kimisi kendilerine iftira atıp aşağıladığımı ileri sürüyorlardı. Reise baktım, donmuş gibiydi. Üstüne gittim:

'Unutmayın ki bir medeniyet ancak biriktiregeldiği eserlerle yaşar ve kendini kabul ettirir; o eserlerin yok edilmesi medeniyetin de yok edilmesidir. Medeniyeti yok olan milletlerin geleceği hükmetmekle değil hükmolunmakla sürer. Siz bu türbedir, bu tağuttur, bu şirktir diyerek sanat adına üretilmiş ne varsa kırıp dökerek aslında Hz. Peygamber'in mirasını yok ediyorsunuz. Sizden bunu isteyenlerin İslâm mirasını yok ederek onu Asr-ı saadet'e, sıfır noktasına döndürmek istediklerinin farkına varamıyorsunuz. Bunu başardıkları zaman bu sefer de size "ilkel, gelişmemiş, geri, sığ" diyeceklerini düşünemiyorsunuz. Oysa siz de gayet iyi biliyorsunuz ki Osmanlı ülkesi İslâm medeniyetinin sanatını temsil etmekle kalmaz bir düşünce medeniyeti olduğunu da gösterir. Bizim yurdumuzda sanat kadar ilme ve düşünceye de değer verilir. Düşünce gündemde tutulursa İslâm âleminde ilerleme olacaktır. Oysa sen ve babanın şu Dir'iyeli dazlak arkadaşları bir ihtiras uğruna düşünceden uzaklaşıyor, İslâm'ı ilk günkü hâlinde kabul etmek gerektiğini savunarak da çeşitli asırlarda yapılan yorumları ve içtihatları çöpe atıyorsunuz. Hz. Peygamber'den sonraki zamanlarda ortaya çıkan sorunları ve İslâm ulemasının bunlara getirdikleri çözüm önerilerini, içtihatları, icmâı, fetvaları çöpe atarsak nereye ilerleyebiliriz? Bunu yaparsak Müslüman dünyada nasıl bir keşmekeşin yaşanacağını, sizi bize karşı kışkırtan dostlarınız elbette hiç söylemiyorlardır. Basra Körfezi'nde ve Kızıldeniz'de size arka çıkan birkaç düşman gemisinin demir alıp gidiverecekleri günü hiç mi düşünmezsiniz? Gelin, onların düzenbazlıklarına kanıp ümmeti bölmeyin. Müslümanlar bir binanın tuğlaları gibidir ve İslâm binası bir bütündür. Gelin şimdi hilâfeti yıkmak isteyenlere alet olup tuğlaları dağıtmayın, binayı harap etmeyin. Müslümanlar tek yürek iken mi güçlüdür, Reis Abdülahad! Mesele yalnızca başlardaki saçlardan kurtulmak değil, kalplerdeki kirden de kurtulmaktır.'

Bütün bu ateşli sözleri kellemi kütüğe koyarak ettiğime inanıyordum ve cümlemi bitirdiğimde 'Cellaaaaat!' diye bağırmasını bekliyordum. Abdülahad önce bir müddet bekledi. Çevresine bakındı. Etkilendiğini anladım. Sesini alçaltarak sordu: 'Peki ya tasavvufa ne buyurulur? Müritlerin şeyhe âdeta taptıklarına, yazdıkları kitaplardaki saçmalıklara, daha kötüsü şeyhlerinin kabirlerini kutsal saymalarına ne diyeceksin, ya şeyh?'

Kardeşçe bir üslupla anlattım:

'Umuyorum ki ilm-i zâhirden birkaç cümle öğrenip ilm-i bâtına erişemeyen ham softaların fikirlerinden söz etmiyoruzdur, değerli dostum. Siz de bilirsiniz ki şeriatın sırları yüzeyde değil derinlerdedir. Dil ile anlatılan bilgileri esas alıp kalpte olanları ihmal etmek kişinin dinini eksik bırakabilir. Resûlullah Efendimiz, *Bâtında olanlar Allah Teâlâ'nın sırlarından bir sır, hükümlerinden bir hükümdür; dilediği kulunun kalbine verir,* buyurmuştur. Çok iyi bildiğiniz gibi zâhir bilgisi olan kişi ilmiyle amel ederse Allah ona bâtın bilgisini ihsan eder. *Âlimler peygamberlerin vârisleridir!* hadisindeki âlimler bunlardır. Eğer tasavvuf ehli olanlar takva sahibi, şehvetine mağlup düşmeyen, bildikleriyle amel eden ve başkalarına da bu yolda rehberlik eden kişiler ise bunları değil tekfir, aramızda yaşadıkları için şükretmek gerekir. Allah'ı tanımaya ve bulmaya çalışmak şeriatın emri olduğuna göre O'nu tanıyan veya bulan birisini aramak da bazılarımız için bir mecburiyet olmalıdır. Böyle kulları yakınımızda bulmaya şükretmek yerine onları yeryüzünden kaldırıp Allah'ın yolunu ve bilgisini örtmek reva mıdır sizce? Hele de sûfîler marifet sahibi olmaları dolayısıyla başkasına gizli olan sırları ve ilimleri biliyorlarsa? Yolunu bulmakta zorlanan bir Müslüman'ın böyle birini araması, onun delâletiyle yol yürümesi, yolunu tamamen şaşırmasından evlâ değil midir? Acaba siz, değerli arkadaşım, mürşit ile mürit arasındaki bu rehberlik bağını tapınma olarak yorumluyor, dervişin şeyhine ölüyken veya diriyken gösterdiği itibarını kutsal saydığını varsayıp onu şirk ehli yapmak istiyor, dahası, pek çoklarına gizli kalan kalp ilmiyle yazdıklarını saçmalık olarak görerek iftira ediyor, en azından haksızlıkta bulunuyor olmayasınız; bir düşünün derim.'

Düşündü. Zihninden büyük büyük atasının *Kitâbü't-Tevhid*'ini, *Keşfü'ş-Şübühât*'ını, *Kitâbü'l-Usûl*'ünü veya *el-Ke-*

bâir'i taradığını ve sözlerime gerekçeler yahut cevaplar aradığını kestirebiliyordum. Sonunda esefle başını sallayıp devam etti:

'Diyelim senin dediğin gibidir ve şeyhlik iddiasıyla ortaya çıkanlar kendilerini Peygamber'in manevî vârisleri olarak görürler...'

Araya girdim:

'Hatta çoğunun soy ve nesep silsilesi de Peygamber'e çıkar.'

'Diyelim öyledir, maddî ve manevî mirasçılardır, o hâlde hepsinin aynı miras üzerinde olmaları, marifeti elde ettikleri kaynağın aynı olması dolayısıyla hepsi birbiriyle aynı istikamette olmaları gerekmez miydi? Şeyhlerin her biri ayrı telden çalıyorsa buna nasıl doğru yol denilebilir ve hangisi doğruluk iddiasında haklı çıkabilir?'

'Zâhir gözlüğüyle bakanlar için bu sual doğrudur; saygıdeğer reis, lâkin düşünelim ki insanların yetenekleri ve bulundukları şartlar farklı farklıdır. Her hastalığın ayrı ilacı olmasını ele alalım yahut her hastaya göre hastalığın seyri ve tedavisinin farklı oluşunu. Her kâtibin el yazısının farklı olması yazılan kitabın aynı olmasına mâni midir?

Hayır hayır, tasavvufun yolu kâtiplikten ziyade nakkaşlığa çıkar. Gül resmeden sayısız nakkaşa göre güllerin farklı farklı, çeşit çeşit, renk renk olması gibi.

Sizinki zâhir, benimki bâtın hesabıdır aziz Reis Abdülahad. Ben size güldeki çeşitliliğin, resmedilen gülün hakikatini asla değiştirmeyeceğini anlatmaya çalışıyorum. Yani her kemal Resûlullah'tan alınmıştır da alış şekli ve alış kuvvetine göre aralarında farklar oluşmuştur. Efendimiz *Herkese anlayabildiği kadar söyle*'meyi tavsiye ederken biraz da bunu anlatmış olmalı.'

Yorulduğunu hissettim:

'Her soruya bir cevabın olduğunu görüyorum ya Şeyh. Ve seninle konuştukça da iyi niyetine bir kat daha inanıyorum.

Lâkin yine de seninle anlaşamayacağımız sayısız mesele var aramızda. Sözgelimi şu naatlar ve peygamber için yazılan şiirler... Osmanlı şairleri bu şiirlerinde Peygamber'i öyle mübalağalar ile övüp onu öyle göklere çıkarıyorlar ki sözleri gide gide Allah'tan başkasına güvenmek ve mahlûku büyütmek gerekçeleriyle şirke varıyor.'

'Reis Abdülahad, görüyorum ki biz sizinle kardeşiz ve aynı dilden konuşuyoruz. Konuşurken de ben size değer veriyor, saygı duyuyorum. Eğer bunun azıcık hatırı var ise bana kulak verin lütfen; Resûlullah'ı bizzat Allah Teâlâ övmüş mü? Övmüş! Kendisi de kendisini övmüş mü? Övmüş! İmdi Allah ve resulünün yaptığını onları can u gönülden seven bir mümin yapınca bu şirk olur mu? Olmaz!'

'Olur! Peygamber'i Allah ile eşitleyecek şekilde överse, olur!'

'Peki ama kim böyle yapıyor? Osmanlı şairlerinin hepsi adına söyleyebilirim ki Allah ile Hz. Peygamber'in sevgileri kalplerinde ayrı ayrı, kudretleri zihinlerinde farklı farklıdır. Hiçbiri Hz. Peygamber'i överken ona ulûhiyyet veya rubûbiyyet atfetmez.'

'Acaba?'

'O Cahiliye idi.'

'Elbette öyle ama Kur'an da o Cahiliye dilinin mucizesi oldu. Bunun üzerine inşa olunan İslâm şiirinin yığın yığın belâgat ve fesahat dolu kitaplarını, bence göz ardı edip de sözü zarafetten ve belâgattan ayırmamalısınız. Bir şairin sanat olarak söylediği söz, ne sokaktaki bir adamın ne de vaaz kürsüsündeki müftünün sözüdür, o şiirdir ve şiir olmak dolayısıyla ancak şiir katmanında değer görür. Sarraf terazisi gerektiren bir mücevheri, oduncu kantarında tartarak bir sanatçıyı tekfir edersek yanılırız. Eğer böyle yaparsak İslâmiyet'i sanattan soyutlar, onun zarafetini, inceliğini, güzelliğini gizleyip yalnızca salt emirler ve yasaklar dini hâline getiririz. Dost edindiğiniz şu ecnebi milletlere bir bakın, sanatın, medeniyetin, güzelliğin cilt cilt kitaplarını yazmakta, mimari eserlerini ortaya koymakta, taşı, toprağı, kumaşı, ahşabı sanata dönüştürüp onunla övünmektedirler. Reis Abdülahad, dostum, yalnızca buraya bakarak bile uyanmanın zamanı gelmedi mi sizce? Sizi Türklere karşı kışkırtan din düşmanlarına uymaya tövbe zamanı gelmedi mi? Suçtan vazgeçmek tövbe etmekten ehvendir, bari şu hacıları rahat bıraksanız! Bunu yapmak yeryüzünde İslâm'ın geleceği için pek mühimdir. Yapmamak da Sultan Mahmud'un üzerinize ordu salması demektir ki İbrahim Paşa'nın askeri yakındadır. Gelin kan dökülmeden İslâm'ı tek yürek hâline getirelim.'

Evet, aynen böyle dedim Yahya Can, Sümbül Efendi ve Zuhurat Musa... Gayrı ne o bir şey dedi ne ben bir kelâm ettim. Hüdâyî de şahittir."

Merkez Efendi çok iyi bir anlatıcıydı ve iki saate yakın hepimizi heyecanla taşımıştı. Abdullah'a verdiği cevaplardaki salâbet, bilgisinden emin olan özgüveni ve tavrı, hükümlerindeki isabet... Esirlerimizi kurtaran, kervana yeniden coşku ve heyecan veren iftiharımız...

Merkez Efendi'yi dinlerken bir vakanüvis olarak görevime devam etseydim söylediklerini tamı tamına sayfaya geçirir ve tarihe değerli bir vesika bırakırdım, diye düşündüm. Lâkin o anda dördüncü hücredeki birkaç kişi özel bilgileri de merak ediyordu; Hüdâyî ile alâkalı bilgileri. Garibim bütün anlatılanlar boyunca mızıldanmaya hiç ara vermemiş, gözünü önündeki kum tanesinden çevirmemiş, çömeldiği yerden bir santim bile kımıldamamıştı. "Ya Hüdâyî?" dedim. Başıyla kendisine sorun der gibi işaret etti. Dediğini yapmaya çalıştım:

"Hüdâyî Can! Neler oldu, bir de sen anlatsan!.."

Hiç oralı olmadı. Başını biraz eğdi ve daha da kaldırmadı. Ricamı tekrarladığımda da parmağıyla Merkez Efendi'yi işaret etti. Ondan izinsiz konuşamam mı diyordu, yoksa ona sorun mu, anlayamadık. Başlar yine Merkez Efendi'ye çevrildi. Bu sefer hiç nazlanmadı. Bilakis sesinde bir neşe bile var gibiydi:

"Bu Hüdâyî Can var ya... Ne söylesem bilmem ki? En iyisi ta başından anlatmak!.. Söyleyeceklerimde hilafım olursa işte yüzü, doğrusunu söylesin. Tamam mı Hüdâyî Can?"

Hüdâyî mahcup olmuş gibi biraz daha büzüldü. Sükût ikrardan gelirdi. Başını salladı. Merkez Efendi anlattı:

"Soluk soluğa yetişti arkamızdan. Elini kalbinin üstünde tutarak. Meğer koynunda sakladığı bir güvercin varmış. Yolundan döndürmeye çalışsak da kararlıydı. Geri adım atmayacağını anladık. Bostancı kolağası bir iki sıkıştırsa da imkânsız; Nadide diyor başka kelâm etmiyordu. Baktık, ardından gelen giden de yoktu. Demek sürre emini de yanımıza gelmesine göz yummuş deyip 'Yürü bakalım, ama varlığınla yokluğun eşit olacak, bilesin! Konuşmak, kıpırdanmak yok!..' tembihinde bulunduk. Başlangıçta her şey yolundaydı. Uslu uslu münazaramızı dinliyor, Barak'ı yanına oturtmuş, güverciniyle oynuyordu. Abdülahad'la tartışmamız sona erip de pazarlık aşamasına geçildiğinde baktım, kıpırdanıyor. Eller yenlerde. Nadide'ye varacak çareler arıyordu, belliydi. Konuşma sonunda pazarlık başladı. Esirler karşılığında vereceğimiz altın adedinde de anlaşınca kadınları uzaktan bize gösterdiler. Çekirgeler işte tam o sırada tek tük çevremize düşmeye başladılar. Bu tarafa bakınca gökyüzü simsiyahtı ve sizin helâk olduğunuzu zannettik. Bedevîler bizi bu konuda rahatlatıp teminat verdiler. Ardından da develerini ıhtırıp karınlarına yapışarak bekleştiler. Bize de sığınmamız için birer deve gösterdiler. Esirleri de çadıra sokup kazıklarına kadar çadırı kuma batırdılar. 'Biz haber vermeden sakın çadırdan da develerin karınlarından da başınızı çıkarmayın!' diye de sıkı sıkıya tembih ettiler. Hepimiz dediklerine uyduk. En azından öyle zannediyorduk ama Hüdâyî tırnaksız parmaklarıyla yenlerini oğuşturmayı bırakmış, kimsenin göz açmadığı o sırada yanımızdan ayrılıp koşa koşa esir çadırının yakınına çöküvermiş. Kimse ne duydu ne gördü. Yalnızca Barak'ın viyaklamasından anladık."

Nihâyet Hüdâyi'den ses çıktı:

"Orada boşta bekleyen bir deve vardı, onu ıhtırıp karnının altına girdim!"

"Orasını görmedim ama bize gözlerimizi açmamızı söylediklerinde seni yanımda göremeyince yüreğim ağzıma geldi. Bütün pazarlığı berbat edeceksin diye korktum."

"Arada sırada sevgilinin sesini duyarak bekleseydiniz üstadım, o iki saatlik çekirge karanlığı nura gark olmuş yarım dakikacık kadar kısa gelirdi muhakkak!"

"Haklısın, lâkin bedevînin kafana silahı dayadığı o birkaç saniyenin de bana birkaç yıl gibi geldiğini hesaba kat! Her neyse efendiler, bedevîler bu bizim Hüdâyî'yi tutup yatırdılar. Çekirge istilâsı sırasında bir şey yapmış olma ihtimali zaten yoktu ama neden söz dinlemeyip yerini değiştirmişti? Bir süre bunu tartışıp akıl yürüttüler. Neyse ki ben söze karışıp arkadaşımızın bir meczup olduğunu, —Kusuruma bakma Hüdâyî Can!— plan kuracak bir aklı bile olmadığını falan söyledim ama inanmadılar. İyi ki inanmamışlar. Pazarlık bittiğinde esirleri altınlarla takas edecektik. Bir de baktık Nadide kızımız çadırdan çıkmıyor. Bir kadın daha olduğunu söylediğimizde onun pazarlık dışı tutulduğunu söylediler. Şeyhin oğlu olduğunu söyleyen bir delikanlı öne atılıp bağırdı. 'O bizzat benim ganimetim ve pazarlığa tâbi değil!' Elbette şaşırdık. Kolağası Oruç Baba Abdülahad'a baktı. O da gevrek bir kahkaha ile 'Bu bizim küçük biraderimizdir, Abdullah'ın gözde şehzâdesi, sözü fermanımız sayılır!' demesin mi? Hemen Hüdâyî'nin koluna yapıştım, bir taşkınlık yapar falan diye. Sakin durup tane tane anlattı; 'Bu hatun senin ganimetinse benimde yavuklum ve mahremimdir. Şimdi ganimetiniz için pazarlığı ben yapacağım şehzâde, ne kadar istersiniz?' Hepimiz şaşırdık. Keselerimizdeki altınların neredeyse tamamını vermiştik. Neyle pazarlık yapacaktı, bilemedik. En çok da ben şaşırdım. Altınları da teslim etmişken yeniden bir tatsızlık çıkıp başımıza iş almaktan korkuyordum. O sırada Abdullah'ın küçük oğlu, zannederim Hüdâyî ile alay etmek üzere bir pazarlığa başladı:

'Neyin var da ne vereceksin?'

'Sen ne istediğini söyle!'

'Üç yüz altın!'

'Kabulümdür, getirin derhâl!'

'Yok, yok, dört yüz altın!'

'Ona da razıyım, sözünün eriysen hemen takası yapalım!'

Bu arada bizim yüreklerimiz ağzımıza geliyor. Birbirimize bakıp nasıl bu işe son vereceğimizi kaş göz işaretiyle anlamaya çalışıyoruz. Sonunda Oruç Baba piştovunu çekip Hüdâyî'nin başına dayadı. O sırada Abdullah'ın küçük oğlu 'Beş yüz altın verirsen kız senindir!' demez mi? Hüdâyî yine 'Kabul!' diye haykırdı ve ilâve etti. 'Derhâl!' Bu sefer oğlan işi azıttı; 'Şunu altı yüz yapsana!' İşte o anda nasıl olduğunu kimse anlamadı, Hüdâyî Oruç Baba'nın elindeki piştovu kapıp delikanlının boynuna kolunu dolayıverdi. Silah şakağında onu geri geri çekerken bağırdı 'Yürü! Çadıra! Beş yüz altın!' Hepimiz donup kaldık. Bir anda üzerimize çevrilen silah sayısı yüzleri buluverdi. Hüdâyî 'Davranmayın yakarım!' diyor başka bir şey demiyordu. Abdülahad, adamlarına eliyle durun dedi. İkisi çadıra girdiler. Bizim şaşkın, olmayacak duaya amin diyordu. Üstelik çok büyük ve affedilmeyecek bir işe kalkışmıştı. Abdülahad'ın yüreği kardeş acısını tattığı andan itibaren bizimki zaten ölmüş sayılacaktı. On bin bedevînin içinde ve yüzlerce silah kendisine doğrultulmuşken. Çadırdan canını kurtaracak bir yol bularak çıkması gerektiğini düşünüyordum. Aklımdan binbir ihtimal geçiyordu, yaparak, bozarak. Neyse ki çadırdan çıktılar. Sırayla. Hüdâyî, boynu oğlanın boynunda ve kendisine siper olarak yürütüyor. Nadide de arkasında. Yüzlerce namlu daha üzerine çevrildi. Bağırmaz mı; 'İndirin silahlarınızı!' Abdülahad'ın güvendiği dört adamı hariç herkes indirdi. İkinci bağırış: 'Pazarlık ettik, alışveriş bitti. Kız bende, beş yüz altın sizde!' İşte ne olduysa o anda oldu. Abdullah'ın küçük oğlu talimli olsa gerek aniden diz çöküverdi. Dört adam da sanki bunu biliyor gibi kurşun yağdırdılar. Ama o da ne? Kurşunlar Hüdâyî'nin bedeninden sekip sekip kıvılcımlar çıkararak oraya buraya saçılıyordu. Bu arada Nadide yere düştü. Ben arkadan 'Kaç!' diye bağırdım. Hüdâyî en yakındaki ata atladı ama bütün bedevîler dahil hepimiz donakalmıştık. Bizzat Abdülahad atın ardından ateş etti. Kurşunlardan biri yine Hüdâyî'nin omuzundan yukarı sekti, diğeri ata değdi. At yine de koşmaya devam etti. Barak da arada oynaşıyordu sanki. O sırada Abdülahad dazlaklarına emir vermek üzereydi ki Oruç Baba Arapça olarak haykırdı. 'Bu kadar yeter. Kurşun işlemez bir meczubu nasıl öldüreceksiniz?' Bedevîler gerçekten de yerlerinde çakılıp kaldılar. Oruç Baba bu sefer Reis Abdülahad'a döndü; 'Bugün Allah kimsenin canının yanmasına müsaade etmeyecek Abdülahad!.. Ne bizim meczup ne senin küçük birader! Buna şükredelim ve işimizi sonuçlandıralım!' Abdülahad, 'Kabahat zaten bizimkindeydi ya şeyh! Lâkin inanamıyorum kurşunlara ne oldu?' Paşa o sırada bana baktı. Ben de bilmediğimi, ilk kez onu silahlar arasında gördüğümü falan anlattım. Elbette meczup olmak dolayısıyla bunun ilâhî bir kudrete bağlı olabileceğini falan söyleyemezdim. Herif Vehhâbî; keramet diyecek hâlim de yok. Maksadım Hüdâyî'yi kurtarmaktı. Ama sonunda düşündüklerime inanmaktan gayrı çıkar yol bulamadım."

Hemen hepimiz, yavaş yavaş yerinde doğrulan ve konuşmaya katılan Hüdâyî'nin yüzüne baktık. Kurşunlara ne olmuş, nasıl işlememişti? Zihinlerden aynı sorunun geçtiğine şüphem yoktu. Herkesten önce davrandım:

"Anlatsana Hüdâyî, bunu nasıl başardın?"

"Neyi başarmışım?!."

Hasa Kalesi'nin içinde ve dışında o gece sabaha kadar herkesin konuştuğu tek konu vardı. Kendisine kurşun işlemeyen meczup Hüdâyî... Kurtarılan esirler, esir ailelerin sevinçleri bile Hüdâyî kadar dillere pelesenk olmadı. Hiç biri kendi hikâyesini değil ama hepsi Hüdâyi'nin hikâyesini anlata anlata bitiremiyorlardı. Kadın dedikodusu bütün kervanı kuşatmıştı. Gözler yorgunluktan kapanasıya çeneler konuşmaktan usanasıya kadar binbir tevatür ile herkes bu konudan bahsetti. Gecenin bir vaktinde hücremizin yakınından geçip kaçamak bakışlarla kurşun işlemeyen meczubu görmek isteyen yüzlerce insana şahit oldum. Ta geceleyin, aklıma takıldı, sordum:

"Güvercine ne oldu yoldaş?"

"Nadide'ye bıraktım!"

Artık ona "Sen benim güvercinimsin!" mi demek istediğini, yoksa güvercin orada durdukça kendisini hatırlamasını mı umduğunu sorup mahçup etmeyi istemedim. Gecenin ta teheccüt vaktiydi. Bir ara çölün sessizliğini delip geçen bir bülbül sesi işitildi. Nereden gelmiş, çekirgeden nasıl kurtulmuş, kaleyi nereden bulmuştu, bilmiyorduk ama hazin hazin şakıyordu. Birden bülbüle eşlik eden bir ses yükseldi. Hüdâyî'nin sesi. Meğer ne de güzel söylermiş, bütün alay ve kervan mahmur gözlerle bu yanık sesin nereden geldiğine baktı. Hüdâyî'nin o gece bülbül sesine karışan sesi bazılarını ağlattı, bazılarının aşkını tazeledi:

"Sen bunda garip mi kaldın
Niçin ağlarsın bülbül hey
Yorulup iz mi yanıldın
Niçin ağlarsın bülbül hey

Karlı dağları mı aştın
Derin ırmaklar mı geçtin
Yârinden ayrı mı düştün
Niçin ağlarsın bülbül hey"

Maan - Zâtülhicce

17 Ağustos – 19-21 Ağustos

Hasa Kalesi'nden sağ salim ayrıldık. Mısır askerine giden haberci dönmüş, müsterih olarak ilerlememiz gerektiği müjdesini getirmişti. Paşanın istihbaratı ile kuşbazın taşıdığı mektubun içeriği birbirini tutuyordu. Dazlak çeteleri Tebük'ten evvel bize saldırmayacaklardı. "Neden?" sorusunun cevabı olarak Kızıldeniz'de ve Basra Körfezi'ndeki ecnebi gemilerin takviye girişimlerini bulabildik. Kuşbaz, Tebük'te Mısır sürresiyle buluşacağımızı onlara uçurmuş olmalıydı. Böylece bir taşla iki kuş vuracak; hem Mısır ve İstanbul sürrelerini birlikte yağmalamanın şöhretini kullanarak Necid'deki mutlak hâkimiyetini sağlayacak hem Sultan Mahmud ile arası limonî olan Mısır Hidivi Kavalalı'yı kışkırtacak hem de iki sürrenin ganimetiyle büyük şölen yapacaklardı. Habercimiz, İbrahim Paşa'nın ve Mısır askerinin de bu fikirde olduğunu ve tuzağa düşmemek üzere hazırlıklarını yaptığını söylüyordu.

Çölün kendine has bir çekim gücü, o gücün gerisinde de gizli tehlikeler vardı. Aşırı sıcak, kum fırtınası, çekirge istilâsı, susatan nefesler, haşerat ve daha bir yığın zorluk çekerek bu günlere gelmiştik. Mamafih gün doğumunda ve gün batımında kumların meydana getirdiği manzaralar, devinim ve dönüşümler de görmeye değerdi. Aldatıcı seraplar için ise pek çok iyi veya kötü şeyler söylenebilir elbette. Kumların toz kadar ince oluşu mu bir serabı buram buram dalgalandırarak yükseltiyordu yoksa insana ihtiyacı olanı gösteren zihin yanılsaması mı gözleri kaplıyordu içinden çıkılamazdı. Yine de bir seraba yakalandıysanız çöl sizi içine çekmeye, yutmaya ve kendinde eritmeye başladı demektir. Böyle zamanlarda kendimi şişelerime kapatarak selamet bulduğumu itiraf etmeliyim. Yumuşak, munis ve ahenkli hareketlerle durmadan devinen, yuvarlanan ve gittikçe daha çok ezilip kıvam bulan mürekkebi düşününce ileride yazacağım satırları getiriyordum gözümün önüne, sayfaları, ciltleri... Ve kumdaki yangının mürekkebi de ısıtıp daha iyi erimesini sağladığını anbean hissedebiliyordum.

Kervan yolcuları arasında çölü benim gözümle gören biri olduğunu sanmıyorum. Çoklarına göre birbirini yutan geceler ve gündüzlerin ruhlara sindirdiği duygular, akşamların ve sabahların heyecanlı tedirginliğiyle kaybolup gidiyor yahut tersi olup coşkular korkulara evriliyordu. Hasa'da yaşananlardan sonra hacılar gece uykusuna çoktan veda etmişler, yol boyunca gözleri uzaktan uzağa kervanı takip eden dazlak meşalelerine kilitlenip kalmıştı. İlk gece Maan menziline kadar ne bizde tedbir eksildi ne onlarda tehdit... Meşaleler durmadan sallandı, yer değiştirdi, koştu, koşturdu, yakınlaştı veya uzaklaştı ama biteviye korku saldı. Meşale kümelerinin durmadan çoğaldıklarını izlemek tehdidin derecesini yükseltiyordu. Dazlaklara her yeni katılım sinirleri daha fazla geriyor, onlar çoğaldıkça maruz kalacağımız çapul ve kıyımın şiddeti düşünceleri esir alıyor, sağlıklı kararlar vermeyi engelliyordu. Bütün bunlar yetmezmiş gibi bir de hastalıklar başladı. Ateş, ishal ve baş ağrısı... Akabebaşı menzilinde sıhhiye bölüğü hastalara yetişemez oldu. Sebebi de bulunamıyordu maalesef. İki hekimden biri çekirge istilasını, diğeri Maan vahasında içilen suyu sebep gösteriyordu. Said Bey "Eğer sebep su ise dazlak çetelerinin oyunuyla karşı karşıya olduğumuzu var saymalıyız!" görüşündeydi; "Zehirlemiş olabilirler!" "Hayır!" dedim, herkes gibi. Hatta Merkez Efendi böyle bir şeyi yapmak için insanın ruhunda bir hastalık olması gerektiğini, bu derece garazkâr düşünmemek gerektiğini falan anlattı. Ne çare ki ertesi gün haklı çıkan Said Bey oldu:

"Hastalıklı ruhları gördünüz mü?"

Tarihin satırları değişik zamanlardaki din savaşlarında iki silahlı gücün birbirine tuzaklar kurmak üzere içme suyunu bir tehdit olarak kullandıklarını, askerî tedbir olarak ordu güzergâhlarındaki suları belli miktarlarda zehirleyip düşmanı güçten düşürme yoluna başvurulduğunu yazarlardı. Bunu hemen herkes biliyordu ama bu güne kadar silahlı bir tarafın sıradan yolculara yönelik böyle bir tedbir öngördüğünü ne duyan ne bilen vardı. En azılı dağ eşkiyaları dahi soyacakları kervanın suyunu zehirleme yoluna gitmemiş, hedef olarak canları değil malları görmüştü. Oysa şimdi, kendilerini İslâm'ın yegâne temsilcisi gören Vehhâbî erleri, aynı dinin bir vecibesini yerine getirmek üzere Kâbe yollarına dökülmüş sivil insanların suyunu zehirleme gibi bir alçaklığa başvuruyorlardı. Üstelik onları tekfir ederek. Hâlimizin en veciz yorumu meczup Hüdâyî'nin dilinden döküldü; bilgece:

"Bunların İslâmiyet hakkındaki bütün görüşleri doğru, bizim de bütün görüşlerimiz hatalı kabul edilse bile karşısındaki masum insanın suyunu kalleşçe zehirlemeye cevaz veren bir inanış elbette bâtıldır!"

Yol ilerledikçe hastaların yarıdan fazlası bağırsaklarından, diğerleri nefes darlığından şikâyete başladılar. Nefes darlığı ölümlere sebep oldu. Zâtülhicce menzilinde yaşlı hacı adaylarından dördünü toprağa verdik. Dillerde ölüm sebebi olarak sıcak hava, hafakanlı korkular ve birsamlar, ihtiyarlık, beslenme yetersizliği gibi pek çok sebep dolaştı. Kimisi de çöldeki mevsim değişimini öne sürdü. Haksız da sayılmazdı çünkü geçtiğimiz bölgede gündüzler aşırı sıcak ve geceler aşırı soğuk bir çöl ile cedelleşiyorduk. Velhasıl her gelen dert, bir öncekine eklenince kervanın ilerlemesi de aksamaya başladı. Menzile ya vaktinde erişemiyor veya çok bitkin hâlde varıyorduk. Üstüne üstlük menzilin sonunda yakalandığımız fırtına da çabası oldu. İnce kumların, şişelerime gösterdiği himayenin sona erdiği geceydi. Develerin karnını siper edinmeler veya başları sarıp sarmalamalar da sonuç vermedi. İnsanların ağzından, burnundan, kulağından vücutlarına kum doldu. Konya ovasında karşılaştığımız hortumun çöldeki hâli gibiydi. Sanki bir kasırga, kumu öyle şiddetli savuruyordu ki cam gibi zerrecikler bedenin çıplak olan kısımlarına iğne iğne batıyor, kesiyor, yapışıyordu. Bu arada arazinin şekli değişiyor, yeni kum tepecikleriyle gözler ve yönler yanılıyor, develer hariç her şey sarhoş gibi dolanıyor, birbirine çarpıyordu.

Daha dehşetlisi de en sonunda geldi. Beş veya altı minare boyunda toz bulutları, üst üste eklenip her biri kendi ekseninde yuvarlana yuvarlana üzerimize ilerliyordu. Devasa kızıl yığınlar. Kıyametin kopuşunu anlatan din kitaplarındaki tasvirler gibiydi. Ama bu seferkiler öyle birdenbire değil, yavaş yavaş, tehdit ede ede, çığlık ve feryatlar arasında yaklaşıyordu. Hacılar kelime-i şehâdet getiriyor, birbirlerine sarılarak tir tir titriyor, helâllaşıyorlardı. Üstüne üstlük rehberler ve münâdîler bir saat içinde her şeyin savrulmaya başlayacağını, bu yüzden herkesin bulunduğu yerde deve ve katırları çöktürüp onların siperine çömelmesi gerektiğini, mümkünse hayvanların yüklerini çözüp indirerek kümeler yapmayı, çadırların kazık ve iplerini kullanarak yere tutunmayı falan çığırdılar. Kargaşa asıl o anda başladı. Münâdîlerin tembihlerini dinlemeye kimsenin mecali kalmamış gibiydi. Develer ve katırları ıhtırıp siperlerine sığınarak pineklemeyi kurtuluş sananlar vardı. Öte yandan dualar ve yakarışların bini bir paraydı. İnsanların tedbir almadan yalnızca dua ederek belâyı def edebileceklerine inanmalarına şaşırdım. Pek çoğu havaleli eşyaların önünde değil arkasında durmaları gerektiğini bile bilmiyor, tedbiri göremiyorlardı. Onları uyaracağız diye Merkez Efendi ile koşturup durduk. Deve haricindeki hayvanların yüzleri ile sağrılarını da keçelerle örtmelerini söylemeyi ihmal etmedik. Kumlar iğne iğne batıp hayvanları çıldırtacaktı yoksa. Keza deve ve katırları birbirine bağlayan ince sicimleri de kalınlaştırmak gerekiyordu; kaybolup gitmemeleri için.

Fırtına hareketi, imkânsız kılasıya kadar elimizden geleni yapıp hücre hücre insanları uyarmaya çalıştık. Yerimize kapağı attığımızda da zaten fırtına hızını arttırdı. Kuşbaz ile celep tutuklu oldukları için testinin etrafında toplam altı kişiydik. Deveci Sümbül, seyis, berber, Hüdâyî, Merkez Efendi ve ben. Hüdâyî İzmit mutasarrıfının hücresine uğrayıp Fatma kıza bakmamız gerektiğini söylüyor, başka söz etmiyordu. Fırtına hortuma dönüştü dönüşecekti. Göz gözü görmediği gibi rüzgârın sesi bile insana yol şaşırtacak kadar ürkütücüydü. Şu hengâmede, değil Fatma'yı, mutasarrıfın konakladığı yeri bile bulmak mesele sayılırdı. Yine de Sümbül'e kefil oldum, ayağındaki bağı on dakikalığına çözmesi için. Beni kırmadı. Bir koşu gittik. Gerçekten de orada bize ihtiyaç varmış. Meğer mutasarrıfın hizmetkârları dünkü günde, Maan menzilinde ücretlerinin ikiye katlanmasını, aksi takdirde çalışmayacaklarını bildirmişler. Paşa şimdilik elinin darlığından bahsedip hac dönüşü ödeme yapmak üzere tekliflerini olumlu bulmuş. Lâkin adamlar ücreti hemen isteriz, diye tutturmuşlar. O da öfkelenip başlarındaki Ayvaz'ı kovmuş. Diğerleri de işleri gönülsüz görmeye başlamışlar. Fırtına başlayınca da hepsi kendi başlarının çaresine bakıp bir yere sinmişler. Gelişimize mutasarrıf pek memnun oldu. Fatmacığı tahtırevanıyla birlikte sarıp sarmaladık. Bize sayısız teşekkür ediyordu. Ayrıldığımızda da fırtınadan sağ çıkarsa hizmetçilerin geri kalanını kovacağını sayıklıyordu; madem ihtiyaç anında yardımına koşmamışlardı...

Güç belâ hücreye döndüğümüzde Merkez Efendi hepimizi sofrada oturur gibi diz dize halkalandırdı ve kollarımızı bellerimize dolayıp başlarımızı birbirine yaslamayı söyledi. Dediğini yaparak hedef küçültüyorduk. Sümbül, Hüdâyî'nin ayağındaki bağların düğümlerini takarken mırıldandı:

"Fırtınadan istifadeyle kaçmaya kalkarsan bu sefer külahları değişiriz, Hüdâyî Efendi!"

"Az sonra hep beraber kaçacağız zaten!"

Meczubun ne demek istediğine hiçbirimiz o sırada bir anlam veremedik. Şu kurşun işlemezlik hikâyesinden sonra tekin biri olmadığı artık herkesin kalbine yerleşmişti. Kimse ne fazla yakın olmaya ne de kızdırmaya cesaret edecek hâldeydi. Hepimizin aklındaki soruyu berber dillendirdi:

"Ne demek istedin efendi? Canımız tehlikede mi yoksa?"

"Yok canım, rüyamda gördüklerim..."

Sözünün gerisini getirmedi. Baktım, yenlerini oğuşturuyordu. "Meczupluk hâlleri!" dedim içimden, "Yine bir şey mâlum oldu anlaşılan!" Herkes benim gibi düşünmüş olmalı ki Merkez Efendi sordu:

"Ne gördün Hüdâyi Can?"

"Şu olanları... Herkesin gözü kapalı, benim açıktı. Şöyle biraz havadayım..."

Cümlesini tamamlamadan evvel herkesin başını dizlerine yapıştırıp altı kişilik dördüncü hücreyi daha da küçülttü. Kendisi de civcivlerine kanat geren anaç tavuklar gibi hepimizin sırtına kollarını yayıp anlatmayı sürdürdü:

"Ve işte o leylek; rüyamda gördüğüm... Sakın gözlerinizi açmayın; ne olursa olsun!.. Ben olan her şeyi anlatacağım size... Kınalı ayakları olan hacı leylek bu; kum dağlarının önünde. Şimdi sancak-ı şerifin sırma kordonunu gagasına alıyor. Tam da rüyamdaki gibi. Ve eveeeet!.. Sancak-ı şerif kılıfından sıyrılıp açıldııı!"

Sesini hepimiz çok rahat duyabiliyorduk. Gözlerinizi açmayın dedi ama yine de merak edip başımı kaldırmak istedim. Dirseğinin iç kısmıyla başımı bastırdı. Zannederim başkaları da aynı durumdaydı ve artık hepimizi yönetiyordu. Merkez Efendi'nin dizi dizimdeydi. O kıpırdamadığına göre ben de kıpırdamasam olurdu. Zaten kıpırdayamadım. Gözlerimi de açamadım. Savrulan kum yüzünden mi yoksa Hüdâyî'nin telkininden miydi, bilemiyorum. Birkaç kum tanesi burnuma girer gibi oldu. Tıksırmaya başladım; diğer arkadaşlarım gibi... Bir elin, burunlarımızı sırayla yanımızdakinin omuzuna dayadığını hissettim. "Hiiişşşt!.. Tamam, böyle!" Sihre uğramış gibi itaat ediyor ve dinliyorduk. Hüdâyî ise hem yönetiyor hem anlatıyordu:

"Leylek sancağı havalandırdı; sancak dalgalanıyor... Tıpkı Eyüp Sultan'ın Bedir'de dalgalandırdığı gibi. Şimdi de sancağı taşıyan deveyi görüyorum; havalanıyor, havalanıyor... Ayaklarını kanat gibi çırparak... Meğer sancağın kordonu devenin hamuduna bağlanmış. Leylek deveyi de havalandırıyor. Yükseliyorlar... Önce leylek, ardından sancak, ardından deve... A-aaa, görüyorum... Leylek kanatlarını çırptıkça daha yukarılara... Şimdi de mahmil-i şerif havalanıyor. Yine rüyamdaki gibi. Güneş doğuyor. Mahmilin gümüş köşebentleri pırıl pırıl. Üzerinde yazılı duaların harfleri birer nur kıvılcımı; yükseldikçe parıldıyor; avizenin billur halkalarına ışık vurmuş... Sicimler saçaklanıyor, iplik iplik yağmur, iplik iplik yağmur... Ötede bir ebemkuşağı var. Leylek ona doğru uçuyor. Bostancı neferleri katarların iplerini bir türlü çözemediler, katarlar sırayla leyleğin peşinden havalanıyor... Develer, dizi dizi develer... Said Bey'in üç devesini görüyorum havada. Yükleri arasında altınlar, mücevherler, mercan ve inci tespihler... Kimbilir hangi İstanbulludan hangi Medineliye nasip olacak hediyeler... Leylek yükselmede ve yükseldikçe kervan katarlarını sırayla çekip götürmede... Şunlar kilim taşıyan develer, şunlar gümüş yemek takımlarının katırları, ardı ardına havalanıyorlar... Uşaklı kızın dokuduğu bereket ve hurma dalları arasına serpiştirilmiş eli belindeler, koç boynuzları ve bukağı nakışlarıyla rengârenk göbekli halılar, havalandıkça açılır gibi... Göbeğinde hayat ağacı... Ve işte şu halının Medine'de Mescid-i Nebevî'de serildiği yer... Mihrabın hemen sağında. Leylek ebemkuşağından geçiyor, sırayla katarlar da... Ve diğerleri ve diğerleri..."

Hüdâyî'nin sesine zihinlerimiz kilitlenmişti. Yalnızca onun anlattıklarını hayal ederek güya biz de görüyor ve yaşıyormuş gibi rüyasına kapılıp gitmiştik. Otuz bin mevcutlu kervan bir leyleğin gagasında uçtukça biz de uçuyor, o her bir devenin taşıdığı güzellikleri anlattıkça biz o deveyi tanıyor, eşyalardan yolcuları çıkarıyor, Hüdâyî'nin sesinden her birerinin kara donlu Beytullah aşkıyla çarpan kalbindeki umutlarını, hayallerini, serzeniş veya mutluluklarını tek tek öğreniyorduk. Sanki bütün perdeler ona açılmış da o gönül aynasından bize yansıtıyordu. Ve leyleğimiz vara vara Medine bahçelerine kondu; kervanımız da.

Derin uykularda mıydık yoksa büyüye mi uğramıştık? Ne kadar zaman geçmişti bilmiyordum ama Medine bahçelerini hissediyordum. Zannederim arkadaşlarım da benim gibiydi; kimimiz Mernuş, kimimiz Debernuş hatta Kefeştetayyuş...

"Gözlerinizi açabilirsiniz!"

Uyanırsak pişman olacakmışız gibi bir duygu vardı içimde. Sanırım kimse başını kaldırmak istemiyordu. Bir el omuzlarımıza dürterek bizi kendimize getirmeye başladı. Gözlerimizi açtık; uyandığımıza pişman olarak. Ne görelim; kervanımız hâlâ Maan'da, konduğumuz çölde. Ferahlatıcı yanı o ki kum kasırgası da hortum da geçip gitmiş. Merkez Efendi sırayla herkese nasıl olduğunu sordu. Hiç hasarsız atlatmıştık. Hüdâyî'ye baktım, o bir kenara çömelmiş, meczup hâllerinde yenlerini oğuşturuyordu. Söylediğimi duymadı bile:

"Oynadın oyununu yoldaş! Anlaşılmaz oyununu..."

Titreyip ayağa kalktım. Üzerimdeki kumları silkelerken de çevreyi izledim. Kimisi dağılan eşyalarını topluyor, kimisi eşyaların savruluşuyla yaralananların tedavisine koşuyor, kimi de havalanan kayıplarının nereye düştüğünü kestirmeye çalışarak koşuşturup duruyordu. Hüdâyî'ye yeniden baktım. Az evvel bizi içine çektiği rüyadan hâlâ uyanmadığını fark ettim. Bize, açın gözlerinizi demişti ama galiba kendisi açmamıştı. Hatta şu anda rüyasının en heyecan verici kısımlarında olmalıydı. Çünkü kâh seviniyor kâh gülüyor kâh üzülüp kâh mahzunlaşıyordu. Bu sefer de ben onu kanatlarımın altına aldım, başını bağrıma yaslayıp mırıldandım: "Hiiişşşt!.. Tamam, böyle!" Bana itaat etti. Elimi başına koyup "Anlat yoldaş, gördüğünü göster bana!" dedim. Anlatmaya başladı. Heyecanla ve neşeyle. Çünkü kuşbazın güvercinlerine ve Nadide'nin dazlak çadırındaki durumuna dairdi sözleri. Her ikisini de merak ettiğimi bildiği için mi oradan başlamıştı, yoksa gerçekten o sırada gördükleri bunlar mıydı kestiremedim. Yüreği kalkıp kalkıp iniyordu. Benim yüreğim de kalkıp kalkıp iniyordu. Gözlerimi yumdum. İşte kuşbaz, haber götürmek üzere bekleyen ikisi hariç bütün güvercinleri serbest bırakıyor, kafesten kurtulan kuşlar eşleriyle birlikte binbir güçlükle kanat çırparak kum kasırgasından zar zor kurtuluyor. Onlar kurtulurken Hüdâyî'nin başına koyduğum elim güvercin kanadı gibi yalpalanıyor, kuşlarla birlikte savrulan kumların önünde yoldaşımı kanat çırparken görüyorum. Kuşlar ve kumlar kabarıyor, alçalıyor, yükseliyor ve bu sefer ben de onlarla birlikte kanat çırpıyor, dönüyor, savruluyor, uçuyordum. Kuşbazın güvercinlerinden biri olmuştum, Zeytun; yanımda da yoldaşım; Mâşuk. Derken Nadide'nin tutsak bırakıldığı çadıra doğru uçtuk. Nadide'ye baktım; akbabalar eline düşmüş sülün, hüzünlü masaldaki peri kızı. Bağrı nakışlı, yavru ceylan bakışlı ve salınan selviler gibi adım adım akışlı... Gonca dudaklar ve kınalı ayaklar... Pençelerle yaralanmaktan korkan gerdanı kınalı keklik... Kafesini yadırgadığı belli... Oradan kurtarılıp özgürlüğüne kavuşmalı, bir an evvel...

Birinin omuzumu çürütürcesine sarstığını hissettim. Hüdâyî de ben de sıçrayıp kendimize geldik. Seyis Selâmi Ali tepemizde; diğerleri arkasında.

"Seninle konuşmalıyız!"

"Neden, ne oldu?"

Gözleriyle Hüdâyî'yi işaret ettiler. Bir kenara çekilince de akıllarındakileri sıraladılar:

"Neydi az evvelki olanlar?"

"Tekin değil senin bu arkadaşın!"

"Kurşun işlemez, sihirbaz..."

"Benim gözetimimde, korkuyorum..."

"..."

Hüdâyî'nin müdafası bana düşmüştü. Onlara bir çöl yanılsamasına tutulduğumuzu Hüdâyî'nin de bizi bundan kurtarmak için bir rüya uydurduğunu, aslında ona teşekkür etmemiz gerektiğini falan anlatabilirim. Bunun yerine doğrudan yaptığının herkes için emniyet demek olduğunu, eğer o olmasaydı kim bilir bazılarımızın yaralılar arasında bile olabileceğini söyledim. Üzerime gelmeye devam ettiler:

"Bundan böyle ondan sen sorumlusun, Yahya Efendi!.."

Neden diye sormadım. Arkadaşlarım haklı da olabilirlerdi. Onu kontrol etmenin mümkün olmadığını söylesek de kâr etmeyecekti. Delilikle velîlik arasında birini kim yönetebilirdi ki? Birden yanımızda bitiverdi. Zannedersem konuştuklarımızın bazılarını duymuştu. Yüzüne baktım:

"Ne diyorsun bu işlere Hüdâyî Can?"

"Hangi işlere?"

"Haydi, tecâhül-i ârifâneyi bırak..."

"Rüya işte, anlattım."

"Rüyanın içine bizi de alarak he mi?"

"Yok, rüyamda zaten vardınız!"

"Ne vakit gördün bu rüyayı?"

"İstanbul'da, hanımım beni tuz almaya göndermeden bir önceki akşam."

Merkez Efendi yaklaşıp mükâlemeye son noktayı koydu:

"Haydi bakalım, gevezelik yeter, herkesin yardıma ihtiyacı varken..."

Reisimizin emri. Hacıların yardımına koştuk, kayıpları aramak, eşyaları toplamak veya yaralıları taşımak için. Önce mürekkep şişelerimi emniyetle sarmalayıp torbamın içine istifleyerek. Rüzgârın darmadağın ettiği kervanı toparlamak hayli zor olacağa benziyordu. Bunun için çabalarken aklım hep yaşadıklarımızdaydı. Düşünmeden de edemiyordum. Kum fırtınasının üzerimizden geçmesi iki saat sürmüştü. Hüdâyî bütün bu süre zarfında zihnimizi meşgul etmiş ve bize hikâyeler uydurmuştu. O hikâyelerle bizi kendimize öyle kapatmıştı ki dışarda olup biteni hissetmemiştik. O süre zarfında hepimiz kenetlenmiş bir kümeden öte yekpare yaratılmış bir bedene dönmüştük. Derin uykuda bir beden. Üstümüzü de yorgan gibi o örtüyordu. Anlattıklarının bazılarını hayal gücünün eseri bazılarını da gönlünden geçenlere yordum. O rüyayı gerçekten görüp görmediğinin önemi yoktu; bir rüya anlatarak bizi tehlikelerden korumuştu. Dahası da bizim merak ettiklerimizi yine bizim duymak istediğimiz şekilde anlatmıştı. Dışımızla irtibatımızı kesmesi bu sayede olmuştu zannederim. Medine, mücevherler, altınlar, uçan sancak-ı şerif, bir leyleğin çekip götürdüğü gökyüzünde deve katarları... Daha sonra da benim zihnime girmesi; güvercinler, Nadide, kuşbaz...

Kuşluk vakti yorgun argın hücreye döndüğümde onu kuşbazın güvercinlerini tek kafese toplamış, üzerlerini örterken buldum. İkisi hariç. Onları nazikçe diğer kafese koyuyordu. "Neden?" Önümüzdeki günlerde haberi götürsünler diye mi, götüremesinler diye mi? "Şimdi bunu düşünecek hâlim yok!" Uyumalıyım.

Dan dan da dan dan... Gözlerimi açtığımda ikindiye yaklaşılmıştı. Kasırga sonrasında yeniden yollara dökülecektik. Ufuktaki dazlaklara baktım, bizim kös sesleriyle birlikte onlar da harekete hazırlanıyorlardı. Münâdîler suyu iktisatlı kullanmamız gerektiğini yeniden duyurdular. Meğer akşamki fırtına güzergâhımızdaki kuyuların tamamını kumla doldurmuş. Rehberlerimiz önce kuyuların yerlerini bulacaklar, sonra kuyuların açılması için lağımcılar çalışacaklar, eğer suyu önceden kurumadıysa kuyulardan mataraları dolduracak kadar su çıkacaktı. Tabii yine dazlaklar bizden evvel davranıp suyu kullanılmaz hâle getirmemişler yahut zehirlememişlerse. Oruç Baba ile Şam seraskeri susuzluğa tahammül ederek bir sonraki menzile varmanın daha akıllıca olacağını söylediler. Ne var ki sürre emini hacıların buna dayanamayacağı ve gerek birbirleriyle gerekse alay zabitleriyle çekişmeler, çatışmalar yaşayacağı gerekçesiyle kuyuların temizlenmesine karar verdi; bir su sınavının ne demek olduğuna dair misaller anlatarak. Haklıydı. Onun haklılığı sıradaki tehlikenin de su sınavından aşağı olmadığını bize gösterdi: Ekmek sınavı, diğer adıyla kıtlık!..

Kasırga pek çok malzemeyi çöp etmişti ve Zâtülhicce bölgesindeki bedevî satıcılar Vehhâbî korkusundan bize yaklaşamıyorlardı. Bir tabur asker eşliğinde çevre bedevîlerinin çadırlarına kadar gittik; her ne satarlarsa ateş pahasına almak için. Nafile. Mazeretleri de hazırdı; bize el altından ekmek, mısır, buğday satarak zaten canlarıyla oynuyorlarmış. Yine de karpuzun tanesini yirmi akçeye, suyun tulumunu on akçeye alıp döndük. Taşıma suyla değirmen döndürmek ne zaman mümkün olmuştu ki?

Kervanda kimse kimsenin hâlinden anlamıyordu artık. Bir yanda fakir ve kimsesiz olduğu yüzlerinden okunan hacılar diğer yanda paralarının bittiği her hâllerinden belli olan zenginler. Varsıl ile yoksul, dilenci ile ağa birbirine katışmış durumda. Hüdâyî ile ben?

"Allah Kerim'dir!"

Yola çıkmak üzereyken Mısır askerinden bir haberci geldi. İyi ve kötü haberleri vardı. Kötü haberler Mekke ve Medine'deki Suud yanlılarının şehirdeki tahribatlarının artmış, Zemzem Kuyusu'nun kubbesi dahil pek çok yerin yağmalanmış, kutsal mekânlardaki eşyaların —elbette pek çoğu sanat eseri— kapanın elinde paraya tahvil edilmek üzere çapul edilmiş olduğuydu. Haddizatında Medine ve Mekke birkaç yıl evvel Suud işgalinden kurtarılmış olsa da hâkimiyet ve yetki problemleri hâlâ devam ediyordu. Abdullah taraftarları zaman zaman Harem şeyhi, Bâbüssaâde müezzini, Mihrâb-ı Nebevî şamdancısı, Harameyn süpürgeci ve temizlikçileri, cüzhanlar, sandıkçılar, eczacı ve hekimler gibi Osmanlı idarecilerini taciz ile görevini yapamaz hâle getiriyor hatta köşede bucakta sıkıştırıp tartaklıyorlardı. Çöldeki dazlakların ne zaman paraya ihtiyaçları olsa şehirdeki taraftarları kutsal mescitleri yağmalayıp Osmanlı eserlerini yok pahasına satmaya alışıvermişlerdi. Bize gelen haberlere göre her iki mübarek şehirde de bu yoldaki suistimaller artmaktaydı. Abdullah'ın adamlarını besleyecek parasının azaldığını anladık. Hem iyiye hem kötüye yorulacak bir bilgi. Muhtemelen çevresinden dağılmalar veya zoru gördükleri anda kaçmalar başlayabilirdi. Buna karşılık o da adamlarını doyurabilmek yahut bir arada tutabilmek için saldırılarının şiddetini arttırabilirdi. Dir'iye'de İbrahim Paşa'nın kuşatması, vereceği emirlere mâni değildi elbette. Sonuçta Abdülahad'ın kervanı kırması için bir güvercin uçurması zamanı yaklaştıkça yaklaşmıştı. Boyunlarımızı büktüren bir başka kötü haber de Vehhâbî görevlilerin Mekke ve Medine sakinleri haricinde haccın yasaklandığını herkese ilân etmeleriydi. Eğer sürre alayı gelir de Mekke veya Medine'de çadır kuracak olursa çadırları yağmalanacak ve hacıların canlarına kastedilecekmiş. Bu söylentinin halka korku salmak için uydurulduğu belliydi ama pek çok hacının umutlarını da sona erdirmeye yetti. Şimdi herkes tartışacak ve ileri gitmekle geri dönmek arasında kavgalar çıkacaktı. Yukarı tükürsen bıyık, aşağı tükürsen sakal.

Kötü haberler bitmek bilmiyordu. Bu sene Kâbe hareminde yalnızca Vehhâbî imam tarafından namaz kıldırılacağından dört mezhebin yıllardır namaz kıldırdıkları mihraplar yerlerinden sökülmüştü.

İyi ve umut verici tek haber, Türk olsun Arap olsun Harameyn'deki pek çok insanın dazlak zulmünden kaçıp İbrahim Paşa'ya sığınmaya hazırlanmasıydı. Şehir ileri gelenleri çoktan İbrahim Paşa'ya imdat mektupları yazmaya başlamışlardı bile. Abdullah b. Suud'un zulmünden bıkan Arapların sayısı arttıkça, belli ki badirenin ortadan kalkma süreci de hızlanacaktı. Anlaşılan Abdullah kendisi kuşatma altında iken bile şehir nüfusunun yarısından fazlasına hükmedebiliyor, insanlar ya şerri belâsına yahut fikirlerine inanarak onun tayin ettiği yöneticilere itaati sürdürüyorlardı.

Merkez Efendi'yle yeni haberleri müzakereye başladık. İslâm'ın kutsal şehirleri iç savaşa doğru yaklaşıyordu ve bunu önleyecek tek hareket İbrahim Paşa'nın kesin bir zaferi olabilirdi. "Allah korusun, bir iç çatışma çıkmaz inşallah!" diye diye birbirimizi teselli ettik. Yerli halkın yıllardır Osmanlı yönetimine gönderdikleri mektup ve raporları yeniden tartıştık; elbette tartışma denirse. Bizimkisi daha çok birbirimizi teselli eder gibi yakınıp dolduruşa getirmekten ibaretti galiba. Konuştuğumuz yığınla lafın ardından sonuç cümlesini Merkez Efendi bağladı:

"Mektupları yazanlar elbette samimidir lâkin Osmanlı idarecileri altı yıldır burada önce lehte konuşan insanların gitgide aleyhte konuşmaya başladıklarını da çok gördüler!"

"Ama üstat, İstanbul'daki idareciler de onların yazdıklarını başlangıçta ciddiye almamış, hatta muhatap bile kabul etmemiş, ardı ardına gelen mektupları gözardı ede ede dazlak tehlikesini adım adım kendisi büyütmüş değil mi?"

"Bu dediğiniz on yıllık meseledir arkadaşlar. O vakit iki bin askerle kovulup cezalandırılacak fitne, şimdi yirmi bin askerle yerinden kımıldatılamaz duruma geldi işte!

Şimdi olana bakalım biz ve Tebük menziline kadar su kuyularının kumla dolu beklemesine bir çare düşünelim."

"Umalım da İbrahim Paşa'nın Tebük'e gönderdiği takviye kuvvetler içinde lağımcılar da olsun."

Merkez Efendi başka bir şey demedi.

Kervanın ilk çıngırak sesleri gelmeye başladığında aklıma takıldı. Ya yoksa? Sonra da kervanda hastalananların sayısını düşündüm. Acaba kaça yükselmişti? Hekimler kolera olmasından korktuklarına göre... "Uf... Bir insana bu kadar vesvese!.."

O gece ilk kez karnımıza taş bastırarak yol aldık. Hüdâyî eli karnındayken bile yenlerini oğuşturdu. Tırnaklarına baktım, morarma derecesine varmışlardı. Ah, Nadide!..

Zâtülhicce

22 Ağustos

Bir kervandaysanız yaptığınız iş ya yürümek yahut oturmaktır. Her ikisinde de insanın zihnen, kalben ve lisanen kendini oyalayacak bir meşgale bulması yararlı olur. Ben de zihnim için mürekkep şişelerine, kalbim için Hüdâyî'ye, dilim için de Merkez Efendi'ye dair meşguliyetlerden dolayı bahtiyardım. Lâkin Zâtülhicce'de Mısır askerinden gelecek haberi beklerken meşguliyetlerimin tamamının adı birden Hüdâyî oluverdi.

Yeni uyanmıştım. Tan yeri ağarıyordu. Hüdâyî'yi, kafeslerini ayırdığı iki güvercinden biriyle oynarken gördüm. Kuşu seviyor, konuşuyor, fısıldıyor, elindeki tüylerle âdeta oynatıyordu. Sonra da havalandırdı.

"Hayrola yoldaş, kuşbazın güvercinlerini azat mı ediyorsun?"

"Boşver kuşbazı. Seninle bugün işimiz var. Hazır ol, kuşluk vaktinde gidiyoruz."

Alay ettiğini sandım.

"Yine rüya mı gördün, bu sefer uçmadan gidelim, leyleksiz olsun!"

"Güvercine ne dersin? Nadide'yi alıp getireceğiz!"

"Delirme! Abdülahad kellene ödül koymuştur senin!"

"Öyle de olsa, sevgiliyi rakip elinde bırakmak olmaz, gideceğiz."

Püsküllü belâ. Yüzünden kararlı olduğu okunuyordu. Planını da çoktan yaptığı belli. Esirleri kurtarmaya gittiğinde koynunda bir güvercin götürmesinin sebebini anlayamamıştım. Birden zihnimde şimşekler çaktı. Sen götür, önce kuşun erkeğini Nadide'nin çadırına bağla, sonra da ardından dişisini gönder; zekice!.. Az evvel havalandırdığı güvercinin nereye gittiğini anladım. Peki ama hangi haberi götürmüştü? Elbette bunu bilemeyecektim, o da söylemeyecekti. "Yoldaşımın akıllı zamanı!" dedim içimden ve her şeyi inceden inceye hesap ettiği, bana da görev yazdığı kanaatine vardım. "Gitmem!" diyemeyeceğimi de biliyordu üstelik. Nereden gidecek, nasıl edecektik, hiç düşünmeden kendimi ellerine teslim ettim.

Nadide Abdullah'ın küçük prensinin gözdesi, büyük prensinin tutsağıydı. Veliaht âşık, Nadide yaralı. Abdülahad'ın da bizimkini görür görmez, yarım kalan işi tamamlayıp öldürteceği ortada. Kurşun işlemezse okla, o da olmazsa hançerle. Hüdâyî'yi düşündüm. Bunca tehlikeye rağmen gözünü karartıp kalkıştığı iş; ne diyeyim, kahramanlık değilse delilik, delilik değilse aşk... Sevdasının büyüklüğüne ve o yoldaki azmine hayran olmamak elde değil. Bir âşıkın yapabileceklerinin sınırı aşkının derecesini gösteriyorsa eğer, bizimki o sınırı çoktan aşmıştı. Ağzını aradım:

"Aklından neler geçiyor?"

"Güvercin gitti, veliaht şimdi mektubumu okuyordur!"

"Mektup mu? Kim yazdı?"

"Ben!"

Hayır bu kadarı fazlaydı. Bizim meczup mektup yazmaktan bahsediyordu. Said Bey onu bize getirdiği gün "Okumaz ama hâfız-ı Kur'an'dır" dememiş miydi? Anladım ki şimdi bizimkine yazıyı nereden bildiğini sorsam şaşırmaya devam edecektim. Bu adam kalp sektesi gibiydi, ne zaman insanı sendeleteceği belli olmuyordu.

"Ne yazdın peki?"

"İki kısa cümle. Bir de not: *'Seninle pazarlığımız 500 altın idi. Kuşluk vaktinde üç süvari iki güvercinle ikiz memelere gelin.*

Hamiş: Yavukluma karşılık kurşunlara meydan okuyan sırrımı sana vereceğim."

Çok zekiceydi. Abdullah b. Suud'un veliahtı belki beş yüz altına dönüp bakmayabilirdi ama eğer ileride babasının yerine geçmek istiyorsa ağabeyi Abdülahad'dan gizli, şu kurşun işlemeyen adamın sırrını öğrenmeye ilgisiz kalamazdı. Zaten ben de ilgisiz kalamadım ve bile bile onunla ölüme gitmeye razı oldum.

"Her şeyi gizlice başarmalıyız!" dedi ve iki saat sonra buluşacağımızı söyleyip yanımdan ayrıldı. Düşündüm, ihtiyaten Merkez Efendi'yi haberdar etmek yararlı olabilirdi. Bunun için yanına vardım. Bağırıyor, çağırıyor, neredeyse ileniyordu. Onu hiç böyle görmemiştim. Berber Zuhurat'a kaş göz işaretiyle sordum. Kulağıma fısıldadı. Meğer sürre eminine bir haber ulaşmış. Dediğine göre Abdullah'ın adamları Kâbe'de Hz. İbrahim'in makamından başka ne varsa, Zemzem Kuyusu'nun gölgeliği dahil, yıktırmış, Osmanlı düzenine ilişkin her şeyi değiştirmiş, Kâbe hareminde zikri yasaklatmış, zikreden dervişleri ölesiye dövdürtmüş, zikir diye de Abdülvehhâb'ın *Keşfü'ş-Şübühât* isimli risalesini sesli olarak gün ve gece boyunca okutmaya başlamış. Tütünü, tavlayı ve bilcümle eğlenceyi yasaklatması keder değil de Kâbe hareminde Kur'an okutmak varken neden *Keşfü'ş-Şübühât* okutturdu ki? Durmadan "Kendini ne sanıyor bu adam?" diye öfkeleniyordu. Yanına sokulup teselli etmek istedim:

"Üstadım, Harem'de zikrin yasaklanmasına veya tavla, tütün ve eğlencenin harem sınırlarından kovulmasına üzülmüş olamazsınız, değil mi?"

Yüzüme dik dik baktı. Söylemekteki kastım, Kâbe hareminde her bir tarikatın kendine göre zikir yapacağım diye cümle hacıların hakkına girmesinin hoş olmadığıydı. Ayrıca Kâbe bütün Müslümanların yegâne ortak değeriyse orada bütün Müslümanları birleştirecek uygulamalara da itiraz etmemek gerektiğini düşünüyordum. Dört mezhebin ayrı ayrı mihraplarının bulunması, her birinin cemaatinin ayrı olması inanç özgürlüğünden ötede bir ayrıştırma ve ötekileştirmeye kapı aralıyordu ve bütün müminlerin tek imamın arkasında saf tutmaları daha cihanşümul olurdu. Güya onu yatıştırmak için sesimin en munis perdesinden bunları mırıldanmıştım; meğer öfkesini taşırmışım:

"Yahya Efendi, bu durumda o imamın hangi mezhebe ait olacağına da sen karar verirsin artık! Evlâdım, sende hiç akıl yok mu? Bütün bunların din adına yapıldığını zannedecek kadar saf mısın? Vehhâbîliğe ait uygulama ve yasaklamaların gizli hedefini görmüyor musun? Dört mezhep imamını teke indirmek elbette benim de taraftar olacağım bir içtihat meselesi, mezhep imamları sırayla namaz kıldırdığı takdirde Müslümanları birleştirir, lâkin imamların hepsini yasaklayıp bütün vakitleri Suudî imama kıldırtırsan bu diğer bütün Müslümanlara karşı bir isyan, bir dayatma olmaz mı? Buna müsaade edilebilir mi? Tarikatların zikirleri de keza, Kâbe hareminde birbirlerine nispet ede ede haddi aşmış olabilirler. Bunu yasaklayabilirsin, elbette yerine Abdülvehhâb'ın risalesini zikir diye dayatmadan. Ben adamın Kabe'deki icraatlarını siyaset gereği yapmasına karşıyım. Tütün ve oyun yasağını takdir ederim ama iyi de zikreden dervişleri ölümüne sıra dayağından geçirmeye razı olamam çünkü bunu adı Osmanlı karşıtlığıdır. Bir insan kendi Mekke ve Medine'deki görevlilere, halka ve fukaraya dağıtılacak olan sürre parasını yağmalıyorsa o insanın devletine saygı duyduğu söylenebilir mi? Devlet hazinesinden çalanın devlet bilinci olabilir mi? Bir insan kendisiyle hiçbir derdi olmayan masum hacılara saldırıp onları esir ediyor, merkebine, devesine, atına varasıya kadar her şeyini alıyor ve çölün uçsuz bucaksızlığında kumlarla boğuşa boğuşa ölmesine göz yumuyorsa bunu din kardeşliğine mi, yoksa katil eşkiyalığına mı vermek gerekir?

Mesele yalnızca Abdülvehhâb'ın İslâm'ı eski saflığına döndürme gayreti değil, onun fikirleri bahanesiyle Suud aşiretinin kılıç gücüne dayalı çapul ve yağmacılığıdır ki bunun sonu şu gördüğün toprakların Osmanlı'dan koparılmasına kadar varır. İstanbul'dan taa beş yıllık hasretle yollara düşüp buralara kadar gelen şu hacılara bir bak! Maksatları İslâm'ın beşinci şartını yerine getirmek ve üzerlerine farz olan bir ibadet ile Allah'a yakınlaşmaktan öte nedir ki? Peki kendine Müslüman diyen hangi kişi bir din kardeşini dinin emrinden yasaklayabilir? Senin anlayacağın mesele İslâm değil evlâdım, mesele iktidar mücadelesidir. Yoksa ecnebi devlet desteğinin Necid çöllerinde ne işi olabilir; senin kuşbazın kâfir gemi kaptanlarıyla nasıl bir alışverişi bulunabilir?"

Üstadın içindekileri dökmesi uzun sürmüştü. Ona yoldaşımın planlarından söz etme fırsatım olmadı. Sabah çorbasını içip nazikçe müsaade istedim:

"Hüdâyî ile bir yere gidip döneceğiz. İnşallah iki saate geliriz!"

"Dazlak hışmına uğramayın da!.."

Hüdâyî aklından geçenleri benden evvel Merkez Efendi'yle paylaşmadıysa bu tembihte bir kinaye mi sezmeliydim, kestiremedim. İşi şakaya vurdum:

"Hışmına uğrasa ne olur üstat, adama kurşun işlemiyor!"

"Onun için değil senin için söylemiştim Yahya Efendi oğlum!"

Ardından da muzip bir tebessümle bana yol verdi. Sesinin tonundan öfkesinin geçtiğini anladım ama keramet gösterir gibi Hüdâyî'nin sırrından bahsetmesi herkesin kalbimi okuması kendimi kötü hissettirdi. Hac kervanındaki herkes keramet sahibi, herkes uçuyor da ben mi yaya kalıyordum?

Hüdâyî'yi ödünç alınmış iki at, iki piştov ve Barak ile beni beklerken buldum. Atlanıp çıktık. Mektupta yazdığı ikiz tepeciklere tırıs adımla yirmi dakikalık bir mesafe vardı. Ne o beni taşıdı ne ben onu. Zihni olacaklarla meşguldü; benimki gibi. Tek fark, benim merak ettiğimi o biliyordu. Oyunu kendisi yöneteceği için... "Umarım tahminlerinde yanılmaz!" dedim içimden. Sonra da uzun uzun ona baktım. Tanıdığım Hüdâyî çoktan değişmiş, gösterilen kimliğini fazlasıyla aşmıştı. Son birkaç gündür de şahsına münhasır bir yükselişteydi. Kurşun geçirmezlik tevatüründen sonra istese kervanda itibar simsarlığı bile yapabilirdi. İnsanlar onunla konuşmak, temasta olmak, yakınlığına ermek için neredeyse yarışıyorlardı. Meselâ bindiğimiz atlar ve piştovlar... Şam paşasının zabitlerinden birinin emanetiymiş; "En âlâsından Arap küheylanlarına en âlâsından piştovlar yakışır!" diyerek vermiş. Muhtemelen atlarının nereye koşturulduğunu dürbünle takip ederek ileride anlatabilmeyi yahut piştovların ne işe yaradığını görerek övünmeyi istiyordu.

Ufuktaki çapulcu silüetleriyle aramızda sırt sırta iki kum tepeciği kalasıya kadar ilerledik. Hüdâyî'nin ikiz memeler dediği yer neredeyse beş yüz arşın ötemizdeydi artık. İki alçak tepecik; arasında olup bitecekleri üçüncü gözlerden veya dürbünlerden gizleyecek konuma sahip. Hüdâyî'nin, Şam paşasının zabiti veya Vehhâbî karargâhının bizi dürbünle izleme ihtimalini ortadan kaldıracak bir nokta seçtiğini anladım. Ardından da bir korku hissettim. Tepeciklerin arasına girişleri izleyen gözlerin çıkışları görememesi tehlike demekti. Hüdâyî'nin mektubundaki cümle aklıma geldi; "*üç süvari*". Yani ikiz tepeler arasına giren üç atlı, diğer yandan çıkıp gittiğinde yine üç atlı görünecek böylece orada birileriyle buluştuğu hissedilmeyecek yahut değiş tokuşun farkına varılmayacaktı. İçimdeki tuzağa düşme şüphesi daha da arttı. Sordum:

"Yoldaş; üç yerine üç yüz kişiyle karşılaşırsak?"

Soruyla cevap verdi:

"Sen olsan kurşun geçirmezliğin sırrını herkesin öğrenmesini ister miydin?"

"Yok, hayır elbette," dedim içimden, sonra da yüzüne karşı "bu zekâ ile sana meczup demek hakarettir" diyesim geldi, vazgeçtim. O anda aklıma "Peki hiç meczup değilse?" sorusu takıldı. Eğer öyle ise en az kuşbaz kadar tehlikeli biri de olabilirdi. Bunca zamandır aramızda dost görünerek neler yaptığı ve kime hizmet ettiği ise ayrı bir bahis. İstediği zaman akıllı olabiliyorsa? Kurşun da işlemiyor! Kuşbazı ilk keşfeden de oydu; değil mi? "Uff!.. Meczuptur, meczup!.."

Dediğinde yanılmamıştı; yalnızca üç kişilerdi. Abdullah'ın oğlu olduğunu tahmin ettiğim delikanlı, onun hemen solunda, elindeki filede iki güvercin taşıyan bir silahşör ve üçüncü atın sırtında Nadide. Otuz arşın kadar uzağımızda, sol kolu sargılı olarak bedenine bağlanmış vaziyette. Hüdâyî sakin görünmeye çalışıyor ama yenlerini de oğuşturmadan duramıyordu. Atını sürüp birkaç adım daha ilerledi ve bana yanına kadar gelmemi işaret edip delikanlıya seslendi:

"Selâmün aleyküm!"

Beni, konuşmaları tercüme etmem için getirdiğini düşündüm birden ve kendimi kullanılmış hissettim. Bana ihtiyacı ölçüsünde değer veren bir yoldaş... Hayıflandığım sırada fısıldadı:

"Seni sırdaşım ol diye davet ettim yoldaş, lütfen yanımca dur!"

Hey Allah'ım! Benim kalbim pazar meydanı mıdır ki her gelen içindekini yokluyor? Karşımızda atına kibirle binmiş delikanlıya baktım. "Aleykümselâm!" dedikten sonra söyleyeceği her şeyi bütün dikkatimle dinleyip tercüme etmek üzere kendimi hazırladım. Ama gerek kalmadı. Çünkü Hüdâyî şakır şakır Arapça konuşuyordu. Medresede öğrendiğimiz Arapça onun akıcı dili yanında hiç kalırdı. O kadar ki söylediklerini neredeyse ben kendim için Türkçe'ye tercüme etmekte acemi kalacaktım:

"Geldiğiniz için teşekkür ederiz. Umarım burada gizlice buluşmak aramızda yalnızca bir takası gerçekleştirmek değil, karşılıklı hayır getiren de bir âlicenaplığın nümunesi olur. Pusulada yazdığım gibi, şimdi yavuklumu ve güvercinlerimi bana gönderirseniz size beş yüz altınınızı teslim edeceğim; kurşun işlemeyen sırrımla birlikte! Mutabık mıyız?"

Delikanlı muhafızıyla bir şeyler fısıldaştığı sırada aklıma altınlar geldi. Hüdâyî kısa mektubunda 500 altına pazarlık yaptıklarını yazıyordu ama beş yüz altın vereceğim demiyordu. Ben de hep kurşun işlemezlik muammasına karşı Nadide'yi takas kabul edecek diye düşünmüştüm. Ama şimdi altın vereceğini söylüyordu. İyi ama yanımızda altın falan getirmemiştik ki! İki yoksul yoldaşta 500 altın ne arardı?

"Şimdi şu ikisi silahlarını bize doğrultacaklar ve burada öleceğiz!"

"Sussss!.."

Sustum. Ötekilerin de fısıldaşmaları bitti. Sonra da muhafız odun gibi bir sesle âdeta haykırdı:

"Önce 500 altın, ardından kurşunları nasıl savuşturduğunu anlatacaksın!"

Ona Barak havlayarak cevap verdi. Hüdâyî köpeği susturdu. Ardından delikanlı bağırdı:

"Ben Abdülaziz b. Abdullah b. Suud. Abdullah'ın dört kahraman oğlunun en küçüğüyüm. Kiminle konuştuğumu bilmek isterim?"

"Ben Sultan Mahmud kullarından Hüdâyî bendeleri. Yanınızdaki hanımın yavuklusu!"

Hüdâyî'nin sözlerini zihnimde dolandıracak oldum. Nadide'nin yavuklusu olduğunu söylemesini âşıklığına verdim ama aslı olabilir mi diye düşünmekten de kendimi alamadım. Ne de olsa beni her duyduğuma, her gördüğüme şaşıracak hâle getirmişti. Aksi takdirde sırf Vehhâbî Abdullah'ın veliahdı Abdülaziz'i öfkelendirip asabını bozmak için mi

Sultan Mahmud kullarından diye tanıttığı, kul kelimesini Arapçadaki kul kelimesiyle aynı anlamda mı kullandığı, yoksa gerçekten Sultan Mahmud'un has kullarından biri mi olduğu konusunda şüpheye düşmezdim. Neyse ki buna zamanım olmadı.

"Hüdâyî Efendi! Eğer sözlerinde veya hareketlerinde bir art niyet sezersem Abdülaziz adı seni hayatın boyunca takip edecektir, bilesin. Bütün hac kervanını bir yana bırakır yalnızca senin peşine düşerim, anlaşıldı mı?"

"Elbette Abdülaziz Efendi. İstanbullu Hüdâyî Efendi'yi daima sözünün eri olarak göreceksin!"

Abdülaziz'in yüzüne baktım. Aslında emniyet telkin eden bir görüntüsü vardı. Nadide'ye gönlünü kaptırdığı için onu esir pazarlığının dışında tuttuğu belli oluyordu. Yine de kurşuna karşı koyma pahasına ondan vazgeçeceğini düşününce bu emniyetli yüzün arkasında hain bir plan olup olmadığını aklıma getirmeden edemedim. Daha iki gün evvel, uğruna bir savaş çıkarabilmeyi göze almıştı madem şimdi neden vazgeçiyordu. Sevseydi vazgeçmezdi. İşte bu yüzden tetikte bulunmalıydım. Belimdeki piştov aklıma geldi. Kullanmayı tabii ki biliyordum ama silahın yabancısıydım. Elimi hissettirmeden belime götürdüğüm sırada Abdülaziz'in muhafızı tüfeğini bana doğrultuverdi. Titrediğimi hissettim. "Öleceksem de şu kurşunların nasıl sektiğini öğrenip ölseydim!" gibi tuhaf bir düşünce geçti aklımdan. O sırada Hüdâyî yine devredeydi, fısıldayarak:

"Korkma, ölmeyeceksin!"

Bu sefer gülesim geldi. İçimden geçenlerin bilindiğini zannetmek sonunda beni çıldırtacaktı. Ama çıldırmaya bile vakit bırakmadı, Abdülaziz yerine Nadide'yle konuştu:

"Nadide, lütfen gel, gönlümün sultanı!"

Nadide bir an durakladı. Abdülaziz'e baktı. Muhafız itiraz etti:

"Önce altınlar ve kurşun..."
Hüdâyî anında sesini daha da yükseltti:
"Hayır, önce yavuklum!"
"Önce altınlar ve...
"Önce yavu...
Abdülaziz avcunun içini havaya kaldırarak adamını susturdu sonra da suhuletle Nadide'ye dönüp başıyla ilerlemesini işaret etti. At yumuşak bir mahmuz hareketiyle ilerlemeye başladı. Muhafız, yanlarından geçmekte olan atın terkisine güvercinlerin bulunduğu fileyi bağladı. Ata baktım. Her bir adımını atıp atmamakta tereddüt ediyordu. Bu da aradaki mesafeyi ve namlu ucunda tedirgin geçen zamanı uzatıyordu. Nadide yolu yarıladığı sırada biz de atlarımızı ilerlettik. Abdülaziz'in tabancası Hüdâyî'yi, muhafızınki de beni takip etmeye başladı. Nadide'nin gülümsediğini gördüm. Orada bulunmamızdan sevindiği belliydi. Daha evvel yüz vermediği Hüdâyî adına ben de sevindim. Gelişmeler iyiye işaretti. Bir de buradan sağ esen kervana dönebilirsek!..

Nadide'nin atının her adımında Hüdâyî mutluluktan çıldıracak gibi oluyordu. Kabına sığamadığı o kadar belliydi ki! Uğruna ölümü göze aldığı sevgili işte ona geliyordu. "Allah'ım sevenleri kavuştur!" diye dua ettim içimden. At ilerledi, ilerledi, ilerledi. Hüdâyî ile buluştukları noktada dizginlerini tutup bileğime doladı. Hoş geldin mânasında bir tebessüm ile kızcağızı selâmladıktan sonra bana "Nadide sana emanet yoldaş! Gidin!" deyip yavaşça atını sürdü. Barak da yanınca ilerliyordu. Bileğimdeki dizginleri ancak o vakit hissedebildim ve soğuk soğuk terlemeye başladım. Ne yapacağımı şaşırdım. Nadide'yi alıp kervana mı dönmeliydim, pazarlığın bitmesini mi beklemeliydim? Hüdâyî'yi burada ölüme terk edersem Nadide'yi alıp gitmemin ne anlamı olabilirdi ki? O sırada tereddüdümü gören Nadide atın dizginini eline alıp yönünü çevirdi:

"Gitmiyoruz!"

Birinin benim yerime karar vermesinden bu kadar memnun olacağımı hiç tahmin etmezdim. Bir sorumluluktan kurtulmuş olmanın hazzıyla ben de atıldım:

"Evet, gitmiyoruz!"

Söylediğimden utanmam için yalnızca birkaç saniye geçmesi yeterli oldu. Çünkü artık yoldaşımın bana bir emanet bıraktığını ama emaneti üzerimden atarak ona ihanet ettiğimi düşünüyordum. Derhâl dizginleri Nadide'nin elinden çekip geri aldım. Kız dirayetli çıktı ve yeniden "Gitmiyoruz!" diye fısıldadı. Neden bilmem, kararına itiraz etme hakkımı bu sefer kullanamadım. O da gülümseyerek teşekkür etti ve ikimiz yanyana durup olacakları izlemeye başladık. Belki şu kurşun işlemezlik hikâyesine Nadide de aklını takmıştı, kim bilir? Hayatına girecek kişi hakkında bu kadar merak elbette olağan sayılırdı. Ne de olsa gözünün önünde kurşunlanmıştı ve şimdi onun için tekrar kurşunlanmayı hiçe sayacak derecede de gözü kara davranıyordu. Dahası, onu öldürmeyi isteyen Abdülaziz de kendisine vurgun olduğu iddiasındaydı. Az sonra iki âşığının kendisi için mücadelesine şahit olacaktı. "Gitmeyişimizin asıl sebebi bu olmasın?" dedim içimden. Bir sevgili için âşıkları arasındaki mücadeleyi izlemek, onları birbiriyle kıskandırmak bir tür bahtiyarlık olsa gerekti. İyi ama kız bizimkini daha evvel Deveci Telli ile sınamış, aşkının hakikatini anlamışken ikinci kez niye sınasındı? Peki ama Hüdâyî'yi tehlikeye atmaya gönlü razı olur muydu? Ben de bunu görecek, yoldaşıma değer verip vermediğini anlayacaktım.

Abdülaziz atını sürdü. İki rakip karşılıklı ilerliyorlardı. Barak da adımlarını Hüdâyî'nin atına uydurdu. Çöl sıcağıydı ve yalnızca atların ayaklarından çıkan ses duyuluyordu; kumların ezilme sesi. Neredeyse atlar bile nefes alıp vermiyor zannettim. Nihayet iki atın ön ayakları aynı hizaya geldiğinde Barak ikisini de durdurur gibi ortada çömeldi. Şaşılacak şeyleri arka arkaya o anda izlemeye başladım. Hüdâyî Arapça bir duaya başladı. Baktım, Abdülaziz de ellerini açmış âmin diyordu. Kelimelerinin arasında bir yerde Fatma adının geçtiğini duyar gibi oldum. Hz. Fatıma'yı hatırladım. Söylediklerinin hepsi net duyulmuyordu ama Abdülaziz'in âminleri açıktı. Ardından ikisi de ellerini yüzlerine sürüp Fatiha okudular.

Bir an durgunluktan sonra Hüdâyî gömleğini çıkardı. Sonra zıbınını soyundu ve güneşin yansıdığı omuzlarına gömleğini tekrar giydi. Zıbını Abdülaziz'e uzatıp kulağına kısacık bir cümle fısıldadı. Ardından da hiçbir olağanüstülük göstermeden atının dizginini çevirip bize doğru ilerlemeye başladı. Elimde piştov, gözlerim Abdülaziz'i takip ediyordu. Bekledi. Önce elindeki zıbına, sonra uzaklaşmakta olan Hüdâyî'ye baktı. Ardından da ikiz memeleri sarsan bir kahkaha koyuverdi. Ne muhafız ne de Nadide'yle ben bir şey anlamıştık. Soran gözlerle yaklaşan Hüdâyî'ye bakıyorduk.

"Gidelim!.. Alışveriş tamamlandı!"

Sonra dönüp rakibine bağırdı:

"Abdülaziz. Allah seni korusun!"

O sırada Abdülaziz elindeki yeleği muhafızına vermiş giymesini işaret ediyordu. "Seni de!" diye bağırdığı sırada ben çıldırmak üzereydim. Orada ne olmuştu. Ne fısıldaşmışlardı? Altın kavgası bile yapılmamıştı. Pazarlık nasıl bitmişti? Bir yığın soruyla kervana doğru yol almaya başladık. Bir ara arkamızdan silah sesleri duydum. Abdülaziz ile muhafızı peşpeşe at koşturuyor, Abdülaziz ateş ettikçe muhafızın bedeninden kıvılcımlar saçılıyordu. Kurşunların sırrının zıbında olduğunu anladım. Ona verdiği beyaz patiskadan iç yeleğini kaç kereler sırtında görmüştüm. Öyle sultanların kullandığı cinsten üzerinde tılsımlar yazılı dualarla örülmüş bir yelek de değildi ki kurşunları sektirebilsindi. Tılsımlı yeleklerin sultanları bile koruyamadığı bir dünyada bir meczubun yeleğinde nasıl bir tılsım olabilirdi ki? Tövbe, olabilirdi; şaşırmaya hazır olmalıydım... Abdülaziz'in eğlenerek ateş edişine, muhafızın da kurşunları savuşturarak kaçışına tekrar baktım. Kurşun geçirmezlik yelekteydi bunu anlamıştım ama 500 altın pazarlığı arada nasıl kaynamıştı? Orada ne olmuştu da Abdülaziz altınlardan vazgeçmişti? Nadide'yle göz göze geldik; o da merak ediyordu.

Hüdâyî bizim meraktan çatladığımızı biliyor ve bunun keyfini mi çıkarıyordu, yoksa sevgiliye kavuşmanın hazzıyla kendinden mi geçmişti, hiç konuşmuyordu. Nadide'den teşekkür beklediğini de zannetmiyordum. Zaten onun da teşekküre gönüllü olacağına dair bir tavrını görmedim. Zannedersem şu anda içinde alıp veriyor, kendisini kurtaran kurşun geçirmez kahraman ile garip davranışları olan bir meczup arasında gidip geliyor, atının sırtında yanıbaşında nefeslerini duyduğu adamın kim olduğuna karar vermeye çalışıyordu; tıpkı benim gibi. Kervandaki tecrübelerine göre onunla bir hayatın geçeceğini düşünüyor olamazdı ama kendisi için canını ortaya koyarak yaptıklarını da bir kenara bırakamazdı. Kaş altından sırayla ikisine de baktım. İkisi de mutluydular. Keyiflerini kaçırmak istemedim. Bütün sorularımı sonraya bırakıp atımı biraz önden sürdüm.

Neden sonra Hüdâyî'nin Nadide'ye bir hikâye anlattığını duymaya başladım. Muhtemelen yine o tuhaf hikâyelerinden biri olacaktı. Mahrem bir hikâye olmadığını anlayınca kulak kesildim:

"Bildiğim hikâyeyi bilen sen... Sana elbette zâhir ve âşikârdır ki bir zamanlar Karaman yurdunda zengin bir bey yaşamış. Germiyan'da bir tacirin dostluğuyla övünür dururmuş. Günün birinde onu ziyarete gitmeyi kurmuş. Atına atlayıp çıkmış yola. Derken dağ eteğinde düz bir yerde konak vermiş. Meğer kulağına bazı sesler çalınırmış. Arayıp taramış ki sırtını verdiği kayanın arkasında bir mağara var. Galiba mağarada birileri konuşuyor diye içeri girmiş. Ne görsün; bir grup nur yüzlü gezinerek ellerindeki kitapları okumaktalar, ikinci bir grup gül yanaklı da diz çökmüş defterlere bir şeyler yazmaktalar. Merak edip ne yaptıklarını sormuş. 'Ey yolcu,' diye cevaplamış birisi, 'şu ayaktakiler ellerindeki kitaptan evlilerin hayatlarını okur, şu oturanlar da doğacak çocukların kimlerle evleneceklerini yazarlar.' 'Acaba' diye sormuş bey, 'söyleyebilir misiniz, birkaç güne doğacak bir çocuğum var, kiminle evlenecek?' 'Tabi' demişler, 'işte burada ve işte böylece yazıyoruz, sizin bir kızınız olacak. Evleneceği erkek yedi gün sonra doğacak. Karaman'da sizin ziyaretine gitmekte olduğunuz tacirin hizmetçisinin karnındaki yetimdir.' Bey işittiklerinden memnun olmayıp yalvarmaya başlamış:

'Bunu değiştirmeniz için size bütün servetimi vereyim, kızımı bir hizmetçinin yetimiyle evlendirmeyin.'

'Sevgili misafirimiz, biz burada kader icat etmeyiz, yalnızca takdir edilenleri yazarız!'

Bey çılgına dönmüş. Oradan hızla koşup 'Siz yazdıysanız ben de bozarım!' diyerek öfkeyle atına binmiş ve doğruca Germiyan'a varmış. Orada dostuyla üç gün vakit geçirmiş, sureta gülüp eğlenmiş, yiyip içmiş, lâkin üç gün boyunca hizmetçiyi gözetlemiş. Üçüncü günün akşamında tacire, 'Aziz dostum,' demiş, 'eşim bir hizmetkâr istedi benden. Tam sizin evdeki gibi birini tarif etti. Onu bana hediye eder misin?'

'İyi ama bizim kadıncağız gördüğünüz gibi hamiledir, uzunca bir zaman size hiç yararı olmaz, kaldı ki dostum daha iyisine lâyıktır.'

"Yok, yok, bizim de yakında bir bebeğimiz olacak, hem sütannelik hem hizmetçilik eder.'

'Peki! Madem istiyorsun!..'

Bey hizmetçiyi alıp yola düşmüş. Bir köprüden geçerken, zavallının kalbine bir hançer sokup ırmağa atıvermiş. Gel gelelim kadıncağız son nefesini vermeden can havliyle sancılanmış ve bebeğini doğurup kıyıdan sarkan otların üstüne bırakmış. Çok geçmeden bir çift kurt, iki yavrusuyla ırmağa su içmeye gelmiş. Anne kurt bebeğin ağlayışını duymuş. Kendi yavrularıyla birlikte onu da inine götürmüş, beslemiş, büyütmüş. Çocuk üç yaşına geldiğinde, tacir o bölgelerde ava çıkmış. Kurt ininin yanından geçerken kurt gibi davranan çocuğu görmüş ve yakalayıp evine götürmüş. Çocuk zamanla ehlileşmiş, terbiyelenmiş.

Aradan yıllar geçmiş. Karamanlı bey eski dostunu hatırlayıp tekrar ziyaretine gitmiş. Tacir dostunun evinde bir delikanlı ile karşılaşınca şaşırmış. Birkaç gün delikanlıyı izlemiş, hareketlerini, oturup kalkmasını ve konuşmasını çok beğenmiş, hatta aklından kızına kısmet diye de geçirmiş. Sonra tacir dostuna sormuş:

'Aziz dostum, bunca yıldır muhabbetimiz var, lâkin bir çocuğunuz olduğunu hatırlamıyorum; maşallah pek iyi yetişmiş, kimdir bu delikanlı?'

Tacir, çocuğun hikâyesini anlatınca Karamanlı bey yıllar öncesini düşünmüş. Çocuğun yaşını hesap etmiş, öldürdüğü hizmetçinin oğlu olduğunu anlamış. Mağaradaki kâtiplerle olan konuşmasını da hatırlamış. O gece bir plan kurmuş. Sabah kahvaltı sırasında tacir dostuna demiş ki:

'Azizim, aileme bir haber göndermem lazım, bir mektup yazayım da bu delikanlı onu götürüversin!'

Germiyanlı ev sahibi kabul etmiş. Delikanlı üç gün, üç gece at koşturmuş, gece yarısı Karaman'da beyin konağına varmış, avlusundan girmiş ama o saatte kimseyi uyandırmamak için atını bir kütüğe bağlayıp beklemeye başlamış. Derken oracıkta uyuyakalmasın mı!"

Buraya kadar onu sessizce dinleyen Nadide'nin, Hüdâyî'nin cümlesine cümle eklediğini işittim ve yine kaş altından kıza baktım. Yanaklarından sicimler gibi yaşlar süzülüyordu. Kim bilir ne kadar zamandır ağlıyordu ki sesinde derin bir titreme duydum; heceleri kısık kısık, hikâyeye devam etmeye başladığında da donup kaldım:

"Tesadüf bu ya, o sabah evin kızı güzel bir düş görüp erken uyanmış ve bahçeye inmiş. Avluda delikanlıyı görmüş. Görür görmez de vurulmuş. Hatta ona yakından bakayım diye yaklaşınca destarının tülbendi arasında düşmek üzere bir mektup görmüş. Mektubu almış, üzerinde babasının yazısını tanımış. Acil bir haber vardır diye de merak edip açmış ve okumuş. Tek cümle:

'Bu mektubu getiren delikanlıyı derhâl yakalayıp öldürünüz ve gizlice gömünüz. On gün sonra görüşürüz.'

Kız bu güzel yüzde ne gibi bir kötülük olabilir ki diye düşünürken ona gitgide hayran kalmış ve hemen eve koşup elinde divit ve kâğıt,

'Bu mektubu getiren delikanlıya kızımı vermek istiyorum, konağımda misafir edinip ben gelesiye kadar gönlünü hoş edin, kızımla ünsiyetini sağlayın!' yazıvermiş."

Nadide sustu. Bu sefer Hüdâyî devam etti, artık o da ağlıyordu:

"Delikanlı üç gün Karamanlı beyin konağında misafir kalmış. Beyin dünyalar güzeli kızına vurulmuş. Lâkin üçüncü günün gecesinde konakta yangın çıkıp her şey harap olurken... Gerisini hatırlamamış. Üç gün sonra kendine gelip konak ahalisini her yerde aramış. Günlerce konağın küllerini karıştırıp sevdiği kızdan bir hatıra bulmaya çalışmış. Tam umutlarının kesildiği noktada Karamanlı bey, Germiyan'dan çıkıp gelmiş. Olup bitenden delikanlıyı sorumlu tutup işkencelere yatırmış ve nihayet tırnaklarını sökmüş."

Bayılacak gibi oldum. Hüdâyî'nin masal diye kendi hikâyesini anlattığını o anda anladım. Bunca zamandır tırnaklarının olmayışını hep yenlerini oğuşturmaktan zannetmiştim. "Ah ben ne ahmağım!" Demek yoldaşım Nadide'yi İzmit menzilinde kervanda görüp birden tutulmuş değildi. Bu ikisi birbirini eskiden tanıyor ve seviyordu.

Söz bitmişti. İkisi de uzun uzun sustular. Ne düşüneceğimi, neyi nasıl izah edeceğimi bilemez oldum. İlk cevabını bulmam gereken soru, Hüdâyî'nin kızı aramak için mi kervana katıldığı, yoksa tesadüfen onu kervanda mı bulduğu oldu. Bu sorunun cevabına göre Hüdâyî ile Nadide'nin kim bilir kaç yıl öncesine dayanan hikâyelerindeki boşlukları doldurabilirdim. Kader kâtiplerinin yazdığının bozulmayacak olmasına sevindim lâkin hangi rüzgâr, bir bey kızını cariye olarak İzmit mutasarrıfının malikânesine atmış, hangi amel tırnakların söküldüğü işkencedeki delikanlıyı İstanbul'a sevk etmişti? İstanbul'da bir meczup mu, bir saraylı mı? Akıllara yığınla soru geliyordu. Her şeyin düğümlendiği Karaman'daki konakta çıkan yangın kendiliğinden mi çıkmıştı meselâ, yoksa birisi tarafından mı çıkarılmıştı? Yangın gecesinde Hüdâyî nerdeydi ve neden yardımlarına koşmamış yahut tam kendisine kendini yangından nasıl kurtarmıştı? Alevlerin Nadide'yi öldürmediğini nasıl anlamış, nasıl peşine düşmüştü? O zamandan bu yana neler yapmış, izini nasıl bulmuştu? Anlattığı masala göre ailesi yoktu ama Germiyan'daki babalığı hayatının geri kalanının neresinde duruyordu? Hafızdı ve Arapça biliyordu. Zeki ve eğitimli olduğundan artık zerre şüphem yoktu. Bütün bunları nasıl başarmıştı? Daha önemlisi de meczupluğu nasıl ve nereden kalmaydı? Belki de...

"Bir konaktan ikindi vakti tuz almaya gönderilen bir uşak? Yok canım!.."

Tebük

23 Ağustos

Tebük'e kadar kumları aşmak meşakkatli ve hüzünlü oldu. Mürekkep şişelerim dışındaki her şey üzerime bir olumsuzluk olarak çökmüştü. Hasta sayısındaki artış, gitgide daralan düşman çemberi, gündüzki sıcağın tersine gece yüzleri kesen ayaz ve en önemlisi de yiyecek tedarikinde çekilen sıkıntılar. Açlık, yolcular arasındaki iyi ilişkileri zedeliyor, kervandaki tartışmalar husumetlere ulanıyordu. Sürre Emini Said Bey gecenin bir yarısında kervanı durdurup "Her kimde yiyecek nesne var ise adaletle bölüşülmek üzere Kolağası Oruç Baba'ya teslim etsin. Yarın Tebük'te yerine konulması için Sultan Mahmud adına bizzat ben kefilim. Emrim hilafına davrananlar kervandan geride bırakılarak cezalandırılacaktır" şeklinde acımasız bir duyuru yaptırdı. Kervandan kopmanın ölüm demek olduğunu herkes önceki menzillerde tecrübeyle öğrendiği için emre itiraz eden çıkmadı. Tok yürümek, gecenin geri kalanında bilhassa yaşlılar, hanımlar ve çocuklu aileler için teşvik oldu.

Gökyüzü yıldız yıldızdı. Duran, dönen, ilerleyen veya göz kırpan yıldızlar... Uzak kum dalgalarının arasında kırılan ışıklar ve gözlere görünüp kaybolan gölgeler, hayaller, ışık yanılsamaları, hayaletler, gulyabaniler... Ve hafif bir esinti, serinlikle birlikte bir hüzün olup kervanı kuşatıverdi. O sırada hangi yanık sesti bilmem, uzaktan uzağa bir koşma çığırmaya başladı. Ağıt mıydı, koçaklama mı kestiremedim. İçinde gözyaşı da vardı kahramanlık da. Bir tembih, bir öğüt... Gecenin o vaktinde, yalnızca ayakların kumda çıkardığı seslerin duyulduğu bir çölde, yıldızlı bir semanın altında, yüreklere dokunan bir ezgi. Gizliden gizliye çekilen tekbir ve salavatların bölünüp o sesi dinlemeye başladığını hissettiriyordu. Ezginin ikinci kıtasında mevlidhanlar ve hafızlar da o yandan bu yandan sese iştirak ettiler. Her bir mısraın dalga dalga okunduğu bir andı; bütün alay ve kervan yavaşça yaklaşan ve dalgalanıp azalarak kaybolan mısralarla mest ve sarhoştu. Taşın sudaki dalgaları gibi otuz bin kişinin kalplerini titreterek yalayıp geçen sese ben de kulak verdim:

"Niyet ettik Beytullah'a gitmeğe
Yol kesenler çölde gezer dediler
Eşkiyaya karşı dururuz dedik
Takdir tedbirleri bozar dediler

Üsküdar'dan çıktık bu kutlu yola
Bilmesek de başımıza ne gele
Gözümüzün yaşı karışsa çöle
Levh ü kalem böyle yazar dediler

Kumlarda sürünsek yaralı hasta
Gelse Vehhâbî'den cefa üst üste
Kâbe'den dönmeyiz olsak da yasta
Düşmandan aman ha hazer dediler

Eşkiya yol kesip bizi koymasa
Kurşun tüfek üstümüze oynasa
Terimiz çölde kuma kaynasa
Yol gideriz azar azar dediler"

Gözlerin yaşlandığı andı. Kervanda çözülmeler olacak sandım. Tersi oldu. Son mısraın son hecesi de dalga dalga yok olup gidince, ayakların kumlarda daha canlı sesler çıkardığını hissettim. Asker taburlarının yürümesini andırıyordu.

Kalplerin atışı adımlara mı uydu, adımlar mı kalplerin atışına uydu, kestiremedim. Artık gözler daha açık, dirençler daha bileyliydi. Bir ezginin mısraları kervanı daha dikkatli, birbirinin destekçisi ve yekvücut yapıvermişti. Ve ben, o saatten sonra herkes tarafından Mısır ordusunun beş bin askeriyle erzak sandık ve çuvallarının konuşulup tartışılacağını zannetmiştim ama hayır, herkes Hüdâyî meczubun şahsî gayretiyle varıp İzmit mutasarrıfının cariyesini nasıl kurtardığını konuşuyor, yarın Tebük'te bizi bekliyorlarsa karşılarında otuz bin Hüdâyî bulacaklarını söyleşiyorlardı. Elbette neler olup bittiğini, kurşun işlemezlik efsanesi bir yana, tek başına sevdiği kızı kurtarıp gelişini Boğaç Han destanı gibi anlatanlar bile vardı. İzmit mutasarrıfının bu kahramanlığı ödüllendirmek için hac sonunda cariyesini Hüdâyî ile evlendireceğini söylediği rivayet ediliyordu. Galiba Fatma'nın şifa bulması için bunu bir adak gibi adamış lâkin şifa bulmasa da sözünde durup iki sevgiliyi kavuşturmayı ahdetmiş. Nadide'nin bu karara itiraz ettiğine dair bir fısıltı da yok değildi. Sonuçta Hüdâyî-Nadide aşkı kervanda bir Leyla-Mecnun meseline dönmüş, delikanlının kızı ölüm pahasına kurtarıp gelmesinden yeni hikâyeler üretilmeye bile başlanmıştı. Artık o bir kahramandı.

Yoldaşımın tevatürleri beni nasıl bir ruh hâline yöneltti yse artık, yanımda içten içe salavat getirerek ilerleyen Merkez Efendi'ye "Hüdâyî asla bir meczup değil!" diye fısıldadım. Yüzüme öylece baktı, hiç şaşırmadı ve neden böyle bir iddiada bulunduğumu da sormadı. Sanki kurşun geçirmezlik atfedilip Battal Gazi misali kendi gayretiyle düşman üzerine vararak esir kurtaran birinin meczup görünmesinin daha münasip olduğunu düşünüyor yahut keramet mertebesinde bir kahramanlık hikâyesinin kervana iyi geldiği ve herkesin bu hikâyeyle zaman geçirmesinin Said Bey'in de sorunlarını azalttığı kanaatini taşıyordu, hangisi bilemedim. Hücredeki diğer sorunları düşündüm. Kuşbaz ile celep tutukluydu. Kuşbazın son güvercininin gönderilmesi gerekiyordu. Değilse irtibatlı hasımlar tutuklandığını anlayıp plan değiştirebilirlerdi. İyi ama hangi haber, kime ve nereye gönderilecekti? Celebe gelince, kıtlık ve açlık yüzünden onun da bütün koyunları bostancı Kolağası Oruç Baba'nın emriyle dün, son deri parçasına kadar tüketilmiş, bin beş yüz baş sürüden geriye bir tırnak bile kalmamıştı. Öğrendiğinde otuz bin kişiden hangisine hesap soracağı bile belli değildi. Beni düşündüren, suçtan aklandığı vakit sermayesinin hesabını Oruç Baba'dan değil de Merkez Efendi ile benden soracak olmasıydı. Sümbül'ün cayraskalıyla berberin leğeni sorunsuz çalışıyordu çok şükür.

Sabaha karşı Kolağası Oruç Baba yanımıza geldi. Hem yürüyüp hem de Hüdâyî ile ikimizi sorguya çekmekti niyeti. Nasıl olur da Said Bey'den habersiz dazlak saflarına gidermişiz? Orada ya öldürülseymişiz? Bu sorumsuzluk kervandakilere örnek olurmuş, falan. Asıl merak ettiği de Hüdâyî'nin gerçeğini ortaya çıkarıp onu velîlikle delilik arasındaki hâlinden sıyırmak, biraz da kralın çıplak olduğunu söylemekti zannederim. Tam da benim ve bencileyin herkesin merak ettiği şey... Hesap verme konusuna elbette itiraz ettim ama Hüdâyî'ye ikiz tepelerin arasında Abdülaziz ile neler konuştuğunu itiraf ettirme hususunda hiç destek vermedim. Hüdâyî ile yoldaş olmuş, kaderdaşlık yapmıştık. En azından yoksullukta eşit sayılırdık. Lâkin o benden habersiz beş yüz altınlık pazarlık yapabiliyordu. İçimi burkan gizemlerinden birisi!.. Sık sık "Süsünü, paranı ve düşünceni gizle!" dediğini hatırlıyordum. Yoldaşlıkta ne para ne düşünce ve ne de ziynet gizli gerekirdi. Beş yüz altın; tam bir şüphe sebebi... Ben ona kalbimin tamamını açtığım hâlde o kendini tuhaf hikâyelerin arkasına gizleyip duruyordu. Saman altından su yürütür gibi. Oruç Baba'yı kışkırttım:

"İyi düşünmüşsünüz, itiraf!"

Oruç Baba dosdoğru sordu:

"Hüdâyî Can, konuşma vakti geldi mi?"

"Sizce geldi mi?"

"Geçiyor bile!"

"Ne öğrenmek istiyorsunuz?"

"Neler öğrenmek istemiyoruz ki? Altınlardan başlayalım! Gerçekten 500 altının var mı? Var ise alayın bostancı kolağasından gizlemen neden? Nerede saklıyorsun? Saklamıyorsan Vahhâbilere mi verdin? Yoksa daha sorayım mı?"

Çevresine bakındı. Dinleyen kimse olmadığından emin oldu. Elleri gömleğinin yenlerini oğuşturup parmakları elinin üstünü süpürmeye başladı. Eline vurdum:

"Hayır, bunu yapma!"

Niyetimin "Meczup kisvesine bürünme!" demek olduğunu anladı ve kendisine arka çıkmayacağımı gördü. Elini süpürmekte inat etti ve kolağasının dikkatini, kıpırdanan parmaklarına çekerek kaş altından bana "Onun yanında anlatamam!" işareti verdi. Çok zekiceydi:

"Böyle olmaz! Böyle sorarsanız size hiçbir şey söylemem. Haksız yere ayağıma geçirdiğiniz zincirin acısı hâlâ bileklerimde. Hayır söylemeyeceğim. Belki bir dost olarak sorulsaydı sizinle sırrımı paylaşabilir, dostluğumu sürdürebilirdim. Şimdi beni rahat bırakın!"

Anlamıştım, Oruç Baba'yı savarsam bana anlatacaktı. Bu sefer ben de Oruç Baba'ya kaş altından işaret ettim "Ben konuşturayım, size rapor ederim!" mealinde. Oruç Baba yanımızdan ayrıldı. Lâkin içimi bir huzursuzluk kapladı. Yoldaşıma ihanet edecekmişim gibi hissediyordum. Oruç Baba'ya işmarımdan pişman oldum. Hüdâyî'nin ağzından laf alıp ona yetiştirmek benim harcım olamazdı. Hırsıma yenik düştüğümü fark ettim. Hiç konuşmadan yanından ayrılmak istedim. Öğrenmemek en iyisi olabilirdi. Sırtımı döndüğüm sırada omuzuma dokundu. Yüzüne baktım. Eliyle oturmamı işaret etti; gülümseyerek. Yenlerini koluna sıvadı, elini elimin üstüne koydu, munis bir tonda, iki dost arasında kalacak bir sır gibi fısıldadı;

"Germiyan'dan İstanbul'a geldiğimde on yedi yaşımdaydım..."

Göğsümü şişirircesine derin bir nefes alıp yavaş yavaş bıraktım. Belkide eşref saatteydik de her şeyi anlatacaktı. Oysa Üsküdar'da kim olduğunu sorduğumuzda doğumundan başlamaya kalkmış, hepimizi boş lakırdılarla oyalamıştı. İnşallah şimdi öyle yapmazdı. Bunun önünü almak için elimi çekip sitem ettim:

"Bırak Üsküdar'ı bugüne gel!"

Tekrar elini, elimin üstüne koydu. Beni hiç duymamış gibi devam etti:

"Herkes zeki olduğumu söylüyordu. Fatih medresesinde üç senede mülâzemet payesine erdim. Aynı üç senede birer birer Arapça, Farsça ve Fransızca öğrendim. Sadrazam hazretlerinin tavassutuyla Sekbân-ı Cedid bölüğüne alındım. Orada temayüz edince saraya yaver seçtiler ve Sultan Mahmud hazretlerinin validesi Nakşidil Sultan'ın yakınlığını kazandım. Valide Sultan bana güvendi, kendine sırdaş edindi, konağına aldı. Geçen yıl bu mevsimde vefat etmeden bir gün evvel beni odasına çağırıp vasiyette bulunmuştu. Eskiden âdetiymiş, beher yıl Medine fukaralarına 100 altın gönderirmiş. Adak niyetine... Beş yıldır hac kervanı Harameyn'e ulaşmadığı için altınlar gidememiş. Bu yıl gideceğini umarak bana beş yıllık adağının tamamını verip görevi yapmamı söyledi. Dahası, Hz. Hatice Türbesi'nin üzerine asılmak üzere koynunda sakladığı iki elması da avcuma koydu. "Ya gidemezsem?" dedim; "Götürebilirsen sevinirim lâkin gidemezsen altınlarla bir esir âzat eder, elmasları da Hz. Hatice yaratılışında birine hediye sunarsın!" vasiyetinde bulundu. Yıllarca gönderdiği altınları kimseye bildirmediği için şimdi de kimsenin bu hayrı bilmesini istemiyordu. Bu yüzden altınlar ve elmaslar sürre alayına kaydettirilmedi. Soruldu, söyledim. Yine sorulursa söylerim. Gayrı yoldaşım, Nakşidil Sultan'ın vasiyetine uy veya uyma, senin tercihin!"

Sürre alayında deftere kayıtlı olmayan bir nakit, hele de beş yüz altın gibi bir meblağı taşımak delilikti. Bunu Oruç Baba'dan saklamak daha büyük delilik! Hayretler içindeydim:

"Tehlikeli bir işe kalkışmışsın. Altınları yakalayacak olurlarsa seni hırsız sayacaklarını nasıl bilmezsin!"

"Artık yakalamazlar çünkü beraberce Abdülaziz'e verdik."

"Beni karıştırma, hiç altın görmedim!"

"Doğru altın görmedin ama zıbınımı Abdülaziz'e verdiğimi gördün!"

Bakışlarından anladığım anda "Zekice!" diye bağırdım. Eğer doğru anladıysam zıbının astarında beş yüz altın taşımıştı. Ağustos gününde kalın içlik giyen meczubumuz meğer bunu akıllılığından yapıyormuş. Bedenine sarılı beş yüz altınla dolaşmak! "Vay be!.."

Nadide geldi aklıma, o bu planın neresindeydi?

"Nadide?"

"Anlat mı diyorsun?"

"Anlat!"

"Onu her yerde yıllarca aramıştım. İzini Dersaadet'te sürüp kaybettim. Umudum da kesilmişti. Hac bereketine bak ki Rabbim kereminden onu bana gönderdi. Dersaadet'te aradığım İzmit'teymiş meğer."

Sesine, söyleyiş biçimine, tavırlarına bakarak verdiği her cevabın samimi ve doğru olduğundan emin olabiliyordum. Yüzündeki ifade, elimi tutuşundaki hasbilik, dostane bakışları, hepsi bana değer verdiğini gösteriyordu. Ona gülümseyerek baktım. Evet, gerçek yüzünü saklamıştı ama ben de olsam çıktığım yolun gereğini yapardım. Hüdâyî samimi bir görev adamıydı, o kadar. Samimiyetinin ödülü olarak da kendini hac kervanında bulmuştu. Allah'ın lütfu. İçten içe gülümsedim ve artık sorguya çeker gibi üst perdeden davranmayı bıraktım:

"Elmaslar?"

Elimi pazusuna götürdü.

"Kolumun iç kısmında iki çıban! Hiç zararsız!"

"Altınlar? Nakşidil Valide'nin vasiyeti?"

"Allah Kerim'dir, helâlse geri gelir!"

"Nasıl geri gelecek ki?"

"Allah isterse gelir!"

"Şüphesiz öyle ama vebalde kaldığını da bilesin!"

"Esir kurtardım ya!"

"Hıh!.. Esiri olduğun esiri mi! Vebal olur."

"Esir esirdir!"

"Peki ya işlemeyen kurşunlar?"

"Zıbın gitti, sihir bitti. Bana ateş edeyim deme!"

"Yoldaşlık?"

"Kabul edersen ömür boyu!"

"Meczupluk?"

"Kâbe'ye kadar..."

"Latifeler ve mübalağalı hikâyeler?"

"Evliya Çelebi'den. *Seyahatnâme*'yi çok severim..."

"Keramet?"

"Güldürme beni!"

"Üstat?"

"Merkez Efendi'miz, yürü ellerinden öpelim, testisi kırıldı..."

"Testisi mi kırıldı?"

"Bunca kıtlık ve fakirlik ortasında kırılmasa şaşardım!"

Testinin kırıldığını nasıl bildiğini, haberi nereden öğrendiğini merak etmedim. Yalnızca kim Merkez Efendi gibi birinin parasına tenezzül eder diye geçti içinden. "Bütün paylaşmalara rağmen sürre alayı hâlâ zor durumda!" cümlesini de ilave ettim hatta. Dönüş yolunda birkaç hırsızın gelip testiyi parçaladığı ve içindeki altınlar için bir de kavga ettiklerini falan kurdum kendimce. Bir karpuzun beş akçeye satıldığı böyle kıtlık ve yoksulluk zamanında bir testi dolusu altın elbette kavga etmeden paylaşılamazdı. Hüdâyî'ye kimin nasıl kırdığını sormadım Meczupluğa vurup uçuk bir cevap vermesinden çekindim. Neme lazım, ağzımızın tadı kıvam bulmuşken! Hem yürüyor hem üstadı teselli etmeye kendimi hazırlıyordum. Şam çarşısına giderken bize verdiği harçlık keseleri geldi aklıma. Keşke şimdi imkânım olsa da iade edebilsem, diye düşündüm. Testi gidince bizden daha yoksul duruma düşmüş oluyordu. Hüdâyî ile benim yoksulluğum göze batmazdı ama ilim erbabı, muhterem Merkez Efendi'nin fukara sınıfında olması yakışık almazdı. Testiyi kırıp altınları alanların hepsini cezalandırmaya ve bütün parasını bulmaya kendimce ahdettim. Kolağası Oruç Baba'yı zorlayacak, gerekirse kendim de ona yardım edecek ama Merkez Efendi'nin hakkını kimseye yedirmeyecektim. Hüdâyî de benim gibi hissediyor mu diye yüzüne baktım. Kıkır kıkır gülüyordu. Hayır, testisini bu meczup kırmış olamazdı!

"Hangi ahmak kırdıysa dersini aldı!"

Daha da bir şey söylemedim; yine şaşırmamak için. Merkez Efendi'yi testinin kırıklarıyla oynarken bulduk. Sarı kumun üzerinde bir öbek kızıl toprak... Onları hasretle avuçluyor, arasından parçaları tek tek ayıklamaya çalışıyor, bir yandan da kendince acı acı gülüyordu. Ama onunki Hüdâyî'nin kıkırdaması gibi değildi, içinde keder ve hüzün vardı. Hayıflanma, pişmanlık ve hayal de... Öfkemi yenmeye çalışarak sordum:

"Kim yaptı bunu üstat!"

"Bilmem ki Yahya Can..."

"?"

Hüdâyî şaşkınlığımı anlamış gibiydi. Merkez Efendi ise yerdeki testi kırıklarının arasından bir tutam toprağı başındaki sarığın tülbendine çıkınlayıp yanı başında duran kâğıt parçasını aldı. Koca testiden bir tutamcık toprağı alıp ne yapacağını merak ettim ama sormadım da. O sırada gözüm kâğıttaydı, sanki okuyan buruşturup atmış gibi. Onu açtı. Okudu ve bana uzattı:

"A canım! Altın istedin toprak buldun! Bil ki altınla oyalanmaktan toprakla ovalanmak yeğdir. Toprak, altından değerli hazinedir. Kim kendini toprak görürse yücelir, altın olur. Benliğini toprağa göm ki tohumun yeşersin, altın olsun. Unutma; umut kestiğin şeye karşı özgür, tamah ettiğin şeye karşı tutsaksın."

Nasıl yani? Üstadın onca zaman taşıdığı testisinin içinden bu kâğıt mı çıkmıştı. Bir de şu kızıl toprak. Öyle bile olsa testiyi kıranı bulmak gerektiğini düşündüm.

"O alçağı bulup cezalandıracağım!"

"Her kim yaptıysa testiyi kırmanın suçluluğundan daha büyük cezayı hak etmiyor. Bırakalım bir müddet tamah ettiği şeyin tutsağı olarak yaşasın, sonra nasıl olsa umut kesip kendini özgürleştirecektir!"

Tebük

24-26 Ağustos

Tebük, Peygamber Efendimizin efrenci 630 yılında Bizans'a karşı düzenlediği gazve dolayısıyla bütün hacıların adını bildikleri ve merak ettikleri bir menzildi. Küçük bir kalesi vardı ve hastalar, yaşlılar, bazı kadınlar ile mahkûmlar kaleye sığışabilmişti. Bir kaleye sırtını dayayarak konaklamak büyük emniyetti. Özellikle Peygamberimizin namaz kıldığı yere yaptırılan mescit, hacılara Kâbe gibi geldi.

Tebük, tatlı su kaynakları bakımından zengin bir vadiydi. Kanûnî Sultan Süleyman Han İslâm tarihindeki hatırası ve hac güzergâhında önemli bir menzil olması dolayısıyla buraya bir kale yaptırmış, yanına da bir kuyu ile iki havuz kazdırmış, içine bir askerî birlik tertipleyip dört de top yerleştirmiş. Sonraki yıllarda atalarımız pek çok su kuyusu açmış, çöl ortasında bereketli bir vaha olmasını sağlamış. Kaç yüz yıldır sürre hacılarının burada konaklamayı bir tür nimete kavuşmak diye algılamalarını kaleyi görünce anlayabildim. Nimetten kasıt su, ferahlık ve emniyetti. İbrahim Paşa mektupta yazdığı gibi buraya erzak yığdırtmıştı. Şam valisinin on bir gün evvel yola çıkardığı iki takviye kervanının da bezirgânlarıyla birlikte Tebük'e gelmek üzere oldukları haberi alındı. Ayrıca çevreden gelen satıcılar ve Tebük köyünün yerlileri de bol kazanç umuduyla sanki her şeylerini pazara çıkarmışlardı. Bazısının dazlaklara katılmak bazısının da dazlaklardan kaçmak için nesi var nesi yoksa satmaya çalıştıklarını tahmin ettik.

Kale muhafızı Hasan Ağa, kalenin dazlaklar ile Osmanlı askerleri arasında bir mücadelenin merkezini oluşturduğunu, sık sık dazlak sergerdeleri tarafından kuşatıldığını, son beş yıl içinde üç defa el değiştirdiğini anlattı. Geçen yıl Osmanlı hacıları tam da burada kırılıp cesetleri günlerce akbabalar tarafından didiklenmiş. Sultan Mahmud, bu yıl haccın yapılabilmesi için önce Tebük Kalesi'nin ele geçirilmesi siyasetini izlemiş, "Tebük bizde olmazsa hacılarımız Kâbe'yi göremez!" diye diretmiş ve Hicaz topraklarındaki taburlara birleşme emri vermiş. Hasan Ağa'nın ani bir hücumla kaleyi nasıl aldıklarını anlatırken yaşadığı heyecandan anladım ki Tebük Kalesi Osmanlı için has vatandır, vazgeçilemez. Tebük'ün yalnızca nimet ve emniyet değil aynı zamanda hâkimiyet demek olduğu da ortadaydı. Otuz bin nüfuslu kervanın yirmi yedi bini kalenin dışında konaklamış olsa da. Zannederim dazlak çetelerin sürre alayını kırmak için Tebük menzilini beklemeleri de Osmanlı'yı bütün bunlardan mahrum bırakma başarısını cümle âleme göstermek içindi; hâkimiyeti ele geçirdiğini ilân...

Hac günlerinin yaklaşması ve yolda kaybettiğimiz zamanlar yüzünden kalede ancak üç gün dinlenebilecektik. Dün sürre emini yolda yiyeceğini diğerleriyle paylaşan herkese bol erzak dağıttırdı. Bu sabah da lokmalar döktürülüp şenlikler yapıldı. Hacılar da ilâhiler, kasideler, aşr-ı şerifler derken hafızların terennümleriyle kendilerinden geçiyorlar, tarikat şeyhleri zengin zikir ve ayinler tertip ediyorlardı. Kale muhafızları iki bezirgân kervanının bu akşam kaleye ulaşmasını bekliyorlar. Her şey güllük gülistanlık. Öğle sıcağında hemen herkes kaylûle için örtülerini başlarına çekmişler. Hüdâyî derin uykularda inceden inceye horluyor bile. Merkez Efendi'yle birbirimize baktık:

"Yorulmuş garibim!"

"Ne de olsa dazlaklardan kız kaçırdı!.. Hah, ha!"

"Nasıl oldu o iş?"

Donup kaldım. Oruç Baba'ya anlatmadığım sırları şimdi Merkez Efendi'ye anlatmalı mıydım? Başımı yere eğdim. Onu gücendirmek en son isteyeceğim şeydi. Ne yapacağımı bilemez hâldeydim. Elim ayağıma dolandı. O sırada Hüdâyî uyuduğu yerde bir yandan diğerine döndü. Kulağımda bir ses, onun sesi:

"Anlat, anlat!"

Sözü Merkez Efendi de işitmişti, başını çevirip Hüdâyî'ye baktı. Hayret, o horlamaya devam ediyordu. Uykusunda mı sayıklamıştı, rüya görüyor da rüyasında mı birine söylüyordu, yoksa bana mı seslenmişti? Eğer bana seslendiyse kulağı bizde demekti. Kulağı bizdeyse nasıl uyuyabiliyordu? Sahte horultu içinde de olamazdı. "Anlat, anlat!" dediğini ikimiz de duyduk ama sesinde boğuk bir yan vardı. Uykulu bir ses gibi. Yine de "Anlat, anlat!" derken Merkez Efendi'ye hikâyesini anlatmama müsaade ettiğini mi söylemişti —çünkü bu durumda Oruç Baba'ya da anlatmama ses çıkarmayacak demekti—; yoksa kinaye yaparak "He... Anlat, anlat da sana verdiğim sırra ihanet et!" anlamında ikazda mı bulunmuştu, kestiremedim. Gerçekten de elini elimin üzerine koyarak bütün samimiyetiyle bana sır emanet etmişti, bunu açıklayamazdım. Öte yandan da Merkez Efendi'ye itaatsizlik edemezdim. Kararsızdım. O da ne? Aynı ses:

"Anlaaaaat!"

Her şeyi açıkça anlattım, hem de uzun uzun. Ben anlattığım sürece de o hep derin uykudaydı. Yine de bizi dinlediğini var sayarak gücenme ihtimali olan kısımlarda kelimelerimi dikkatle seçtim. Merkez Efendi de beni can kulağıyla dinledi. Hiçbir şeye şaşırmamış gibiydi. Onu şaşırtmak için Hüdâyî'nin asla bir meczup olmadığını yine söyleyerek sözü bağladım. Bana "Neden öyle sandın ki zaten?" demesin mi? Bununla da kalmadı, Hüdâyî'ye arka çıkıp ondan dinlediğim tuhaf hikâyelerin tevilini yaptı. Beni asıl şaşırtan ise onunla önceden tanıştığını söylemesiydi. Keskin zekâsı sayesinde medresede temayüz edip beş senelik eğitimi üç senede bitirdiğinin canlı şahidi olduğunu söylüyordu meselâ. Bir ara onu Nakşidil Valide'nin yanında gördüğünü de. Ayrılık Çeşmesi'nden hareket edeceğimiz son dakikada Sürre Emini Said Bey'in "Bu da dördüncü hücrede barınacak! Okumaz ama hâfız-ı Kur'an'dır" dediği vakit onu tanıdığını ve belli bir maksatla buraya gönderildiğinden şüphelendiğini ama kimseye söylememeyi kurduğunu da itiraf etti. Benim bir gün bile saklayamadığım bir sırrı dört aydır sakladı diye ona gücenecek değildim elbette. Yine de mahçup oldu, bunları daha evvel anlatmadığı için özür diledi. Sonra da durduk yerde sayıklamaya başladı:

"Beş yüz altın? Cık, cık, cık... Beş yüz altın? Hem de Nakşidil Valide'nin? Cık... cık... cık... Beş yüz altın... "

"Ve artık yok!"

Seslenen Hüdâyî idi. Birden gölgesi alnımıza vuruverdi. Ne zaman uyanmış, ne zaman ayağa kalkmıştı? Belki de hiç uyumamıştı. Merkez Efendi sordu:

"Ne oldu peki?"

"Altınları boşverin şimdi, kervanı kurtarmamız lazım."

"Yine rüya mı gördün? Leylekler falan... İşte kervan, çevrene baksana!"

"Bu değil, bezirgânın kervanı. Erzak yükleri!"

İkimiz birden irkildik. Kervanın tehlikede olduğunu düşünüyorsa bir bildiği olmalıydı. Ciddi ciddi anlattı:

"Mısır ordusu, diyelim Mısır sürresiyle beraber ilerliyor. Bizimle Medâin-i Sâlih'te buluşacak. Ve yine diyelim Abdullah dazlaklarının çoğunu alıp Dir'iye'yi savunmaya gitmiş, yine de oğlu Abdülahad ensemizde. Bu durumda Tebük'teki askerimizin yarısının da kervanı korumaya gittiklerini düşünelim; peki yeterli mi, hayır, yeterli değil. Daha kötüsü de diğer yarısının kaleyi koruyamayacak olması. Dazlaklar bunu biliyorsa işleri iş; hangisine saldırsalar hazır lokma, yutuverirler. Bu durumda kayıp vermemek için kaleye saldırmayacak, onun yerine kervana saldıracaklar. Hem bir bezirgân kervanını yağmalamanın kârı hem de kervanın bize getireceği malzemeden bizi yoksun bırakmanın nimetini düşünsenize. Bir taşla iki kuş. Eğer dediğim doğru çıkarsa şu sürre alayı Medâin-i Sâlih'i göremez."

Uykudan başını kaldırmış ürkütücü bir senaryodan bahsediyordu. Söyledikleri ne bir rüya ne meczup sözüydü; kimsenin aklına gelmeyen bir savaş varsayımı. Hüdâyî, koşup Said Bey'i kaylûlesinden uyandırmak zorunda olduğumuzu söyledi. "Senin düşündüğünü elbet o da düşünmüştür!" diyecek oldum, "Düşünmemiş de olabilir!" cevabını verdi. Çaresiz dediğini yaptık. Adamcağız sapsarı bir çehre ile ve uyku sersemi olarak sordu:

"Anlatın!"

Hepimiz Hüdâyî'ye baktık. Bize anlattığı gibi kurduğu her şeyi şakımasını bekliyorduk. O başka şeylerden bahsetti:

"Kuşbaz Yuşa'nın güvercinleri!"

"Ne olmuş güvercinlere?"

"Birisinin bugün gitmesi lazımdı. Eğer gitmezse..."

"İyi ya işte, gitmesin ki düşmanın hilesi bozulsun!"

"Gitsin ki düşman bizim hilemize düşsün!"

Üçümüz de bir an duraksadık. Dediği doğruydu. Kuşbazdan her kim nerede haber bekliyorsa haber gelmeyince ihtiyatı arttırır, kendince en münasip tedbiri uygulardı. Ama eğer haber giderse ona göre davranacaktı. İş, davranmasını istediğimiz şekilde bir haberi ona gönderebilmekteydi.

"Bunun için Yuşa'ya ihtiyacımız var, gönüllü veya zoraki."

"Neden peki?"

"Oruç Baba düzmece bir plan hazırlayıp onu serbest bırakacak, o da haberi göndermek için harekete geçecek, biz de onu takibe alıp suçüstü yapacağız."

"Hapiste olan birine yeniden suçüstü yapmak da ne saçmalık? Bu kadar işimizin arasında oyun mu istiyorsun herif? Sen gerçekten meczubun tekisin!"

"Suçüstü yapacağız ki göndereceği mesajı değiştirebilelim, efendim."

Kuşbazın önceki maceralarını bildiğim için bunun olumlu bir sonuç vereceğinden emin değildim. Çok titiz davranacak ve ikinci kez yakayı ele vermemek için her çareye başvuracaktı. Daha kötüsü de zamanında müdahale edilmediği takdirde kendi haberini başarıyla gönderebilme imkânına kavuşacaktı. Böyle bir netice elbette bir çuval inciri berbat etmek olurdu. Hele de sürre alayının selâmeti bu habere bağlı iken... Merkez Efendi başka bir plan anlattı:

"Kumandan bey, aklıma öyle gelir ki bu gece biz kuşbazın ayağındaki bukağıyı kırıp kaçıralım."

Said Bey şaşırdı:

"Merkez Efendi, bu cümleyi şu meczup etseydi gülerdim."

"Gülmeyin diye anlatayım isterseniz. Önce Frenk dilinde konuşan becerikli iki kişi bulalım. Oruç Baba da bu gece nöbetçileri bire indirsin. İki Frengimiz sehere yakın vakitte nöbetçiyi güya hançerleyip kuşbazı kaçırsınlar. Dün gelirken görmüştüm, yakındaki hurma bahçesinde metruk bir baraka vardı, bahçıvandan kalma. Bizim Frenkler onu barakaya götürüp plan gereği gün boyu orada saklanacaklarını, akşam karanlığı olduğunda da Abdülahad'ın dört adamı gelip kendilerini buradan gizlice çıkaracaklarını söylesinler. İnanacaktır. Özellikle nöbetçinin sahiden öldürüldüğünü sandırabilirsek. Bunun için de kırmızı boyaya ihtiyaç var. Güya hançer saplandığı vakit nöbetçiyi kana bulaması için."

"Buraya kadar tamam, sonra?"

"Bunun için Yuşa'nın güvercinlerine bakmamız lazımdır. Hüdâyî Can, vaziyet nedir?"

"Kuşbaz Yuşa yola çıktığımızdan bu yana on altı güvercin taşıdı. Sekiz erkek, sekiz dişi. Dişi olan altısı gitti ve altı haber götürdü. Yerine yedi dişi haber getirdi, kafesteki sekiz erkeğin dişileri. Gidecek olan yedinci dişi birkaç gün evvel bu kulunuza Nadide'yi getirdi. Hâlen erkeğiyle birlikte şimdi kafestedir. Denenmiş bir güvercin. Erkeğini saklayıp uçurursak bize haber getirebilir. Çok şükür ki haber götürmek için sekizinci bir kuşumuz daha var. Erkeği kâfirlerin elinde.

"Asıl işimizi görecek olan bu sekizinci, öyle mi?"

"Evet efendimiz!"

Said Bey öfkeli konuştu:

"Hocam kafa karıştırmayın, ne yapacaksak şunu doğruca söyleyin Allah aşkına!"

"Efendimiz, Kuşbaz Yuşa kaçabilirse ilk yapacağı şey güvercinlere ulaşmak olacaktır. İki ecnebimiz bunu hâlledebileceklerini söyler ve güvercin kafeslerini çalıp yedinci güvercini kulübeye götürürlerse..."

"Diyelim öyle oldu, sonra?"

Yuşa hiç beklemeden ayağına pusulayı güvenle bağlayacaktır."

"E-eee!.."

"O dişinin geleceği kafes bizimkisi, efendim!"

"Bundan nasıl eminsin?"

"Hüdâyî Abdülahad'ın ordusuna, Nadide'ye gönderdiğinde gittiği için!"

"Böylece ne yazdığını öğrenmiş olacağız, öyle mi?"

"Evet efendimiz. Bunu öğrendikten sonra kendimize göre pusulanın tersini yazıp bekledikleri sekizinci güvercini uçuracağız, artık her kime veya nereye gidecekse!"

Sürre emini bir müddet sessiz kaldı. Bir şey onaylar gibi başını salladı. Merkez Efendi onu ikna etmişti. Mırıldandı:

"Bir eksiğiniz var, pusula için kâğıt ve yazı takımı lazım olacak!"

Hüdâyî atıldı:

"Haklısınız efendim! Bunun için gidecekleri barakaya yırtık ve kirli bir kâğıt parçası bırakabilirim. Gerisini Yuşa hâlledecek, yerden pürçek alıp gerekirse kendi kanıyla yazacaktır."

Hüdâyî'yi o sırada dövesim geldi. Koca sürre eminine bir tatmin hakkı bıraksa, kâğıt ve mürekkep tedariki için zekâsını göstermesine imkân tanısa olmaz mıydı? Neyse ki Said Bey buna da "Aferin!"le karşılık verip Oruç Baba'yı çağırdı, uygulama talimatı verdi.

"Geceki nöbetçiyi seçerken dikkatli ol. Frenklerimizin de biri Şamlı, diğeri İstanbullu olsun."

Ayrılmak üzereydik. Kervanın tehlikede olduğunu da anlattıktan sonra Oruç Baba'ya Telli'nin katili konusunda ne düşündüğünü sordum. "Elbette Hüdâyî değil!" diye cevapladı. Öğlen uykusuna rahat yattım. Uykumda o vardı, uyandığımda da. Nadide'den bir haber getirmesi için Sümbül'ü İzmit mutasarrıfının çadırına göndermeye çalışıyor, "Fatma çocuk nasıl oldu acaba?" diye de güya merak ediyordu. Şaşırdım; Sümbül'ün Hüdâyî'yi kontrol etmesi gerekirken Hüdâyî Sümbül'ü yönetip hükmünü yürütüyordu. Bunun böyle olacağını, ayağındaki zincirin ve halatın atıldığı gün anlamalıydım. Elbette Hüdâyî bir meczup kulağında da olsa Sümbül'ü parmağında oynatırdı. Şimdi de onu mutasarrıfın hücresine gönderirse şaşırmayacaktım. Gerçi doğumundan bu yana hep aynı olan Fatma'ya o gün de bir şey olacağı yoktu ama Hüdâyî'nin gönlü sevgiliyi özlemişti zâhir. Düşündüm, Hüdâyî gitgide hayatıma daha çok giriyor, etkisi beni daha fazla meşgul ediyordu. Olup bitenlerin merkezinde onu görmeye alışmak üzereydim, kervanın en gözde karakteri olarak. İçimde ona meczup muamelesi yapmaktan vazgeçmem gerektiğine dair bir his vardı. Hatta neredeyse onunla aramızda bir resmiyet zemini bile oluşmak üzereydi. Mamafih onun bana karşı tavrı eskiden olduğu gibi samimi ve hasbi idi. Bana yoldaşım diyor, sırdaş gözüyle bakıyordu. Bundan gurur duyacağım hiç aklıma gelmezdi.

Akşam serinliğinden sonra burçlara meşaleler asılıp kale önündeki meydanda bir Halvetî zikri tertiplenmişti. Dazlakların ufuktaki dalgalanmaları her zamanki gibi devam ediyordu. Herkes zikirdeyken biz planımızı birkaç kez gözden geçirdik. Gece ilerleyip de hacılar istirahate çekildikleri sırada kale önünde bir gürültüdür koptu. Birkaç süvari Arap diliyle canhıraş bağırıyordu:

"Yetişin ey ümmet-i İslâm, Suud çeteleri Şam kervanlarını kırıyoooor..."

"İmdat ki imdat!.."

"Yetişiiin!.."

Sürre emini böyle bir haber için hazırlığını yapmıştı, derhâl gelenleri yanına aldırıp dinledi. Sonra bunun bir Suudî tuzağı olup olmadığını araştırdı. Haberin doğruluğu önemliydi. Dazlak çetelerinin meşaleleri az ötede birer ikişer yanmaya başladığı için onların bir hilesi olma ihtimali göz ardı edilemezdi. Gecenin karanlığında kaleye bir baskın yapılmasını kuruyor olabilirlerdi. Kalede beş yüz asker vardı, bin de Şam paşasının askerleri, beş yüz kadar da İstanbul'dan gelenle hepsi toplansa iki bin ediyordu ama gelen Araplar kervana en az dört bin çapulcunun saldırdığını söylüyorlardı. Bu durumda asker zafiyetimiz olduğu açıktı. Sürre alayının Şam kervanlarındaki mallara ihtiyacı vardı, lâkin onları kurtarmak için gidildiğinde Tebük'ün de kuşatılıp asker yetersizliği yüzünden elden çıkması tehlikesi doğacaktı.

Konu her bakımdan müzakere edildi ve kervandan kurtulup gelen adamların doğru söylediği anlaşıldı. Katrâne'de rehberleri birdenbire hastalanıp yürüyemez olmuş. Yerine işe aldıkları rehber de onları yanlış yere götürüp dazlaklara satmış. Bütün bunları da Abdullah'ın küçük oğlu Abdülaziz planlamış. Baskın yapanların başında o varmış.

Sürre emini Şam muhafızlarının başında bulunan Kolağası Halim Bey'in dediğine uyup karanlık basar basmaz mevcut askerin yarısını göndermeye karar verdi. Şam Valisi Salih Paşa'nın adamlarından Halim Bey hem bölgeyi hem de gelen kervandakileri tanıyordu ve üstelik dazlaklarla çatışma tecrübesine sahipti. Said Bey askere gönüllü katılacaklar olursa silahlandırılacaklarını ilân ettirdi. O anda Osmanlı evlâdının hamiyeti ve şecaati göğsümü kabarttı. Eli silah tutan ne kadar hacı adayı derviş varsa tereddütsüz gönüllü oluverdiler. Gecenin bir yarısında bütün alayda heyecanlar yükseldi, hacılar aileleriyle helâlleşmeye başladılar. Said Bey bu kadar gönüllü için silah bulamayacağını, silah bulsa bile kaleyi korumak için de adama ve silaha ihtiyaç olacağını söyleyip yeni bir fikir geliştirdi; alaydaki at sayısınca adam ve onların üç katı başıbozuk kervanları kurtarmaya gidecekti. Güneşin doğmasına üç saat kala yola çıktık; Hüdâyî ile yanyana, Barak da yanımızda, tıpkı Nadide'yi kurtarmaya gittiğimiz gibi.

Kolağası Halim Bey'in kumandasındaydık. Geride bıraktığımız tek endişe vardı; Kuşbaza dair planın yürümesi. Çünkü yerimize Sümbül ile Zuhurat'ı bıraktık. Onlara her şeyi inceden inceye anlatıp hangi saatte ne yapacaklarını, özellikle güvercinleri kaçırma vaktini şaşırmamaları gerektiğini tembih ettik. Tek tesellimiz, Merkez Efendi üstadımızın "Merak etmeyin, ben buradayım!" şeklindeki teminatıydı.

Çölde Başka Bir Yer

27 Ağustos

Şafak sökmesine yakın rehberimiz hepimizi durdurdu. Gözcüler bir sırtın ötesini işaret ederek kervanın kırıldığı yere yetiştiğimizi söylediler. Gökteki akbabalardan da belliydi bu. Kum fırtınalarından oluşan sırtı tırmandık.

Şam ordusunun deveci bölüğünde baskın savaşlarıyla ünlü Kolağası Halim Bey önce sessizliği sağladı. Yüzlerce at, süvarileriyle birlikte çıt çıkarmıyordu. Barak bile ön ayaklarını dikmiş öylece bekliyordu. İlk cümleleri cesaretle ilgiliydi ve adam, fısıltı gibi söylenmiş birkaç cümleyle askeri, savaşa hazırlamanın yolunu çok iyi biliyordu. Gerçekten de beş dakika içinde orada bulunan herkes düşman üzerine atılmaya hazırdı. Askerler önde, başıbozuklar arkalarında olacaktı. Düşman yağmayla meşguldü ve çok kısa sürede hepsini gafil avlamalıydık. Silahlı askerler düşmanın arasına dalacak, biz de çevreden kuşatma harekâtı yapacaktık. Böylece düşman bizi de silahlı zannedip bozgun yiyecekti. Ama bundan daha önemlisi develerle alâkalı plandı. Halim Bey düşman develerini ürkütüp meydandan kaçırarak kesin zafer elde etmeyi kurmuştu. Bunun için bir bölük asker seçti. Terkisinden bir torba çıkardı. İçinde boy boy düdükler, zurnaya benzer borular vardı. Her birerinin eline inceden en inceye iğrenç zırıltılı sesler çıkaran bu düdükleri verdi. Hüdâyî olup bitene bakınca kulağıma fısıldadı; "Sırtında yıllarca kös çalınan develerin zilli düdükten korkacaklarını mı sanıyor acaba?" Gülmemek için kendimi zor tutup onu da susturmak için etini burdum. Halim Bey torbadan on kadar da yumruk büyüklüğünde keseler çıkardı. Birer kulaçlık sicimlere bağlanmış birer topuz gibi. İçinde yılanyastığı, keçiboynuzu yaprağı ve kokarca lahanası tohumları varmış. Dediğine göre bunlar dünyanın en berbat kokulu bitkileriydi ve yakıldığı zaman çıkardığı koku develeri çıldırtıyordu. O güne kadar böyle bir şeyi ne duymuş ne görmüştük. Meğer develer bir pis kokudan bir de tanımadıkları seslerden ürkerlermiş. Halim Bey bu konuda tecrübeliydi.

"Önden siz gideceksiniz kurtlarım, aslanlarım! Bizim başarımız sizin başarınıza bağlı olacak. Sessizce yaklaşın ve birden develerin arasına karışın. Keseleri sapan gibi sallaya sallaya kokusunu etrafa dağıtın! Sonra da nefesinize kuvvet!.. Siz yeterince ilerlediğinizde biz de hücuma kalkıp onların ilgisini üzerimize çekeceğiz. Göreyim sizi yiğitlerim, bütün develeri çöle sürün gitsin! Güneş sıcağını hissettirmeden zafere erişelim inşallah! Ayrıca unutmayın, kervandan geri kalanları kurtarmak ve zalimlere cezalarını vermek için buraya geldik. Kesinlikle bu bir ganimet harbi değildir. Kimse kervanın malına el sürmeyecek, kimse düşmandan bir şey almayacaktır. Varın atılın, gazanız mübarek olsun!"

Önce keselerdeki tohumlara kor değdirilip berbat kokular yayarak deveci bölüğü sırtı aştı. Hüdâyî bir yandan burnunu kapatıp diğer yandan "Bu berbat kokuyla develerin arasına değil de kervan çapulcularının arasına girseler daha kesin bir zafer kazanırlardı!" diye fısıldadı kulağıma. Yine de parmaklarıyla elini süpürmesi gözümden kaçmadı. Heyecanlandığını ve korktuğunu anladım.

Deveci bölüğünden birkaç dakika sonra hücum deyip atlarımızı şahlandırdık. Dazlaklar bizi gördükleri anda tekbirler getirilecek, köslere vurulacak, şaşırtmacalar yapılacaktı. Meydana varıldığında ise silahı olanlar ateş edecek, silahsız olanlar düşmandan bir silah ele geçirecekti.

Sırtı aşınca gördüğüm tek şey sefaletti; hem de göz alabildiğince... Dazlaklar, kutsal bildikleri yağma işine büyük gayretle ve taşın suyunu çıkartırcasına devam ediyorlardı; ne kadar yağmalayabilirlerse o kadar onur kazanacaklarını düşünerek. Çölün uçan ve sürünen yırtıcılarına bile bir şey bırakmamacasına.

Bizi kısa sürede fark ettiler ve yağmayı bırakıp develere koşmaya başladılar. Ama iş işten geçmişti... Bini aşkın deve dumandan ve sesten ürkerek birbirine çarpıyor, yularları dolanıyor, kimisi yıkılıp çiğneniyor, kimisi üvezlenmiş sığır misali alıp başını oraya buraya koşuyordu. Keseleri ellerinde pervane gibi sallayan süvarilere baktım; çıkarttıkları halka halka dumanlar ile bayram şenliğindeki çocuklara benziyorlardı.

Kolağası Halim Bey başarıyordu. Askerleri meydana girer girmez cenk meydanı karıştı. Kervanın malları bir yanda, ölü katır ve develere karışmış insan cesetleri diğer yanda yığın yığındı. Bir öbek de inleyen yaralı kervancı; birbirlerine bağlanmış vaziyette.

Cenk meydanındaki Vehhâbîler bizden iki kat fazlaydılar lâkin onlar piyade biz süvariydik. Önce kurşunlar, kılıçlar ve mızraklar işledi. Nefesler ve kanlar, şehâdetler ve tekbirler birbirine karıştı. Türk süvari, dazlak piyadeyi kırıyordu. Düşmanın yarısı eridiğinde hançerlerle göğüsler karşı karşıya geldi. Bütün meydanı çembere almış durumdaydık. Kaçan olursa bırakmayacaktık. Lâkin dazlaklardan hiçbiri kaçma teşebbüsünde bulunmadı. Kahramanca dövüşüyor ve ölüyorlardı. Çöl kanunu, "Ya öl, ya öldür!" diyordu anlaşılan. Savaş sebebi ne olursa olsun, kaçmak şerefsizlik, utanç ve kancıklık sayılıyordu. Çapul için bile meydandan kaçmayan dazlakların düşünceleri ve davaları uğruna ölmelerini hem kıskandım hem hâllerine acıdım. Şüphesiz develerinin sırtında bulunsalar yahut güneşin beyinleri kaynattığı öğle sıcağında savaşsalardı zafere bizden daha yakın olurlardı ama şimdi üçer beşer eriyorlar, tükeniyorlardı. Güneş kum dalgalarının üzerinde üç mızrak boyu yükseldiği sırada, tam da Halim Bey'in dediği vakitte, son kılıç darbesi bir bedeni daha yere devirdi; iki yüze yakın ölü ve elli bir şehidin naaşları kervanın mallarına karışmış olarak.

Halim Bey mağlup ordunun önce silahlarına, ardından da kervanın yağmalanan mallarına el koydurdu. Esirleri toplatıp zincire dizer gibi tek tek bağlattı. İki yüz kadar askerini "Fazla uzakta değillerdir!" diyerek ürkütülen develeri toplamaya gönderdi. Saflarımızdaki herkes aldıkları talimatı harfiyyen yerine getirip hiçbir şeye dokunmamışlardı. Yaralı bezirgânlar serbest bırakılıp kervanın malları ayrıldı ve toplanan develere yüklenip öğleye doğru yola çıkarıldı. Tam o sırada münâdîlerin bağırdığını duyduk:

"Hüdâyî Efendi!.. İstanbul hacılarından Hüdâyî Efendi!.. Her kim isen kendini bildir!"

Birbirimize baktık. Hüdâyî'yi kim neden arasındı ki? Önce başı belâda mı diye düşündüm ve soran gözlerle kendisine baktım. Başını iki yana sallayıp bir belâya bulaşmadığını söyledi. Beraberce ayağa kalktık. Bizi acele Halim Bey'in karargâhına götürdüler; bir çadır ve çadırın önünde bir eyvan. Hayret, eyvanın altında Halim Bey'in huzurunda elleri önden bağlı olarak Abdülaziz duruyordu. Meğer eski deveci Kolağası Halim Bey esirler arasında düşmanın reisini aratmış; Abdullah'ı, değilse Abdülahad'ı. Önce ona Abdullah diye yaşlıca bir adam getirmişler. Kervandaki bezirgânlardan biri onun Abdullah olmadığını, Abdullah'ı tanıdığını söyleyince adamla birlikte esirlerin arasında gezinmeye başlamışlar. Bezirgân Abdülahad'ı ararken Abdülaziz'i tanımış. Sorgulamaya alınınca da Hüdâyî demiş, başka bir şey dememiş. Hüdâyî'yi daha uzaktan görünce sevinerek bağırdı:

"Gördün mü Hüdâyî Efendi, kader bizi yine karşılaştırdı!"

"Burada olduğumu nasıl bildin Şeyh Abdülaziz?"

O sırada at ile oynaşan Barak'ı gösterdi:

"Şu itin havlamasından! Yanımdan geçtiği vakit!"

Hüdâyî atından inip ilerlemeye başlayınca Abdülaziz de Halim Bey'e müsaade ister gibi bakıp ilerledi. İkisi yine karşı karşıya ve Barak da yine aralarında. İkiz tepelerde gizli pazarlık yaptıkları günkü gibi. Bir adım kala yüzyüze bekleştiler. Hüdâyî'nin yine beni şaşırtmasına kendimi hazırlamıştım ki bu sefer o işi Abdülaziz yaptı. Elini açıp duaya başladı; daha evvel Hüdâyî'nin yaptığı gibi. Sesini duyamıyordum ama dudaklarının hareketinden anladığım kadarıyla yoldaşım da duaya âmin diyordu. En sonunda sesini yükseltip açıkça söylediği tek cümle "Hüdâyî! Allah seni korusun! Fatma ile Nadide'yi de!" oldu. İkisi de ellerini yüzlerine sürüp Fatiha okudular. Ardından bizimkinin kulağına kısa bir cümle fısıldadı. Sonra birbirlerine sırtlarını dönüp ikisi de geldikleri yere döndüler. Herkes soran gözlerle Hüdâyî'ye bakıyordu; benim gibi. Ne olmuştu? Şeyh Abdülaziz ısrarla Hüdâyî Efendi diye sayıkladığına göre ona en azından birtakım pazarlık cümleleri söylemiş, ödeyeceği fidyenin miktarını bildirmiş yahut canının bağışlanması için tavassutunu istemiş olmalıydı. Hüdâyî'den bu minvalde bir açıklama duymak için büyük bir sessizlik oldu. O da konuşmasını yaptı:

"Tilkinin biri deveyle dostluk kurmak için kuyruğunu onun kuyruğuna bağlamış. Biraz sonra devenin ayağa kalkacağı tutmuş. Tilkiyi devenin kuyruğunda baş aşağı sallanırken gören kurt sormuş: 'Hey tilki! Bu nasıl iş?' Tilkinin cevabı şimdi benim de size cevabımdır: Büyüklerle düşüp kalkmanın sonu!"

Ortalık bir anda uğultularla çalkandı. Hem saygıdan yoksun hem de küstahça bir konuşmaydı. Halim Bey'e onun bir meczup olduğunu anlatasıya kadar neredeyse ben tilkiye dönecektim. Birkaç azarlamanın ardından kaleye yaya olarak dönme cezası karşılığında paçasını kurtardım:

"Şimdi yıkıl karşımdan, seni gözüm görmesin! Sen de Yahya Efendi, bu meczubun hâlini bildiğin hâlde zamanımı boşa harcamasına müsaade ettiğin için, defolun, doğru Tebük'e!.."

Bir yandan kovulmayı fırsat biliyor, diğer yandan hıncımı Hüdâyî'den almak istiyordum. Mamafih kuşbazın ne yaptığını, güvercinin gönderilip gönderilmediğini de merak ediyordum. Erken gitmek iyi olacaktı. Ama o itiraz etti:

"Kuyruğum devenin kuyruğuna bağlandı bir kez Yahya Can; sen git, benim işim savaş meydanında!"

Ve ilerledi. Meydanda bir yanda askerler cesetleri topluyor, diğer yanda bezirgânlar kervan mallarını develere yüklüyorlardı. Hüdâyî ise emre karşı gelme pahasına meydana gitmekten bahsediyordu. Kolundan tutup durdurmaya çalıştım:

"Acele etmeliyim! Beni bırak ve git!"

"Niçin acele? Ne yapacaksın?"

"Gömülmeden onu bulmalıyım!"

"Kimi?"

Kurtulup koşmaya başladı. Askerler, şehitler ve ölüler için iki yerde büyük çukurlar açmışlardı. Hüdâyî ölülerin arasına daldı ve her bir ölünün yüzüne bakıp göğsünü yoklamaya başladı. Karışmıyor, yalnızca izliyordum; başı derde girmesin diye dualar ederek. Askerler başlangıçta ona mâni olmak istedilerse de tek tek laf yetiştirip hepsini birkaç dakikada hem meczupluğuna inandırdı hem de canlarından bezdirdi. "Ne hâlin varsa gör!" deyip işlerine döndükleri vakit de hacılar musallat oldu. Ne de olsa Nadide'yi kurtarma hikâyesini tevatürle anlatıp efsaneleştirmiş ve ona büyük kahramanlar misali yiğitlik, fetâlık ve şöhret vermişlerdi; şimdi geri alma fırsatı yakaladıklarını düşünüp her hareketini dikkatle izliyorlardı. Velî mi, deli mi? Kahraman mı, şarlatan mı? Çöl sıcağında ve öğle saatinde tek başına ceset yığınından bazı bedenleri çevirmesi, taşıması, aktarması, üzerlerini yoklayıp durması hacıların karar vermesini kolaylaştıracak gibiydi; "Sahtekâr!" Lâkin gözden kayboluverdi. Herkes ceset yığınlarının ardında kaldığını düşünse de ben kasten kendini gizlediğini düşündüm. Her ne arıyorsa bulmuş, kuyruğunu devenin kuyruğundan kurtarmaya çalışıyor olmalıydı. İçim rahat etti. Her ne yaptıysa, hacıların gözünden gizli yaptığına da ayrıca sevinmiştim. Ama hayır, acele etmişim. İşte orada, altta kalmış bir cesedi açığa çıkarmaya çalışıyordu. Şimdi de ölüyü kıçüstü oturttu. Sonra gömleğini özene bezene çıkardı. Sağına soluna baktı, biraz oyalandı ve gömleği sırtına giyip yanımıza doğru gelmeye başladı. Halim Bey kervandan bir şey alınmayacağını, bunun bir ganimet cengi olmadığını söylerken o yanımızda yokmuş gibi. Bir an, çevremde homurtuların yükseldiğini hissettim.

"Ölü soyucu! Yazıklar olsun!"

"Kefen hırsızı alçak!"

"Vah, vah... Velî zannettik, deliymiş!"

"Cesareti hırsındanmış, yazıklar olsun!!"

"Allah belâsını versin!"

"Çıkar o gömleği sırtından!"

"Utanmaz, arlanmaz, bari ölünün gömleğiyle dolaşma!"

Hacıları susturmaya çalışsam da haklıydılar. Sürre alayına katılan herkes son birkaç yıldır dehşet saçan dazlak çetelerin hacılarımızı yolda çölde öldürüp soyduklarını, onları çırılçıplak kumların üzerinde bırakıp akbabalara, sürüngenlere, leş yiyicilere terk ettiklerini söyleyip bunu yapanlara lânet okuyorlardı. Sırf bu yüzden olsa gerek, Halim Bey, daha bir saat evvel, hacı adaylarına bir mezarı bile lâyık görmeyen dazlakların bütün cesetlerini toplayıp gömülmesini emretmiş, bunu yapmak istemeyen hacıları da azarlamıştı; "Osmanlı asla çöl bedevîsi gibi davranmaz!" diyerek. Hüdâyî onların gözünde üç kere kusurluydu: Ölü soyarak asil ve necip bir milletin evlâdı gibi davranmamak, Halim Bey'in hücumdan önceki nutkunda dile getirdiği "Kervandan hiçbir şey alınmayacak!" emrini çiğnemek ve ölünün sırtından aldığı gömleği inadına giymeye devam etmek. Çaresizlik içinde, hayretten hayrete düşüyordum. Yaptığını gizlice yapabilecekken neden alenileştirmişti? Ne yapmaya çalışıyordu veya neyin peşindeydi? Şu an, şurada bütün itibarını yitiriyordu. Tebük'e dönüp kervana katıldığımızda insanların onun hakkında yapacakları dedikoduları düşünmek bile istemiyordum. Peki ya Nadide'nin bu olanları duyması? Hüdâyî, yolun geri kalanını nasıl tamamlayabilecekti ki?

Kervanın malları, ganimet alınan silahları ve esirleri ancak ikindi vaktinde kaleye intikal ettirilebilecekti. Hüdâyî ile yola düşmüş, onlardan evvel varmaya çalışıyorduk; susuz ve çaresiz. Gün inmek üzereyken ikimizin de dizlerinde derman kalmadığı, tabanlarımızın kızgın kumlarla haşlanıp soyulduğu bir sırada uzaktan kaleyi görebildik. Yol boyunca ne ben ona bir şey sormuştum ne o bana bir şey anlatmıştı. Oysa bir açıklama yapması, yaptıklarının sebeplerini veya mazeretini söylemesi gerekiyordu. O sustu ben öfkelendim, susmaya devam ettikçe de öfkem arttı. Bir günü bir gününe uymuyor, benim de bir kararımı bir diğerine uydurmuyordu. Acayip ve garayip işlerinden bıkıp usandığımı düşünmeye bile başladım. Neredeyse yoldaşlıktan vazgeçme derecesinde... düşünecektim. Lâkin kaleye girer girmez fikrimi değiştirdim. Artık kalbimdeki merhametten mi desem, orada ne yaptığına dair içimi kemiren merakı üzerimden atmaktan mı desem, bilemiyorum; ruhumda onu terk edemeyeceğime dair bir bağışıklık rüzgârı esip geçti. Ne o bensiz ne ben onsuz bu Kâbe yolunu tamamlayamayacaktık anlaşılan. Ve elbette kuyruğunu deveden kurtarmak için yaptığı ölü soyuculuğun altındaki sırrı da öğrenecektim. En azından Merkez Efendi bu hikâyeyi başkalarından yalan yanlış duyacağına benden hakikatini dinlemeliydi. Yol boyunca surat asarak onu cezalandırmak istesem de dayanamayıp kelimeleri ağzımda yuvarlamaya başlamıştım ki;

"Haydi sor! Biz yoldaşız."

"Sormadan anlat o hâlde!"

"Oluuur. Abdülaziz'le karşılıklı Fatma kıza dua ettik, şifa bulsun diye. Gerisi anlatacak kadar uzun değil, işte şu!"

Ölünün üzerinden alıp sırtına geçirdiği gömleğin eteğinden tutup yukarıya doğru sıyırdı. Gösterdiği gömleğe baktım, tam Arap kırmızısı, eprimiş bir keten. Biraz kısa gelmiş olmalı ki altından zıbını görünüyordu. Hiçbir şey anlamadım.

"Yani?"

Tekrar gömleğin eteğini kaldırdı. Bu sefer daha yukarıya. Ve birden atımdan düşecek gibi oldum. Tabi ya! Bana zıbınını gösteriyordu. Tanıyıverdim; Nadide'yi takas ettiğimiz zıbın! Gerisi birdenbire gözümün önünden hızla akıp geçti. Abdülaziz ile karşılıklı dua ettiklerinde muhafızının savaşırken öldüğünü bizimkine bildirmiş olmalıydı. Tilkiyle deve hikâyesi yalnızca dikkatleri başka yöne çekmekten ibaretti. Nakşidil Valide Sultan'ın herkesten gizli gönderdiği beş yüz altın, gittiği biçimde yine gizlice geri gelmişti. Altınları verdiği zaman kızmıştım ve o "Allah Kerim'dir, helâlse geri gelir!" demişti, o sesi tekrar duydum:

"Allah Kerim'dir, helâlse geri gelir!"

Uff!.. Sevincim kısa sürdü. Bütün alayın onu bir kefen soyucu olarak görmeye başladığı şu sırada bunu bana niye yapıyordu? Böyle bir durumda onun masumiyetine inanmanın ve bunu müdafaa etmenin güçlüğünü bilmiyor muydu? Kahramanlığından veya kurşun işlemezliğinden geçtim, tek tek bütün kervanı, onun bir kefen soyucu, şarlatan, düzenbaz olmadığına nasıl inandırabilirdim ki? Hiç olmazsa o cırtlak kırmızı gömleği giymeseydi. Sahi onu neden almıştı. Zıbının üzerine neden kendi gömleğini giymemişti? "Abdülaziz öyle istedi!" deyiverdi. Abdülaziz ile aralarındaki erdem savaşına takıldı aklım. Hacılar bunu anlamayacaktı elbette. Belki yalnızca meczup olduğuna inandırmak daha kolay olacaktı. Tıpkı onun bizi inandırdığı gibi. Ve bir de 500 altını Said Bey'den gizlemenin yükü vardı tabii...

Yolun geri kalan kısmında başka bir konuyu tartışıp durduk, nefes nefese koşarken... Kaleye umduğumuz saatte varmayı başarmak için.

Doğruca Merkez Efendi'yi bulduk. Çok şükür plan işlemiş, Yuşa zamanında kaçırılmış, bağ evine götürülmüş ve Sümbül tam zamanında güvercinlerin gitmesini sağlamış.

"Her şey tıkır tıkırdı... Dediğin gibi Hüdâyî, güvercin bağ kulübesinden havalandıktan altı dakika sonra buraya geldi. Ayağındaki pusulada *'Tebük kılavuzu Tayma'da olacak! Akdar iptal edilsin!'* yazılıydı. Önce bu bilgiyi zindandayken nasıl elde ettiğini araştırdık. Tebük'ten itibaren beş menzil boyunca sürre alayına kılavuzluk yapacak olan adamın gün içinde onu ziyaret ettiğini öğrendik. Bu bize Tayma ile Akdar isimleri arasındaki düğümü çözdürdü. Adamı sorguya çekince üzerinde bir mektup yakaladık!"

"Önceki pusulada sözü edilen mektup?"

"Tam da o. Hacıları öldürdükten sonra neler yapacağını yazıyor ve bir ay sonra Basra Körfezi'nde dört ecnebi devletin murahhaslarıyla yapacakları bir görüşmeden bahisle Abdullah ile oğullarını o gemiye davet ediyordu."

"Sonra ne yaptınız?"

"Bilindiği gibi mahmil-i şerif ve sürre alayı bu gece yola çıkacaktı. Said Paşa dün kılavuzu çağırıp iklim, fırtına ve yıldızların konumuna bakarak bizi kısa yoldan Medâin-i Sâlih'e ulaştırmasını söylemişmiş. İbrahim Paşa da Dir'iye kuşatmasındaki askerlerinin bir kısmını Mısır sürresine eşlik etmek üzere göndermiş."

"Eeee?.."

"Eee'si, pusuladan anlaşılan, kılavuz kervanı Akdar yerine Tayma üzerinden götürecekti ve dazlak çeteler Tayma'da saldırdıklarında da kimse imdadımıza gelemeyecekti, çünkü herkes bizi Akdar yolunda bilecekti."

"Peki ne yaptınız?"

"Pusulayı bir kelime ilâvesiyle aynen gönderdik."

"Ne kelimesi?"

"Tayma adından evvel bir 'çarşamba' kelimesi yazdık. Bugün günlerden pazar. Şu anda bir haberci Mısır askerine doğru dörtnala gidiyor. Sabaha karşı kumandana ulaşırsa, kumandan da bir gün içinde yola çıkarsa, Medâin-i Sâlih'ten Tayma'ya bizimle aynı saatlerde gelmiş olurlar. Kaldı ki Abdülahad pusulada çarşamba tarihini görünce bizim buradan salı yola çıkacağımızı düşünecek ve bizden evvel buradan kalkıp orada hazırlıklarını yapacak, tuzağını kuracak."

"Plan tutmazsa hem kendi askerimiz hem Mısır askeri tuzağa düşmüş olmaz mı?"

"Eğer biz bu gecenin mehtapsız karanlığından istifadeyle ve hiç hissettirmeden orduyu yola çıkarabilirsek onun bizim için düşündüğü hilesini başına geçirebiliriz. Şöyle toplu tüfekli, mehterli alaylı bir karşılama merasimiyle!"

"Peki o da bu gece giderse?"

"Gidemez, kervanı basan askerini ve elbette küçük kardeşini bekliyor, onu da siz esir aldınız, değil mi?"

"Halim Bey, Şam paşasına teslim etmişti, birazdan zindana düşer!"

Hüdâyî araya giriverdi:

"Abdülaziz'i zindanda mı tutacaklar?"

Merkez Efendi öylesine takıldı:

"Sana ne bundan, yoksa sen o devenin tilkisi misin?"

Benim yine başımı dövesim geldi. Beni şaşırtmak ve hayretten hayrete düşürmek için Hüdâyî ile Merkez Efendi yarışıyorlar sanki. Gündüz Hüdâyî'nin çölde anlattığı hikâyeyi bildiğine şaşırmam; ama dün değil, evvelsi gün değil, yarın veya yarından sonra değil, tam da bu akşam vakti, tilkinin deveyi merak ettiği bir sırada ona böyle sormasına çıldırmayayım da ne yapayım? Daha cenk sahrasında yaşadıklarımızı üstada anlatmadım bile. Hüdâyî'nin beş yüz altınına kavuştuğunu ise hiç söyleyemezdim. Birden onun "Ne altını?" diye sorduğunu hayal etmek bile beni titretmeye yeterdi. Hüdâyî yüzünden gerçekleri saklayan ikiyüzlü bir adama mı dönüşüyorum, ne? Hayır, hayır, buna fırsat vermemeliyim.

O gece asker hazırlıklarını yaparken kervandaki herkesin Hüdâyî'nin ölü soyuculuğunu konuştuğunu biliyordum. Bana öyle geliyor da değildi, hücreler arasında gezinirken bizzat kulaklarımla duyuyordum. Gece ilerlerken her şeyi geride bırakıp yerime dönmeyi ve biraz uyumayı kurdum. Elbette uykumu kaçırdı. Tam gece yarısıydı, yattığı yerden doğrulup ayağıma dürterek fısıldadı:

"Yoldaş! Nadide'yi bir dolaşayım, ola ki şansım yaver gider!"

Sevgilisiyle buluşmaya giden bir delikanlıyı yolundan alıkoymayı veya takip etmeyi kendime yediremesem de Nadide'nin pek çok kadın gibi kalede olduğunu düşününce ben de onunla birlikte kaleye gitmeyi, Kolağası Oruç Baba'yı bulup tekrar zindana dönen kuşbaz ile bizim Celep Laleli Ağa'yı bir yoklamayı düşündüm. Ona birlikte gelebileceğimi söyleyince çok sevindi ve "Ben Nadide'yle buluştuğumda erketelik de yaparsın!" deyiverdi. Kızdım. Ona karşı henüz duygularımın emniyet içinde olmadığını düşündüm ve gitmekten vazgeçtim:

"Gitmişken Laleli Ağa'ya da uğra, bir ihtiyacı varsa şayet..."

Ertesi sabah sürre alayında meczup Hüdâyî'nin ölü soyduğundan başka iki şey daha konuşuldu. Gece iki mahkûmun idam edildiği ve Abdullah'ın oğlu Abdülaziz'in gece yarısında sırra kadem bastığı. Benim merakım ise Hüdâyî'nin Nadide'yle görüşüp görüşemediğiydi. Berber Zuhurat ile Deveci Sümbül sabah çorbasını hazırladıklarında Merkez Efendi fısıltılı bir sesle idam edilen mahkûmların Kuşbaz Yuşa ile Tebük'ten sonra kervana kılavuzluk eden hain olduğunu anlattı.

İşlerin yoluna gireceğine dair emareler çoğalmıştı ve yirmi yedinci kolun dördüncü hücresi haftalardır ilk defa sabah çorbasını neşeyle içiyordu. Bir idam mahkûmu vermesine, zindanda bir üye bulundurmasına rağmen. Neşe Selâmi Ali'nin çorbasındaki ilk yuduma takıldı ve adamcağız sarsılarak hapşırdı. Önce "Yerhamükâllah!" desek de hapşırma biçimine hemen hepimiz gülmüştük. Baktık, o bizden daha çok gülüyor. Merakla baktık.

"Hüdâyî'nin ölü soymasını düşündüğüm an gülesim geldi ve çorba boğazıma kaçtı!"

Hüdâyî hiç oralı olmadı ve üzerindeki gömleğin yakasını kaldırıp herkese gösterdi:

"Güzel değil mi ama?!"

Herkes gülerken ben yine hayretle donup kaldım. Gömleğin altındaki zıbın yine yok olmuştu. Sırf o zıbını saklamak için Abdülaziz'in muhafızının gömleğini soyduğunu biliyordum. Aklıma ilk gelen şey "Nadide'yle görüştüğü ve altınları ona teslim ettiği" oldu. İyi ama Nakşidil Valide'nin altınlarını Nadide'ye niye versindi? Hem Nadide'yle de görüşemediğini Seyis Selâmi Ali'den öğrenmiştim. İçi hasretle yanıyor olmalıydı. O sırada Abdülaziz'in zindandan nasıl kaçıp gitmiş olabileceği takıldı aklıma. Bizimki Celep Laleli'yi görme bahanesiyle zindana gidip Abdülaziz'e zıbını teslim edecek kadar aptal olamazdı herhâlde? Peki ya öyleyse?!. Birbirlerine dua ederken başka anlaşmalar da yapmış olabilirler miydi?

Tebük

28-29 Ağustos

Öğle vakitleriydi. Üstat ile Hüdâyî oturuyorlardı. Mürekkep şişelerimi istifledikten sonra yanlarına vardım. Daha ben ağzımı açmadan, "Emanet sahibinde gerektir, yoldaş!" dedi. Nakşidil Valide'nin altınlarını soracağımı biliyordu mutlaka. Emanet sahibinde derken Abdülaziz'i kastettiğini anladım. Karşılıklı dualar esnasında fısıldaştıkları konu bu olmalıydı. İyi ama bunu altınların sahibi olduğu için mi, yoksa kaçışı esnasında arkasından kurşun yağdırılacak olursa ölümden kurtulması için mi yapmıştı? Belki de adının ölü soyuculuğa çıkmasının önünü böyle almak istiyordu; gömleği ve zıbını yeniden Abdülaziz'e vererek. Ama söylentilere hiç aldırmamıştı. Hatta bundan son derece memnun göründüğü bile söylenebilirdi. Belki de amacına ulaşmak için halkın kendini kötü bilmesi, olduğundan aşağıda bir zavallı gibi görmesi işine geliyordu; Melâmîler gibi. Ne de olsa bu yolla beş yüz altını ve iki elmas paresini dört aya yakın zamandır başarıyla ve hiç kimseye hissettirmeden taşıyabilmişti. Şimdi de ilgi odağı olmak yerine meczup kimliğine bürünüp şöhretin afetinden kurtulmak istediğini düşündüm. Ve benimle iyi geçinmek, yoldaşlığını pekiştirmek zorunda hissediyordu kendini. Zannederim son günlerde bana karşı fazla gizemli davrandığının o da farkındaydı ve incinmişliğimi böyle telâfi etmeye niyetleniyordu. Öyle de olsa, bana bir açıklama borcu vardı; cümlesini anlamazdan gelip sordum:

"Hangi emanet yoldaş?"

Amacım, Merkez Efendi'nin yanında bazı şeyleri itiraf etmesi, böylece yoldaşlığımızı daha açık, net, gizemsiz ve gizlisiz yürütecek zemine oturtmaktı. Önce yenleriyle oynamaya başladı. Merkez Efendi hiç başını yerden kaldırmıyordu. Bekledim. O da bekledi. Ve imdadına Sümbül yetişti:

"Bu gün cayraskalın ekseniyle zıvanasını tamir etmek zorundayız, Hüdâyî Can. Akşam kervan yola koyulduğunda Medine'ye kadar bir daha vaktimiz olmayabilir!"

Arkalarından bakarken Merkez Efendi kulağıma eğilip onu fazla dert edinmememi, kendi başının çaresine bakabileceğini, Nadide'ye olan düşkünlüğü sebebiyle çevresindeki diğer insanları ihmal ederse aldırmamak gerektiğini falan söyledi. Abdülaziz'in kaçışında parmağı olabileceğini, eğer böyle ise başının belâda sayıldığını, bu belâdan onu kurtaracak çareler düşünmemiz gerektiğini anlattım. Beni teselli etti:

"Merak etme, ne yaptığını bilen birisi o. Abdülaziz'e yardım etmemiştir."

Merkez Efendi'ye, "O hâlde adının ölü soyucuya çıkması pahasına ele geçirdiği zıbını neden savaş ganimeti saymadı da Abdülaziz'e teslim etti?" diyemedim elbette. "Emanet sahibinde gerektir" dediğini hatırlamıştım çünkü.

"Haydi, bırak Hüdâyî'yi düşünmeyi de gidip Oruç Baba'yı görelim, belki üzerimize düşen bir vazife vardır."

Bir vazife yokmuş ama yoldaşımla içimden hesaplaşıp durmaya bir son vermek varmış. Kolağası Oruç Baba'yı dinlerken ferahlar gibi oldum. Başarılı bir zabitti ve zekice sorgulamaları neticesinde pek çok meseleyi aydınlatıyordu. Kuşbaz Yuşa da bunlardan biriydi. Meğer adam yeniden zindana döndüğünde oyuna geldiğini anlayıp hayıflanmaya başlamış, üstüne üstlük bir de Abdülaziz ile adamlarından yüzlercesinin esir edilerek getirildiğini görünce çıldırmış, Kolağası da onun üzerine üzerine gidip dilini çözmüş. Dediğine göre "Tarih beni Vehhâbî Devleti'nin kahramanı olarak yazacak, ben Türk egemenliğini yenip kendi milletine hürriyet kazandıracak bir gayenin fedaisiyim!" gibi cümleler eşliğinde yaptıklarını övünerek anlatmaya başlamış ve ne kadar cinayet işlemişse hepsini birer kahramanlık destanı gibi sayıp dökmüş. "Şecâat arzederken merd-i kıptî sirkatin söyler"miş ya, bizimki de bütün cinayetlerini marifet diye ballandıra ballandıra anlatırken Deveci Telli'nin adını da sayıvermiş. Meğer Telli bunu güvercinin ayağına pusula bağlarken görüp ne yaptığını sormuş, o da önce geçiştirmeye çalışmış, lâkin Telli üzerine üzerine gidince tartışmışlar, güya Telli'nin tehditlerinden kaçar gibi onu arkasından ırmağa kadar çekmiş ve orada boğazlamış.

Hikâyeyi dinleyince Merkez Efendi ile birbirimize baktık. Kuşbaz Yuşa idam edilerek cezasını çekmişti ama Telli cinayeti yüzünden olan Hüdâyî'ye, daha çok da Celep Laleli'ye olmuştu. Zavallı celep, bu yüzden hapsedilmiş, sermayesi gitmiş, işi bozulmuş, kendince eziyet çekmiş ve itibar kaybına uğramıştı. Oruç Baba bütün haklarının telâfi edilebilmesi için dünkü kervan zaferi dolayısıyla elde edilen Vehhâbî ganimetinin yüklüce bir miktarını ona vermek üzere Said Bey'e teklifte bulunacağını söylüyordu.

Kolağasına Abdülaziz'i de sorduk ve verdiği cevap bir demir leblebi gibi boğazıma düğümlendi, yutkunamaz oldum:

"Kuşbaz Yuşa'yı kaçırıp yeniden yakalamanın nimetlerini görünce Abdülaziz'i de biz kaçırdık. Tayma'da tekrar yakalamak üzere. Elbette babasına götüreceğinden emin olduğumuz bazı bilgiler sızdırarak."

Hüdâyî'nin vebaline girmiştim. Kendimi çok kötü hissettim. Merkez Efendi omzuma dokunup "Aldırma! O buna önem vermez!" dedi. Sonra da kolağasına sordu:

"Ordu hakkında bilgiler mi sızdırdınız?"

"Müsaadenizle bunları size anlatmayayım, lâkin ordumuzun tam da istediğimiz gibi karanlıkta yola çıktığını bilin yeter. Umalım da İbrahim Paşa'ya giden habercinin başına bir iş gelmeye! Varın siz de hazırlıklarınızı tamamlayın, az sonra köse vurulacak! Çünkü şu sırada Abdülahad b. Suud'un develerini arkasına takıp götürme vakti. O gider gitmez de biz 'Ya sefer!' diyeceğiz."

Dediği gibi oldu. Bir saat kadar sonra ufuktaki adam deryasında bir hareketlenme yaşandı ve kısa sürede gözden kayboldular. Planımız işliyordu, ne âlâ! Hiç vakit kaybetmeden alay ve kervanı yola dökmek gerekiyordu. Dan dan da dan dan... Dahası, mahmil-i şerifin örtüsü açılmak üzere mehter çalmaya başladı. Said Bey'in, birkaç gündür hacıların üzerine çöken karamsarlığı dağıtmak istediği için bunu yaptırdığını düşünmüştüm, meğer halkın gündemini değiştirip yapılan planları, güzergâh değişikliği dahil, gözlerden gizlemekmiş niyeti. İstediği gibi de oldu. Hacılar yine dazlakların kervana saldıracaklarına dair korkular taşıdılar ama mahmil-i şerifin örtüsünden çıkarılarak taşınması ve mehter sesi onları her şeye hazır hâle getirmişti, cenge bile. Sürre Emini Said Bey bir adım daha atıp salavatlar eşliğinde sancak-ı şerifi de kılıfından çıkarıp açtırdı. Şimdi sürre alayının önünde Peygamberimizin sancağı dalgalanıyor, ardından Osmanlı cihan devletinin mahmili yürüyor, ardından dualı ağızlar ve imanlı kalpler kervan kervan, kafile kafile Medine'ye doğru akıyor, akıyordu. Kalp atışları kendiliğinden hızlanmış, düşünceler birbirini ateşlemiş, otuz bin kişilik insan seli coşmuş, kabarmış, haykırmaya bile başlamıştı. Gözlerde yaş, kalpler umut:

"Gül yüzünü rüyamızda
Görelim ya Resûlallah
Gül bahçene dünyamızda
Erelim ya Resûlallah

Aşkınla yaşarır gözler
Hasretinle yanar özler
Mübarek ravzana yüzler
Sürelim ya Resûlallah"

Kervana baktım. Sanki herkesin yükü hafiflemiş, ağırlıklarını atmış gibi göründü gözüme. Rehine olayı, kum fırtınası, çekirge istilâsı, kıtlık, hastalık, çatışma ve vuruşmalar vs. derken hemen pek çok hacı sonunda bir asa bir hırka dervişlere dönmüştü. Söylenen ilâhilerde seslerin yükseldikçe yükselmesi sanki biraz da bunun lezzeti gibi geldi kalbime. Hırslardan, dünyalıklardan sıyrılıp gerçek hacca, "Lebbeyk = İşte geldim ya Rab!" demeye hazırlık. "Sen'in dışında varlığı geride bırakıp geldim" demek için. İki parelik beze bürünüp geldiğini göstermek için. Kefen beyazında... Hacı olmanın anlamı, dünyadan, dünyalıklardan, dünyaya ait her şeyden sıyrılmayı temsil eden ihramlar içinde. Yaşadığımız onca musibetler, uğradığımız felâketler bizden bir şeyler eksiltmişti ama şimdi onları birer kayıp olarak görmemeyi de öğrenmiştik. Sanki gerçek hacılar olmamız için bir takdir üzerimizdeki dünya ağırlığını azar azar kaldırmıştı. Hüdâyî her zamanki gibi düşündüğümü düşündüğünü gösterdi:

"Ağırlıklar gidince adımlar hafifledi, artık daha sağlam atılıyor."

"Elbette öyle olacak!" dedi Merkez Efendi ve derin bir nefes alıp bizi taşımak üzere sözünü adımlarına uydurdu:

"Buna mâsivâ derler, insanı dünyaya bağladıkça bağlar. Dünyaya ait her bir ilgi, insanın eteğine farkına varılamayacak kadar ince ve gizli bir çengel atar. Evlâtlar, arzular, mal mülk kaygısı, varlığa hükmetme ihtirası, benlikler, yönetme ve emretme hâkimiyeti... Bir uçtan diğer ucu koca bir dünya işte... O küçük küçük çengeller gitgide bizim yürüyüşümüzü, ilerlememizi, farkında olsak da olmasak da geciktirmeye başlar. Yolda yürürken eteklerimize takılan dikenlerdir onlar. Bir müddet sonra bir de bakmışız, dikenler bizi donatmış, adımlarımızı yavaşlatmış, bizden bir parçaya dönüşmüş, hatta bizi istilâ etmiş. Unutmamak lazımdır ki dünya bir topluma teveccüh etti mi başkalarının iyiliklerini, güzelliklerini eğreti olarak onlara verir; bir toplumdan da yüz çevirdi mi kendilerindeki iyilikleri, güzellikleri onlardan giderir. Dünyayı saran zaman, gitgide bedenleri yıpratır, dilekleri tazeler, ölümü yakınlaştırır; umulanı uzaklaştırır. Zamanın cilvesidir ki her kim dünyaya dost olup onu elde etmeye çalışırsa zahmete düşer, kim de sırtını döner, onu gözden çıkarırsa huzura erer. Bizim dünyaya olan meylimiz işte şu sürre alayındaki hâllerimiz gibidir. Yola çıkarken tedarikler, hazırlıklar ve bilcümle eşya ile hâlâ dünyaya ait idik, yolda onları yitire yitire onlarsız da olabileceğimizi öğrendik. Kâbe'ye vardığımızda aslında iki parçalık ihram bezinin dünya için kâfi olduğunu göreceğiz. Bakın işte, bunca savaş, çapul, cinayet, hırsızlık... Dünyalık uğruna ve dünya için... Oysa biz bu kervandan sonra bir kervana daha katılacağız. İstesek de istemesek de... O kervanda insanın devesinde taşıdığına değil, kalbinde taşıdığına bakacaklar... Dünyadakiler yazık ki uykuda yol alan kervan ehline benziyorlar. Onlar uyusalar da kervan gitmeye devam eder. Bunun için Allah'ın bir meleği vardır, her gün bağırır; 'Doğun, ölüm için! Toplayın yok olmak için, yapın yıkılmak için, ilerleyin varmak için!..' İş odur ki kişi gittiği yolu uyanık gide!"

Merkez Efendi söyledikçe biz ağlıyorduk. Pişmanlıklar, geç kalmışlıklar, fırsatı kaçırmalar için ağlıyorduk. Gece uzayıp gidiyor, kumlarla yerinden oynuyor, durmadan manzara değişiyordu ve biz ağlıyorduk. Üstadın sözleri kaç gündür silahlar, kavgalar, savaşlarla cedelleşen ruhlarımıza iyi gelmişti. Şişelerimi tekrar kumlara bıraktım. O anda tuhaf bir düşünce geçti aklımdan ve kervanın en hareketli, en netameli, en berbat hücresinin yirmi yedinci kolun dördüncü hücresi olduğunu fark ettim. Âşığımız, katilimiz, casusumuz, cinayetimiz, ölümüz, delimiz, velîmiz, akıllımız, bilgilimiz, icatçımız, tacirimiz, berberimiz, seyisimiz, köpeğimiz ve güvercinlerimiz... Bir de kırılan testimiz ve kırılmasını istemediğim şişelerimiz... Bunu dillendirdiğimde Merkez Efendi "Gizemleri, entrikaları, sırları da ilâve et!" deyiverdi. Hüdâyî sordu:

"Peki!.. Abdülaziz'in nasıl kaçırıldığının gizemini kim biliyor?"

Sorunun muhatabı elbette Merkez Efendi'ydi, o da nazlanmadı:

"Gece Said Bey ile Şam paşası fısıldaşarak bir plan üzerinde konuşmuşlar. Tesadüf bu ya, onu da Abdülaziz duyuvermiş."

"Plan gereği?"

"Plan gereği! Önce kervanın güzergâhını tartışıp Akdar yerine Tayma olur mu diye tartışmışlar. Çünkü ellerinde dazlakların Akdar'da kervanı kıracağına dair bir istihbarat var imiş. Güya İbrahim Paşa da Dir'iye kuşatmasını erteleyip sürre alayını koruyan Mısır ordusunun başına geçmek üzere Tayma'ya gelmekteymiş. Paşa, Mısır sürresini de beklemenin tehlikesini göze alamamış ve iki kervanı iki ayrı yerde kırarak iki zafer kazanmayı kuruyormuş. Sürre eminiyle Şam paşası onu Akdar yerine Tayma'ya yönlendirerek hem kervanı kurtarmak hem Abdülahad'ın tuzağını bozmak hem de mümkün olursa tuzağa düşürmek emelindeymişler."

"Abdülaziz bunları dinlerken çıldırmış olmalı!"

"Bilemiyorum ama nefes almadan dinlediğini söylüyorlar. Her neyse, plana sahih süsü vermek için mahmilin Medine'ye varmasının Osmanlı Devleti açısından ne kadar önemli olduğunu da uzun uzun tartışmışlar. Sonunda da 'Acaba Kızıldeniz'deki düşman gemilerinin askerleri Abdullah ile oğullarının yardımına gelir mi?' diye endişelenmişler, gemi kumandanlarının Akdar'a göre plan yapmış olmasından kaygılarını dile getirerek."

"Ecnebi rakiplerimiz Akdar'da bize mi saldıracaklarmış?"

"Ecnebi rakiplerimiz, tiksinerek baktıkları şu dazlaklar için gemiden bile inmezler."

"O hâlde neden böyle konuşmuşlar?"

"Abdullah yahut Abdülahad ecnebi askerini gemiden inmeye zorlasın diye: hani son darbeyi indirmek için!"

"O askerin karaya inmesi yine de kötü değil mi?"

"İşte planın ikinci kısmı da bu. Çünkü Abdülaziz'e bunları duyurduktan sonra güya İbrahim Paşa'nın Mısır askerini bölerek bir kısmını Mekke ve Medine'yi kuşatmaya gönderdiği üzerinde tartışıp bunun ne kadar kötü bir fikir olduğunu tekrarlayıp durmuşlar. Düşünsenize, kendi ordusuna güvenmeyen zabitler gibi."

Dayanamadım:

"Netice? Bütün bunlardan elde edilecek netice ne?"

"Bak Yahya Efendi, çöldeki Suud ordusu şu anda Tayma'ya doğru gidiyor mu, gidiyor. Peki niyeti ne? Tayma'da bize ve Mısır askerine tuzak kurmak. Abdülaziz'in duyduklarına güvenerek de Kızıldeniz'deki ecnebi gemilerine haber gönderdiklerini varsayalım... Al işte sana kesin zafer! Kaç yıldır Osmanlı hacılarını Kâbe'ye ulaştırmamanın güveniyle beslenecek bir göz kamaşması gibi. Sultan Mahmud'un sürre uygulamasını ve hâkimiyetini sona erdirip kendi istiklâlini ilân hırsı. Böyle kolay zafer söz konusu olunca, ecnebi yandaşlarının da tarlada izi olanın harmanda yüzü olsun diye buna balıklama atlayacaklarından emin ol. Neticede Suud ailesini kullanarak Harem-i şerif'i Osmanlı'dan koparmış olmayı hangisi istemez?!."

"Harem-i şerif'i, Osmanlı'dan koparmak ne işlerine yarayacak peki?"

"Bir vakanüvis için çok safsın Yahya Efendi oğlum! Harem-i şerif Osmanlı'nın elinden giderse hilâfet makamı tartışmaya açılır. Harem-i şerif Osmanlı'nın elinden giderse bütün Müslüman milletlerde İslâmiyet adına yaşayan birlik ruhu ortadan kalkar, İslâm dünyası paramparça olur. Ayrıca Arapları her zaman avcunun içinde tutarak kendisine gebe bırakmayı hangi devlet istemez? Ama asıl büyük plan, yalnızca Müslümanları değil Müslümanlığı da parçalamak. İslâm inancının içine tefrikalar, çatışmalar katıp mezhep kavgaları başlatabileceklerini umuyor olamazlar mı? Bunun için bizzat İslâm inancını tartıştırmak kolay sonuç vermez mi?"

"Müslümanlar akıllı olsunlar da din düşmanlarının oyununa gelmesinler o hâlde!"

"Hıh!.. Kendi bekası için Müslüman ülkeleri parçalama siyaseti güden gâvurlar için Abdullah ile oğulları, oyuna gelen ilk akılsız Müslümanlar olmayacak, bunu bilin. İşte bu yüzden gemilere ulaşan bir imdat mektubu, gâvur aklıyla altın tepside bir lokma sayılacak."

"Ve afiyetle yiyecekler, öyle mi?"

"Yağlı lokma! Kim olsa iştahla yer."

"Yine de tehlikeli bir plan, ecnebi askerler gelince ya Mısır askerinin mağlubiyeti kolaylaşırsa?"

Hüdâyî araya girdi:

"Dün gece gizlice çıkan haberci Mısır askerini bu plandan haberdar etmek için gittiyse Mısır timsahları ecnebi balıkları yuttu demektir!"

"İsabet! O haberci, ecnebi gemilerinden karaya çıkacak iki bin asker için kurulması gereken tuzak hakkında bilgi götürdü çünkü."

Sürre emini ile Şam paşası dün gece çok ince hesaplar yaparak çok tehlikeli bir oyun oynamışlardı. Bütün plan Abdülaziz'in kaçıp gitmesi ve duyduklarını mutlak gerçekler olarak ağabeyine anlatmasına bağlıydı. Bunun için dualar ettim ve kötü şeyler düşünmemeye, işe olumlu tarafından bakmaya çalıştım. Meselâ Abdülaziz kaçmasaydı her şey çok farklı cereyan edecek, Abdülahad önce kardeşini kurtarmak için kaleye saldıracaktı. Oysa şu anda kaç zamandır rüyasını gördüğü Akdar zaferinin planını uyguluyor; Tayma'da Mısır askerine zafer kazandıracağını bilmeden. Şu anda zihninde tilkiler dolaşıyor, kalbinde umutlar yeşeriyor olmalı. Kervanı kırmak, İbrahim Paşa'yı yenmek, ecnebi işbirliklerini pekiştirip Mekke ve Medine'deki işgallerini meşrulaştırmak, Vehhâbî Suud devletini kurmak vs... vs... Bilmiyor ki dazlak bedevîlerinin bir kısmı Tebük Kalesi'nde tutsak ve develerinin de yarısı Tayma yolunda Şam askerinin kendisine doğrultacağı silahlarını taşıyor. Plana göre dün yola çıkan Şam askerleri Tayma'ya varır varmaz tuzakları kazmış, kapanları yerleştirmiş, develerin göğüslerine saplanıp yığılmalarını sağlayacak mızrakları kuma yerleştirmiş olmalıydılar. O yetmezse Mısır askeri arkalarından geliyor olacaktır. Dazlaklar iki ordu arasında kıskıvrak kalınca Kızıldeniz'den yana umutla bakan gözleri seraplar göre göre yumulacak ve küfür askerlerinin kumlardaki hayali yerine hezimetini duyacaklardı. Planın en heyecanlı kısmı da bu sahneydi. Çünkü gâvur dostlarının kendilerini sattığını düşündükleri an bedevî tabiatları kendiliğinden harekete geçip çöle dağılmaya, canlarını kurtarmaya, birbirlerine çatmaya ve kendilerini yağmalamaya çalışacaklardı. Böyle bir hezimet Mekke ve Medine'de duyulduğunda oradaki şehir eşkiyaları da firara başlayacak, Haremeyn haksız zulümden kurtulacaktı.

"Haremeyn haksız zulümden kurtulacak!"

Afalladım. Beni böyle kim şaşırtabilirdi ki; yüzüne bakıp gülümsedim. Dünden beri Abdülaziz'i kaçırdığını düşünerek vicdanım rahatsız olup durmaktaydı zaten. İçimden "Meczup seniii!.." deyip kendime gülmeye başladım ve yanlarından ayrıldım. Bir aydır ilk kez ufukta dazlak çetelerini görmediğim o gecenin tadını çıkarmaktı niyetim. Herkes Tayma'ya giderken Akdar yolunda beş adet mürekkep şişemin kumda yuvarlanışlarının sesini dinleyerek. Mevlidhanların geceye yayılan seslerinden cırcır böceklerinin dalgalanan seslerine dalacaktım. Nereden aklıma geldiyse artık hastalandıkları için Tebük'te bıraktığımız iki yüz civarındaki hacı adayına ve aynı kalede esir bıraktığımız bedevîlere üzüldüm. Hezimetten sonra salıverilecek esirlerin mi, yoksa hac dönüşü İstanbul'a taşınacak hastaların mı —elbette çoktan ölmedilerse— daha zor durumda olduklarına dair şüphelerim vardı. Sonra onları hacca niyet eden karıncalara benzettim, hani Kâbe'ye varmasa bile uğrunda ölen topal karıncaya... Çölün sonsuzluğunda ruhum ferahlandı, arka arkaya derin nefesler alarak yaşama sevincimi tazeledim. Kâbe'yi hayal etmeye çalıştım, huzuruna varınca ne yapmam gerektiğini düşünüyordum. Elime bir el yapıştı. Hüdâyî. Gülümsedim:

"Meczup seniii!.."

Medâin-i Sâlih

4 Eylül

Bütün planların tıkır tıkır işleyeceğini zannediyorduk; yanılmışız, Abdülahad ve adamları tam da tahmin edildiği şekilde davranmalarına rağmen Abdülaziz, kurnazlığı sezip onları yönetmiş. Ve askerimiz tuzağa düşüreceği dazlakların başlangıçta tuzağına düşmüş. Kısa bir sürede de bozgun yediğini zannedip kaçmaya başlamış. Vehhâbî çapulcuları erken bir zafer duygusuyla yağmaya başladıklarındaysa Miralay Hasan Bey çıkmış sahneye ve her şeyi ters yüz eden bir haykırışla ordusunu yeniden savaş meydanına yönlendirmiş.

"Vurun aslanlarım, koman kurtlarım, saldırın yiğitlerim!.."

Tayma Miralay Hasan'ın sesiyle bir zaferin adı olmuş. Haberi getiren asker, savaşın bütün etkisini hâlâ üzerinde taşıyordu. Adı Yahşi imiş.

Onu dinlerken heyecanlanmamak elde değildi. Esmer çehresinde sevinç ile kederin ortak yorgunluğu ve çocukça sesinde bir galibiyetin coşkusu vardı. Kanlı bir savaştan çıktığı her hâlinden belli oluyordu. Gözlerini kumların arasında bir noktaya dikip kâh acı çekerek, kâh sevinerek durmadan anlattı:

"Tayma'ya yaklaştığımızda bir tüfek sesi duyduk; çölün kaynayan buharı içinde dalga dalga yayılan bir ses. Hemen ötemizde bir askerimiz iniltiyle atından yere düştü; kafasından kan fışkırarak. Durduk. Bütün ordu durdu. Çevremize bakındık, kimse görünmüyordu. Kumandanımız hedef küçültmemizi söyledi. Az evvel üzerinde ilerlediğimiz atları ve develeri siper edinerek eğildik. Piyadelerden de çömelenler, diz kırıp oturanlar, bağdaş kuranlar. Tedirgin ve korkulu. Ellerimiz tüfeklerimizde, süngülerimizde, kılıçlarımızda… Bir dakika, iki dakika, beş dakika… Çıt yok. Güneşin parlak yansımaları ve kumların ışıl ışıl cilveleri. Gözler seğirmeye, kaşlar çatılmaya, eller titremeye başladı. Çevremiz alabildiğine düzlük. Açıkta, sipersiz öylece beklemedeyiz. Ufkumuzu yarı yarıya kuşatan dört tepecik; her biri akşamki fırtınadan kalmış da bu gece yeniden harmanlanıp başka yerde birikecek gibi. Kumandanımız Miralay Hasan Bey, dürbünüyle durmadan tepeleri gözlüyor. Meğer bilirmiş, dazlakların kendilerini kuma gömer gibi kervanlara, yolculara maharetle tuzaklar kurduğunu. Ve bize "Hazıııır!" komutu verdi. Hepimiz koşacak çocuklar gibi bir dizimizi yere diğerini göğsümüze yapıştırarak beklemeye başladık. Tayma'ya kazanacağımız zaferi konuşarak neşeyle gelmiştik. Aklımıza göre Vehhâbî askerinin burada olmaması gerekiyordu. Oysa atının sırtındaki askerimizi tam alnından vurup yere düşüren birisi veya birileri vardı. Karşıki tepeciklerin ardında gerçekten dazlaklar mı bekliyordu? Eğer öyle ise Akdar'a gittiklerinden emin olduğumuz bu herifler ne zaman ve nasıl Tayma'ya yönelmişler ve güzergâhtaki kızıl kumlarla kara pürçekli taş denizini o kadar kısa zamanda nasıl aşabilmişlerdi. Akabinde ufkumuzu kuşatan kum tepecikleri hareket etmeye başlayıverdi. Sanki yer ayağa kalkmış üzerimize geliyordu; rap, rap. Kum tepecikleri eridikçe arkalarında gizlenen develer ve atlar görünmeye başladı. Karşımızda bir insan deryası… Kalkan toz bulutuna bakarak ön saflardan itibaren geriye doğru en az yüz elli safın olduğu kestirilebilirdi. Üzerime doğru yürüyecek ilk dazlağı öldürdüğümde arkasından sırayla yüz elli kişiyi daha öldürmem gerektiğini düşündüm. Zannederim bütün Mısır askeri de benim gibi düşünüyordu. Sadece izliyorduk. Üç atlı gayet sakin bize doğru ilerledi. Tüfeklerini sırtlarına asmışlar, ellerindeki kılıçları havaya kaldırıyorlardı.

Mızrağın ucuna geçirilmiş kılıçlardı bunlar. Her biri fırın küreği gibi geniş ve Zülfikar misal eğri. Güneşte parıldayışı bile dehşet saçmaya yetiyordu. Hasan Bey hiç telâş etmedi. Kılıcını çekip havaya kaldırdı. Savaşın dilinden anladığı belliydi. Yıllardır çölde karşı karşıya yaşadığı dazlakları iyi tanımıştı besbelli."

Yahşi bunları anlatırken Abdülaziz'in bizi yanılttığını düşündüm. Bir akşam evvel oyun içinde oyun oynanmış, hile üstüne hile yapılmıştı da biz uyanmamıştık. Hüdâyî'nin planları çok tutarlıydı ama uygulama maharetle yürütülememişti. Abdülaziz onun aklını okumuş gibiydi. Onunla Abdülaziz arasında sanki bir zihin perdesi vardı da birbirlerini perdenin arkasından görebiliyorlardı. Çevreme bakındım; askerin gözlerini kumdan ayırmadan anlattıkları dinleyen hacı adaylarını dehşete düşürmeye yetmiş, akıbetinden korkar hâle getirmişti. Oysa bu bir zafer haberiydi ve sonuçta askerimizin galip geldiğini, Vehhâbî tehlikesinin ortadan kalktığını biliyorduk. Yakınmalar, üzüntüler uğultu hâlini alınca Merkez Efendi herkesi susturdu. Yahşi'ye bir tas su verdiler. İçtikten sonra yüzü daha da gülümsedi ve merakla kendisine yönelmiş başlara dönüp anlatmaya devam etti:

"Savaş çok kanlı olacağa benziyordu. Dazlaklar acımasızlıklarıyla biliniyordu. Biz de bir zafer için ta Mısır'dan kalkıp buralara gelmiştik. Hasan Bey sık sık bunu hatırlatıyor, galip geleceğimizi tekrarlıyordu. Bizim galip gelmemiz demek Mekke ile Medine'nin de kurtulması demekti. Kolağalarını yanına çağırıp onlara zaferden bahsetti ve emirler verdi. Abdülahad'ın ordusu hakkında yeniden bilgilendirdi. İbrahim Paşa'nın Dir'iye'de Abdullah'ı kuşattığını, her ne kadar çok görünmek isteseler ve ona göre toz kaldırsalar da karşımızdaki dazlakların Vehhâbî gücünün yarısı kadar olduğunu, ordumuzun galip geleceğini veciz şekilde anlattı.

Hasan Bey ne derse desin, mevcudu üç bin olan askerimiz neredeyse iki katını bulan çapulcu sürüsüyle karşılaşmaktan çekiniyordu. Çöl şartlarının düşman lehinde olduğu da ortadaydı. Yine de Hasan Bey'in emrine uyup atıldık. Yarım saat kadar boğaz boğaza, hançer hançere, kılıç kılıca ve tüfek tüfeğe cenk oldu. Askerimizin erimekte olduğu görülebiliyordu. Ve bozgun başladı. Kimse ne tarafa kaçılacağını bilmiyordu. Kum deryasında kulacın ne faydası olacaktı ki? Herkes önündekini takip etti ve güneşe sırtımızı dönüp hızla akmaya başladık. Bozgunumuz çölün yönü ve tarafını bilmemektendi. Derken bir ses duyduk:

'Duruuuuun!..'

Durduk; mecalsizlikten. Lâkin bizi durduran ses bize yön verdi, dizimize derman, kalbimize iman kattı. Her cümlesi bir başka heyecan ve şevk getirdi. Bize yeni bir savaş taktiği kurdu ve alay ile taburlarımızı develer ortada, atlar iki yanda olacak şekilde yeniden düzenledi. Dazlakların tam tersiydi bu. Mısır'daki asker talimlerinde bize daima atlarla atların, develerle de develerin karşı karşıya gelmesi gerektiğini öğretirlerdi. Miralay Hasan Bey bunu değiştiriyordu. Meğer çöl develeri yabancı atların kokusundan ürker ve kaçarmış. Hepimiz inandık. Artık ne dese yapmaya hazırdık. Baktık, dazlaklar savaş meydanında bıraktığımız şehit ve gazileri soyup yağmalamakla meşguldüler. Çok ağırımıza gitti ve birkaç dakika önce bizi durduran Hasan Bey bu sefer yıldırım olup atılmamız için haykırdı:

'Vurun aslanlarım, koman kurtlarım, saldırın yiğitlerim!..'

Herkes hücum taktiğimizi birbirine hatırlatarak koşuyordu artık: 'Unutmayın atlar develere!'

Dazlaklar neye uğradıklarını şaşırdılar. Çoğu zaten silahlarını bir kenara bırakmış yağmayla meşguldü. Atlılarımız önden develer arasına dalınca meydanda bir kargaşa da başladı. Bu sefer kaçanlar onlar olacaktı, niyetimiz buydu. Ben piyade sınıfından idim ve kumları savurarak saldırdık üzerlerine. Ötede tüfeklerin çatapatlarıyla devrilen atlar acıyla bağıran insanlar görüyorduk. Burnumuzun dibinde telli kurşunlar savruluyor, yivli kurşunlar vınlıyordu. Ölümler ve yaralanmalar çoğaldıkça ortalık karışmaya, kum tozu gözleri yakmaya başladı. Nihayet kurşunlar mı bitti, yoksa tüfek mesafesi mi bozuldu anlayamadım, vınlamaların ve patapatların yerini kılıçların çakaçakları aldı. Göğüs göğüse hançer ve süngü harbi başladı. Her şeyin birbirine girdiği, kılıçların rastgele savrulduğu andı. Toz, ter ve kanın ciğerlere kadar işlediğini hissediyorduk. Nefes almak bile zorlaşmıştı. Dazlakların yüzlerindeki peçelere nazaran bizim yüz siperliklerimiz toza karşı daha dayanıklı sayılırdı. Ama meydanın tek derdi toz değildi ki! Mızrakların, palaların, gürzlerin ve topuzların arasında iki dirsek genişliğinde bir hareket alanı bile kalmamış, öyle devinip duruyor, bir yandan da miralayın komutlarını yerine getirmeye çalışıyorduk. Savaşın seyrini atının üzerinden izliyor ve durmadan emirler veriyordu; 'Sağ kanat açılıııın! Sekizinci bölüüük, saağaaaa, sağaaa, sağaaaa... Vurun kurtlarım, vurun yiğitlerim, Allah adına vurun, Haremeyn aşkına vuruuuun!..' Garip olan oydu ki iki taraf da Tekbir ile vuruyor, yere her düşen kelime-i şehâdet getiriyordu. Bunca herc ü merc arasında öyle bir an geldi ki sanki herkesin birbirini öldüreceğini, son kişi de can veresiye kadar savaşın süreceğini zannettim. Baktım, herkes benim gibiydi, yalnızca hayatta kalma içgüdüsüyle kamasını, palasını, topuzunu rastgele sallayarak mücadeleyi sürdürüyordu. Dizlerde dermanların, kollarda gücün kesildiği bir andı. Vehhâbî dazlaklar kaçıp gitmiyor, bilakis ölümüne direniyorlardı. Yağmayı nasıl kutsal biliyorlarsa savaştan kaçmayı da öyle hamiyetsizlik biliyorlardı. Şehitliğin gereği olan cennet özlemi onları teker teker yere seriyordu ve savaş son neferine kadar bir katliama dönüşmek üzereydi. Miralay onlara bir hareket alanı bırakmak istedi ve sesinin en yüksek perdesinden bağırdı:

'Kaçıyorlaaaarr!.. Vehhâbîler kaçıyorlaaaar!..'

Miralayın bir yalanıyla savaş meydanına sükûnet geleceğini kırk yıl düşünsem aklıma getiremezdim. Kaçıyorlar kelimesi duyulur duyulmaz bütün Vehhâbîler tabana kuvvet kaçmaya başladılar, atlarını ve develerini bile almadan. Meğer biz toz duman arasında canımızla oynarken süvarilerimiz de dazlakların develeriyle oynamışlar ve hepsini darmadağın etmişler.

Nizam ve intizamın, emir ve kumandanın yitirilip kaybolduğu iki saatin sonunda başlangıçtaki kum tepelerinin sırtlarına doğru aşıp aşıp giden hayaletler görmeye başladık. Sıcağın etkisiyle görüntüleri gitgide seraba dönen dazlak neferlerdi bunlar ve artık kaçmayı bir hamiyet meselesi yapmadıkları anlaşılıyordu.

Rahat bir nefes aldık.

Miralay Hasan Bey yeni bir plan yaptı. Atlarımız ve develerimiz henüz yorulmuş sayılmazdı. Düşmanı takip edersek onları çölde ölüme bırakmamış, bilakis esir alarak ebediyyen Vehhâbî sorununa da çözüm getirmiş olacaktık. Dazlaklardan kalan atlara ve develere süvar olup peşlerinden gittik. Bozgunun ana kolu Dir'iye istikametinde kaçıyordu. Dağılan perakende bedevîleri bıraktık. Onların zorla Vehhâbîlere katıştırılmış adamlar oldukları ve bâdiyedeki obalarına kaçtıkları ortadaydı. Miralay Hasan Bey İbrahim Paşa'ya bir kuzgun uçurup bozgunu haber verdi. Üstüne, kaçan askeri karşılamaya çıkmanın kesin bir çözüm olacağını dillendirerek. Lâkin buna da gerek kalmadı. Çünkü çöl şartlarında süvarinin piyadeye üstünlüğü mutlak başarı demekti. Elbette onların hacılarımıza yaptıklarını kendilerine yapmak taraftarı değildik. Bunun için eman dileyerek teslim olmalarını istiyorduk. Ne ki onlar da bundan kaçındı. Suud'un has adamları olmalıydılar. Bir vahada karşı karşıya geldik. Başlarında Abdullah'ın büyük oğlu Abdülahad vardı ve kahramanca ölmeyi Vehhâbî olmayan bir özgürlüğe tercih edeceğini söylüyordu. Ne olduysa o vakit oldu. Beş yıldır buralarda telef olan hacıların hatırasına kılıçlar işledi ve gün batımında bini aşkın cesedin kanı vahanın kuyusunu kanla yıkadı. Beş yüz civarındaki esir arasında Abdullah'ın iki oğlu da vardı. Miralay ertesi sabah iki tabur asker ile hepsini Dir'iye'de İbrahim Paşa'ya gönderdi. Belki Abdullah oğullarını eli bağlı görünce kaleyi savunmaktan vazgeçip teslim olur diye!.. Ordunun geri kalanı da sürre alayına kavuşmak üzere yoldadır, akşama burada olurlar inşallah!"

Yahşi her şeyi teferruatıyla anlatmıştı ama ecnebi gemilerden hiç bahsetmemişti. Merkez Efendi ağzını aradı. Meğer Abdülahad'ın hezimetini haber alır almaz demir alıp gitmişler. Daha ilginci, gemilerin kaçış haberi üzerine Necid çölünde, Maskat ve Umman'da şenlikler yapılması, Bombay'ın ecnebi valisinin de küplere binip Basra körfezine donanma gücü takviye ettirmeye kalkışmasıydı. Mısır askerinin Necid çölünü gelincik tarlasına döndürdüğünü öğrenince bundan vazgeçmiş olmalıydı. Yahşi'ye son soruyu Hüdâyî sordu:

"Abdullah'ın en küçük oğlu Abdülaziz?"

"Esirler arasında yoktu. Eğer farklı istikamete kaçanlar arasında değilse cesedi Tayma çölündedir."

Medâin-i Sâlih - Vâdilkurâ

4-8 Eylül – 20 Eylül

Medâin-i Sâlih… Zafer haberinden sonra dört gün sevinç üstüne sevinç yaşadığımız yer oldu.

Burası Semud kavminin yurdu. Vaktiyle arazide yedi büyük şehir varmış. Dağlarla çevrili yemyeşil vadileri olan şehirler. Peynir keser gibi kesip oydukları kaya evlerde ihtişamlı hayatlar sürmüşler. Şimdi nereye bakılsa sarı kum, sarı toprak, sarı kaya; vaktiyle deniz derya olan manzaralar… Kur'an diliyle bir helâk oluşun hikâyesi; şiddetli gürültü ve şimşeklerle gelen bir yer sarsıntısından sonra; muhtemelen bir volkanik patlama…

Salih yurdunda Mısır sürresiyle buluştuk. Zafer şenlikleri arasında. Kand-i mükerrer gibi, yani çifte kavrulmuş… İki sürrenin buluşması sanki muharremden kurtulup zilhicceye kavuşmak gibiydi. Şimdiden hac başlamış gibiydi ve biz âdeta bayram havasındaydık. Ayrılık Çeşmesi'nden sonra menzillerin tadını çıkarmış, Konya'da şenlikler etmiş, Şam'da ihtişamlı günler geçirmiş, muhtelif menzillerde heyecanlanmış, sevinmiş, küçük çaplı şölenler ve törenler yapmıştık ama hac yolunda olmanın derinliğini ve engin heyecanını ilk kez iki sürre buluşunca anlamıştık. Otuz binlik alayımıza yirmi bin hacı daha katılmış, tekbirler, salavatlar yıldızlarla kumlar arasında ilâhî bir ahenge dönüşmüştü. Arafat meydanından ve belki de mahşerden bir numune. Beratını eline almış müminler misali; o gün bütün sürre alayı kurtuluş vesikasını kalplerine yazmış, korku defterini dürüp kaldırmıştı. Üstüne de İbrahim Paşa'nın Dir'iye'de Abdullah'ı çaresiz bırakıp esir aldığı haberi geldi.

Kervanda ilâhiler, mevlidler, zikirler, helvalar, eğlenceler... Hücremizdeki asıl sevinç ise Vehhâbî ile gâvur ittifakının sona erdiği anda Hüdâyî'nin yine tuhaf hikâyeler anlatmaya başlamasıyla ortaya çıktı. Bizi gülmekten kırıp geçiriyordu. Meğer neşeli olduğu vakitler bambaşka bin insan oluyormuş. Özellikle de Nadide'den yüz bulunca.

Medâin-i Sâlih'ten gönül huzuruyla Bi'r-i Zümürrüd'e hareket etmemiz şenlik içinde şenlikti. Bendirler, defler eşliğinde yürüdük, zikirler, ayinler refakatinde mesafeler tükettik. Menziller ta Üsküdar'dan bu yana hiç böylesine aşılması kolay hedefler, konaklar da hiç bu kadar rahat mekânlar olmamıştı zannederim. İnsanın içinde tedirginlik ve korku yerine umut ve sevinç var ise hayatın anlamı da değişiveriyordu.

Bi'r-i Zümürrüd'den geçtik; adı üstünde zümrüt gibi berrak suları olan kuyulardan içe içe. Na'am menzilinde Dir'iye köy ve aşiretlerinin de tenkil edilip Osmanlı'ya bağlılıklarının sağlandığı müjdesini aldık. Kumlar sona erdi, ayakları kesen püskürtme taşların olduğu Hediyye Eşmesi'ni görüp ishal yapan sularında yıkandık. Abdullah'ın bozgun haberinde de Selâm kayalığına sırtımızı dayayıp konakladık. Artık Vâdilkurâ'nın ıtırlı vadisindeyiz ve az evvel dazlakların azılılarından bazılarının idamıyla mallarının müsadere edildiği müjdesi de geldi. "Sultan Mahmud çok yaşa!" nidaları ayyuka çıkıyor. Said Bey beni çağırtıp zafer haberini İstanbul'a bildirmek üzere muştucu olmamı istedi; üç muhafız süvari eşliğinde. Büyük bahşişlere erişeceğimi de ilâve ederek. Yıkıldım elbette. Medine'ye iki konak yaklaşmışken geri dönmeye nasıl razı olurdum ki? Binbir mazeret uydurdum, kabul etmedi. Nihayet imdadıma Hüdâyî yetişti. Celep Laleli Ağa'nın başına gelenlerden sonra sultandan gelecek bir bahşişi hak ettiğini, suçsuzken hapsedilmesinin ve bozulan işinin ancak böyle telâfi edilebileceğini anlattı. Said Bey başını salladı. Kurtuldum.

Sürre emini muştuculuk konusunu açtığında aklıma ilk gelen şey, mürekkeplerimi Hüdâyî'ye emanet ile Kâbe'yi görmelerini sağlamasını rica etmek olmuştu. Ona "Bunu yapar mıydın?" diye sordum; bana, bambaşka telden çaldı:

"Biliyor musun Abdullah'ın bedevîleri çöle dağılarak canlarını kurtarmak yerine son nefeslerine kadar davaya sadakat göstermişler, sence şehit olmuşlar mıdır?"

Bir savaşta ölenin şehit olup olmadığı Allah'ın takdiridir, desem bunu zaten bilirdi, sustum. Benim sorum cevapsız kaldıysa onunkisi de kalsındı. Yanımdan ayrıldı, "Nadide'ye..." diyerek.

Kervan daha hızlı, güvenli ve emin adımlarla ilerliyordu. Vâdilkurâ'ya zilhicce girmeden ulaşabildik. Hacca ucu ucuna yetişecektik. Heyecanlar doruktaydı. Bir sonraki menzilimiz ise Medine. Kervan yolcularında da telâş. Kıpır kıpırlar. Bütün konaklamaları iple çeken hacılar sanki "Neden durduk ki!" demekteler. Benim de içimde aynı duygu. Yürüsek akşama Resûl-i Kibriya Efendimize selâm verebilecek bir menzil. Ve kalplerde biriken özlemler... Hasretin bitmesine bir adım kala, kimsede beklemeye tahammül olmadığı da belli. Gözlerdeki sevinç yaşları da yavaş yavaş sel olmaya başlıyor zaten...

Vâdilkurâ "Köyler bölgesi" demek. Ama hacılar buraya Menzil-i istikbal diyorlar; Medine halkının hacıları karşılamak üzere geldikleri yer olduğu için. Vadi yer yer misvak ağaçları ve kuyularla şenlenmiş. Asr-ı saadet'te Hayber dönüşü Müslümanlarca fethedilmiş ve Resûlullah Efendimiz dört gün burada konaklamış. Şimdi mehteran ve mevlidhanların yükselen sesleri hacıların zihinlerinde sanki Asr-ı saadet'in hatıralarını anlatır gibi. Said Bey böyle bir sevinç anını değerlendirmek istemiş olmalı ki bütün alaya ve kervana geniş bir nutuk çekti. Vehhâbî tehlikesinin bertaraf edilip beş yıl aradan sonra tekrar haccedilebilecek olmasına şükürler ederek söze başladı, Osmanlı Devleti'nin hâkimiyet ve hükmünün devamına dualar ederek sürdürdü ve Sultan Mahmud adını öve öve bitiremedi. Sesi münâdîler tarafından bütün hücrelere dalga dalga yayıldıkça da alkışlar alkışları takip etti:

"Padişahım çok yaşaaaa!.."

"Devletin daim olsun Sultan Mahmuuuuud!"

"Aleyke avnullaaaaah!"

"Uğurun açık olsun Sultan Mahmuuud, ikbâlin efzuuuun!"

"Devletinle bin yaşa padişahıııım!"

Yüklerimizi çözdüğümüz sırada Medine'den kervanı karşılama için gelişler de başladı. Hepsi bembeyaz giysiler içinde, defler çalarak kasideler söylüyor, hoş geldin şarkıları mırıldanıyor; kimisi kendileri için gönderilen hediyeler ve önceki yıllarda tanıştıkları hacılardan haber almak istiyor, kimisi misafir edinmek üzere aileler araştırıyordu. Koyunların meleşe meleşe kuzularıyla buluştukları saatler geçti gözümün önünden. Beyaz kuzular, kınalı koyunlar... Ellerinde sular, şerbetler ve hurmalarla birikmiş Medineliler... Meğer yedi gündür her seher böyle gelip bekleşiyorlarmış. Hüdâyî yutkunarak mırıldandı:

"Veda tepelerinden ay doğdu üzerimize!"

Gelenlere ilk sorumuz Medine'deki durum oldu. Çok şükür, Vehhâbî yöneticiler Medine'den firara başlamışlar, şehri terk ediyorlarmış. Said Bey derhâl Kolağası Oruç Baba'yı atlandırıp Peygamber şehrine yolladı. Şehirde kargaşa çıkmaması ve asayişin sağlanması için. Bu haber kervandaki pek çok insanda Peygamber'in eşiğine koşma arzusu doğurmuş olmalı ki yüklerini indirdiği hâlde açmayanlar vardı. Hüdâyî ve Merkez Efendi'yle birlikte Said Bey'in yanına vardık. Askerlerin çoğu dazlak tenkiline gittiği için hacıları zaptetmekte zorlanıyordu. Kervandan güvendiği yüz kadar adamı çağırttı. Nöbet tutmak ve hacılardan yola düşmek isteyen olursa geri çevirmek üzere. Merkez Efendi'ye serzenişte bulundum:

"Hasret çeke çeke menziller aşan, beldeler geçen bir âşıka, sevgiliye gitme demek olur mu hiç üstadım? Gitmek isteyeni nasıl geri çeviririz? Çevirirsek vebal değil midir?"

"Sevgiliye kavuşmayı hayal etmekle sevgiliye kavuşmak ayrı şeylerdir Yahya Efendi. Şimdi gidenlerin sevgiliye kavuşacaklarından emin değiliz çünkü. Şu yükselen güneşe bak!"

"Aşk, güneşin üstesinden gelir?"

Hüdâyî'nin hükmüne Merkez Efendi itiraz etti:

"Aşk, güneşin üstesinden gelir amma alay olmanın da bir adabı var. Üsküdar'dan yola çıkarken herkesin uymaya söz verdiği kurallara ne oldu?"

"Aşk, kural dinler de artık!"

Gün boyunca Medine'ye kaçmak isteyenleri geri çevirirken Allah ve peygamber sevgisinin bütün kuralların üstünde olduğunu tekrar tekrar gördük ve yaşadık. Onları kışkırtan aşkın büyüklüğü, bütün yolculuğun tedirgin, korkulu ve şüpheyle ilerlemesiydi galiba; gidebilecek miyiz, gidemeyecek miyiz? Bir an heyecan dolu bunca insanın hacı olamadan geri döndürüldüklerini düşündüm. Geçen ve daha önceki yıllarda buralara kadar geldiği hâlde dazlak çetelerince geri çevrilen insanların geri dönmek yerine ölmeyi tercih edişlerini artık anlayabiliyordum. Medine'ye yaklaştıkça develerin ve katırların bile tazelenip dinçleştiklerini göre göre kim geri dönerdi? Ama ben gün boyunca şu cümleyi tekrar edip durmakla vazifeliyim:

"Gidin uyuyun, dinlenin! İnşallah sabah namazını Mescid-i Nebevî'de kılacağız!"

Kimse uyumadı desem yeridir. Köyler bölgesinde en kalabalık yerler temizlikle alâkalı mekânlar oldu. Bütün hacılar

Resûllullah Efendimizin huzuruna çıkmak için hazırlık yapıyorlardı. Aklanıp paklanmak, giyinip kuşanmak ve süslenip püslenmek gibi...

Öğle namazından sonra bir haberci Abdullah'ın en küçük oğlu Abdülaziz'in kaçtığını ve aranmakta olduğunu söyledi. Abdullah ile diğer üç oğlu âsi oldukları için İstanbul'a götürülecek ve cezalandırılacaklarmış. İngilizlerin kendisini yalnız bıraktıklarına içerliyormuş. Biz bu habere sevinirken burnumuza bir balık kokusu geldi. Karnımız da acıkmıştı. Meğer Berber Zuhurat ile Deveci Sümbül Hediyye Eşmesi'nde balık tutup kumlara gömerek kurutmuşlar, niyetleri Celep Laleli'nin zindandan çıkıp serbest bırakılmasını kutlamak imiş, lâkin o müjdeci olarak İstanbul'a dönünce balıklar kokmasın diye pişirip yanımıza geldiler; Selâmi Ali'yi de alarak. Vâdilkurâ'nın soğuk pınarından da tatlı içimli suyumuz vardı. Şam'dan itibaren böyle lezzetli bir sofraya oturmamıştık. Önce Deveci Telli'yi rahmetle andık, sonra Kuşbaz Yuşa'yı lânetle. Laleli Ağa'ya esenlik diledik. Sıkıntıların geride kalmasından duyduğumuz mutluluk çehrelerimize yansımıştı; şakalaşa konuşa Merkez Efendi sordu:

"Canlar, bu çölün ortasında bu kırmızı benekli balığı nerden buldunuz, deyiverin hele?"

"Hediyye Eşmesi'nde yakaladık!"

Sümbül'ün kısa cevabı Merkez Efendi'ye bir kupa su içirip iki balık daha yedirtti. Sonra yeniden sordu:

"Hediyye Eşmesi'nin balığı acep Nil balığına mı benzer ki?"

En uyanığımızın Hüdâyî olduğunu işte tam o sırada anladım. Çünkü "Hediye balıklar..." diye söze başladı, sonra boğazına kılçık takılmış gibi tıksırdı. Merkez Efendi aslında neşeli geçen bir yemek esnasında sohbet etmenin iyi olacağını düşünmüş ve "Biriniz bizi taşıyın!" anlamında çölün ortasında ele geçen balıklardan bahis açmıştı. "Hediye balıklar..." diye söze başlayan Hüdâyî'nin şimdi ne anlatacağını hepimiz merak ediyorduk. Hatta anlatamasa daha da sevinecektik, onun mat olduğunu görerek. Hediye balık yerine Hediyye Eşmesi'ni de anlatabilirdi. Tuhaflık ruhunda vardı ne de olsa. Volkanik taşların arasında kalan kumlu dere yataklarından geçmiştik. Çevrede sinameki ağaçları çok olduğu için suyu da insanı ishal ediyordu. Hüdâyî, tıksırınca "Acaba?" dedik ama hayır, turp gibiydi. Boğazındaki gıcığı temizleyip sözüne devam etti:

"Hediye bu balığın adıymış üstadım. Deresi ve denizi olmayan Eşme arazisinde bu balıklar nasıl vücut bulur denirse; meğer Allah Teâlâ Hazret-i Hud'a sofra indirirmiş. Resul de sofradaki kemikleri toprağa atar, toprakta o kemikler mucize eseri balığa dönüşürmüş..."

Yine başlamıştı. Yenlerini de oğuşturmuyordu ama yine acayip hikâyeler uyduracağı belliydi. Gizlice dizine dürttüm, hani belki susar diye. Nafile!

"...O günden bu yana balıklar da Hediyye Eşme'sinin ıslak kumları içinde yaşayıp giderlermiş. Diğer balıklar su içinde nasıl yüzüp giderlerse bunlar da suluca kum altında öylece yol bulurmuş. O gün Allah'ın peygamberine hediyesi, bugün de bize hediyedir!"

Yorum yapan olmadı. Kimse "Bre meczup yine uyduruyorsun" da demedi. Hep birlikte kahkahayı koyuverdik. Galiba biraz da sesimiz yüksek çıkmıştı, oradan geçmekte olan genç bir derviş durup yüzümüze karşı bir beyit okudu:

Sakın terk-i edepten kûy-ı mahbûb-ı Hudâ'dır bu
Nazargâh-ı ilâhîdir makâm-ı Mustafâ'dır bu

Hepimizin başları yere eğildi. İstiğfarlar ettik. Hac yolunda çekilen onca çileden sonra huzura ermenin sevincini yaşıyorduk ama galiba haddi aşmıştık. Tam da Resûlullah'ın eşiğinde. Şair Nâbî de zaten bu beyti tam da burada bazı haddini aşan densizler için söylemişti. Kalbinde Peygamber sevgisi yangın yangın tüten Nâbî'ye rahmetler okuduk.

"Burada edebini bozmaktan sakın ey yolcu, çünkü burası Allah'ın sevgilisinin beldesi..."

Vâdilkurâ - Medine

21 Eylül - 23 Eylül

Vâdilkurâ'dan Medine'ye sekiz saatlik yolumuz vardı. İkindi güneşi henüz sıcaklığını hissettirdiği sırada kervan yola çıkmak üzere köse vurulmasını bekliyordu. Sürre Emini Said Bey hazırlıkları kontrol ettirdi. Medine'ye gidiyoruz, Sevgili'nin eşiğine...

Önde sancak-ı şerif, sonra sultanımızın tuğ ve bayrağı, iki adet top, iki davul, ardında İstanbul mahmili ve Kahire mahmili, alay sancakları, sürre çantalarının yüklü olduğu develer, gül suyu haznesi, altın keseleri, avizeler, mücevher keseleri... Aralarında merasim kıtasının boylu boslu askerleri. Her birinin omuzunda samur ve tirkeş cepkenler, başlarında altın üsküf hediye taslar, altlarında rengârenk Bursa çatmaları ve sim kordonlar, ellerinde şimşir tüfekler, mücevher kakma mataralar. Velhasıl bakanın göğsünü kabartan civan yiğitler. Askerlerin her biri de madalyalarla şıkır şıkır merasim kıyafetlerini giyip silahlarını kuşanmış, intizamla ilerliyor. Medine girişinde kurban edilmek üzere yüz koyun ve yüz deve. Duahan ve mevlidhanlar şükür âyetleri okuyor, beş yıldan sonra ilk defa âminler göz yaşlarıyla göğe yükseliyor. Sultan Mahmud'un sürresi Medine'yle kucaklaşmaya hazır.

Hüdâyî ufukta bir ışığı işaret etti. Kuzey istikametinde arkadaki dağların arasından sanki yanıp sönen bir ışık. Çok dikkatle bakınca görülebilen bir yansıma. Medineli rehberimize sorduk.

"Kubbetü'n-nûr'un alemidir. Akşam güneşi vurunca böyle parlar."

Kubbetü'n-nûr, Mescid-i Nebî'nin simgesiydi. Memlük Sultanı Kalavun tarafından Hz. Peygamber'in kabri üzerine çatılan ahşap kubbenin adı. Sultan Kanûnî Süleyman tarafından yenilendiği vakit yeşile boyatılıp tepesine altından mamul üç topuzlu murassa bir alem konulmuş. Alemin topuzları iri tespih taneleri gibi olup üzerinde de hilâl mevcutmuş. Işığı kırıp Hüdâyî'nin gözüne kadar yansıtan işte o hilâlmiş. Elimi alnıma siper edip daha dikkatle bakınca seçer gibi oldum. O sırada yanımızda canhıraş bir feryat duyuldu:

"Ravza göründüüüüüü!.. Ravza göründüüüüü!.."

Rehberin "Kubbetü'n-nûr" telaffuzunu duyan heyecanlı hacılardan biriydi bu. Elleriyle Ravza'yı işaret ediyor ve bineğinden iniyordu. Onu gören başkaları da.

Ravza cennet bahçesi demekti. Cennet bahçesini görüp de heyecanlanmayacak kul olabilir miydi? Kervanda büyük bir hareketlilik yaşandı. Baktık herkes atlarından develerinden iniyor. Hz. Peygamber'e saygı için. Çoğunun düşüncesine göre huzura giderken işe yaramayacaksa insan bu ayaklara neden ihtiyaç duysundu ki? Ve adımlar gitgide hızlandı. Birbirine bakarak daha da hızlandı. Gözler siperlendi, başlar açıldı. O sırada hafızlardan birinin sesi duyuldu:

"Essalâtü ve's-selâmü aleyke ya Resûlallah, essalâtü ve's-selâmü aleyke ya Habîballah, essalâtü ve's-selâmü ale..."

Rehberimiz "Seri adımla beş saat!" dedi. Ama herkes koşmaya hazırdı. Duranlar sürre alayını bozmanın, kervanı dağıtmanın ayıp olacağını vahmederek endişeyle duruyordu. İçimden "Merkez Efendi'yi de geride bırakıp gitmek yakışık almaz!" diyordum. Yine de ayaklardaki azim ve gayret dillere aktarıldı, salavatlara "Şefaat ya Resûlallah!" nidaları karıştı. Hacıların kimisi bağrını dövüyor, kimisi sarığını çıkarıp saçlarını çözüyor, kimisi çark uruyor, sema ediyor, el açıyor, hıçkırıyordu. İnsanların feryad ve yakarışları öyle bir hâl aldı ki dört aylık yol boyunca mecalden düştüğünü zannettiğimiz develer, atlar ve katırlar kişneyerek, gürleyerek, bağırarak ilerlemeye, sahiplerini ve yolcularını geride bırakmaya başladılar. Medine işte bu demekti; bütün mahlûkatın kalbine dokunan heyecan, Vehhâbî düşüncesinin asla anlayamayacağı aşk...

Medine'ye doğru attığım o günkü adımları hiç unutamayacağımı biliyordum. Elli bin kişiden fazla insan ve onun dörtte biri kadar yük hayvanının yekvücut olmuş bir seferiydi o. Güzel sesli mevlidhan ve hafızların gökkubbeyi dolduran yanık salavatlarına haykırarak iştirak eden kalpler. Yolun yarısından itibaren yaşlısından gencine, fakirinden zenginine bütün Medineliler bizi karşılıyordu. Ellerinde akşam alacasını yıldız yıldız ışıtan fenerler, meşaleler... "Elhamdülillah ale's-selâme ya huccac. Ziyaret kabul, makbul..." diye diye sürre alayını karşılayan Hz. Peygamber'in akrabaları, hemşerileri. Kimisinin elleri açık, kimisinin selâmda. Ve açık ellere karınca kararınca kesecikler, gümüşler, akçeler sıkıştıran hacılar.

Medine'nin beyaz surlarına umulandan bir saat evvel varmıştık. Şehir surlarında veya yüksek evlerin damlarında meşaleleriyle biriken Medinelilerin sevgi gösterileri arasında kervanımız şehrin kıble ve doğu cihetindeki iki sur kapısı arasında yüklerini çözdü. Zannedersem herkes benimle aynı heyecanı taşıyordu; alelacele beyazlarını giyip yalınayak koşmak... Ayakların gideceği yer belliydi; gül kokusunun geldiği yön...

Ravza minarelerinden temcitler ve kasideler okunurken sur kapılarında yığılmalar da başladı. Nasıl yığılmasın, surun dışında, içindekinin üç katından ziyade insan vardı. Teheccüt vakti yaklaşıyordu ve başlar secdeye kapanmak üzere sabrı tüketmişlerdi. Burada kılınacak namazın Kâbe hariç başka yerde kılınacak namazlardan bin kat üstün olduğu müjdesiyle coşuyor ve Habîbullah'ın *"Evimle minberim ara-*

sı cennet bahçelerinden bir bahçedir" dediği mübarek yere koşuyorlardı. Dört aydır umutla çölleri, belleri adımlayan insanların heyecanıydı bu; şaşırmamam gerekiyordu ama işte...

Merkez Efendi, ben, Hüdâyî...

"Lebbeyk!"

Yürüdük, hızlandık, seğirttik, koştuk... Birden hatırladım. Üzerimde Eyüp Sultan hazretlerinin selâmı vardı. Şimdi sahibine ulaştırmalı, geri dönüşte de mukabil selâm için yine huzura durmalıydım; mihmandarına selâm gönderirse götürmek üzere. Sur kapısına yaklaştığımız sırada bir kadının bizi çağırdığını duyduk:

"Merkez Efendi!.. Yahya Efendi!.."

Biz daha kim olduğuna bakmadan Hüdâyî fırlayıp koştu. Nadide'ydi çağıran, sesinden tanımış olmalıydı. O da Hüdâyî Efendi demeyi nezahete uygun bulmamış olmalıydı zaten. İlerledik. Yanında Mutasarrıf Bey'in hanımı ile iki cariye daha vardı. Mutasarrıfın hizmetkârları, kervanı terk edince kendisi de ben önden gideyim, yol yordam öğrendikten sonra gelip sizi alayım, demiş. Gel gelelim dört aydır umutla buralara taşınmış olan Fatmacık, o özürlü kız, artık sabredememiş. Anne yüreği kızının feryadına dayanmayınca da tahtırevana koyup ver elini Ravza demişler. Ne ki sur kapısına gelince bakmışlar ki âdem denizi. Özellikle de Mısır kafilesiyle gelen siyahiler. Kapı tenhalaşmayıp da geçmeye fırsat bulamayınca şimdi bizden yardım istiyorlardı, içeriye girmek üzere.

"Seve seve!" dedik. Fatma tahtırevanında gözyaşları içindeydi. Onun heyecanını hayal ettim. Benim de gözüm yaşardı. "Allah'ım umutlarını yıkma, kudretin sonsuzdur istediğini ver kuluna!" Önde Merkez Efendi ile ben, arkada Hüdâyî ile Nadide!.. Fatma yattığı yerde cûşa gelmiş uçuyor âdeta. Annesi bir yandan bize yetişmeye çalışıyor, bir yandan kanyaş gözlerle yakarıyor, yakarıyor... Bir mucize bekliyordu besbelli. Doğuştan özürlü bir insanın Peygamber eşiğinde dua ile şifa bulması mucizeden başka neyle izah olunabilirdi ki? Vehhâbî aklınca izahı olmayan bir hâl. Bir an koşmaktan vazgeçesim geldi. Koşmak, gitmek, varmak güzeldi de orada öylece kalakaldığımızda bu anneyi kim teselli edecekti. İyilik olsun diye kabul ettiğimiz bu işin aslında ne büyük bir sorumluluk olduğunu o anda hissettim. Fatma merkad-i Resûllullah'ın önünde ayağa kalkamadığı an annesine ne diyebilecektik ki? Babası gelip bize hesap soracaktı muhakkak; kendi kızını taşıyamadığı için. Hüdâyî'ye baktım; Nadide'yle atbaşı olmanın heyecanıyla ayakları yerden kesiliyordu. Oysa olacaklardan sonra İzmit mutasarrıfı bir daha yüzünü görmek istemeyecek, belki kendisini cezalandıracaktı bile.

Düşündüklerimi ne Merkez Efendi'yle ne Hüdâyî ile paylaşabildim. İmkasızın peşine takılıp gelenlerin hayal kırıklığı mukadderdir.Ve az sonra kırılacak o hayal şimdi sur kapılarından girmiş şehrin beyaz badanalı iki, üç katlı kerpiç evlerle dolu sokaklarında ilerliyordu; bizim ayaklarımızla hatta. Hatta yol sormaya, adres aramaya da gerek yoktu, kalabalık insan kafileleri hep aynı istikamete akıyorlardı çünkü. Evlerin duvarlarına asılmış meşaleler sokakları aydınlatıyor, müezzinlerin temcitleri salavatlarla harmanlanıyor, insanlar birbiri ardınca seğirtiyordu. Medine şehrinin uyumadığı belliydi. Kaç yıldır sürre gelmemiş, kaç yıldır hac yapılamamış, kaç yıldır şehri ele geçiren bedevîlerin astığı astık, kestiği kestik uygulamaları arasında insanlar bunalmış, üzülmüş, inlemişlerdi. Böyle bir gecede uyunur mu? Şehirden âdeta kaçarcasına giden Vehhâbî yöneticilerin ardından bir kurtuluş şenliği yapmak gerekse ancak bu kadar coşkulu bir şenlik tertiplenebilirdi. Dışarıdan gelenlerin coşkusunu içeridekiler, içeridekilerin sevincini dışarıdan gelenler yükseltiyor, el el üstünde, elleri tutan eller de Ravza'da semaya açılıyordu; elbette şükür gözyaşları arasında. Biz de onca şükür ve sevincin içine bir hüzün, bir hayal kırıklığı götürüyorduk. Sevinçle yaş döken gözlerin, az sonra Fatma'nın kırılan umutlarına ve tutmayan ayaklarına bakıp ağlayacaklarını bile bile. Dört aydır heyecanla adımladığım yollar, şişelerimde mürekkebe duran isler hükmünü yitirmiş gibiydi. Karamsar düşüncelerim, az sonra Resûlullah'ın huzurunda olacağım duygusunun o büyük heyecanını bile benden alıp götürmüşlerdi. Oysa bu anı ne kadar çok hayal etmiştim. İlk defa huzuruna varıp selâm vereceğim anı düşünerek provalar yapmış, "Selâm aleyke ya Nebiyyallah! Selâmün aleyke ya Resûlallah! Selâm sana ey Nebî! Essalâtü ve's-selâmü aleyke ya Hateme'n-Nebiyyin..." Ardından Hz. Ebûbekir ve Hz. Ömer efendilerimizin ruhaniyetlerine vereceğim selâmı kaç kez aklımda yazmış, kaç kez bozmuştum. Saygıyla, hürmetle, samimiyetle, içtenlikle... Bütün provaları unuttum. Hiçbiri zihnimde değil artık. Fatmacığın az sonra yaşayacakları geliyor gözlerimin önüne ve omuzları birden düşüveriyor, dirsekleri yükünü çekmez olup öylece serilip kalıyordu. Annesinin o anda ne yapacağını kestirmek elbette zordu. Hangi teselli cümlesini kurabilirdi ki artık. Bütün hayallerin, bütün umutların son noktası. Belki de çığlık atıp isyan edecek...

"Tövbe haşa!. Nebî'nin huzurunda ses mi yükseltilir?"

Hüdâyî'nin meczupluğu üzerindeydi yine ama artık ona şaşırmıyorum. Yaptığı ikaz zaten gönlümden geçiyordu. Sokak tozlarını yuta yuta genişçe bir meydana vardık. Mescid-i Nebî avlusu olmalı. Meşaleler her yanda. Ayağımızın altında küçük çiğiller. Burada sokaklardan daha az toz kalkıyor. Fatma'nın ağlamaklı sesle mırıldandığını duyduk:

"Nadidem, görmek istiyorum, oturabilir miyim?"

Sanki bir tabur askerdik de kesin bir "Has duuur!" emri almıştık; yere çakılıverdik. Annesi ve diğer iki cariye hemen arkamızdaymış, tahtırevanda boylu boyunca uzanmış olan

Fatma'yı koltuklarından tutup oturttular. Bir tahtırevanın taht gibi şekil aldığını ilk kez görüyordum. Nadide başucundaki bir tahtayı yukarı kaldırınca tahtırevanın arkası sırtlık oluverdi. Fatmacık oraya yaslanırken tir tir titriyordu:

"Ayaklarımı da sarkıtır mısın Nadidem?"

Nadide tahtırevanın uzanan ayak kısmında bir kolu daha çekip sal biçimini koltuk şekline çevirdi. Sonra da kızın ayaklarını taze bebeğe dokunur gibi nazikçe tutup sarkıttı. Şimdi dört kişi birbirimize daha yakın duruyorduk. Bir koltuğu dört ucundan tutar gibi. Yeniden ilerledik.

İlk durak Bâbüsselâm... Adımlarımız salavatlarımıza uyarak yavaşladı.

İşte orada; gümüş şebekelerin arkasında. Peygamberimizin dünyadaki evi, mescidi, medresesi, her şeyi... Tarifi imkânsız bir koku. Resûlullah kokusu. Zemin kuşgözü renkli kıymetli taşlarla döşeliyken yer yer hoyratça kazılıp kaldırılmış. Vehhâbî dazlakların işi olmalı. Sürre alayının geldiğini duyunca ışıl ışıl bir mücevher havuzuna benzeyen zemini yağmalayıp neredeyse kara toprağa çevirmişler.

Birkaç dakika sonra Resûlullah'ın huzurunda olacaktık. Altmış adım... Elli adım... Kırk adım... Şu murassa şebekenin arkasında işte... Bütün dünya onun hürmetine var olmuştu ama o bütün saadetli ömrü boyunca dünyadan işte bu kadarcık bir yeri mülk edinmişti; mütevazı ve gösterişsiz. Vefatında da ruhunu teslim ettiği bu yere, Hz. Aişe'nin odasına öylece yerleşmişti. Zannediyordum ki adımlarımız insanların kalabalıklığından dolayı yavaşlamıştı. Hayır öyle değilmiş; Hz. Peygamber'e kavuşmanın hatırasını çoğaltmak için ayaklar kendiliğinden yavaşlarmış. Bunu kendimde hissettim. O sırada Merkez Efendi üstadımın ağlamaya başladığını gördüm. Arkamdan da Hüdâyî'nin ve Nadide'nin iç çekişleri... Nedense gözüm anneyi aradı. Kadın öyle işte, alı al, moru mor... Kalbim adımlarımı hızlandırmamı, aklımsa geri

geri gitmemi söylüyordu. İçimden bir an evvel selâmlaşmaya koşma arzusu var ama Fatmacık yüzünden selâmı unuttum. İlerliyoruz. Başımı kaldırıyorum, önümüzdeki kalabalık âdeta açılmış. Kabr-i şerif'e kadar sanki herkes birden kaybolup gitmiş. Bir mihrabın yanından geçtik. İstanbul'dakiler gibi nakışlanmış, mermer bir mihrap. Kanûnî Sultan Süleyman'ın yaptırdığı olmalı diye düşündüm. Bâbüsselâm ile kabr-i Resûlullah'ın hemen hemen ortasındaydık. İlerliyoruz yine, sağımızda mihrab-ı Nebî, solumuzda müezzinlerin mahfili. Sonra sütunlar. Önce Hz. Aişe'nin sütunu, birkaç adım ötesinde Tövbe sütunu. Sonra Asr-ı saadet'te Efendimiz burada ikamet ederken ashabının nöbet tuttuğu sütun ve nihayet elçilerin sütunu. Peygamberimizle görüşmeye gelenler burada beklermiş. Ötesi Resûlullah ve iki halifesinin istirahatgâhları.

Bir an Cibril kapısını görüverdim. Bu ziyaretin sonu orasıydı. Bütün korktuklarım işte orada yaşanacaktı. Umutların hüsrana dönüşüp buharlaştığı yer. Şimdiden temkinli olup kızcağızı acaba kucağımıza alsak mı diye düşündüm. Elimle omuzuna dokundum. Bana bakmadı.

"Daha hızlı... Daha hızlı gidelim!"

Adımlarımız ister istemez hızlandı.

"Daha hızlı... Bak beni çağırıyor... Daha hızlı!.."

Kabr-i şerif'e baktım. Oradan bir el sallandığını gördüm. Bir hacı sanki birilerini çağırıyor. Arkamızdaki kalabalıktan birileri olmalı.

"Nadidem, daha çabuk!"

Bir parça daha hızlandık. O da ne? Fatma'nın ayakların öne arkaya mı sallanıyor yoksa bana mı öyle geliyor? Hızlanmaktan olmalıydı!.. Hayır, yürüyen biri gibi. İnanamıyordum, özürlü ayaklar, bahçe duvarına oturmuş bir çocuğun neşeyle salladığı ayaklardı artık. Dikkatle baktım. Kendisi sallıyordu; yere değdirmek ister gibi. Yürüme taklidiydi bu. Ama özürlü ayaklar. Başımı çevirip işaret ederek Nadide'ye gösterdim. Hayretle bir çığlık atıp eliyle kendi boğazını tuttu. Boğulduğunu sandım. Hırıltıyla karışık kekeledi:

"Ayak-lar... hanımım, ayak-lar..." Annesi koşup önüne geçmek ve galiba sarkıttığı ayaklarını toplamak istedi. Ama yakalayamıyordu. Aişe sütununun önündeydik ve tahtırevan birden hafifleyiverdi. Önümde koşan bir çocuk görür gibi oldum, koştuğu yere baktım, gümüş şebekelerin arasında nurdan bir yüzün bize doğru gülümsediğini... Gerisini hatırlamıyorum, nasıl düştüm, başımı nereye vurdum, muamma...

Gözlerimi gümüş şebekelerin önünde açtım. Ne kadar zaman geçmişti, bilemiyordum. Eyüp Sultan hazretlerinin selâmı geldi aklıma. Gülümsüyordum. Ama başucumdaki herkes ağlıyordu. Hüdâyî ağlıyordu, Merkez Efendi ağlıyordu, Nadide ağlıyordu, cariyeler ağlıyordu. Az ileride ağlayan biri daha vardı; Fatmacığın annesi. Yüzüne baktım. Nerede ağlayacağını bilen ve ağlamanın bu kadar yakıştığı onun gibi birisini ne daha önce ne daha sonra görmüştüm. Gözyaşlarıyla perdeler açıyor, gönüller fethediyordu. Seviniyordu, hem de çok. Herkesteki ağlayışın sevinçten olduğunu o vakit fark ettim. Peki ama sevinç neydi? Sahi Fatma'ya ne olmuştu. Aklımdan bunu geçirdiğim sırada Hüdâyî koluma dürtüp başıyla işaret etti. Ravzanın kapısında İzmit mutasarrıfı duruyordu. Kandiller ve meşalelerin dalgalanan alevlerinde kollarını göklere alabildiğince açmış, hıçkırıyor, durmadan hıçkırıyordu. Hemen gölgesinde Fatma'yı fark ettim. Babası oraya nasıl gelmişti, birbirlerini gördükleri anda nasıl koşmuşlardı, babası düşüp bayılmış mıydı, aklıma takılan daha yığınla soru. Başımı çevirdim.

"Esselâmü aleyke ya Resûlallah! Esselâmü aleyke ya fahr-i kâinat!"

Müezzin kamet getirmeye başladı. Tıpkı kervandaki gibi burada da aynı sesi dalga dalga bütün cemaate yayan, birinin bitirdiği yerde diğerinin başladığı bir kamet zinciri.

Yankı yapan bir sesin gitgide uzaklaşması. Münâdîler kadınların arka saflara geçmesi için ellerindeki tokmaklara vuruyorlardı. Birden biz Fatma'yı, Ravza'ya getirirken temcit ve kasidelerin okunduğunu hatırladım; teheccüt vaktiydi. Şimdiyse şafak sökmüş, namaza durulacaktı. Yaklaşık iki saat kendimden uzaktaymışım. Hiçbir şey hatırlamıyorum. Bana ne olmuştu, nerede bekletilmiştim, kendime nasıl gelmiş ve Ravza'nın parmaklıklarına ne zaman yapışmıştım hiç bilmiyordum. Hüdâyî yanımdaydı ve bana ayağımı işaret etti. Hareket ettirince bileğimde ince bir sızı hissettim. Üstüne düşmüşüm gibi... Aklıma Eyüp Sultan geldi: "Esselâmü aleyke yâ Nebiyyallah!"

Ertesi ve daha ertesi günlerde bana hiç kimse olup biteni baştan sona anlatmadı. Kimisi Fatma'nın koşa koşa gidip "Geldiiiiim!" diyerek kendini ravzanın parmaklıklarına vuruşunu, kimisi babasının Hz. Fatma bahçesinde yalvarıp yakarmadayken onun sesine koşup "Fatmaaaa!" diyerek boynuna sarılışını, kimisi annesinin tam bir saat boyunca başını hiç secdeden kaldırmadığını anlatıp durdu. Hüdâyî'ye sorduğumdaysa hiç umursamadan öylesine cevapladı:

"Ravza-i Mutahhara'dayız, olur öyle..."

Medine

23-28 Eylül

Medine Hz. Peygamber'in şehriydi, Medine dünyaya medeniyeti getirmişti, Medine çölün ortasında bir gül bahçesiydi, Medine uğruna feda olunacak Belde-i Tayyibe'ydi ama sabah olup da çevremize baktığımızda feda edilmiş bir şehir gördük. Sokak sokak yıkılmış binalar, kirli ve tozlu avlular, badanası bozulmuş evler... Medeniyete ait hatıralar yok edilip gitmiş. Görmek istediğim veya görmeyi umduğum yerlerin çoğunu bulamıyorum. Çünkü artık yoklar. Eyüp Sultan'ın evini merak ettim meselâ, yerinde yeller esiyordu.

Resûlullah'ın kabrini gündüz gözüyle ziyaret etmekti niyetim. Gece Fatma'nın telâşından çevremi bile görememiştim. Önce siyer kitaplarından öğrendiğim kadarıyla Kabr-i şerif'in tarihçesini zihnimden geçirdim. Başlangıçta Hz. Aişe'nin evinin bir odası olduğu biliniyordu; Resûlullah'ın hane-i saadetinin diğer odaları gibi üstü hurma dallarıyla çatılmış bir oda. Efendimiz oraya defnedildikten sonra Hz. Aişe bir müddet daha odasında yaşamaya devam etmiş. Sonra insanlar çok gelip gitmeye Hz. Peygamber'in kabrini sık sık ziyarete başlayınca orayı ikiye bölüp kendi oturduğu yer ile kabir arasına bir perde çekmiş. Hz. Ömer halife iken mescidi büyütünce kabrin çevresini güneşte kurumuş tuğla ile çevirtmiş. Velid zamanına kadar bu türbe Hz. Ebûbekir ve Hz. Ömer de dahil edilerek bu şekilde durmuş. Ömer b. Abdülaziz onu nakışlı taşlarla yeniden yaptırmış ve kapıyı kaldırmış. Sonraki zamanlarda ihtiyaca göre genişletilip yenilenmiş. En son Kanûnî Sultan Süleyman atamızın tamiri ile bu güne kadar gelmiş. İçeri girince gördüm ki tıpkı Mescid-i Nebî gibi merkad-i şerif de yıkık dökük, yağmalanmış, talan edilmiş. Yer yer kazma kürek eseri darbeler var. Dört bir yanı fakirlik ve sefalet... O kadar ki aynı fakirliği ve sefaleti insanda ve mekânda, toprakta ve taşta da görebiliyordunuz.

Sürre Emini Said Bey'e rastladım, incelemelerde bulunuyor, bencileyin şehrin pejmürdeliğinden yakınıyor, yanındaki bir beyefendiye emirler veriyor, o da durmadan ağlıyordu. Garipsedim. Abdullah'ın mağlubiyetinden sonra eski vazifesine döndürülen Şeyhülharem Sadık Efendi imiş; şehrine yapılan bunca zulme ağlıyordu. Bir yandan da olacakları daha on yıl önceden tahmin edip İstanbul'a yazdığı arizalardan, istediği yardımlardan, imdatlardan bahsediyor, feryatlarına cevap verilmediği için şehrin bu hâle geldiğini dillendirip duruyordu. Adama acıdım; sesini kimseye duyuramadığını, canından et koparılmış gibi ıstırapla telaffuz ediyordu. Son beş yıldır Vehhâbî anlayış şehri ele geçirince yıkmadık yer bırakmamış, üstelik yıktığını da yerde bırakmıştı. Güya ibret olsun, insanlar görsün, taşa toprağa kutsallık izafe etmekten vazgeçsin diye. İlk dalgada sahabe efendilerimizden kalan evler, Asr-ı saadet'ten hatıra taşıyan mekânlar nasibini almış. Siyer kitaplarında adı anılan, Hz. Peygamber veya ashâb-ı güzin ile ilişkilendirilen bilumum eşyalar, mekânlar, sokaklar, sebiller ve su kuyularına varasıya kadar her şey yerle bir edilip hatıralar gömülmüş. Ardından bazı kişilerin adıyla anılan mekânlar, mezarlar ve türbelere sıra gelmiş. Bilhassa da Osmanlı büyüklerine ait veya onların yaptırdığı yerler. Üzerinde kubbe bulunan hemen her yer. Kubbe bir tür Osmanlı sembolü görülmeye başlanınca da şehir birden harabeye dönüvermiş.

Şeyhülharem Sadık Efendi'nin en ziyade adını andıkları da Çelebi Muslihiddin Efendi, Münşi Mehmed Efendi, Mustafa b. Kara Davud, Amasyalı İcâdî Efendi, Sokollu Bahçesi,

Urve b. Zübeyir kuyusu, Selman-ı Fârisi Mescidi gibi yerler. Ashâb-ı güzin adına kurulmuş mescitler, imaretler veya kubbeli mekânlar... Özellikle de tarikatlara ait tekkeler, zaviyeler, hankâhlar... Evliyaullah adına konulmuş her bir taş; evin duvarında bile olsa... Sadık Efendi bütün bu yıkık döküklüğün aslında insanların kalplerini harap ettiğini, şehirde korkunun hüküm sürmeye başladığını, sürre alayının gelişindeki heyecanın gelecek yıllarda da kaybolmayacak şekilde ikame edilmesi gerektiğini söylüyordu ki her cümlesinde bin kerre haklıydı. Osmanlı kendi başının derdine düşerek buraları ihmal etmiş, ecnebi düşmanlar da bölge halkını kışkırtıp bir isyan havası yaratmış, başlangıçta iki tabur askerle kökü kazınacak bir fitne tırmana tırmana dört bin asker ve pek çok sivil feda edilerek bastırılabilmişti. İşte bu yüzden bizim Medine'de bulunuşumuz Medineliler için istiklâl anlamı taşıyordu. Bütün perişanlığa, bütün acılara rağmen her yanda sevinç, her mahallede şenlik... Sürre hediyelerinden ziyade istiklâline sevinen bir şehir.

O günkü niyetim, Peygamber şehrini dolanıp görüntüsünü zihnime kazımaktı; ilerideki zamanlarda hasretini çektiğimde hatırlamak üzere. Her yanda insanlar vardı, yerliler veya hacılar. Her bir Medineli sürre alayından birileriyle buluşuyor, ev sahipleri konuklarını belirliyor, tatlı sözler, şeker dillerle evlere davet ediliyor, hediyeler ve sürrelerle de davete gidiliyordu. Zannederim hacılığın dinî vecibelerinden olmayan en anlamlı kısmı da burasıydı; her yıl Medineli bir aileyle Anadolulu bir ailenin dostluğu. Hayat boyu devam edecek, çocuklara miras bırakılacak bir dostluk... Müteakip yıllarda Anadolu'dan Medine'ye daima hediyeler, sürre keseleri ve torbalar gönderen, karşılığında da zemzemler, hurmalar getiren bir dostluk. Her bir hacının Medine'de veya Mekke'de de bir ailesi olduğunu, hac mevsimi geldiğinde o aileyi hatırlayarak çam sakızı çoban armağanı bir ferâşet çantası hazırladığı dostluk. Nitekim sokaktaki bazı hacı adayları hediye getirdikleri Medinelilerin adreslerini soruyor, Medineliler de kendilerini hatırlayan eski hacıların emanetlerini bulmak üzere onları taşıyan insanları arıyorlardı.

Kuşluk sonrası mahmil-i şerif ve sancak-ı şerif açılacaktı. Şehir gezisini bitirip hücre arkadaşlarımın yanına döndüm. Harem-i şerif, ancak bin kişiyi alabildiği ve tıklım tıklım olduğu için sürre emini bu merasimi sur dışında yapmayı ve katılanları oradan Ravza'ya yürütmeyi kurmuş. Bir haberci geldi:

"Merkez Efendi, Hüdâyî Efendi, Selâmi Ali Efendi, Sümbül Efendi, Zuhurat Baba ve Yahya Efendi! Said Bey sizi çağırır; Ravza'yı gül suyuyla yıkama vazifesini vermek üzere."

Böyle bir göreve kim talipli olmazdı. Onlar mahmil-i şerifi açıp merasim ile Ravza'ya gelesiye kadar bizim temizliği bitirmemiz gerekiyormuş. Koşa koşa gittik. İnsanın burada gözyaşlarını tutabilmesi zordu. Sanki yüzlerce yıldır birikmiş bir hasret ateşi burada kalpleri yakıyor ve gözler de o yangını söndürmek için durmadan yaş döküyordu. Peygamberimiz *"Bana selâm verene, ben de selâm veririm"* buyuruyordu; selâm verip başladık çalışmaya. Ta İstanbul'dan getirdiğimiz dört bin okka gül suyunun dörtte birini bugün kullanacaktık. Dörtte biri Medine şeyhine teslim ile yarısı Kâbe'ye gidecekti. Öğle namazına dek ne kadar su içip ne kadar ter döktüğümüzü hatırlamıyorum ama bütün mescit mis gibi Isparta gülü kokmaya başladığında yaptığımız işle gurur duydum. Mahmil-i şerif mehterler, bandolar, bendirler ve neyler eşliğinde Harem'e girerken biz Cibril kapısındaki son şebekeyi de yıkayıp bitirmiştik. Merasim izlemek değildi niyetimiz, Topkapı'da ve Üsküdar'da benzerlerini görmüştük; karar verip Cennetü'l-bâki'ye gittik. Ashâb-ı güzin orada medfundu, onlara da selâm vermek, ziyaretlerinde bulunmak gerekiyordu. Resûlullah Efendimiz zaman zaman bu kabristana gider ve orada yatanlar hakkında dua edermiş. Yolda Merkez Efendi'ye Vehhâbîlerin kabir ziyaretini neden yasakladıklarını sordum. Anlatmaya başladı ve sözlerinin sonunu getiresiye kadar kabristanın kapısında bekledi, içeri girmedi; biz de girmedik.

"Vehhâbîliği şekillendiren Muhammed b. Abdülvehhâb, *Keşfü'ş-Şübühât* adlı kitabında Müslümanların bugün itikat adıyla inandıkları şeyin Kur'ân-ı Kerim'e göre şirk olduğunu iddia ediyor ve hatta şimdiki şirkin Cahiliye devrindekilere göre daha şiddetli olduğunu savunuyor da ondan."

"Nasıl bir delil ile?"

"Diyor ki, önceki insanlar yalnızca rahatları yerindeyken melekleri, evliyayı ve putları Allah'a ortak koşuyor, sadece ferah zamanlarında onlara dua ediyorlardı. Sıkıntıya düştüklerinde ise dini yalnızca Allah'a has kılıyorlardı. Bunun için İsrâ sûresinin *'Denizde başınıza bir musibet geldiğinde O'ndan başka bütün yakardıklarınız kaybolup gider. O sizi kurtarıp karaya çıkardığında, yine eski hâlinize dönersiniz. Zaten insanoğlu nankördür'* diyen altmış yedinci âyetini delil gösteriyor."

Hüdâyî hafız olduğu için âyeti okudu. Merkez Efendi devam etti:

"İşte bu sebepten, Abdülvehhâb Resûlullah'ın savaştığı müşrikler ile bugünün Müslümanlarını aynı kefeye koyup diyor ki; 'Hz. Peygamber zamanında yaşamış müşrikler, Allah ile beraber peygamberler, velîler, melekler gibi Allah'a yakın olan canlılara veya ağaçlar, taşlar gibi Allah'a boyun eğen, O'na isyan etmeyen varlıklara dua ediyorlardı. Günümüz insanları ise Allah katında bunlardan daha aşağı durumda olanlara, insanların en günahkârlarına yakarıyor, zina, hırsızlık, namazı terk gibi günahı işledikleri bilinen insanlardan istekte bulunuyorlar.' Abdülvehhâb'ın bu fikri çok da destekçi buluyor."

"Adam haklı! Ağaç veya taş cinsinden Allah'a isyan etmeyen bir varlığın üstün gücüne inanan birine göre günahkârlığı ve bozgunculuğu âşikâr olan bir varlığın üstün gücüne inananın suçu çok daha ağırdır."

Bu çıkarımı Deveci Sümbül yapmıştı. Merkez Efendi hiçbir itirazda bulunmadı. Bana göre de Sümbül haklıydı. Çevremizdeki Müslümanlardan biliyordum; Allah'ın emirleriyle menfaat umdukları birinin, amirlerinin, işverenlerinin, kumandanlarının emirleri çatıştığında Allah'ınkini bırakıp ötekininkine uyuyordu. Hacca gelmiş binlerce insanı düşündüm; pek azı dışında sultanlarımız veya vezirlerimizin verdikleri emirlerin Kur'an ile mutabık olup olmadığını araştıran var mıydı acaba; o emirler az veya çok Kur'an ile çeliştiğinde hangimiz itiraz ediyorduk? Galiba biz, Allah'ın dinini kendimize göre değiştirip dönüştürüyorduk. Abdülvehhâb doğru düşünüyordu. Merkez Efendi'ye baktım. Galiba endişemi anlamıştı, bir açıklama yaptı:

"Şu kabristanda binlerce insanın cesedi bulunuyor; kimisi çürümüş, kimisi çürümekte. Onların çoğu hayattayken bizler için bir şeyler üretip güzel şeyler yaptılar. Onları daima hatırlamak, yaptıklarının üzerine yeni şeyler koymak ve çocuklarımıza örnek göstererek onlar kadar iyi müminler olmaları için çabalamak vazifemizdir. Bunun için onların mezarlarını taştan örer, mermerden keser, üzerlerine türbe dikeriz. Unutulmasınlar ve ziyaret edenlere güzel örnek olmaya devam etsinler diye. Nitekim Resûlullah Efendimizin durduğumuz şu yeri kabristan olarak belirleyip Müslümanların buraya defnedilmelerini buyurması bunun bir delilidir. Bizzat gelip ölülere Fatiha okuyarak onların ruhlarına seslendiğini de biliyoruz. Hz. Aişe'nin Peygamberimiz'i gecenin yarısında yatağından kalkıp Bâki mezarlığına giderken gördüğü ve dönüşte kabristana neden gittiğini sorduğu, Efendimizin de ona, Bâki mezarlığında yatanlar için dua edip istiğfarda bulunmak üzere Allah tarafından Cebrail'in kendisine geldiğini ve bunun üzerine kabristana gidip emri yerine getirdiğini anlattığı bütün hadis kitaplarında yazılıdır. Hatta Hz. Aişe'nin Resûl-i Kibriya Efendimize kabristana giderse nasıl dua etmesi gerektiğini sorduğu, Efendimizin de cevaben, ölüler diyarına uğrayan bir müminin ahirete irtihal eden din kardeşi için *'Selâm olsun burada yatan mümin ve Müslümanlara! Allah geçmişlerimize de geleceklerimize de rahmet eylesin!'* şeklinde duada bulunması gerektiğini buyurduğu açık ve kesindir. Elbette bu tavsiye Hz. Aişe'nin şahsında bütün ümmetedir. Keza Hz. Ali Efendimiz Sıffin'den dönerken Kûfe dışındaki mezarlığa gelince *'Ey yalnızlık diyarının, ıssız yerlerin, karanlık kabirlerin halkı, ey toprağa döşenmiş, gurbete düşmüş, yalnızlığa eş olmuş, korkunç ve tenha yerlere sığınmış kişiler, siz bizden önce yaşadınız, gittiniz; bizse ardınıza düştük, size ulaşmak üzereyiz. Bıraktığınız evlerde oturanlar var; zevcelerinizi nikâhladılar; mallarınızı paylaştılar. Bu bizim size verdiğimiz haber! Peki ya sizden ne haber?'* demiş sonra yanındakilere dönerek *'Söz söylemelerine izin verilseydi size elbette haber verirler, derlerdi ki: Gerçekten de en hayırlı azık takvâdır'.*"

"Şimdiki kabristan veya türbe ziyaretçileri böyle bir takva şuuruyla mı dua ediyorlar sizce, üstat?"

"Onların nasıl dua ettikleri yahut dua ederken haddi aştıkları, hatta küfre girdikleri varsayılsa bile bütün bunlar evvelce yaşamış insanları hatırlatacak türbeleri yıkmak için bir gerekçe olamaz. Türbeyi yahut kabri yıkıp izini kaldırmak, hafızayı silmektir. Bunun yerine insanlara türbe veya kabristan ziyaretinin doğrusunu öğretmeniz gerekir, o kadar. Öğretemiyoruz, öyleyse şuraları yıkalım demeye başladığınızda dini de özünden ayırmaya, yüzlerce yıldır biriktirilmiş medeniyet ve irfanı inkâr etmeye başlarsınız. Tekkeyi yıkmaktansa tekkenin içini düzeltmek, mahmil-i şerifi yasaklamak yerine mahmilin din adına nasıl kullanılacağını araştırmak, sancak-ı şerifi kötülemeyi bırakıp sancak çekmenin anlamını Müslümanlara anlatmak zorundasınız. Bütün bunlardan kaçıp her şeyi yasaklayarak Asr-ı saadet'i yaşamış olmazsınız, bilakis kendinizi Asr-ı saadet'te zannederek insanlığın gelişmesinden uzaklaşırsınız. Oysa gelişen insanlığın Asr-ı saadet'e ihtiyacı vardır ve bunu sağlamanın yegâne yolu kılıç çekip hacıları kırmak değildir. Halife hazretleri dinin doğru bilinmesi kadar yayılması için de vazifelidir. Küfür karanlığındaki insanlara İslâm'ı götürmek varken, hatalı uygulamalara dadandılar diye Müslümanları kılıçtan geçirmek bir yol mudur? Düşmanın silahıyla silahlanmak gerekiyor madem, dünyanın diğer din ve coğrafyalarında olduğu gibi halifenin de bir sancağı, bir alemi, bir devleti olacaktır. Siz iyi bir sultan olur veya olmazsınız, o ayrıdır ama bir sultanın olması ve onun da dünya üzerindeki geçerli gerekçelere uygun biçimde İslâm'ı savunması, bildirmesi, yayması gerekiyorsa o saltanat için bayraksa bayrak, sancaksa sancak, armaysa arma, saraysa saray, türbeyse türbe... Şimdi şu kabristana bir bakınız. Hz. Peygamber zamanından bize hatıraları yaşatacak ne kalmış burada?"

Aklıma gelen soruyu Hüdâyî sordu:

"Üstadım, Vehhâbîlerin türbe ve tekke konusundaki hassasiyetlerini bir kenara bıraksanız, diğer söylediklerinde haklı çıkmıyorlar mı?"

"Nedir diğer söyledikleri; Peygamberimizin faziletlerini bir kenara bırakmak mı meselâ? Kur'an var diye hadisi önemsememek, kıyası, icmâ-ı fukahayı hiçe saymak mı? Yahut Resûlullah'tan tevessülü inkâr etmek mi? Mezhepleri ve mezhep imamlarını süpüreceksiniz, Allah dostlarının yolundan gitmeyi, tarikat büyüklerini ve tarikatları bâtıl göreceksiniz, sonra da halkın Müslümanlığını önemli sayıp gerisini süpüre çekmiş. Sorarım size, tarikatlar olmadan Osmanlı'nın hâkimiyetini düşünebiliyor musunuz? Kitaba, ilme, bilgiye ancak yüzde üç insanın ulaşabildiği bir dünyada tekkelerdeki gönül adamları ve Allah dostu insanlar olmasa Müslümanlığı kim öğrenir, kim öğretir?"

"Bu gönül adamı veya Allah dostu dediğiniz insanların gönül adamı ve Allah dostu olduğundan ne kadar eminsiniz üstat?"

"Bu ayrı bir mesele. Keşke onların gerçek erenler olduğundan emin olabilsek. Ama bunlar yanlış yapacaklar korkusuyla hepsini zincire vurmanın da bir izahı olamaz, değil mi?"

Üstat, sözlerinin sonunu "Müzakeremizi burada keselim" tarzında bir tonlamayla bitirip adımını Cennetü'l-bâki'ye attı. Biz de susup arkasından ilerledik. Cennetü'l-bâki kabristanı tam bir mezbelelikti. Yıkık moloz yığınları, düzlenip birbirine karıştırılmış bir taşlık. Ne mezar belli ne türbe. Yürümekte zorlanıyorduk. Az ileride yan yatmış bir mezar taşına başını dayayıp ağlayan birine rastladık. Gözyaşları arasında Yunus dilinden makamla mırıldanıyordu ve sesi de pek güzeldi:

"Yalancı dünyaya konup göçenler
Ne söylerler ne bir haber verirler
Üzerinde, türlü otlar bitenler
Ne söylerler ne bir haber verirler

Toprağa gark olmuş nazik tenleri
Söylemeden kalmış, tatlı dilleri
Gelin, duadan unutman bunları
Ne söylerler ne bir haber verirler"

Herkesin sürre alayına koştuğu bir esnada bu adamın burada bulunması garibimize gitti. Yanına varıp selâm verdik. Bir delikanlıymış. Yüzümüze bakıp sordu:

"Geldiniz mi?"

Hüdâyî cevapladı:

"Çok mu bekledin?"

"Beş sene oldu!"

"Yıkıntılar mı?"

"Hayır onlar üç gün önceki iş!"

"Asıl iş?"

"İş o ki Hz. Hasan, İmam Zeynelabidin, Muhammed Bâkır ve Cafer-i Sadık hazretleri şu yıkıntının altında kaldılar! Efendimizin amcası Abbas da! Hep sizin yüzünüzden!"

"Nedenmiş?" diye soracaktım ki üstat elimi tutup sıktı. Sonra da gülümsedi:

"Hatimlerle, Yâsînlerle geldik, umarım telâfi edilebilir!"

Delikanlı ayağa kalktı, on adım kadar solda bir başka yıkıntının başına gelip durdu. Ben sordum:

"Okuduğun ilâhi?"

"Babamın mezarında hep okurum. Bana çocukken öğretmişti."

"Baban ne zaman vefat etti?"

"Dazlaklar şehit etti; geçen yılın bu gününde."

Sesi artık bir kat daha öfkeliydi:

"Gelin işte, burada Efendimizin kızları Rukiyye, Ümmügülsüm ve Zeynep de benim gibi sizi bekliyordu. Gelin, hangi özrü dileyecekseniz dileyin..."

Hüdâyî yine yenleriyle oynamaya, parmaklarıyla elini süpürmeye başladı. Delikanlı bize hesap sora sora ilerliyor, kabristandakilerin huzurunda bizi bir bir bekletip anlatıyordu. Kabristanın öbür ucunda Hz. Fâtıma'nın türbe yıkıntısına varasıya kadar Hz. Osman ve İmam Mâlik de dahil olmak üzere ashâb-ı güzinden pek çok mübarek zatın kabirleri başında durmuş olduk. Çoğu Kanûnî zamanında yaptırılmış beyaz badanalı kesme taş türbeler hep yerle bir edilmiş, taşları toprağa karışmış, sanduka ve lahitler parçalanmıştı. Sürre emininin işi zor olacağa benziyordu. Buradaki her bir mezarın yeniden tespiti, tanımlanması, bazılarının türbelerle muhafazası için uzun emekler çekilecekti. Diğer sürrelere nazaran bu yıl neden fazla altın getirildiğini anlar gibi oldum. Beş yıldır yerine getirilemeyen pek çok ihtiyaç için kabarık bir bütçe... Sultan Mahmud'u düşündüm; kendi şehrinin, askerinin, devletinin ihtiyaçlarından kısa kısa denkleştirdiği bütçeyi de. Bir yanda Mekke ve Medine deyince canından dişinden artıran bir millet, diğer yanda Mekke ve Medine'yi harap edenler. Yavuz Sultan Selim'den itibaren bütün sultanların neden kendilerini "Hâdimü'l-Harameyn" kabul ettiklerini ve bu uğurda neler neler yaptıklarını hatırladım. İstisnasız bütün hükümdarlar Harameyn hizmetine önem vermiş ve özenle yerine getirmişlerdi.

Bâki kabristanından ağlayarak çıktık. Delikanlı bize dersimizi vermişti. Meğer babası Medine muhafız yardımcısıymış. Şehit edildiği günden bu yana saklanıyormuş. Adı Yusuf. Onu sürre eminine götürmek artık üzerimize borç olmuştu.

Öğleden sonra merasim bitince şehirde her şey yoluna girer gibi oldu. Medine'de tadı çıkarılacak dört gün. Elbette yetmez ama yollarda çok oyalandık. Artık Uhud Dağı, Kuba Mescidi ve diğer ziyaret yerleri için Mekke dönüşünü bekleyeceğiz. Resûl-i Kibriya'nın kokusunu Medine gülleriyle birlikte nefeslenmek için.

Akşam üzerine doğru Hüdâyî Nadide'yi görmeye gidip gitmeme konusunda fikrimi sordu. Fatma'nın ona ihtiyacı kalmadığına göre belki mutasarrıf hazretleri kendisine izin verir umudundaydı. Ancak böyle bir talebin hiçbir kitapta yeri olmadığını o da biliyordu. Akıl öğrettim ve Resûlullah Efendimizin şehrinde kız isteyip bizzat huzurunda da nikâh kıymak üzere İzmit mutasarrıfına yalvarmasını söyledim. Gitmesiyle gelmesi bir oldu. Alı al, moru mor, bir dayak yemediği kalmıştı.

"Senin gibi yoldaş olmaz olsun!"

Haklıydı galiba. En azından Nadide'yi istemesi için Merkez Efendi'den ricada bulunabilirdik. Hüdâyî gibi hem yarar hem yaramaz birinin, üstelik meczuplukla anılırken gidip bir paşadan cariye istemesi yakışıksız olmuştu. Kabahatimizi söyleyip bir çare araması için hücre reisimiz ve büyüğümüzdür diye Merkez Efendi'ye vardık. Yusuf'la oturuyordu. Bize katıla katıla güldü.

"Medine'de hiç olur mu? Sanki Arafat burası! Hah-ha!.. Her neyse, bir çaresi bulunur, üzülmeyin. Hüdâyî evlâdım sen var Sümbül'ü bir yokla. Yahya Efendi sen de peşim sıra gel."

Yusuf, o ve ben Said Bey'e vardık. Adamcık, anca fırsat bulabilmiş, Mescid-i Nebevî ziyaretine gidiyordu.

"Hem yürüyelim, hem konuşalım!" dedi. Üstat Yusuf'un hikâyesini anlatmak yerine kendisine "Anlat evlâdım!" deyiverdi. Yusuf anlattıkça Said Bey hayretten hayrete düştü. Dazlakların neler yaptıklarını, babasına nasıl eziyetler ederek sonunda canına kıydıklarını, şehrin harap oluşunu, Mekke halkının korku belâsıyla nasıl onlara itaat ettiğini, yağmacılık ve yakıp yıkmada sınırların nasıl aşıldığını olup bittiği şekilde anlattı da anlattı. Bâbüsselâm'dan girmek üzereyken de birden sustu. O susunca sürre emini durdu. Sonra da soran gözlerle yüzüne baktı.

"Efendimiz, Peygamberimizin huzuruna adım atmak üzereyiz, burada dünya kelâmı etmeyiz!"

"İyi o hâlde evlâdım, biz de şu eşikten geçmeden dünya kelâmını sonuca bağlayalım! Bundan böyle babanın vazifesini sen devralıyorsun. Yusuf, kethüdâ olarak Sultan Mahmud Han hazretlerinin bir elçisi gibi burada Resûlullah'a hizmet edeceksin. Sürre gelirinden babana verilen ulufe misliyle sana verilecektir. Var Sadık Efendi'yi bul."

"Efendim ama..."

"Dünya kelâmının sonu! İlerleyelim."

Edepli çocuk muhtemelen efendim o vazife için yaşım küçük veya falanca benden daha lâyıktır, ben haddimi bilirim tarzında bir özür beyan edecekti, lâkin Said Bey ondaki istidadı görmüş olmalı ki hiç bunlarla vakit tüketmek istemedi.

Mescid-i Nebevî'de dolu dolu iki saat geçirdik. Sürre emini sayesinde Kabr-i şerif'in içine kadar da girdik. Ne çare ki dünya kelâmı etmeden olmayacaktı. Çünkü mescidin ahşap kubbesinde, parlayan alemin iki karış sağında bir yemek sinisi kadar açıklık vardı ve gökyüzü görünüyordu. Said Bey bunun özel olarak açılıp açılmadığını sordu. Görevli hademe dazlak fedailer tarafından üç gün evvel yıkılmaya başlandığını ama Abdullah'ın Dir'iye'de mağlup olduğu haberi geldiği anda artık işi sürdürmeye cesaret edemediklerini söyledi. Kubbeye bakarken sürre alayının taşıdığı en önemli hediye olarak Peygamber Efendimizin ravzasını aydınlatması için İstanbul'un en usta kuyumcularına özel hazırlattığı üç adet murassa avizeyi düşündüm ve şimdi bu avizelerin asılacağı bir tavanın sağlam olmamasına hayıflandım. Her biri doksan dokuzar elmasla bezenmiş beş kollu billur avizeler gözümün önüne geldi. Muhtemelen Said Bey'in de aklından aynı şeyler geçiyordu, Yusuf Kethüdâ'ya ilk görevini verdi.

"Sultan Mahmud Efendimizin fermanıdır. Önümüzdeki sene sürre alayı buraya geldiğinde taş ve mermerden örülmüş bir kubbe görecektir. Tamir tamamlandığında âdet olduğu üzere kubbenin dışı yeşile boyanacaktır. Bu bir dünya kelâmı değil devlet kelâmıdır, anlaşıldı mı Yusuf Kethüdâ!"

Sonra da omuzuna elini koyup sırtını sıvazladı.

"Göreyim seni evlât! Sana üç adet avize bırakacağım, en kısa zamanda yeni yeşil kubbeye asıldığı haberini İstanbul'a ulaştırasın!"

"Habere hacet yoktur efendim; inşallah Kâbe dönüşü yeşil kubbeyi örülmüş, avizeleri de yerlerine asılmış bulacaksınız!"

Medine mübarek ve bereketli beldeydi. Dördüncü günün akşamında şehirden ayrılırken Hüdâyî bizi taşımaya başladı; meczup tavrıyla ve her zamanki tuhaf hikâyelerinden biriyle:

"Nûreddin Zengî Şam'da halife iken İşpaniye nam memlekette papa denen densiz ve hayırsız âdem bütün papazlarını toplayıp kral ile meşveret eyleyip demişler ki; 'Bu Muhammedîler pek çok ülkemizi fethettiler, insanlarımız akın akın Müslüman olmaya başladı. Madem savaş ve mücadeleyle bunları alt edemiyoruz bari gelin bunlara bir oyun edelim ve başlarını kendilerinden alalım. İşpaniye'nin ve Roma'nın Aristo akıllı, çok ilim tahsil etmiş, çok diller bilen ne kadar vatandaşı varsa toplayalım, aralarından yirmi âdem seçelim ve bunlara bol altın ve çocuklarına mülkler nimetler vererek kendilerini Medine'ye gönderelim; ta ki peygamberin mescidi yakınlarında bir ev tutsunlar mücavir Müslüman gibi yaşasınlar ve evin altından peygamberin kabrine bir tünel kazıp sonunda naaşını bize getirsinler. İslâm peygamberini Roma katedraline getirdikten sonra Müslümanları oraya çeke çeke dininden etmek kolaydır,' dediler. Bu fâsit fikir için pek çok zengin para vakfetti, pek çok gönüllü âdem bulundu, nihayet yirmisi seçilip, 'Efendiler! Eğer Muhammed'in meyyitini çalıp getirirseniz kılıcınız arşa asılıp Îsâ babamız ile haşrolursunuz ve Hıristiyanlar içinde tarihlerde yazılırsınız!' dediler. Sonra bu yirmi kişi gemilere binip Mısır'dan tedarik görüp yarısı âlimler kılığında, diğer yarısı bunların hizmetkârları gibi Medine'ye geldiler. Medine şeyhini beş vakit namazı Resûlullah'ın yanında kılıp diğer vakitler kimseyle görüşmeyip hücrelerinde ilimle meşgul olacaklarını söyleyip kandırdılar. Şeyh de âlimlerdir diye itibar edip Harem-i şerif'in Şifa Kapısı bitişiğindeki medrese hücrelerinden üçünü bunlara tahsis ile güya burada ilimle meşgul olacaklardı. Bu on veled-i zina âlim kılığında burada yerleşti. Diğer evbaş u kallaşlar şehrin birkaç yerine ikişer üçer dağılıp fakir evler buldular. Güya bunlar eşekçiler oldular ve şehrin çöplerini ve döküntülerini süpürüp hamamlarını yakmaya, şehirdeki çukurları düz etmeye, şehirdeki fazla toprakları sur dışına taşımaya vazifelendirildiler. Bu mel'unlar hiç acele etmeden tam üç yılda, evlerinin altından kazdıkları bir lağımı uzata uzata, çıkan toprağı eşeklerle taşıya taşıya Resûlullah'ın kabrine hemen iki arşın kalasıya kadar geldiler."

Hüdâyî maceranın burasında sustu. Hepimiz ağzına bakıyorduk. Yine Evliya Çelebi'den anlattığını tahmin ediyordum. Niyetlendim ki eğer her zamanki gibi bizi süründürmek için yapıyorsa haddini bildireceğim. Yüzüne baktım. Bakışımdan niyetimi anlamış olmalı ki önce Kelime-i Tevhit, sonra salavat okudu ve devam etti:

"Allah Sabûr'dur ve Gayûr'dur; ettiğini hikmetle eder. İhmali yok imhali vardır, bu mel'unlara da o kadar izin verir. O akşam Resûlullah Efendimiz, Büyük Selçukluların Halep ve Şam Atabeği Sultan Nureddin Zengî'nin rüyasına girip bu kâfirlerin yaptıklarını ayan beyan anlatır ve işte şu adamlardır diye de hepsinin eşkâlini bir bir gösterir. Ardından da 'Yetiş ki senin gelmene Allah izin vermiştir!' buyurur. Nureddin dehşet içinde uyanıp derhâl üç bin hecin develeri ve üç bin Arap atları hazır edip cengâverlerinden Medine halkı adedince üç bin yiğit süvar edip, develerine de erzak, altın gibi sürre yükletip ver elini Peygamber şehri der. Bizim yirmi konakta aştığımız mesafeyi üç gün üç gecede aşıp Medine'ye yetişir. Yolda kalbinden de geçirir ki 'Şimdi biz buralara gelmişken acaba Haçlı küffarı Sayda ve Beyrut kaleleri canibinden Şam-ı Şerif'e saldırmaya!' Sonunda Şam'a bir şey olması Medine'ye bir şey olmasından evlâdır der, niyetini bozmaz. Medine'ye girer girmez bir ziyafet tertip eder. O vakitler Ravza'nın civarında bazı arsalar boşluk imiş, Medine'de zenginden fakirden her kim var ise üç bin nüfusun hepsi ziyafete buyur edilir. Onlar zevk ü safalarında iken Sultan Nureddin her sofrayı tek tek dolaşır lâkin rüyasında gördüğü mel'unlar yoktur. Münâdîler çığırtırki 'Ey Medineliler! Elhamdülillah yemek boldur hayır ve hasenât ganîdir. Zengin olsun fakir olsun her kim Nureddin'in sofrasına gelirse şeref ve zenginlik bulacaktır. Yerliden yabancıdan, âlimden cahilden her kim var ise sofraya buyursun!' Yine tanıdık kimse gelmeyince Medine Şerifi'ne sorar ki bu şehirde gayrı âdem yok mudur? Şerif 'Beli, vardır sultanım, lâkin hücrelerinde mücavir âlimlerdir ki gündüz oruçlu gece namazlı, Ehl-i sünnet sülûk sahibi kimselerdir ki kimsenin yemeğini yemez hücrelerinden dahi çıkmaz, üç yıldır burada ilimle meşgul olurlar' der. Sultan Nureddin aradığı adamların bunlar olabileceğinden şüphelenip 'Derhâl huzuruma getirilsinler, ölüm döşeğinde olsalar bile!' emrini verir. Haberciler üç kere gitmesine rağmen üçünde de gelmezler. Nureddin hücrelerine varır, görür, tanır ki onlardır, 'Her zaman doğru dedin ya Resûlullah!' diye şükür secdesine kapanır. Sonra bunları sorguya çekip eşyalarını aramaya başlar. Nice kazma kürekler, nice sirkeli ve kezzaplı sular, nice küskü ve külünkler... Medine şeyhi ile şerifler bunları görünce Neuzübillah okuyup bu mel'unların masum olduklarına inanmaktan utanıp her biri bir köşeye çekilirler. Nureddin, 'Hiç utanmayın, çünkü müminin görünüşü iyi hâl üzeredir, biz zâhirde iyi hâle şehâdet ederiz!' buyurduğu sırada bu çöpçülerden biri tavşan gibi sıçrayıp hançeriyle Nureddin'e kasteder. Nureddin bir peleng gibi eğilip adamı kasıklarından şişleyiverir. Kargaşadan istifade biri tüfeğini ateşler amma hikmet-i Hüdâ isabet ettiremez. Sultan Nureddin öfkelenip felek cellâdı gibi bunların bedenlerin elek elek eler ve evvel şehirdeki ortaklarını söyletip tek tek urganlara beler. Sorguya çektiğinde niyetlerini de öğrenir. İşpaniye Devleti adına Resûl-i Kibriya Efendimizin naaşını Roma'ya götürüp karşılığında önce Kudüs, Şam, Endülüs, ardından Tunus, Fas bütün İslâm fetihlerini geri isteyeceklermiş. Roma'da Müslümanların para karşılığı ziyaret etmelerine müsaade edip Hıristiyanlaştırmaya da adım atacaklarmış. İşte mış da mış..."

Hüdâyî nefes aldı. Az evvelki tavrıma karşılık olsun diye yine sustu. Sonra bana bakıp gülümsedi. Beni işkillendirmekten zevk alıyor olmalıydı:

"Sonra yoldaş, sıra kazdıkları lağıma gelmiştir. Adamların oturdukları hücrenin her yeri arandı, bütün zemin ve etrafı yoklandı, duvarları didik didik edildi ama netice alınamadı. Nihayet eşekçilerden biri işkenceye dayanamayıp söyledi ki meğer kâfirler ateş yakıp aş pişirdikleri ocağın taşı altından kazarlarmış. Ocak taşını yerinden kaldırınca bir de ne görsünler sanki bir mağara. Ellerine meşaleler alıp başta Sultan Nureddin ile birkaç cengâver lağıma girer ve görürler ki çok rahat yürünür bir geçit. Gide gide hayretler çoğalır. Meğer Resûlullah'ın mübarek naaşına ancak iki arşınlık bir merhale kalmış. Sultan Nureddin kendisine verilen bu manevî ve şerefli görevi tamamlayınca şükür secdelerine kapanır. Getirdiği altınları harcayıp Resûl-i Zişan Efendimizin kabri etrafına tunç duvarlar döktürür; ta ki başka bir zaman başka bir kefere aynı işe kalkışmasın!"

Mekke

7 Ekim

"Lebbeyk! Allahümme lebbeyk!"

Tam yedi konak... Dokuz gün, yedi konak... Bedr-i Huneyn, Rebia Eşmesi, Kudayda, Halis, Bedr-i Affan, Vâdi-i Fatıma ve Ten'im. Dokuz gün boyunca bütün bu mekânlarda gökleri dolduran ses buydu. Uyurken, uyanırken, otururken, dinlenirken ve bilhassa yürürken yahut koşarken... *"Lebbeyk! Allahümme lebbeyk!"* Yedi konak. Her gecesinde ve gündüzünde *"Buyur Allah'ım buyur! İşte geldim. Evine geldim. İkramına geldim... Artık emrinde ve rızandayım. Öl dersen öleyim. Ne dersen emrindir, yapayım..."*

Hacılardan başka develerin ve atların da uysallaşıp eşlik ettikleri bir sesti o. Mürekkep şişelerimin içine dolsun diye kapaklarını açık tutasım gelen bir ses. Berrak, samimi, içten... Gözyaşlarıyla yıkanan, hıçkırıklarla bezenen. Ve bu sese yakışan bembeyaz giysiler berrak düşünceler, anlayışlar ve ruhlar... Varlığın eritildiği bir beyazlık. Allah'tan başka hükmün, iradenin olmadığına dair bir mahfiyet... Kefenini giyinmeye razı olmuş bir kulluğun sesi...

Dokuz gün, yedi konak... *"Rabbim! Bütün varlığımla sana yöneldim; hamd senin, nimet senin, mülk senindir. Eşin ve ortağın yoktur"* diye diye, adımlanan kumlar, taşlar, çakıllar... Bazı hacılar ihrama Medine'de girmiş, sürre alayının hemen yarısı bembeyaz olmuş, güvercin sürüleri misali konup göçmüşlerdi. Mekke'ye yaklaşıp Ten'im vadisine gelindiğinde ise kumlar beyaz bir örtüyle kaplanmış gibiydi. Erkeklerin tamamı ihramlı, kadınların da bir kısmı beyazlar içinde; tıpkı Mekke'den alayı karşılamaya gelenler gibi. Şehirde nüfusun yarısından fazlası şerif oldukları hâlde onlar da İstanbul'daki gibi yeşil sarık yerine beyaz taylasan kuşanmışlar.

Şehirlerin anası Mekke'ye akşam ezanında girdik. Ahali bizi salavatlar ve tekbirler eşliğinde Zemzem ikramıyla karşıladı. Medine gibi surları yoktu ama Sultan I. Abdülhamid Han'ın eseri Ecyad Kalesi, Sultan III. Selim binası Hind Kalesi, Sultan Mahmud'a nasip olmuş Gayretiye Kışlası gibi noktalardan çok iyi korunuyordu. Buna rağmen dazlaklar tıpkı Medine gibi burayı da harabeye çevirmişlerdi. Yer yer moloz yığınları, tozlu yollar, meydanlar. Yine de sürre alayı şerefine her yer pırıl pırıl aydınlatılmıştı. Ninem, III. Mehmed'in düğününde İstanbul'un ne kadar aydınlık geceler geçirdiğini anlata anlata bitiremezdi, onun cümlelerini hatırladım. Kara donlu Beytullah'ın gecesi gündüz olmuştu. Toplu duaların doldurduğu Mekke sokaklarında bayraklar, flamalar, mehter ve mahmil-i şerif; ilâhiler, kasideler, alan eller ve veren eller... Özellikle de selâmlama umresinde sancak-ı şerifin eller üstünde Harem avlusuna girip Kâbe'yi tavafı. Gözyaşlarının sel olduğu anlar. Mekkeli biri yanıma yaklaşıp sır verir gibi fısıldadı:

"Nesilden nesile bütün Mekkeliler, sancak-ı şerifi Kâbe avlusunda ne vakit görseler, Resûlullah tekrar Mekke'ye gelmiş gibi hissederler!"

Rivayettir, güya Kâbe'yi ilk gören biri o anda hangi duayı ederse etsin asla geri çevrilmezmiş. Dördüncü hücrenin şehre girdiği esnada tartıştığı konu buydu. Merkez Efendi hepimize tek tek sordu. Hemen hemen aynı duada birleştik; bağışlanmak. Hüdâyî hariç; onun cevabı yine herkesi şaşırtacak cinstendi:

"Kâbeyi gördüğüm ilk anda bundan sonra yapacağım bütün duaların kabul edilmesini dileyeceğim!"

Medine'de olan her şey burada da oldu. Sürre hediyelerinin bayramdan evvel dağıtılması âdettendi. Ayrıca Mekke halkı ve fukarasını umduklarından mahrum etmek olmazdı. Top kumaşlar, elbiselikler, Harameyn vakıflarının ödemeleri... Said Bey alayda işe yarar kim varsa herkese görevler verdi. Üstat ile bana da Kâbe'nin kapı kuşağını taşımak düştü. Bu yıl Kâbe örtüsü Kahire'de dokunmuş, Mısır sürresiyle gelmişti. Kâbe'nin gül suyu ile yıkanıp yeni örtüsüne büründürülmesi için yine biz vazifelendirildik. Büyük şeref! Yarın bütün günü buna ayıracağız. Deveci Sümbül'ün cayraskalı ile Mekke şerifinin merdivenleri şimdiden hazır.

Mekke İslâmiyet'in bütün hatıralarının şehriydi. Meselâ ben Sümeyye'nin şehit edildiği yeri görmek orada ağlamak, ruhuna Fatiha okumak isterdim. Meselâ Bilâl'in kızgın güneşte işkenceye yatırıldığı yerde oturup düşünmek isterdim. Meselâ Erkam'ın evine tıpkı ilk Müslümanlar gibi gizlice girmek, Ömer'in İslâm'ı kabul etmek için Kur'an dinlediği kapıda Kur'an dinlemek isterdim. Mekke benim için biraz da böyle anlam kazanacaktı ama Kâbe hareminden ve Hira'dan başka neredeyse her şey yerle bir edilmiş, İslâm'ın hatıraları silinmişti. Kâbe haremine gelince, dört yanı revaklarla çevrili tavaf alanında dört yöne tahsis edilmiş mezhep imamlarına ait ahşap yapılı mihraplar, müezzinler ve kayyumların kullandığı ahşap bir köşk, Cuma minberi, Zemzem Kuyusu'nun eyvanları ve İbrahim makamı ile taş yapılı zemzem sebili, mezhep imamları için mihraplar, muvakkithâne, kütüphane ve diğer yapılar. Tavafa koşan müminlere karışıp hacdan evvel bir umre tavafı... Hüdâyî ile ikimizin bu günkü kazancı...

Tavaf'tan sonra kolumu çekiştirmeye başladı.

"Yoldaş, gitmemiz gerekiyor!"

Nereye, niçin, nasıl dememe müsaade etmedi. Harem'den çıktık.

"Hz. Hatice Türbesi'ne! Akşam olmadan yetişelim!"

Pazusundaki elmasları hatırladım. Nakşidil Valide Sultan'ın emanetleri; hiç itiraz etmedim.

"Yürü haydi!"

Mualla kabristanını kolay bulduk. Karacaahmet gibi âdem deryası bir yer iken on gün kadar evvel moloz yığınına döndürülmüş koca bir tarla. Bekçisi yetmişe yakın türbenin son iki ayda yıkıldığını anlattı. Şimdi ayakta kalanlar Peygamberimizin akrabalarının bulunduğu Ehl-i Beyt kubbesi, Hz. Âmine Türbesi ve diğer birkaç yapı. Kabristandaki cüzhanlara sorduk:

"Hazret-i Hatice Türbesi?"

"Şu büyük kubbeli olan, sekizgen türbe! Türbedarı olmasaydı geçen hafta yıkılıp gitmişti. Şükredin ki..."

Sözün gerisini bekleyemedik. Türbe kapısında bir adam duruyordu. Dizine dayadığı karabina tüfek ile. Türbeyi dazlaklara karşı tek başına savunan türbedar. Selâm verdik. Hiçbir şey sormadan selâmımızı alıp içeri girmemize müsaade etti. Biz girer girmez de kapıyı arkamızdan kapattı. İçerisi öd, amber ve kâfur kokuyordu. Hz. Hatice'nin ruhâniyetine selâm verip Fatihalarımızı okuduk. Türbedar yanımıza gelip musafaha etti:

"Hoş geldiniz, Nakşidil'imin yadigârları!"

Hüdâyî de aynı alt perdeden fısıldadı.

"Hoş bulduk Yahya Efendi!"

Hüdâyî'ye baktım. Yüksek bir huzurda konuşur gibi ve gayet ciddiyetle ona Yahya Efendi demişti. Türbedarın adı Yahya olmalıydı; adaşım. Muhtemelen Nakşidil Sultan'dan duymuştu. Yine de dayanamayıp adama sordum:

"Nakşidil Valide'yi bilir miydiniz?"

Yüzüme bir casusa bakar gibi baktı; Çok şaşırdığı bir sualdi sanki. Cevabı da o ölçüde şaşırtıcıydı:

"Süt kardeşimdir, ya evlâdım."

Hüdâyî'nin kıs kıs güldüğünü farkettim. Benim acemiliğim...

"Bizi, onun gönderdiğini nasıl bildiniz peki?"

"Arafe günü bu saatte buraya ancak onun emaneti gelir evlâdım!"

Adam hiç yabancılık çekmeden günlük işini yapanların rahatlığıyla avucunu uzattı. Hüdâyî koltuğundan çıkarıp iki iri elması içine koydu. Aklımda sorular birikmeye başlamıştı, sırayla soracaktım ama adam önce vazifesini tamamlamak isteyen işgüzarlardandı. Biz orada değilmişiz gibi davranıp küçük bir merdiveni çiçeklerle süslü diba örtülü sandukanın tam üstündeki avizeye uzattı. Eline birtakım kerpetenler, bız ve iğler alıp basamakları tırmandı.

"Yâsîn-i Şerif!"

Hüdâyî diz çöküp yüksek sesle Yâsîn okumaya başladı. Ben de yanına oturdum, dinliyorum. Adam yaptığı işin ustası giyi davranıyordu. Uç salkımlardan ikisini yokladı. Oradan maharetle iki zümrüt söktü. Yerine Hüdâyî'den aldığı elmasları sıkıca rabtetti. Sonra kandili yakıp elmasların etrafında gezdirerek ışığı nasıl yansıttıklarına baktı, duvara vuran akislerini izledi. Bütün bunları mutluluk ve huzurla yapıyordu. Yâsîn bitesiye kadar da işini tamamladı. Duadan sonra neşesine şahit olduk:

"Habersiz beş yıl!.. Bugün de gelmeseydiniz Nakşidil'imin öldüğünü düşünecektim artık."

"Ama öldü!" diyecektim ki Hüdâyî dizime dokunup beni engelledi:

"Sizi özlediğini bilesiniz!"

"Ben de onu özledim. Otuz yıldır burada, özlenmez mi?"

"Onun haricinde?"

"Son beş yılın sıkıntısını saymazsak hayatımdan memnundum. Lâkin dazlaklar türbelere ziyankârlık etmeye başladıktan bu yana artık Mekke'de durmaktan utanır oldum.

Hatîcetü'l-kübrâ validemizin türbesine de ziyan eriştirmeye kalkarlarsa diye aha şurada bekleyip durdum; yıllarca... Unutmadan, altın da getirdiniz değil mi?"

Hüdâyî boynunu büktü.

"Zümrütleri satın lütfen!"

"Öyle miiiiiii? Ah, ah, ah!.."

Türbedar Yahya Efendi hayretle söylediği bu cümleden sonra ellerini açtı; içinden bir şeyler okuyup üfledi. Sonra mahzunlaştı. Sonra tertemiz yüzünde bir gülümseme belirdi. Her hareketi ölçülü, her işinde hikmetli bilge biri olduğu anlaşılıyordu. Düşündüm; dünyada ne tür insanlar vardı da biz farkında olmuyorduk. Hz. Hatice'nin naaşı için kendi naaşını fedaya hazır bir türbedar. Üstelik koca Osmanlı hükümdarının dayısı sayılır. Ne kimse onu biliyor ne o kimseye kendini bildiriyor. Hâline, kıyafetine bakarsan sıradan bir Mekkeli. Bunları düşündüğüm an yüzündeki nuru da fark ettim. Merdiveni yerine yerleştirirken anlatmaya başladı; sormayı düşündüğüm sorularıma cevap verir gibi:

"Kanûnî hazretleri bu türbeyi efrenci 1543 yılında Mekke Naibi Davut Paşa'ya yaptırtmış. İlla ki sekizgen olsun demiş; her bir duvarı sekiz cennetten birer nişane. İslâm'ın ilk mümini Hz. Hatice validemize bu yakışır demiş."

Buhurdanları birer birer açıp içine kâfurlar, üzerlik tohumları ve amberler koydu. Sanduka başucundaki büyük mumu yakıp taktığı elmasların ışık yansımalarını bu sefer de tavanda seyretti.

"Nakşidil, zevkine kurban olayım senin!"

Aklımda daha çok soru vardı: Hüdâyî'ye baktım, sorayım mı diye. Türbedarın beni yadırgamasından korkar gibi zoraki başını salladı, evet anlamında. Ben de sordum.

"Efendim, aslen nerelisiniz?"

"Kafkaslar'ı bilir misin evlâdım? Nakşidil hemşirem ile birlikte oradan İstanbul'a götürülmüştük. Ben on üç, o on birindeydi; kırk dört yıl evvel, yani."

"Peki buraya ne vakit geldiniz?"

"Kırk yıldır şu buhurdanları yakar, on yıldır da şu avizenin taşlarını değiştirir dururum."

"Peki İstanbul? Hani yani hanedan..."

"Kastettiğin, evlâdım, daha müreffeh bir hayat ise ben güzel olanı tercih ettim. Kendi başına sultan olmak, bir sultana muhtaç olmaktan evlâdır."

Dervişmeşrep bir türbedarın hayatını düşündüm. Kanaat ile zengin, dua ile mamur... Dünyanın âlâyiş ve velvelesinden uzak, kalbine doğru seyyah... Daha bir şey demedim. Yalnızca Hüdâyî'yi kıskandım; Nakşidil Valide Sultan gibi heybetli ve kudretli bir kadın tarafından böyle bir görev için seçilecek kadar güvenilir olduğu, bu kişiden haberdar iken bunu sır olarak saklayacağına dair emniyet telkin ettiği için.

Bizimle beraber türbeyi kapatıp gideceğini sanıyordum. Meğer Kanûnî vaktinden âdetmiş, bu türbe hiç kapanmazmış. Ziyaretçilerinin ekserisi kadın olduğu için her yanı çiçeklerle süslü olurmuş. Mekkeli kadınların çoğu oraya gece gelir, bir yandan Fatihalarını okurken diğer yandan sandukaya çiçekler bırakırlarmış. Vehhâbîlerin neden çıldırdıkları belli oluyordu.

Kâbe'ye geri dönerken Hüdâyî'yi çok kederli gördüm. Ağladı, ağlayacak vaziyetteydi. Ben sormadan içini döktü:

"Yoldaşım; işte sen şahitsin ki vazifemin birini yerine getirdim. Diğeri için Allah'ın bana merhamet edeceğini umuyorum."

Diğer vazifesiyle fukaraya dağıtılmak üzere getirdiği beş yüz altını kastettiğini biliyordum. Üstelik onu elden çıkardıktan sonra yeniden elde etmişti; yeniden elden çıkarma pahasına. Damarına bastım:

"Allah onun için sana bir kez merhamet etti ama sen değer bilmedin!"

Mazeret bildirdi:

"Yanlış düşünüyorsun yoldaş! Birincide harcadım, çünkü vasiyete uygundu. Valide Sultan eğer fakir fukaraya götüremezsem bir esir âzat edebileceğimi söylemişti. Nadide esirdi onu azat ettik. İkincide harcayamazdım, çünkü artık altınlar başkasının sayılırdı!"

"Neden sayılsın ki savaş ganimeti olarak almıştın!"

"Ölü soydun diyecektin! Evet ölüyü soyduktan sonra aklıma geldi ki o ölü zıbını emaneten giymişti." Altının sahibi Abdülaziz ise hayattaydı.

Hüdâyî'nin değer yargılarını da düşünüş biçimini de anlamakta zorlanıyordum. Bir yandan helâl ganimeti şüpheli görüyor, diğer yandan türbedar Yahya Efendi'ye türbenin zümrütlerini satmasını söylüyordu. Bir yandan hakikat havarisi kesiliyor, diğer yandan adamcağıza kardeşinin öldüğünü söylemiyordu. Tuhaf hikâyeleri gibi tavırlarıyla da beni durmadan şaşırtacaktı, bundan emindim. Şimdi olduğu gibi. Aradığım cevapları tek tek vermeye başladı:

"Biliyor musun yoldaş, Valide Sultan her yıl beş yüz altından hariç kardeşine yirmi altın harçlık gönderirdi. Adaşının bana sorduğu altınlar onlardı. Valide Sultan bana ayrıca yirmi altın vermedi. 'Kardeşiniz bana sorarsa?' dediğimde de 'Geçen yılkı zümrütleri satsın, tam yirmi altındır!' diye cevapladı."

Açığını bulmuş gibi atıldım:

"Peki ya kardeşinin öldüğünü neden söylemedin adamcağıza?

"Söyledim!"

"Lâ havle ve lâ kuvvete... Neden ben duymadım?"

"Duydun!"

Peygamber'in şehrinde yalan söyleyecek cürette birisi olmadığını bildiğim için bu sefer daha çok şaşırdım. Benim yüzümdeki şaşkınlığı görünce devam etti:

"Zümrütleri satmasını söylediğimde aslında kardeşinin rahmet-i Rahman'a kavuştuğunu söylemiş oldum."

"Nasıl yani?"

"Nakşidil Valide'nin her yıl türbeye gönderdiği iki pare mücevher daima aynı büyüklükte olurdu. Yenileri gelip yerine konunca eskileri alıp kulağında bir yıl boyunca küpe olarak taşıma âdeti vardı. Bu sene zümrütleri satmaktan maksat onun artık küpeye ihtiyacı olmadığıydı."

Birden türbedar adaşımın durup o anda dua ettiğini hatırladım. Ölenin ardından ilk Fatiha... Gelgelelim beni daha fazla etkileyen şey, Nakşidil Valide'nin, Hz. Hatice Türbesi'nde bir yıl bekletilmiş mücevherleri kulağına küpe edinmesiydi. Şairâne bir şey. Gıpta ettim ve "Vehhâbîlere kalsa..." diye başladım; başladığım anda da sustum. Kâbe aha şuracıktaydı ve artık dünya kelâmı etmenin, hele de birilerini çekiştirmenin vebali vardı.

"Lebbeyk... Allahümme lebbeyk..."

Arafat - Kâbe

11 Ekim - 12 Ekim

Arefe, cehennemden âzat olunmanın günü... Ve işte o günde, Arafat'tayız... Duaların kabul edileceği yerde, duaların kabul edileceği vakitte... Burası insanlığın zirvesi. Bir mahşer provası... Sürre yolcularının dört aydır attıkları adımların son durağı. Dört aydır beklenen an.

Vakfe, bir duruşun adı. Rahmet tepesinin eteğinde. Haccın en önemli rüknü. Hz. Âdem ile Hz. Havva'nın buluştuğu, dualarının kabul olduğu mekân. Resûlullah Efendimiz'in Veda Hutbesi'ni irat ettiği yer.

Kervan dün Mina'daydı bugün akşamdan da Arafat'a geldi. Biz de Kâbe örtüsünü değiştirip arkalarından yetiştik. *Lebbeyk* sadaları artık her yanda. Biraz sonra öğle ile ikindi namazları birleştirilerek kılınacak ve Kâbe'ye doğru yola çıkacağız. Öbek öbek hacıların toplu duaları sürüyor; dünyanın neresinde bir zulüm var ise sona ermesi, nerede gözyaşı varsa dinmesi için... Çevreme bakınıyorum. Bir tenhada pişmanlık gözyaşlarına boğularak el açanlar, tövbekârlık mahcubiyetiyle yalvaranlar... Kime kulak kabartsan Allah'tan bir şey istemekte. Kimisi cenneti, kimisi anne babası veya geçmişlerinin affını, kimisi iyi baht, kimisi mal mülk... Aralarında da Kur'an okuyanlar, ilâhi söyleyenler, coşanlar, ağlayanlar...

Öğleye yakın, güneşin beyinleri kaynattığı bir saatteydi. İki sopanın ucuna bağladığım kuşağımın gölgesinde geçmişlerime Yâsîn okuyordum. Seyis Selâmi Ali usulca yanıma sokulup kulağıma eğildi ve İzmit mutasarrıfının beni çağırdığını söyledi. Gittim. Arefe bereketi olsun diye bir teklifte bulunacakmış. Kulak verdim:

"Biliyor musun Yahya Efendi, Hak Teâlâ'nın bugün cehennemden âzat ettiği kulların adedi başka hiçbir gündekine benzemez, keremiyle bugün kullarını sevindirir. Cennetten yeryüzüne atıldıktan sonra Âdem atamız ile Havva anamızın şu gördüğün Rahmet Dağı'nın işte şu noktasında buluşmasıyla başlamış bir sevinçtir bu. Biz dahi bugün Allah'ın kullarından ikisini orada buluşturup sevindirelim mi, ne dersin?"

"?"

"Var Merkez Efendi'ye söyle. Hüdâyî meczubu peşine takıp gelsin. Ben dahi Nadide kızımızı getireyim, âzat etmek için!"

Medine'de Hüdâyî'yi kovmasından sonra İzmit mutasarrıfından beklemediğim bir cemileydi bu. Görünüşte sert mizaçlıydı ama kalbinde bir şefkat ve rikkat taşıdığı belliydi. Ravza'da Fatma'ya sarılışını gördüğüm vakit bunu biraz hissetmiştim. Şimdi de aynı rikkati Hüdâyî ile Nadide için gösterecekti besbelli. Yıllarca sevdiğini arayıp duran bir aşıkı, Arafat Dağı'nda arefe gününde sevgilisine kavuşturmak, Hz. Âdem ile Havva'nın yıllarca birbirlerini aradıktan sonra burada buluşmaları kadar anlamlı olacaktı. Koştum. Öğle vakti girmeden bu işi bitirmek gerektiğini düşünüyordum. Hacıların vakfe zamanına denk gelmemeli, vakfeden sonraya da kalmamalıydı. İnsanlar akın akın Müzdelife'ye, oradan Kâbe'ye yürümeye bir başladılar mı artık kimse kimseyi bulamazdı. Develer, katırlar, yüklenmeye hazır eşyalar ve çadırlar arasından geçerek hücreye vardım. Merkez Efendi getirdiğim habere hiç şaşırmadı. Bu fikrin ondan çıkmış olabileceğini düşündüm. Sonra birden ihramlı iken nikâh kıyılmasının mekruh olduğunu düşündüm. Bunu Merkez Efendi elbette bilirdi. Mazeretime hiç aldırmadı. Hızla yürüdük.

Hüdâyî'yi sürüklercesine. Yarım saat sonra Arafat Dağı'nın zirvesinde Merkez Efendi'nin kıydığı nikâha Sümbül, ben ve Fatma şahitlik ettik:

"Allah'ım! Hüdâyî evlâdımız ile Nadide kızımız arasındaki nikâh akdini mübarek eyle. Aralarında ülfet, sevgi ve sebat nasip eyle, nikâhlarını Hz. Âdem ile Havva, Hz. Muhammed ile Hatice arasındaki nikâhlar gibi mübarek eyle!"

Sonra da ikisine dönüp nasihat babında tembihledi:

"İnsanları, yüzünüzle, meclisinizle, hükmünüzle ferahlatıp hoşnûd etmeye bakın. Öfkeden sakının; çünkü öfke şeytanın insanı aldatmak için iğvâ ettiği kötü bir şeydir. Bilin ki sizi Allah'a yaklaştıran her şey, ateşten uzaklaştırır; Allah'tan uzaklaştıran her şey de sizi ateşe yaklaştırır. Âgâh olun!"

Yoldaşımın nikâhına can u gönülden âmin dedikten sonra Merkez Efendi bir açıklamada bulundu.

"İmdi gençler. İhramlı iken kıyılan nikâhta şüphe vardır ve iyi görülmemiştir. Amma gönülleriniz ferah bulsun diye bu nikâh kıyıldı. Yani artık hükmen karı kocasınız. Hakikatte ise ihramlısınız ve ancak hac tavafını yaptıktan sonra bu hüküm geçerli olacaktır."

Mutasarrıf itiraz etti:

"Hac tavafından sonra değil Merkez Efendi, İzmit'e vardığımızda. Düğünlerini de ben yapacağım!"

Hüdâyî bize nikâh yemeği ve velimesi olarak sular ikram etti. "Ayn-ı Zübeyde'den!" diyerek. Doğrusu çiçeği burnunda damadın bize ikram edecek bir şeyi olmadığını biliyorduk ama Arafat'ta buz gibi sudan daha büyük ikram olamazdı. "Biliyor musunuz..." diye anlattı başıyla Ayn-ı Zübeyde'yi işaret ederek, sonra da testisinden tası doldururdu. "Vâdi-i Numan'dan Arafat'a uzanan bu devasa su kanallarını, kale surları kadar sağlam biçimde Harun er-Reşid'in zarif ve hayırsever eşi Zübeyde yaptırmış. İçtiğiniz su onun. O zamanlar otuz bin işçi çalıştırıldığını rivayet edenler var. Zaman içinde taş örgüsü kanallar harap olunca bu sefer de Kanûnî'nin yine zarif ve hayırsever kızı Mihrimah Sultan tamir ettirmiş; tam yüz bin altın göndererek. İçtiğiniz su onun da. Zübeyde kanallarının Arafat'tan Mekke'ye uzatılması için de çalışmalar başlattığı hâlde buna ömrü vefa etmemiş. Allah bunca hacının duasıyla kabirlerini nurla doldurur inşallah! Bu suyu almaya gittiğimde gördüm, Ayn-ı Zübeyde'nin en geç on yıl sonra yine tamire ihtiyacı olacak. Şimdi size söz veriyorum ki o gün geldiğinde Nadide Sultan'ın bu tamiratı yaptırabileceği kadar bir meblağ benim mehrim olsun!"

Kulağına eğilip çok yüksekten attığını söyleyecek oldum ama ya bir bildiği veya bir yerlerde hazinesi vardır diye düşünüp sustum. Benim sustuğumu görünce muziplendi:

"Burası Arafat yoldaş!.. Meczup gibi davranmanın âlemi yok!"

Güldüm.

Arafat'ta bereketli bir gün oldu. Geri dönerken İzmit mutasarrıfı Fatma'nın elinden tuttu, ben de diğer elinden tutup "uçtu uçtu" yapmaya başladık. Havadan sudan konuşacak oldum; güngörmüş adam sözümü kesti:

"Arafat'ta hem zaman hem söz kıymetlidir Yahya Efendi, maksada gel!"

"Efendimiz, acaba diyorum cariyeniz Nadide?"

"Gelin kızımız, diyelim..."

"Şey, efendim, yanınıza nasıl geldi?"

"İstanbul'a götürülen esirlerin arasından bakıp satın aldım, neden sormuştun?"

"Yani kimdir, kimin nesidir, falan?!"

"Hiç sormadım efendi, sorup utandırmaktansa bilmemek iyidir!"

"Peki ya..." diyecek oldum, sonra vazgeçtim. Onun yerine Fatma'ya şakalar yaparak vakit geçirdim. Sonra da yanlarından ayrıldım. Kim bilir kaç esirden ne türlü hazin hikâyeler dinleyerek yıllar yaşamış birinin tecrübesine saygı duymak gerektiği için devamını sormak istememiştim. Oysa niyetim araştırmak, başına gelen haksızlığa karşı Nadide'yi savunmak veya mağduriyetini gidermeye çalışmaktı. Eşraf arasında işlerin böyle yürümediğini anlamış oldum. Ayrıca arefe gününde, vakfe zamanında insanın ellerini açıp huzura çıkması gerekirken ben Hüdâyî ile Nadide'den karşılıklı dinlediğim bir hikâyenin, hikâye de değil âdeta masalın sonunu merak ederek geçiriyordum. Merkez Efendi'nin yanına vardım. Yüzüme baktı, gülümsedi, sonra sordu; şaka gibi:

"Merakını gidereyim, haydi sor!"

"Yok bir şey, efendim!"

O yine de anlattı:

"Ben de merak etmiştim. Kendisine sordum. Nadide'nin babası yangından sonra günlerce deliler gibi dolaşmış. Kolay değil bütün ailesini, malını mülkünü kaybetmiş iken... Hatta yangından bizimkini sorumlu tutmuş ve başlamış işkenceye. Her şeyin intikamını ondan almak istercesine de git gide eziyeti abartmış. Nihayet onuncu tırnağını da söktüğü gün artık öldü diye bırakıp kendini dağlara vurmuş. Yıllar sonra da tamamen divaneye dönmüş."

"Hüdâyî?"

"Öldürmeyen Allah'ın keremine şükür, günlerden sonra kendine gelmiş. Dediğine göre bir köpek kendisine günlerce ekmek taşımış."

"Barak?"

"Evet, Barak! Sonra birlikte Germiyanlı beye gitmişler. O da başına gelenlere teselli olur diye İstanbul'da Ayasofya müderrislerinden birinin yanına göndermiş. Altı yıl evveldi, ben orada tanıdım. Beş yılda ilim yolunda çok ilerledi ve mülazim çıktı. Lâkin ne zaman Nadide'yi hatırlasa kendini kaybediyor, meczup hâllerine geçiveriyordu. Günlerden birinde

Nakşidil Valide bizimkini görmüş. Pek beğenmiş ve hizmetine almış. Duyduğuma göre sultan kızlarından biriyle de evlendirmek istemiş ama bizimki Nadide deyip aşk meczupluğundan vazgeçememiş. Velhasıl bir ikindi vakti tuz almaya çıktığı konak o konaktır."

"Nadide'yi nasıl buldu peki?"

Bulmadı, bulduruldu. Yıllarca kızı arayıp aşkıyla nöbetler geçirmeye başlayınca Nakşidil Valide onun yerine kızı arattı. Tabiri caizse bin yakaya bin haberci yollandı. Meğer kızı yangından kurtaranlar bakmışlar ki kızın kimsesi kalmamış, niyetlerini bozup kızı esircilere satmışlar. Babası geldiğinde çoktan İstanbul yollarına düşmüşmüş. Nakşidil Valide o günlerde İstanbul'a esir getiren bütün bezirgânları tek tek araştırıp sordurttu. Nafile. Nihayet bir tanesi aradıkları kızı İzmit Mutasarrıfı'na sattığını hatırlayınca gelip haber vermiş. Nadide İstanbul'a getirtilecekti ama Nakşidil vefat edince konağa vaziyet eden kızı araştırmaya İzmit'ten devam ettirdi ve Nadide'nin Fatma'yı hacca götüreceği öğrenildi. Sonuçta bizimkine de hac yolu gözüktü. Tuz alıp gelmesi için! O günlerde meczup hâllerinin doruğundaydı, hatırlarsın."

Teşrik tekbirleri ve telbiyeler eşliğinde Arafat'tan Müzdelife'ye doğru yola çıktığımızda hâlâ yoldaşım ve Nadide'nin mutluluğu için dua ediyordum. Müzdelife'de o gece hemen herkes sabah şeytana atmak üzere çiğil taşlar toplamakla meşguldüler; bense ay ve yıldızları izlemekle. Hayatımda oradaki kadar çok yıldızın parladığını başka bir yerde görmemiştim.

Ertesi gün şeytan taşlama, şükür kurbanı, saç tıraşı, şükür tavafı derken gün bitiverdi. Daha ertesinde de Mekke'de birkaç mekân ziyareti, tavaf ve sa'y...

Hacı olduğumuz gün. Aylarca süren heyecanların, ıstırapların mutlu sonu. Herkeste bir sevinç, her yanda bir şenlik. Şükürler şükürler üstüne... Zikirler zikirlere ilâve... Sürre alayının istiklâli ve istikbali... Osmanlı'nın hâkimiyet ve gururu. Said Bey'in yaptırdığı devlet töreni ile hepsinin sevinç gözyaşlarıyla hatıralara dönüşüverdiği saatler... Hacı olmanın, dinin beşinci rüknünü ifa etmenin bahtiyarlığı...

Ve bitiveren günler. Kervanın Mekke'deki son günü... Said Bey Vehhâbîlerden sonra şehri eski hâline döndürmek, yeni görevlere yeni adamlar atandırmak, kurum ve kuruluşların ödeneklerini tanzim edip yeni bir düzen kurmak için arılar gibi faaliyette. Ona yardım etmek de bir onur.

Son gün pek hüzünlü geçti. Herkeste bir burukluk, kırıklık, naiflik. Belki de dönüş yolunun gelişten daha güzel olacağını düşünmenin rahatlığıyla herkes ağırdan alıyordu. Öte yandan inceden inceye bir sıla özlemi de yüreklere sinmiş. Vedalaşmaların tamamlandığı, denklerin hazırlandığı andı. Dördüncü hücrenin fertleri bölük pörçük, herkes bir yerlerde, kimisi deve yahut davar derdinde, kimisi cayraskal veya timar... Galiba bir tek Hüdâyî hasretsiz, gönül huzurunda. Peki ama nerelerdeydi bu adam? Bütün öğleden sonra kendisini gören olmamıştı. Merkez Efendi ile göz göze geldik; soru dolu bakışlarla. "Bul getir! Kervan yatsı vaktinde hareket edecek, ondan evvel azıcık konuşalım!" dedi.

Mekke'de onu bulabileceğim iki yer vardı; Nadide'nin misafir kaldığı ev, Kâbe hareminde Hanefî mihrabının dibi. Koşup ikincisinde buldum. "Yürü yoldaş herkes seni bekliyor!" diyecektim ki yanındaki adamı fark ettim. Arap kefyeli. Diz dize denecek kadar yakın oturmuşlar öylece sohbet ediyorlardı. Hiç de acelesi yok gibi. Hüdâyî heyecanla bir şeyler anlatıyor, âdeta tartışıyordu. Elbette tartışmanın yeri Kâbe değildi. Usulca yaklaştım. Beni görsün istemiyordum. Karşısındaki kişinin çaprazında bir yere çömelip yüzümü Araplar gibi kısmen kapattım. Bulunduğum yerden hem Kâbe'yi seyredebiliyor hem de Hüdâyî ile karşısındaki kişiyi rahat görebiliyordum. Sesleri de rahat işitiliyordu. Arapça konuşuyorlardı ve konuşanın sesi sanki tanıdık gibiydi. Hüdâyî ona Vehhâbîlikle alâkalı bazı şeyler izah etmeye çalışıyordu sanki. Birkaç cümleye kulak verdim, tıpkı Merkez Efendi ile Abdülahad arasındaki tartışma gibiydi. Yok türbeler, yok ölülerden imdat isteme, yok tasavvuf falan, filan. Neden sonra konuşanın sesini tanıdım, Şeyh Abdullah'ın küçük oğlu, veliaht prens Abdülaziz. İyi ama bu çocuk kaçak değil miydi? Hüdâyî'yi nasıl bulmuştu?

Aralarındaki münazara heyecanlı ama sevecen bir sohbet gibiydi. Her cümlesinde yoldaşım yine beni şaşırtıyordu. Hem bilgisi hem üslubu hem de kırmadan, dökmeden yürüttüğü ikna kabiliyetine gıpta etmemek elde değildi. Gözüm Kâbe'de, kalbim zikirde öylece sohbete kapılıp gittim. Bizi bekleyenler bekliyordu ve zaman da hızla akıyordu. Neredeyse Kâbe'de akşam ezanı okunacaktı. Bütün dinlediklerimden sonra zihnimi yokladım. Abdülaziz ile Hüdâyî'nin münazaralarında bahsi geçen yirmi kadar Vehhâbîlik kaidesinin tamamı üç ana başlıkta toplanabiliyordu aslında. Abdülaziz, İslâmiyet'i üç esasta birleştirmiş gibiydi. Birincisi, ameli imanın parçası sayıyor, ameli olmayanın imanının gittiğini söylüyordu. Bu durumda namaz kılmayanın veya zekâtı vermeyenin kâfir olduğunu ve dinden döndüğünü söyleyip öldürülmesine cevaz veriyor, onu öldürünce de malını yağmalıyordu. İkincisi, peygamberlerin veya evliyanın ruhlarını vesile ederek dua etmeyi şirk olarak görüyor ve bunu yapanları önce müşrik sayıp sonra öldürüyor ve tabii ki yine mallarını yağmalıyordu. Üçüncüsü de mezarlar üzerine türbe yapmak, kandil yakmak, adakta bulunmak, sadaka vermek türünden âdetler ile türbede hizmet ve ibadeti yasaklıyor, bunları şirk olarak görüyor, yapanları müşrik sayıp öldürüyor, türbeyi yıkıyor ve elbette türbenin malını da yağmalıyordu. Hepsinin siyasî bir yanı olduğu açıktı ama yağmalamak ortak uygulamaydı. Babası Abdullah da zaten çevresine topladığı yirmi bine yakın bedevîyi geçindirmek için yağmacılığa cevaz vermiş hatta şerefli bir eylem saymıştı. Bin yıldır İslâm yurdunda sırf İslâmiyet'in anısını yaşatmak, İslâm büyüklerine saygı ve sevgiyi göstermek, böylece onların yolunda nesilden nesle iman ve inancın aktarılmasına vesile olmak üzere bütün Müslüman hükümdarlar, sultanlar, hakanlar, kağanlar, emirler, beyler tarafından gönderilen paha biçilmez hazine ve hediyeler böylece iştah kabartmış ve yağmalanmıştı. Bu yetmemiş, Mekke ve Medine'deki İslâm hazine ve mirasına da göz dikilmişti. Ashabın, Ehlibeyt'in, evliyanın, şehitlerin türbelerinden başka bizzat Resûlullah Efendimizin mescidini de yağmalamaları bundandı. Elbette yağmaladıktan sonra suçu görünür olmaktan kurtarmak için orayı yıkmak en kolay yoldu. Minareyi kılıfta yok etmek... Harameyn'de yüzyıllardır biriken hazine ve mücevherat yanında bilhassa Resûlullah'ın mescidinde ve Kâbe haremindeki yadigârlar da uçurulmuş, bunun için Ravza'nın duvarları topa tutulmuş, Kabr-i şerif'in şebekesi parçalanmış, kubbesinde sini kadar delik açılmıştı. Hüdâyî Abdülaziz'e nazik nazik bunların hesabını soruyordu. Düşündüm; bu yağma yalnızca altına ve mücevhere kavuşmak değildi ve bedevî aklıyla da olamazdı. Hindistan'ı veya Afrika'yı sömüren ecnebi devletlerin, Basra Körfezi ve Kızıldeniz'deki gemilerin, kuşbazın haber gönderdiği kâfirlerin hepsi Arabistan'daki dazlaklarla bir araya gelerek bunu başarmışlardı. Yoksa böyle bir yağma ve yıkım, İslâm'a verilebilecek en büyük hasardı. Yüzyıllarca çeşitli milletten ve devletten İslâmiyet ekseninde üst üste yığılmış hatıraların yok edilmesi, İslâm'ın hilâfet makamını da temelden sarsıyordu. Böyle bir yıkım, Mekke veya Medine sokaklarında İslâm'ın ilk gününden bu yana Müslümanların hafızalarına kazınan İslâm tarihini kendiliğinden boşluğa düşürüyor, zemini kaybettiriyor, kopukluklar oluşturuyordu. Vehhâbîler yalnızca bu iki şehirde tarih boyunca İslâm sanatının üretebildiği en nadide, zarif ve güzel eserleri para hırsına feda etmişler, İslâm sanat ve bediiyatını geleneğiyle birlikte sıfırlamışlardı. Nice zarif işçilikle meydana getirilmiş sanat eserleri, seçme mushaflar, nadide kitaplar, kâğıt, metal, kumaş malzemeli eserler, hepsi yok edilmiş; inci, darı niyetine pazara sürülmüştü. Osmanlı Devleti'nin ve onun nezdinde İslâm'ın nasıl bir saldırı altında olduğunu düşündüm. Dazlakların yalnızca maşa olduğu bir saldırı. Araplar oyuna getirilmiş, hırslarına yenik düşürülmüşlerdi. Öyle olmasa hangi Müslüman bizzat peygamberinin kabrini yıkmak için eline kazma alırdı ki? Medine halkının anlattığına göre, yalvarmalar, hıçkırıklar ve ağlamalar ayyuka çıkarken hâlâ durmayıp türbeyi yıkmak kimin işi olabilirdi? İslâm'ın bütün büyüklerinin, bütün şehitlerinin, bütün bayrak isimlerinin, hatıralarının yerle bir edilmesi kimin işine yarardı? Abdülaziz'e kulak verdim. Asla benim düşündüklerimi düşünmüyor, Hüdâyî'ye anlattığı her şeye inanmış biri olarak anlatıyor, oyuna geldiğini hiç kabul etmiyordu. Oysa babasının Mekke ve Medine'yi yıktıktan sonra minbere çıkıp halka dediklerini düşünse belki uyanacaktı. Tam o noktada Hüdâyî cenk sahrasındaki gibi Abdülaziz'in elini tuttu. Gözünün içine baktı ve babası Abdullah'ın tarihe kalan sözlerini, bir utancın belgesi olarak yüzüne tekrarladı:

"Sana ancak babanın sözlerini hatırlatabilirim sevgili Abdülaziz. Sen de şu Kâbe hakkı için düşün, bu cümleler nasıl bir aldanmışlık, nasıl bir gafletin eseridir, karar ver. İşte Allah'ın evinde, O'nun misafirisin. Bize anlatılana göre baban bu şehri yıkıp harap ettikten hemen sonra şuradaki mimbere çıkmış ve insanlara şöyle seslenmiş: 'Ey cemaat! Size nasihat vermek ve emirlerimi bildirmek için buraya topladım. Bugün dininiz tamam oldu. Bugün İslâm'a girip Müslümanlıkla şeref buldunuz ve Allah'ı hoşnut ettiniz. Artık babalarınızın, dedelerinizin bozuk akideleri geride kaldı.

Onlara özenmeyiniz çünkü onlar şirk üzere öldüler. Zinhar onlara rahmet etmesi için Allah'a dua etmeyesiniz. Bundan böyle Allah'a nasıl dua edeceğinizi, nasıl ibadet edeceğinizi size din adamlarımız öğretecektir. Onların dediklerine uymayanlar eski din üzere ısrarcı sayılacak, müşrik ilân edilip öldürülecek, malı, eşyası, çocukları, kadınları mücahit askerime mubah olacaktır. Peygamberin türbesi önünde dedelerinizin yaptığı gibi salât ve selâm söyleyip durmak ve beklemek, şu Kâbe'nin karşısında el açıp dua etmek Vehhâbîlik dininde yasaklanmıştır.' Abdülaziz, değerli arkadaşım, şu el açıp Allah'a yalvaran hacılara bakıp Allah aşkına söyle, bunlar sence kara örtülere büründürülmüş bir taş binadan mı yardım istiyorlar, yoksa Allah'tan mı? Eğer Allah'tan istediklerini düşünüyorsan şu dost görünen kâfirlerin düzeninden kurtar kendini ve Müslümanları bölmeyi bırak."

Abdülaziz başını yere eğdiği sırada kendi kendine mırıldanıyordu. Kulak verdim ve acı sözler duydum:

"Zalim felek, dün buyruk vermedeydim, bugün beni buyruk altına soktun, dün nehyediyordum, bugün beni nehyediyorlar..."

O sırada Hüdâyî ayağa kalktı, elini onun omuzuna dokundurup veda etti:

"Zaman ikidir aziz arkadaşım; ya sana yâr olur ya aleyhine döner. Yâr oldu mu aldanıp gaflete düşme; aleyhine döndü mü de dayanmaya bak."

Sonra bana doğru bir adım atıp "Gidelim yoldaş!" deyiverdi. Onca zaman kendimi gizlediğimi zannetmenin mahcubiyetiyle ayağa kalktım. Sonra kaşımla Abdülaziz'i işaret ederek sordum:

"Bu kadar mı?"

"Biraz kendisiyle başbaşa kalması gerekiyor. Biz ayrılalım."

"Şu anda hücrede bulunman gerekiyordu. Merkez Efendi merak etti. Yola çıkmadan evvel biraz konuşalım istiyordu ama zannedersem geç kaldık. Artık onlar da buraya gelmiştir."

Görevliler Kâbe kandillerini tutuştururken ezan başladı. Hacılar Kâbe huzurundaki son dakikaları olduğunun farkındaydılar ve muhtemelen hepsi bizim yaptığımızı yapıp akşam ile yatsı arasını tavafta geçireceklerdi. Veda tavafı. Merkez Efendi ile karşılaşıverdik. Namaz sonrası üçümüz adımlarımızı, kalplerimizi, düşüncelerimizi uydurmuş toz kaldırmamak için ayağımızın altındaki küçük çakıllara korka korka basıyor, içimizden birbirimiz için yakarıyor, arada sırada da yüksek sesle tekbir getirerek tavaf ediyorduk:

"Allâhü ekber... Allâhü ekber... Lâ ilâhe illallāhü vallāhü ekber..."

Dört yanımızda vecd ve istiğrak... Hüdâyî ile omuz omuza... Yedinci şavtın sonu:

"Bana müsaade yoldaş!"

"Hayrola, şu akşam vakti?"

"Tuz almam gerekiyor, dönüşte hanımım sorar!"

"Paran var mı peki?"

"Tuz parası nedir ki? Hücrede sizi bulurum."

Merkez Efendi atıldı:

"Hüdâyî, evlâdım, seni Allah'a ısmarladık!"

Sonra ona sarıldı, kokladı, sırtını sıvazladı. Hüdâyî acele ediyordu. Ayrılması için yol gösterip tavaf halkasının dışına doğru yürüdü. Ben de arkasından. Zihnimde neden Hüdâyî'ye öyle söylediğine ve neden sarıldığına dair bir soru işareti belirmişti. O da bunu hissetmiş olmalı ki beni kenara çekip elimi tuttu. Gözünde yaşlar vardı. Önce Kâbe'ye baktı, sonra kuşağından iki adet kâğıt parçası çıkarıp elime tutuşturdu.

"Evlâdım!.. İstanbul'da bir evim, evimde bir kütüphanem var. Evim Hüdâyî'ye düğün hediyesi, kütüphanem de sana ilim armağanıdır! Gayrı geri dönmüyorum!"

Merkez Efendi bütün itirazlarıma rağmen dediğini yaptı. Kararını vermişti; yalnızca nasihat ediyor, helâllik istiyordu.

Dün bir testi almış, yarısına kadar Kâbe toprağı doldurup hücreye koymuş. "Geri kalanını Medine'de Ravza toprağıyla doldur!" dedi. Yüzüne soru dolu gözlerle bakınca da; "İstanbul'da Eyüp Sultan kabristanında eşimin kabri vardır, bulup üstüne dökesin; Vehhâbîlere inat!" O güne kadar ne bana ne başkasına hususi hayatından hiç bahsetmemişti. Meğer kırk yıllık eşi geçen yıl vefat etmiş. Hiç çocukları da olmamış. Kırılan testide taşıdığı toprak, eşinin mezar toprağıymış; Kâbe toprağına karıştırılmak üzere. Tülbendinde taşıdığı bir tutam kızıl toprağı harem toprağına sepiverdi.

Planının ne olduğunu sordum. Mekke'de birkaç zaman kalıp Medine'ye geçecekmiş. Ömrünün geri kalanını Medine'de yalnızca Hz. Peygamber'le alâkalı kitaplar okuyarak ve araştırarak tüketme azmindeymiş. Dördüncü hücre adına beni Kâbe hareminden uğurlamanın daha hayırlı olacağını ve ardımızdan hep dua edeceğini söyledi. Ömrümüz olduğu müddetçe her yıl sürre alayıyla birbirimize haber ve elbette sürre göndermek üzere sözleştik ve Zemzem Kuyusu'nun başında gözyaşları içinde yanından ayrıldım. Birkaç adımda bir ardıma baka baka ilerliyor, görüntüsünü gitgide kaybediyordum. Bir an onunla aramıza tanıdık bir yüz perde oldu. Abdülaziz. Gülümsedi. Gömleğini çıkardı. Sonra zıbınını. Onu bana verdi, sonra gömleğini giydi ve bir tek kelime söylemeden tavafına devam edip yürüdü. Birkaç adım sonra sağ elini veda mahiyetinde sallayarak bağırdı.

"Hüdâyî'ye söyle, başım hep dazlak kalacak!"

Haremden çıkmak üzereydim. Son bir kez geri dönüp Kâbe'ye baktım. Burayı ilk gördüğüm gün kabul olacağına inandığım ilk duamda Hüdâyî'nin "Bundan sonra edeceğim bütün duaların kabul olmasını istiyorum Allah'ım!" dediğini hatırladım. Muhtemelen sonraki dualarından biri Nakşidil

Valide'nin vasiyetinin yerine gelmesi, biri de Abdülaziz'in Vehhâbîlik yolundan dönmesiydi. En azından biri kabul olmuş sayılırdı. Bu sefer hiç şaşırmadım. Gidip tuz dükkânında onu buldum ve İzmit'te aldığım tuz parasını avcuna tutuştururken kalbimden geçeni kulağına fısıldadım:

"Kâbe hakkı için, sen gerçekten insan ipeğisin Hüdâyî!"